셜록 홈즈
X-파일

아서 코난 도일 지음
조주연 옮김

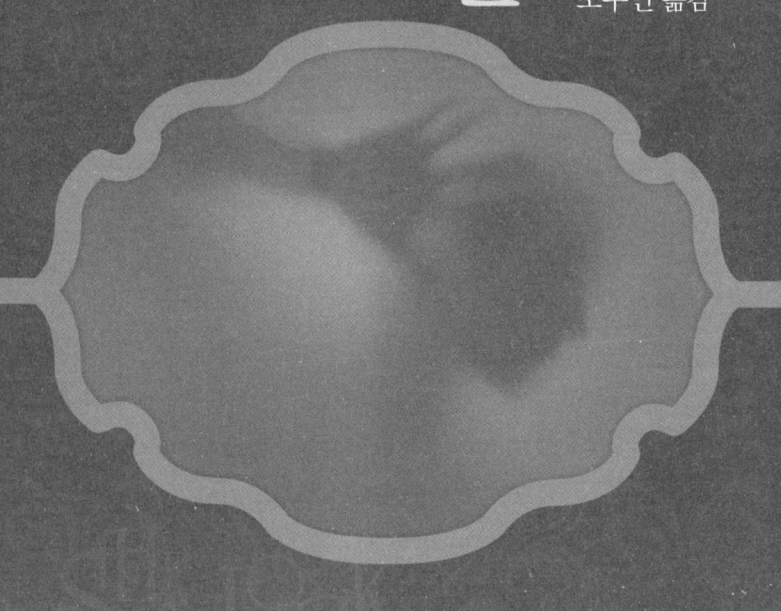

옮긴이의 말

21세기 현재, 셜록 홈즈는 또 다른 전성기를 맞이하고 있다. 기존의 전성기가 추리소설이라는 문학의 한 장르에 그쳤다면, 지금은 문학, 영화, 뮤지컬 등 더 다채로운 분야에서 활약을 하고 있는 것이다. 지난 해 말에는 《실크하우스의 비밀》이라는 책으로, 코난 도일 재단에서 새로운 책을 발표하기도 했다. 재단 공식 작가의 작품답게 코난 도일의 작품이라 해도 믿을 만큼 스토리 전개는 흥미진진했다. 이렇게 시대를 뛰어넘는 홈즈의 매력은 대체 무엇일까? 홈즈의 이야기들을 또 한 권의 책으로 묶어내면서 그의 매력에 대해 더 분명히 알 수 있었다.

첫째는 셜록 홈즈, 즉 코난 도일이 이끌어내는 캐릭터의 개성이다. 《셜록 홈즈 단편 걸작선》의 이야기가 대부분 사립 탐정으로서 홈즈의 매력을 잘 드러냈다면, 이 책 《셜록 홈즈 X-파일》의 이야기들은 휴머니스트 셜록 홈즈의 면모를 과시한다. 아름다운 여성이 한 순간의 판단 착오로 저지른 잘못으로 인해 가정을 잃게 될 처지에 놓이자 기지를 발휘해 가정을 지킬 수 있도록 도와주기도 하고, 애인의 복수를 위해 살인이라는 극단적인 방법을 사용한 남자를 용서해 주기도 한다. 사회 정의의 잣대로 보자면 그의 독자적인 판단은 불법이지만, 한없이 따뜻한 그의 마음은 자연스럽게 공감대를 형성한다.

두 번째는 볼 때마다 놀랄 수밖에 없는 그의 관찰력이다. 꼼꼼하고 세밀한 관찰로 처음 본 사람들의 특징을 이끌어내는 것은 소설 속의 왓슨처럼 나 역시 매번 놀라지 않을 수 없다. 사실 21세기의 과학적 지식으로 보면 꼭 들어맞지 않는 부분도 있긴 하지만, 홈즈의 관찰력은 그의 이야기를 읽는 팬들이라면 누구나 감탄할 수밖에 없는 것임은 분명하다.

세 번째는 독특한 소재로 스토리를 구성해 나가는 코난 도일의 능력이다. 암호를 이용한다는 누구나 할 수 있는 생각에 그치지 않고, 알려져 있던 것들 중에서 가장 독특한 것을 소재로 하여 이야기를 전개해 나가는 것은 코난 도일이 뛰어난 이야기꾼이라는 것을 증명하는 또 하나의 근거일 것이다.

코난 도일의 팬이기 때문일까. 그의 활약상을 옮기는 이번 작업도 매우 즐거웠다. 또 한 번 홈즈의 뛰어난 활약상을 책으로 만들어낼 수 있는 기쁨을 주신 김종대 사장님, 부족한 원고를 몇 번이나 검토해 주시면서 멋진 책으로 만들어주시는 박옥훈 편집장님께 감사의 말씀을 드린다. 아울러 곧 나오게 될 홈즈의 세 번째 이야기에서는 지금까지 몰랐던 또 다른 그의 매력을 만날 수 있기를 기대해 본다.

차 례

다섯 개의 오렌지 씨 *The five orange pips* _ 8

블루 카벙클 *The Blue Carvuncle* _ 37

증권거래소 직원 *The Stock-broker's Clerk* _ 66

머스그레브 가의 의식 *The Musgrave ritual* _ 91

라이게이트의 지주들 *The adventure of the Reigate Squire* _ 116

춤추는 인형 *The adventure of the dancing men* _ 143

프라이어리 스쿨 *The adventure of the priory school* _ 177

아베이 농장의 모험 *The Adventure of the Abbey Grange* _ 220

두 번째 얼룩 *The adventure of the second stain* _ 252

악마의 발 *The adventure of the devil's foot* _ 293

죽어가는 탐정 *The Adventure of the Dying Detective* _ 327

다섯 개의 오렌지 씨
The five orange pips

홈즈가 다룬 사건 중 흥미 있는 사건은 매우 많다. 특히 1882년~1890년 사이에는 기괴하면서도 흥미진진한 사건들이 많이 몰려 있다. 그 중 어떤 사건들은 이미 세상에 공표되어 유명세를 탄 것도 있고, 아직까지도 공개되지 못하여 홈즈의 능력을 세상에 알리지 못한 사건들도 있다. 또 홈즈의 뛰어난 분석 능력으로도 해결하지 못한 사건, 이를테면 시작은 있지만 끝이 없는 사건들도 있었다. 그런가 하면 사건의 일부, 즉 부분적으로만 해결한 것도 있어서 이러한 사건들을 설명하려면 그가 무엇보다 중요시하는 논리적 증거가 없는 추측에 의존해야 하는 경우도 있다. 하지만 부분적으로 해결한 사건의 범주에 드는 것 중에서 그 내용이 몹시 기묘하고 결과가 뜻밖이어서 꼭 발표하고 싶은 사건이 하나 있다. 물론 앞에서도 언급했듯이 부분적인 해결이었기 때문에 이 사건에 내재된 몇 가지 문제는 지금까지도 해결되지 못했을 뿐만 아니라 앞으로도 이 문제를 해결할 수 있는 사람은 없을 것이라 생각하지만, 사건 자체는 매우 흥미 있는 것이기에 기록해 둔다.

1887년은 홈즈와 내가 유난히 많은 사건을 겪었던 해였다. 어떤 사건들은 흥미가 덜 했고 어떤 사건들은 많은 관심을 끌었지만 이에 관계없이 나는 사건들을 모두 기록했다. 시간이 지나고 1년 동안의 기록을 찬찬히 살펴보니, 특별히 기억에 남는 것들이 있었다. 파라돌의 비밀 주머니 사건, 아마추어 길인 집단 사건, 소피 앤더슨 호 실종 사건, 그라이스 패터슨 일가의 신기한 모험, 캠버웰 독살 사건 등이 대표적이었다.

   그 중 <캠버웰 독살 사건>은 지금까지도 기억하는 사람이 있으리라 생각될 정도로 독특한 부분들이 많았다. 홈즈는 고인의 시계 바늘을 돌려보고 그 시계가 두 시간 늦춰졌으며, 그래서 피살자가 그 시간 안에 잠자리에 들었다는 사실을 증명했다. 이로 인해 사건은 극적으로 해결되었고, 홈즈는 또 한 번의 공을 세우기도 했다. 머지않은 시간 내에 이 모든 사건들에 대해서 설명하겠지만, 그 어떤 기괴한 사건도 내가 지금 쓰려고 하는 상황만큼 기이한 사건은 없다.

   사건은 그해 9월 말에 아무런 예고도 없이 시작되었다. 창 밖에는 초가을의 폭풍이 그 어느 때보다 사납게 몰아치고 있었다. 하루 종일 사나운 비와 바람이 창문을 강하게 내리쳤고, 홈즈와 나는 대도시 런던 한복판에 있으면서도 잠시 일상에서 벗어나 인류를 향해 울부짖는 대자연의 거대한 힘의 존재를 묵묵히 인정하면서 창 밖만 내다보고 있었다.

   저녁이 되자 폭풍은 더욱 거세졌고, 바람은 굴뚝과 담벼락, 창문과 현관문을 때리면서 울부짖기도 하고 흐느껴 울기도 하였다. 홈즈와 나는 이러한 거친 날씨로 인해 일상생활의 리듬을 잃고 있었다. 시무

룩한 얼굴을 한 홈즈는 따뜻한 난로 옆에 앉아서 범죄 기록에 색인을 달고 있었고, 나는 그의 맞은편에 앉아서 클라크 러셀(1844~1911, 영국의 해양 소설가-옮긴이)의 멋진 해양소설을 집중해서 읽고 있었다. 밖의 성난 강풍은 마치 내가 읽고 있는 소설의 배경이라도 된 듯하고, 빗소리는 바다에서 부서지는 파도 소리 같았다. 아내가 4~5일간 숙모 댁에 다녀오기로 했기 때문에 옛 보금자리인 베이커 가에서 절친한 친구와 함께 휴식을 취하고 있었던 것이다.

나는 책에서 눈을 떼고 고개를 들어 홈즈에게 물었다.

"홈즈, 벨이 울린 것 같은데 이런 날씨에 누굴까? 자네 친구라도 온 건가?"

"그럴 리가. 내 친구는 자네뿐인 걸 모르는가?"

홈즈가 고개를 저으며 대답했다.

"난 누가 집에 찾아오는 걸 좋아하지 않아."

"그렇다면 대체 이런 날씨에 누굴까? 의뢰인일까?"

"오겠다고 한 사람도 없는데 대체 누군지 모르겠군. 하지만 왓슨, 이런 날씨에 이곳을 찾아왔다는 것은 매우 심각한 사건일 거야. 이 늦은 시간에, 그것도 이렇게 험한 날씨에 외출한다는 것은 어지간한 일이 아니면 엄두도 내지 못할 테니까. 하지만 혹시 모르지, 주인아주머니 친구가 놀러왔을지도."

그러나 홈즈의 예상은 빗나갔다. 복도에서 잠시 말소리가 들리고 이윽고 방문을 노크하는 소리가 들렸다. 홈즈는 긴 팔을 뻗어 손님이 앉게 될 의자 쪽으로 램프를 돌려놓으면서 들어오라고 말했다.

문을 열고 들어온 사람은 스무 살이 조금 더 되어 보이는 젊은 남자

였다. 단정한 몸가짐에 옷차림과 태도에서도 우아한 세련미가 엿보였다. 그가 들고 있는 물이 뚝뚝 떨어지는 우산과 가방, 젖어서 번들거리는 레인코트를 보니 바깥의 폭풍이 얼마나 대단한 것인지 다시 한 번 느낄 수 있었다. 그가 가벼운 눈인사를 하고 방 안을 둘러보는 동안, 나는 그를 유심히 관찰했다. 매우 창백하고 근심이 가득한 얼굴을 보니, 커다란 걱정이 있음이 분명했다.

"이렇게 두 분의 시간을 방해하게 돼서 정말 죄송합니다. 조용한 저녁 시간에 제가 폭풍을 몰고 온 것은 아닌지 모르겠습니다."

젊은 남자는 금테 코안경을 눈에 대면서 정중하게 말했다.

"일단 우산과 레인코트를 주시오."

홈즈가 말했다.

"여기에 걸어두면 곧 마를 거요. 그런데 남서부 쪽에서 왔군요."

"네, 그렇습니다. 저는 서섹스 지방의 호샴에서 왔습니다."

"구두코에 묻은 점토와 백아토의 혼합물은 남서부 지방의 것이죠."

홈즈가 젊은 남자를 바라보며 날카롭게 말했다.

"역시 홈즈 선생님이시군요. 사실 상의 드릴 일이 있어서 이렇게 왔습니다."

"네, 어떤 일이든지 말해 보세요."

"사실 도움을 받고 싶은데……."

"그것은 장담할 수 있는 문제가 아닙니다. 일단 이야기를 듣고 결정하도록 하죠."

"홈즈 선생님의 명성은 충분히 듣고 있습니다. 사실 저를 소개시켜 주신 분은 프렌더가스트 소령님입니다. 탱커빌 클럽 스캔들 사건에서 도움을 받았다고 하던데 기억하시나요?"

"아, 그 사건 말이군요. 프렌더가스트 소령은 그때 카드에서 속임수를 썼다는 누명을 쓰고 와서 제 도움을 받았었죠."

"소령님은 홈즈 선생님이 손을 대기만 하면 모든 사건이 해결된다고 말씀하셨습니다."

"하하, 그건 좀 지나친 표현 같군요."

"실패한 적이 한 번도 없다고 들었습니다만."

"그럴 리가요. 사실 난 네 번이나 사건 해결에 실패한 경험이 있소. 여자를 상대로 한 번, 남자를 상대로 세 번, 총 네 번이나 당했죠."

"성공하신 사례는 셀 수 없을 만큼 많으니 그 정도의 실패는 아무것도 아니라고 생각합니다."

"뭐 그렇게 보자면 대부분 성공했다고 할 수도 있소."

"당연히 제 경우도 성공하실 수 있을 겁니다."

"일단 이야기를 들어봅시다. 그쪽 의자를 난로 가까이 끌어다 앉으시오."

홈즈는 이야기를 들을 자세를 갖추고 말했다.

"요즘 전 정말 이상한 사건을 겪고 있습니다."

"이곳에 오는 분들의 사건 대부분이 그렇소. 법원으로 생각하면 이곳이 최종 상고에 해당하는 곳이라고 할 수 있지요."

"하지만 제 사건은 아마 들어본 사건 중에서 가장 기괴하고 어려운 사건일 거예요. 상상도 하지 못할 만큼 기이한 일이거든요."

"오, 갑자기 호기심이 생기는군! 처음부터 차근차근 중요한 사실을 말해 봐요. 이야기를 들으면서 궁금한 점들은 나중에 질문하겠소."

홈즈가 눈을 반짝거리면서 말했다.

청년은 의자를 끌어당겨 불 가까이 앉으며 젖은 발을 앞으로 내밀었다.

"일단 제 소개가 늦었군요. 제 이름은 존 오펜쇼입니다. 제 생각에 이 사건은 기괴하다기보다는 무서운 사건인 것 같아요. 사건의 발단은 저와 관계가 별로 없는 데서 시작됐습니다. 제가 아닌 전대에서 일어난 사건이니까요. 사건을 정확하게 말씀드리기 위해서는 오래전으로 거슬러 올라가야겠군요.

저의 친할아버지에게는 아들이 둘 있었습니다. 큰아들이 엘리아스, 작은 아들이 저의 아버지인 조셉이었죠. 아버지는 코벤트리에 작은 공장을 가지고 있었습니다. 자전거가 발명되면서 공장을 확장했고, 오펜쇼 내구 타이어 특허를 받기도 했습니다. 나중에 그 특허권을 판매해서 상당한 돈을 벌기도 했죠. 그 돈으로 여생을 편하게 보낼 수 있었을 테니 크게 성공하신 거라고 할 수 있습니다.

큰아버지 엘리아스는 젊은 시절 미국 플로리다로 건너갔습니다. 그곳에서 농장을 경영했는데, 듣기로는 상당히 성공하셨다고 하더군요. 그 당시 남북전쟁이 일어났는데 큰아버지는 남군의 잭슨 장군 밑에서 종군하셨다고 합니다. 나중에 후드 장군 밑에서 대령으로 진급하셨고요. 하지만 1865년 남군 총사령관이던 리 장군이 항복을 했고, 큰아버지는 다시 플로리다의 농장으로 돌아오셨습니다. 3, 4년 정도 농장에서 살다가 1869년인가 1870년 정도에 유럽으로 돌아오셨습니다. 그리고 호샴에서 가까운 서섹스에서 작은 땅을 구입하고 그곳에서 지내셨지요.

큰아버지는 미국에서 재산을 많이 모으셨지만 흑인을 매우 싫어하셨다고 합니다. 흑인들에게 선거권을 주는 공화당의 정책이 못마땅하셔서 영국으로 돌아오신 거라는 소문도 들었습니다. 사실 큰아버지의 성격은 좀 유별난 부분이 있었습니다. 성격이 매우 거칠고 급해서 화가 나면 아무한테나 험한 욕설을 하셨거든요. 게다가 사교 활동 역시 매우 싫어하셨습니다. 호샴에서도 몇 년이나 사셨지만, 거리에 나간 적이 손으로 꼽을 정도로 외출 횟수가 적으셨죠. 집 주위에 정원과 밭이 있었으니 산책 정도는 하셨겠지만, 몇 주일 동안 방에만 계신 적도 많았다고 하더군요.

　큰아버지는 술을 좋아하셔서 브랜디를 입에서 떼지 않으셨고 담배도 많이 피우셨습니다. 방금 말씀드린 것처럼 사교 활동도 안하셔서 친구도 없었고, 심지어 저희 아버지인 동생에게도 친밀감이라곤 전혀 없었습니다. 하지만 저는 예외였어요. 큰아버지가 유일하게 애정을 표현한 사람이기도 합니다. 제가 큰아버지를 처음 만났던 때가 12살 정도 되었을 때였는데, 큰아버지가 영국으로 돌아오시고 8~9년 정도 지나서 큰아버지는 아버지의 승낙을 얻어 저를 집으로 데려가셨습니다. 큰아버지 나름대로 저에게 많은 애정을 베풀어주셨어요. 술을 드시지 않을 때는 체스나 주사위 놀이를 함께했고, 집에 드나드는 상인이나 하인들에게는 저를 대리인으로 내세우기도 하셨죠.

　16살이 되었을 때는 큰아버지 댁의 모든 집안일을 제가 처리하게 되었습니다. 열쇠도 제가 관리했고 큰아버지의 조용한 생활을 방해하지 않는 한, 제가 무엇을 해도 별다른 말씀이 없으셨습니다. 그런데 한 가지 예외가 있었어요. 잡동사니를 쌓아둔 지붕 밑 다락방이

있었는데, 그곳에는 늘 큰 자물쇠가 걸려 있었죠. 저는 물론 어떤 하인도 그곳에는 들어갈 수 없었습니다. 어렸을 때 호기심으로 열쇠 구멍을 통해 그곳을 본 적이 있었는데, 다른 다락방처럼 낡은 트렁크와 잡동사니들만 가득했어요.

 사건이 시작된 것은 1883년 3월 어느 날이었습니다. 그날 아침 외국 우표가 붙은 편지 한 통이 배달되었습니다. 큰아버지는 모든 거래 대금을 현금으로 지불하셨고, 사람들과 전혀 왕래가 전혀 없었기 때문에 편지가 오는 것은 지극히 드문 일이었죠. 어디에서 온 편지인지 묻자 큰아버지는 인도에서 온 것이라고 말씀해 주셨습니다.

 '퐁디셰리 우체국 소인이 찍혀 있군. 대체 무슨 내용이지?'

 큰아버지는 급히 봉투를 뜯었습니다. 그런데 편지 봉투 안에서 작고 마른 오렌지 씨 다섯 개가 툭 떨어지더군요. 저는 웃으면서 큰아버지를 바라보았는데, 큰아버지의 표정을 보니 더 이상 웃을 수 없었습니다. 얼굴이 잿빛이 된 채로 입술은 아래로 처지고 충혈된 눈을 부릅뜨고 있었으니까요.

 'KKK다! 드디어 나도 죗값을 치르게 된 건가!'

 큰아버지는 꺼져가는 듯한 괴로운 목소리로 말씀하셨습니다. 상황을 전혀 이해할 수 없었던 저는 큰아버지에게 이유를 물었지만, 큰아버지는 '이것은 죽음을 의미하는 것이다.' 라는 말씀만 남기고 방으로 들어가셨습니다. 죽음이라는 단어에 저는 갑자기 두려워졌습니다. 마음을 진정시키고 편지를 다시 살펴보았습니다. 자세히 보니 봉함한 부분 바로 위에 빨간색 잉크로 KKK라고 쓰여 있었습니다. 편지 안에 내용물이라고는 마른 오렌지 씨 다섯 개뿐이었습니다.

이것만 봐서는 큰아버지의 괴로움을 전혀 이해할 수 없었습니다. 저는 생각에 잠긴 채 이층으로 올라갔습니다. 마침 큰아버지가 계단을 내려오고 계셨어요. 손에는 비밀의 다락방 열쇠인 녹슨 열쇠와 작은 놋쇠 상자를 들고서 말이죠. 큰아버지는 '좋아, 멋대로 하라고! 난 절대로 지지 않아!'라고 노기 어린 목소리로 혼잣말을 하셨어요. 그러더니 저를 보고 '하녀를 시켜 내 방에 불을 넣으라고 해라. 포덤 변호사도 부르도록 해.'라고 말씀하신 뒤 방으로 들어가셨습니다.

변호사가 오자 큰아버지는 저도 함께 방으로 들어오라고 말씀하셨습니다. 방에 있는 벽난로에는 불이 활활 타고 있었는데, 종이를 태웠는지 구석에 검은 재가 떨어져 있었고 그 옆에는 큰아버지가 들고 있던 놋쇠 상자가 뚜껑이 열린 채 있었습니다. 안에는 아무것도 없었고요. 그러나 놀라운 점이 하나 있었죠. 뚜껑에는 편지에서 본 것과 같은 KKK가 쓰여 있었거든요.

'존, 내가 유언장을 작성할 텐데 네가 증인이 되도록 해라. 이곳에 있는 내 소유의 모든 땅은 너의 아버지에게 물려줄 것이다. 나중에는 결국 네가 상속받게 될 것이고. 이 땅을 무사히 유지할 수 있다면 다행이겠지만, 그렇게 할 수 없을 때는 악마 같은 적에게 그냥 넘겨줘라. 너를 위해 하는 말이니 주의 깊게 들어. 너에게 이득이 될지 오히려 손해가 될지 알 수 없는 재산을 물려주자니 매우 유감스럽구나. 하지만 앞으로 어떤 일이 벌어질지는 아무도 모르니까. 자, 포덤 변호사가 가리키는 곳에 서명하도록 해라.'

제가 서명을 하자 변호사는 서류를 가지고 돌아갔습니다. 이상한 일이었기 때문인지 이 사건에 대한 생각은 머릿속에서 좀처럼 떠나지 않았습니다. 아무리 생각해 봐도 어떻게 된 일인지 짐작조차 할 수 없었습니다. 하지만 한 가지 확실한 것이 있었습니다. 바로 두려움이었죠.

그렇게 며칠이 지났습니다. 시간이 지나자 궁금증이나 두려움도 조금씩 사라지고 평소와 같은 생활을 하게 되었습니다. 하지만 큰아버지는 예전과 확실히 달라졌어요. 술은 더 늘었고 사람들과의 만남은 더욱 멀리하셨습니다. 거의 하루 종일 방 안에서 문을 잠그고 틀어박혀 있었으니까요. 아주 가끔이지만 밖에 나오신 적도 있긴 합니다. 그때는 술에 잔뜩 취해서 권총을 들고 정원을 미친 사람처럼 뛰어다니곤 했어요. '나는 두렵지 않다! 악마보다 더 무서운 것이 오더라도 갇혀 살 수는 없다!' 라고 큰 소리로 외치곤 했습니다.

그러나 이런 발작도 술이 약간만 깨거나 진정이 되면 바로 끝났습니다. 서둘러 방으로 들어가 다시 빗장을 내리고 자물쇠를 걸었으니까요. 아마 마음 밑바닥에 있는 공포에 대해서는 저항할 수 없었던 것 같아요. 그때의 큰아버지 얼굴은 온통 땀으로 젖어 있었습니다. 추운 겨울날에도 막 세수를 하고 물기를 닦지 않은 모습 같았지요.

제 얘기가 너무 길어지는 것은 아닌지 모르겠습니다. 하지만 홈즈 선생님, 긴 이야기도 거의 끝이니 조금만 더 들어주세요. 어느 날 밤, 큰아버지는 다른 때처럼 술에 취해 집을 나갔습니다. 그러나 그날 밤은 돌아오지 않았습니다. 날이 밝자마자 저는 바로 큰아버지를 찾아 나섰고, 정원의 작은 연못 근처에 엎어진 채 돌아가신 모습으로 발견되었습니다. 초록 물이끼가 끼어 있는 연못이었는데, 깊이가 2피트(1피트=0.3미터-옮긴이)밖에 되지 않았어요. 폭행당한 흔적이 전혀 없었기 때문에 경찰에서는 자살이라는 결론을 내렸습니다. 평소 큰아버지의 일상생활로 미루어보았을 때 가능한 이야기이기도 했습니다.

하지만 저는 큰아버지가 얼마나 죽음을 두려워하는지 잘 알고 있었어요. 그렇기 때문에 자살을 할 리도 없을 뿐더러 한밤중에 그런 곳에 갈 리는 더더욱 없었죠. 하지만 이 사건은 그렇게 결론이 나버렸고, 저의 아버지에게 유산이 상속되었습니다. 부동산과 은행에 예치한 1만 4천 파운드 정도가 아버지에게 들어왔죠."

"잠깐만!"

홈즈가 중간에 말을 잘랐다.

"오펜쇼 씨, 당신의 이야기는 내가 들었던 이야기 중에서 가장 특이한 경우에 해당되는 것 같소. 큰아버지가 편지를 받은 날짜와 큰아버지가 돌아가신 정확한 날짜는 언제였소?"

홈즈가 눈빛을 반짝이며 말했다.

"편지가 온 것은 1883년 3월 10일입니다. 큰아버지가 돌아가신 날은 7주가 지난 5월 2일 밤이고요."

"그렇군요. 계속해요."

"큰아버지의 저택을 상속한 아버지에게 저는 지붕 밑 다락방을 조사해 달라고 부탁했습니다. 그래서 다락방을 샅샅이 뒤졌고, 그 안에서 마침내 청동으로 된 상자를 발견할 수 있었습니다. 그러나 그 안은 이미 텅 비어 있었고 다만 뚜껑 안쪽에는 KKK라는 글자 밑에 '편지, 비고, 영수증, 명단' 이라고 쓰여 있는 종이만 하나 붙어 있었습니다. 저는 그것이 큰아버지가 태워 없앤 서류의 목록이 아닐까 생각했습니다.

다락방에는 큰아버지의 미국 생활과 관련이 있는 서류와 수첩 등이 흩어져 있는 것 외에는 그다지 특별한 물건은 없었습니다. 그 중에는 큰아버지가 충실하고 용감한 군인이었음을 나타내는 남북전쟁 당시의 것도 있었습니다. 남부 여러 주의 재건 시대 즈음, 정치에 관련된 것도 있었죠. 그 이유는 큰아버지가 북부에서 온 정치 모리배들에 대항하는 활동을 했기 때문이라고 생각합니다.

아버지는 1884년 초부터 호샴에 있는 큰아버지의 저택에서 살기 시작했습니다. 다음 해 1월까지는 별일 없는 평범한 날들이 계속되었죠. 그러나 새해를 맞이한 지 얼마 안 된 1월 4일, 식사를 하면서 편지를 보던 아버지가 갑자기 소리를 질렀습니다.

'존, 이건 뭐지? 혹시 그 의미를 알고 있니?'

아버지의 손바닥을 보니 방금 뜯은 편지에서 나온 마른 오렌지 씨 다섯 개가 있었습니다. 제가 전에 큰아버지가 오렌지 씨를 받고 두려워하셨다는 이야기를 했을 때는 말도 안 된다면서 웃어넘기셨지만, 막상 아버지에게 같은 일이 일어나니 두려우신 듯했습니다.

저는 'KKK예요.'라고 가볍게 대답했지만, 마음은 돌덩이가 누르고 있는 것처럼 무거웠습니다. 아버지는 봉투 안쪽을 보고 '그렇구나.'라고 말씀하시더니 다시 다급하게 물었어요.

'바로 여기에 그렇게 씌어 있구나. 그런데 그 위에 씌어 있는 건 뭐지?'

<서류를 해시계 위에 올려놓아라.>

제가 아버지 어깨 너머로 편지를 보았는데 거기에 그렇게 씌어 있더군요.

'이건 뭐지? 서류랑 해시계라니?'

아버지는 어리둥절한 표정으로 저를 바라보셨어요.

'글쎄요. 아마 정원에 있는 해시계를 말하는 것 같아요. 그런데 서류는 큰아버지가 모두 태워버리셨을 텐데요.'

저는 이렇게 대답할 수밖에 없었습니다.

'이 나라는 문명국이다. 대체 이런 말도 안 되는 장난을 하다니. 어디서 이 편지를 보낸 거냐?'

아버지의 말씀을 듣고 저는 봉투를 살펴보았습니다. 스코틀랜드의 던디라고 소인이 찍혀 있더군요.

'말도 안 되는 장난에 놀아날 수는 없다. 내가 해시계나 서류랑 무슨 관련이 있다고. 별일 아니니 너도 너무 신경 쓰지 말도록 해라.'

'아버지, 경찰에 신고하는 것이 좋지 않을까요?'

저는 진지하게 말씀드렸습니다만, 아버지는 주의 깊게 듣지 않으셨습니다.

'경찰이라고? 일부러 경찰서까지 가서 비웃음을 사라는 말이냐? 난 싫다. 절대 가지 않겠다.'

아버지는 매우 단호한 분이셨기 때문에 더 이상 말씀드리지 않는 것이 낫다고 생각했습니다.

'그럼 저에게 맡겨주시는 건 어떨까요?'

제가 마지막 수단이라고 생각하며 아버지에게 물었습니다. 그러나 절대로 안 된다는 말 외에는 더 이상 아무 말도 없었고, 저 역시 아버지의 의견을 따라야 했습니다. 아버지가 하신 말씀을 번복한 예는 지금까지 한 번도 없었기 때문입니다. 그날부터 저는 불길한 예감에서 벗어날 수 없었습니다.

편지가 온 지 사흘째 되는 날, 아버지는 포츠다운 힐 요새의 사령관인 옛 친구 프리바디 소령을 방문하셨습니다. 집에 안 계시면 덜 위험할 것이라고 생각한 저는 아버지의 외출에 적극 찬성했죠. 그런데 그게 잘못이었습니다. 아버지가 떠나고 이틀 후, 프리바디 소령으로부터 빨리 와달라는 전보가 도착했으니까요. 아버지는 소령에게 가는 길 일대에 파여 있는 백악 갱 속으로 추락해서 두개골이 깨져 의식을 잃은 상태였습니다. 아버지는 초행길이었기 때문에 지리에 어두웠고, 백악 갱은 어둡고 울타리가 없어서 그곳 경찰은 사고사라는 판정을 내렸어요. 저 역시 아버지의 사고 당시 상황을 꼼꼼하게 조사했지만 타살이라고 보기에는 매우 어려웠습니다. 폭행 흔적도, 발자국도, 지갑의 동전 하나까지 그대로 있었으니까요. 하지만 제 마음엔 아직도 불안과 공포가 남아 있습니다. 무서운 음모가 큰아버지 그리고 아버지를 둘러싸고 있다고 99퍼센트 확신한 것이죠.

결국 큰아버지의 유산은 제가 상속하게 되었습니다. 아마 두 분은 저에게 유산을 모두 처분하라는 충고를 하실지도 모르겠습니다. 하지만 제 생각에는 이러한 재난이 유산을 처분하는 것만으로 해결될 것 같지는 않습니다. 큰아버지에 이어 아버지에게 일어난 사건은 얽히고설킨 것이라 위험이 줄어들 리 없으니까요.

아버지가 돌아가신 건 1885년 1월이었습니다. 그리고 2년 8개월이 무사히 지났죠. 저는 그동안 만족스러운 생활을 했고, 막연한 두려움도 사라져 오렌지 씨가 주는 저주도 사라졌다고 생각하게 됐습니다. 하지만 제가 너무 안일했어요. 바로 어제 아침, 저에게도 너무나 무서운 편지가 오고 말았습니다."

오펜쇼 씨는 말을 끝낸 뒤 조끼 주머니에서 구겨진 봉투를 꺼냈고, 안에 있는 오렌지 씨 다섯 개를 테이블 위에 올려놓았다.

"이것이 바로 그 봉투입니다. 이번에는 소인이 런던 동부로 찍혀 있고, 봉투 속에는 아버지가 받았던 것과 같이, KKK 그리고 그 밑에 '서류를 해시계 위에 놓아라.' 라고 쓰여 있었습니다."

"편지를 받고 당신은 어떻게 했소?"

홈즈가 물었다.

"아무것도 하지 않았습니다."

"아무것도 하지 않았다고요?"

"솔직히 말씀드리자면 어떻게 해야 할지 모르겠습니다. 마치 뱀이 다가오는 것을 보고 공포에 질려 꼼짝하지 못하는 토끼 같다고나 할까, 자비심이라고는 전혀 없는 악마의 손에 붙잡혀 있는 기분입니다. 아무리 조심하고 앞을 내다봐도 저 역시 죽음을 피할 수는 없을 것 같습니다."

"저런! 이봐요 젊은이! 지금 당신을 구할 수 있는 건 신속한 행동뿐이오. 그렇지 않으면 당신은 죽을지도 몰라요. 절망만 하고 있으면 안 돼요. 힘과 용기를 갖는 것만이 당신이 살 길이오. 시간이 없소."

"사실 편지를 받고 바로 경찰을 찾아갔습니다."

"아!"

"하지만 그들은 제 얘기를 듣고는 웃더군요. 경찰서에서 만난 경위는 큰아버지는 자살, 아버지는 사고일 뿐이고 편지는 그저 장난일 거라고 말하더군요."

"이런, 정말 어리석은 경찰 같으니라고!"

홈즈는 두 주먹을 부르쥐고 허공을 향해 휘두르며 외쳤다.
"그래도 저희 집에 경찰 한 명을 보내주었어요. 그 정도도 고마웠습니다."
"그럼 이곳에도 그 경찰과 함께 왔소?"
"아니오, 혼자 왔습니다. 그 경찰은 집을 지키라는 명령을 받았으니까요."
"당신은 이곳에 왜 왔소? 아니 왜 이제야 왔소?"
홈즈가 다시 한 번 소리쳤다.
"사실 홈즈 선생님에 대해 전혀 몰랐습니다. 오늘 프렌더가스트 소령에게 이 사실을 털어놓았더니 저보고 선생님을 찾아가라고 충고해 주었습니다."
"오펜쇼 씨, 편지가 온 지 벌써 이틀이나 지났소. 바로 행동에 옮겼어야 했는데 말이오. 지금 보여주었던 것 외에 다른 것은 없소? 아주 사소한 것이라도 단서가 될 수 있소."
"하나 더 있긴 합니다. 큰아버지가 서류를 태우던 날, 벽난로의 재 속에서 타다 남은 종이를 보았는데 이것과 비슷한 색깔의 종이였습니다. 그래서 큰아버지의 방에서 이걸 주웠을 때 큰아버지가 파기한 문서의 일부분이란 걸 눈치 챘답니다. 하지만 여기서 '오렌지 씨'라고 쓰인 것을 뺀 다른 부분은 별로 도움이 될 것 같지 않아요. 제 생각엔 큰아버지 비밀일기의 한 부분인 것 같은데……. 큰아버지의 필적이 틀림없으니까요."
홈즈가 그 종이를 보기 위해 램프를 끌어당겼고, 나 역시 고개를 맞대고 종이를 들여다보았다. 종이의 가장자리가 뜯겨진 흔적으로 보아 노트에서 뜯어낸 것이 분명했다. 종이 위쪽에는 '1869년 3월'이라고 적혀 있었고 다음과 같은 묘한 메모들이 나열되어 있었다.

4일. 허드슨 도착. 변함없는 강령.
7일. 세인트오거스틴의 매컬리, 패러모어, 존 스웨인에게 오렌지 씨 발송.
9일. 매컬리 제거.
10일. 존 스웨인 제거.
12일. 패러모어 방문. 순조로운 해결.

"잘 봤소. 이제 잠시도 망설일 시간이 없단 말이오. 이야기 내용을 검토할 여유도 없소. 즉시 돌아가서 바로 시작하시오."
홈즈가 종이를 오펜쇼 씨에게 돌려주며 말했다.
"제가 뭘 해야 하는 거죠?"
"할 일은 한 가지뿐이니 돌아가서 바로 실행하시오. 일단 보여준 이 종이를 청동 상자에 넣으시오. 그리고 큰아버지가 모든 서류를 태웠고 남은 건 이 한 장뿐이라고 쓴 편지도 상자에 함께 넣어요. 상대가 신뢰할 수 있도록 잘 써야 할 겁니다. 준비가 되면 편지의 내용대로 상자를 해시계 위에 올려놓으시오. 내 말 모두 이해했지요?"
"네, 알겠습니다."
"지금은 다른 생각을 해서는 안 되오. 혹시라도 복수를 하겠다거나 대항하겠다는 생각도 하지 마시오. 그건 법률의 힘이 닿아야 가능한 일이니까. 지금은 적이 그물을 쳐놓았고, 우리도 그물을 쳐야 하오.

당신에게 닥친 눈앞의 위험을 없애는 것이 우선이고, 악인을 징계하는 것은 그 다음이오."

"감사합니다, 홈즈 선생님. 당신은 저에게 희망을 주셨어요. 지금 바로 가서 선생님 말씀대로 하겠습니다."

오펜쇼는 일어나 코트를 입으면서 홈즈에게 말했다.

"최대한 서두르는 게 좋소. 당신 주위에 무서운 위험이 다가오고 있는 것이 확실하니 몸조심하고. 집에는 어떻게 갈 거요?"

"워털루 역에서 기차로 가려고 합니다."

"아직 9시 전이군요. 사람의 왕래가 많은 시간이니 위험하지는 않을 테지만, 결코 마음을 놓아서는 안 되오. 주변의 모든 일에 주의하시오."

"저는 무기도 가지고 있습니다."

"좋아요. 그럼 내일부터 조사에 착수하도록 하겠소."

"내일 홈즈 선생님이 직접 호샴에 오실 건가요?"

"아니오. 문제의 근본은 런던에 있으니, 이곳에서 문제를 해결하도록 하겠소."

"그럼 결과를 알려드려야 하니 2~3일 안에 이곳을 다시 방문하도록 하겠습니다. 정말 감사합니다."

오펜쇼 씨는 악수를 하고 문 밖으로 나갔다. 집 밖은 여전히 거센 바람이 몰아치고 있었고, 빗줄기는 세차게 창문을 때리고 있었다. 한없이 괴상하고 무서운 이야기는 마치 미친 듯이 포효하는 자연 속에서 잠시 우리에게 왔다가 다시 폭풍우 속으로 사라진 듯한 기분이었다.

홈즈는 말없이 고개를 숙인 채로 한동안 있었다. 난로의 불을 보던 그는 파이프에 불을 붙이고 의자 등받이에 몸을 기대 푸른 담배 연기가 하늘로 올라가는 것을 바라보았다.

"왓슨, 우리가 그동안 이토록 기묘한 이야기를 들은 적이 있던가?"

"없던 것 같군. <네 명의 서명>에 버금가는 이야기라고 생각하네."

"맞아. 그 사건은 정말 특별했지. 하지만 존 오펜쇼라는 젊은이는 그때의 숄토 형제보다 더 위험한 것 같군."

"자네는 벌써 이 사건을 모두 파악한 모양이군."

"적어도 어떤 위험인지는 알고 있네."

"그렇다면 이게 대체 무슨 사건인가? KKK는 또 뭐고? 그 불행은 왜 오펜쇼의 가족에게만 오는 거지?"

홈즈는 눈을 감고 양쪽 팔꿈치를 의자의 팔걸이에 얹으며 손가락 끝을 붙였다.

"이상적인 논리로 판단하는 사람이라면 일단 의미를 내포하는 사실이 하나 제시되면 거기에 이르는 모든 사건과 사물을 빠짐없이 추리한다네. 그리고 그 사실에서 발전해 나가는 앞으로의 모습도 내다볼 수 있지. 퀴비에(1769~1832, 프랑스의 고생물학자이자 동물학자 - 옮긴이)가 뼈 하나만 관찰해도 그 동물의 전체를 그릴 수 있었던 것처럼 말이야. 관찰자가 연속된 사건의 한 고리를 충분히 이해한다면 그 앞뒤에 연결되는 고리를 모두 정확히 설명할 수 있다네. 아직 결론을 도출하지는 못했지만 추리만으로도 도달할 수 있어. 사람들이 현장에서 감각으로만 해결하려다가 실패한 사건도, 추리만으로 서재에서 해결할 수도 있는 것이지. 하지만 내가 설명하는 이러한 추리기술을 완전하게 발휘하려면 알고 있는 사실을 모두 빠짐없이 활용할 수 있어야 해. 그렇게 하기 위해서는 모든 지식을 알고 있어야 하는 것이고. 그런데 이러한 능력은 요즘 같은 자유 교육의 시대, 백과사전이 보급된 시대에도 사실 쉽지 않은 일이라네. 하지만 자신의 일에 필요한 능력을 몸에 지니는 것이 아주 불가능한 일은 아니기에, 난 그러한 노력을 끊임없이 해왔지. 우리가 처음 알게 되었을 때, 자네가 내 지식의 한계를 꽤 정확하게 판단한 적이 있었지. 기억하나?"

"그래, 기억나는군. 내가 표를 하나 만들었지. 내 기억으로는 철학, 정치학, 천문학에 대한 자네의 지식은 0이었지. 화학은 한편에 쏠려 있고 해부학은 체계적이지 않다고도 말했어. 지질학은 런던 주변 50마일 이내의 흙이나 먼지를 식별할 수 있다고 평가했고, 선정 문학이나 범죄 기록에 대해서는 최고 전문가라고 말했지. 권투와 검술은 달인, 수준급의 바이올린 연주자, 법률에 해박한 코카인과 담배 중독자라고도 했지 않은가. 내가 분석했던 주요 내용이었지."

내가 마지막 항을 말할 때 홈즈는 얼굴에 미소를 띠고 있었다.

"말이 나왔으니 말인데, 두뇌라고 하는 작은 방에는 즉시 꺼낼 수 있는 물건들만 넣어두고, 나머지는 필요할 때 꺼내 쓸 수 있는 서재에 넣어두면 된다네. 자, 이제 오늘 밤 사건으로 돌아가자고. 이 문제에 대해서는 그동안 모아둔 모든 정보들을 꺼내야 한다네. 자네, 그쪽 선반에서 미국 백과사전의 K 항목을 꺼내주게. 고맙네. 자, 이제부터 어떤 것이 나오는지를 보자고.

가장 먼저 생각해야 할 것은 존 오펜쇼의 큰아버지, 오펜쇼 대령이 미국을 떠난 이유라네. 사람은 나이가 들수록 습관을 바꾸기 점점 어려워지지. 그런데 대령은 날씨가 좋은 플로리다를 버리고 영국의 시골 마을로 돌아와 외로운 생활을 시작했어. 영국에 돌아온 이후 사람들과의 만남을 피했다면 그는 누군가 혹은 무언가를 두려워했다고 볼 수 있지. 즉, 그가 미국을 떠난 것은 어떤 두려움 때문이라고 가정할 수 있어. 그가 두려워한 대상이 무엇인지는 그와 상속인들이 받은 편지로 추리해 볼 수 있다네. 자네, 편지 세 통에 찍혔다는 소인을 기억할 수 있겠나?"

"물론 기억한다네. 첫 번째는 인도의 퐁디셰리, 두 번째는 스코틀랜드의 던디, 마지막은 런던이라고 했지."

"마지막 편지는 정확히 런던 동부라고 했지. 이들의 공통점은 무엇일까?"

"모두 항구 도시군. 그렇다면 보낸 사람은 배를 타고 있겠군."

"오, 훌륭하군! 이렇게 단서를 하나 잡은 거라네. 세 통의 편지를 보낸 사람이 배를 타고 있는 남자라는 점은 거의 확실해. 자, 그럼 다른 방향에서 생각해 보자고. 퐁디셰리에서 편지를 보내고 대령의 자살이 일어나기까지는 7주가 걸렸어. 던디의 경우는 3~4일 정도였지. 그게 무엇을 의미한다고 생각하나?"

"호샴까지 가는데 걸린 시간?"

"그렇다면 편지가 도착하는 데도 시간이 걸리는 건 마찬가지겠지."

"잘 모르겠군. 더 무엇이 있을까?"

"적어도 그 또는 그들이 타고 있는 배가 범선이라는 것을 추정할 수 있지. 그들은 어떤 사명을 가지고 출발하기 전에 경고문, 즉 오렌지 씨를 보낸 것 같군. 던디에서 보냈을 때는 암호 뒤에 곧 행동에 옮겼으니까. 만약 그들이 퐁디셰리에서 기선으로 왔다면 그들은 편지와 거의 동시에 도착했을 거야. 하지만 실제로 7주라는 차이가 있지. 7주는 편지를 운반한 우편선 그리고 보낸 사람이 타고 있는 범선과의 속도 차이를 의미한다고 볼 수 있다네."

"그럴 수도 있겠군."

"아니지, 이건 정확한 추론이라네. 즉 지금의 상황이 그만큼 절박하다는 것이지. 그래서 존 오펜쇼에게 주의하라고 당부한 것이고. 비극적인 두 번의 사건은 모두 발송인이 발송지에서 이쪽으로 올 만한 기간을 두고 바로 일어났어. 그런데 이번에는 발신지가 런던이야. 그렇기 때문에 1초도 지체할 수 없는 거라네."

"정말 큰일이군. 그런데 이 잔인한 사건들은 무엇을 의미하는 건가? 난 잘 모르겠군."

내가 놀라서 걱정스러운 목소리로 말했다.

"대령이 갖고 있던 서류는 범선에 타고 있는 사람들, 즉 편지를 보낸 사람들에게는 목숨만큼 소중한 것임에 틀림없어. 그들은 아무리 봐도 한 사람으로 보기는 어렵군. 혼자서 두 번이나 아무런 증거 없이 살인을 할 수는 없을 테니까. 최소 3~4명은 되리라 짐작되네. 모두 계략에 뛰어나고 대담한 성격일 거야. 자, 여기까지 왔으니 KKK가 누군가의 이니셜이 아닌 단체를 나타내는 것 정도는 알겠지?"

"난 처음 들어보네. 대체 무슨 단체일까?"

"자네 혹시 '쿠 클럭스 클랜' 이라는 말을 들어본 적 있나?"

홈즈는 몸을 내 쪽을 향해 내밀며 낮은 목소리로 물었다.

"처음 들어보는군. 그게 뭔가?"

홈즈는 아까 선반에서 내린 백과사전의 페이지를 넘기다가 말했다.

"여기를 보게."

쿠 클럭스 클랜 Ku Klux Klan - 총의 해머 부분을 세울 때 나는 소리를 본떠서 만든 비밀결사의 명칭이다. 이 결사는 남북전쟁 이후, 남부 여러 주의 군인들로 조직되었는데 빠른 시간 동안 전국으로 퍼졌다. 테네시, 루이지애나, 남북 캐롤라이나, 조지아, 플로리다 등의 각 주에서 지부가 결성되었다. 이 단체는 정치적 성격을 띠고 있었는데, 흑인 유권자를 위협하고 반대 의견을 가진 인물을 추방하거나 살해하는 범죄를 저질렀다. 폭력 행사를 하기 전에 목표 인물에게 경고를 했는데, 그 경고는 작은 참나무 가지, 멜론이나 오렌지 씨 등을 보내는 것이었다. 이 경고를 받은 사람은 자신의 언행에 대해 공개적으로 수정하거나 도망가야 했다. 만약 그렇게 하지 않으면 반드시 죽음을 맞이하게 되는데, 그 방법이 매우 기발하였다. 결사 조직이 완벽하고 실행 방법도 체계적으로 조직되었기 때문에 경고에 거역하고 살아남았다거나 범인이 잡혔다는 기록은 전혀 없다. 미국 정부와 남부의 선량한 사람들은 이 단체에 반대하였으나 수년 간 전성기를 누렸다. 그러나 1869년에 갑자기 행동을 중지했는데, 이후에도 같은 성격을 가진 단체가 전국 각지에서 산발적으로 나타났다.

홈즈는 사전을 테이블에 내려놓으며 말했다.
"자네도 이미 눈치 챘겠지만 이 단체가 활동을 중지한 해가 오펜쇼 대령이 영국으로 귀국한 시기와 같다네. 대령이 비밀 서류를 갖고 왔다면 그 집념 강한 단체가 왜 그 일가를 해치려고 하는지도 알 수 있지. 그 비밀 서류가 남부의 지도자와 관계가 있기 때문에 그것을 되찾을 때까지 그들은 계속 경고하고 살인도 서슴지 않는 거라네."

"그러면 우리가 본 노트는 무엇인가?"

"우리가 지금 상상하고 있는 내용이겠지. 내 기억이 정확하다면 그 종이엔 세 명에게 오렌지 씨를 보냈다고 쓰여 있었네. 그건 다시 말하면 대상자에게 조직의 협박장을 보냈다는 뜻이야. 그 다음에 A와 B를 제거 또는 추방했다는 내용이 나오고 마지막으로 C를 찾아갔다는 내용이 나오지. 아마 C는 불길한 일을 당했다는 걸 의미하는 것 같군. 어쩌면 우리는 이번 사건으로 인해서 어둠의 세계에 약간이나마 칼을 댈지도 모르겠네. 존 오펜쇼는 내가 말한 방법 말고는 살아남을 방법이 없을 테고. 자, 이제 오늘 밤 얘기는 끝내기로 하세. 거기 바이올린을 주게나. 이 지독한 날씨와 그보다 더 지독한 세상을 잠시 잊어보자고."

다음 날 아침은 전날의 비바람을 상상할 수 없을 정도로 화창한 날씨였다. 태양은 대도시를 덮은 안개를 통해 부드러운 햇빛을 보내고 있었다. 침실에서 내려와 식당으로 가니 홈즈는 벌써 아침 식사를 하고 있었다.

"이런, 먼저 식사 중이라 미안하군. 오늘은 오펜쇼 사건 때문에 매우 바쁠 것 같아서 좀 서둘렀다네."

"괜찮아. 오늘 계획은 무엇인가?"

"그건 나의 첫 번째 조사 결과에 달려 있지. 아마 결국은 호샴에 가게 될 것 같군."

"먼저 호샴부터 가야 하는 것 아닌가?"

"런던 시내부터 시작해야 한다네. 벨을 눌러 자네의 커피를 가져다 달라고 하게."

벨을 누르고 커피를 기다리면서 나는 테이블의 신문을 집어 들고 읽기 시작했다. 그런데 갑자기 어떤 기사의 제목이 눈에 들어왔고, 난 온몸에 오한이 드는 것을 느꼈다.

"이럴 수가! 홈즈! 이미 늦은 것 같군!"

"그렇게 될까봐 걱정하고 있었는데…… 어떤 방법이었나?"

홈즈가 커피잔을 내려놓으면서 안타까운 목소리로 물었다. 차분한 목소리였지만 꽤 큰 충격을 받은 것 같았다.

"기사는 <워털루 다리의 비극>이라는 제목이네. 오펜쇼라는 이름이 한눈에 보이더군. 여기 읽어보게."

어젯밤 9시에서 10시 사이, 쿡 순경은 워털루 다리 부근에서 근무를 하고 있었다. 그런데 갑자기 '사람 살려!'라는 외침과 함께 누군가가 물에 빠지는 소리를 들었다. 지나가던 몇몇 행인이 구조를 도왔으나 심한 비바람과 짙은 어둠 때문에 인명 구조에는 실패하고 말았다. 그러나 해상경찰의 출동으로 사체 인양 작업은 순조롭게 마무리되었다. 익사자의 신원은 사체의 호주머니에서 발견된 편지를 통해서 호샴에 사는 존 오펜쇼 씨로 판명되었다. 그는 막차를 타기 위해 역으로 가던 중, 어둠 때문에 선착장으로 길을 잘못 들어 실족사한 것으로 추정된다. 사체에서는 어떤 폭행의 흔적도 나타나지 않아 경찰은 이 사건을 안타까운 사고사로 보고 있다. 이 사건을 계기로 선착장의 안전시설에 대한 점검에 나설 전망이다.

우리는 잠시 아무 말도 하지 않았다. 지금까지 내가 본 홈즈의 표정 중에 오늘처럼 침울하고 실망한 표정은 본 적이 없었다.

"왓슨, 내 자존심에 상처를 주는 사건이로군. 물론 이것은 나의 개인적이고 하찮은 감정이지만, 그가 죽었다고 해도 모른 척할 수는 없지. 목숨이 있는 한 그 악마들을 다 체포하고 말겠어. 나를 의지하려고 찾아왔는데 돌아가는 길에 살해당하다니!"

그는 말을 마치고 의자에서 벌떡 일어나 방 안을 왔다갔다하며 흥분을 가누지 못했다. 창백한 얼굴은 붉게 상기되었고 야윈 두 손을 신경질적으로 잡았다 놓았다 하면서 분을 이기지 못하고 서성였다.

그가 마침내 소리쳤다.

"어떻게 그곳으로 그를 유인했을까? 그 길은 역으로 가는 길이 아니지 않은가. 다리 위는 폭풍우가 치는 밤이라고 해도 사람의 왕래가 많아서 범행을 하기 적합하지 않았을 테지. 왓슨, 누가 최후의 승리자가 되는지 똑똑히 보게나. 지금부터 시작이야."

"그럼 자네는 경찰서에 갈 텐가?"

"내가 직접 경찰이 되어야 할 것 같군. 내가 그물을 쳐놓는다면 경찰이 파리 정도는 잡을지도 모르지. 그물을 쳐주지 않는다면 그나마도 못 하겠지만."

그날은 유난히 나를 찾는 환자들이 많아서 베이커 가로 늦게야 갈 수 있었다. 내가 갔을 때도 홈즈는 아직 돌아오지 않았다. 10시 가까이 되어서야 창백한 얼굴로 돌아온 홈즈는 들어오자마자 물과 빵을 허겁지겁 먹었다.

"자네 몹시 배가 고픈 모양이로군. 저녁 식사를 하지 않았나?"

"먹는 것을 잊고 있었어. 아침 이후로 하루 종일 아무것도 먹질 않았다네."

"저런, 이 시간까지?"

"그러게 말이네. 뭘 먹어야 한다는 생각을 할 시간이 없었어."

"매우 바빴던 모양이군. 일은 잘 되었나?"

"그렇다네. 준비를 잘 하고 있지."

"단서를 잡은 건가?"

"물론. 이제 놈들은 내 손 안에 있다네. 오펜쇼의 원수도 곧 갚을 수 있을 거야. 이번에는 내가 그놈들에게 암호를 보낼 생각이야. 이건 정말 멋진 아이디어가 아닌가!"

"암호를 보낸다고? 대체 무슨 아이디어를 말하는 건가?"

홈즈는 내 질문에 대답하지 않고 찬장에서 오렌지를 꺼내어 잘게 쪼갰다. 테이블 위에서 오렌지 씨를 발라낸 뒤, 다섯 개를 골라 봉투에 넣었다. 봉투의 안쪽에는 'J. O.의 대리 S. H.(존 오펜쇼의 대리 셜록 홈즈)'라고 썼다. 받는 사람 주소란에는 '미국 조지아 주 사바나 항 론 스타 호 선장 제임스 컬훈 씨'라고 썼다.

"배가 항구에 들어가면 그들은 이것을 보게 되겠지. 아마 이 편지를 보면 밤잠도 설칠 거야. 오펜쇼가 떠밀려 죽었을 때와 마찬가지로 거부할 수 없는 운명이 찾아왔다고 느끼겠지."

"선장 컬훈이라는 사람은 누구인가?"

"KKK의 두목이야. 다른 놈들도 해치울 생각이지만 일단 두목이 먼저지."

"그런 사실들을 어떻게 알아낸 건가?"

Sherlock Holmes

홈즈는 대답 대신 주머니에서 날짜와 이름이 가득 적힌 종이를 꺼냈다.

"이걸 보게. 난 오늘 하루 종일 선박 등록부와 옛 신문을 찾았어. 1883년 1월부터 3월까지 퐁디셰리에 도착한 배를 조사했지. 지난 두 달의 기록에 의하면 큰 배는 총 36척이었네. 그런데 이 배는 런던에서 출항한 것으로 되어 있어. 이 배의 이름은 미국 어느 주의 별명이었는데 기억이 안 나는군."

"혹시 텍사스인가?"

"너무 정신이 없어서 기억을 못 하겠네. 어쨌든 미국 배일 거라고 생각했지."

"그래서 어떻게 했지?"

"던디 항으로 가서 기록을 조사해 보았지. 론 스타 호가 1885년 1월에 기항했다는 기록이 나왔어. 이제 의혹은 확신이 되었다네. 그리고 런던 항으로 가서 현재 정박해 있는 배를 조사했다네."

"역시 거기 있었는가?"

"그렇다네. 론 스타 호는 지난주에 들어왔더군. 그래서 바로 템스 강의 앨버트독으로 달려갔는데, 이미 아침에 사바나 항으로 떠났다고 하더군. 강어귀에 있는 그레이브스엔드에 전보로 문의했는데, 조금 전에 그곳을 통과했다는 답을 들었어. 동풍이 불고 있으니 지금은 굿윈의 여울목을 지나 와이트 섬 부근을 통과하고 있겠지."

"그럼 이제 어떻게 할 생각인가?"

"체포한 것과 다름없어. 조사한 바로는 선원 중 순수한 미국인은 선장과 두 명의 항해사밖에 없다더군. 그 밖에는 전부 유럽인이고.

배에 짐을 실었던 인부에 의하면, 미국인 세 명이 어젯밤 모두 상륙했었다는군. 이제 그들이 사바나 항구에 입항할 때쯤이면 내가 보낸 편지가 우편선으로 도착해 있을 거야. 그곳의 경찰에게는 그들이 살인용의자이니 세 미국인을 체포하라고 전신으로 연락해 두었다네. 이만하면 충분한 대처일 거야."

홈즈는 크게 웃으면서 시원스러운 목소리로 대답했다. 그러나 인간이 세운 계획은 신의 계획을 따라갈 수 없다. 오펜쇼 일가를 살해한 범인들은 홈즈가 보낸 오렌지 씨를 받지 못했고, 홈즈가 그들을 바싹 쫓고 있다는 것도 영원히 알지 못했다.

그해 가을 폭풍은 보기 드물게 심했고, 사바나 항으로부터 론 스타 호의 소식은 들어오지 않았다. 그 후 알게 된 것은 대서양 건너 어딘가에 배의 부서진 조각이 떠다니고 있었다는 것뿐이었다. 그 조각에는 L. S.(론 스타 호의 이니셜)가 새겨져 있었고, 그 이상 론 스타 호의 운명에 대해서는 알려진 바가 없다.

블루 카벙클
The Blue Carvuncle

　　　　　　　　크리스마스가 지나고 이틀 뒤 아침, 나는 안부를 물을 겸 홈즈의 집을 찾았다. 그는 새빨간 실내복 차림으로 소파에서 게으름을 즐기고 있었다. 오른손이 닿는 곳에는 파이프 걸이가 놓여 있었고, 다 읽고 구겨버린 신문이 수북하게 쌓여 있었다. 소파 옆에는 흔한 나무 의자가 하나 놓여 있었는데, 의자 등받이에는 보잘것없이 낡은 펠트 모자가 아무렇게나 걸쳐져 있었다. 모자는 몇 군데가 갈라지기까지 해서 도저히 쓰고 다니기 어려울 정도로 해져 있었다. 의자 위에는 핀셋과 돋보기가 놓여 있어서 모자를 걸어놓은 목적이 무엇인지 한눈에 알 수 있었다.

"홈즈, 사건이 있었던 건가? 갑자기 찾아와서 방해가 된 건 아닌지 모르겠네."

"천만에. 관찰 결과를 정리하고 있던 중이었는데, 이야기를 나눌 친구가 오다니 기쁘군. 아주 사소한 것이긴 하지만 이 모자에는 흥미로운 요소부터 교훈적인 내용까지 있다네."

홈즈는 손가락으로 모자를 가리키면서 말했다. 나는 안락의자에 앉아서 난롯불에 손을 쬐었다. 난롯불은 바깥의 매서운 한파와 관계없이 탁탁 소리를 내며 타고 있었고, 유리창에는 성에가 두껍게 끼어 있어 안과 밖을 차단하는 듯한 인상을 주었다.

"그 낡은 모자에 굉장한 사연이라도 숨어 있나? 아니면 그 모자를 단서로 사건을 해결하고 범인을 찾아서 벌을 줄 건가?"

나는 가볍게 한 마디 던졌다.

"하하! 범인이라니. 그런 건 절대 아니라네."

홈즈는 껄껄 웃으면서 대답했다.

"이것은 수많은 사람들이 살아가는 동안 생길 수 있는, 조금 별난 사건일 뿐이야. 서로 얽혀서 사는 사람들의 행동 사이에는 상상도 할 수 없는 특이한 일이 생기게 마련이니까. 범죄라고는 할 수는 없지만 놀랍고 기이한 일들 말일세. 우리는 그동안 그런 경험을 충분히 하지 않았나?"

"그건 그래. 최근 내가 기록한 여섯 개의 사건 중 법적으로 해결할 수 있는 사건은 단지 세 건에 불과했지."

난 최근에 발표한 사건들을 생각하며 대답했다.

"아마 자네는 아이린 애들러 사건, 서덜랜드 양의 기이한 경험, 입술 삐뚤어진 사내에 대한 이야기를 하고 있는 것 같군. 그건 그렇고 자네 혹시 피터슨 수위를 알고 있나?"

"물론 알고 있지. 그가 왜? 무슨 일이 있었나?"

"이 모자는 바로 그가 가져왔다네."

"그의 모자인가? 그는 이런 모자를 쓴 적이 없는 거 같은데."

"피터슨은 이 모자를 주운 거라 모자의 주인이 누구인지 모른다네.

이 모자를 단순히 낡고 오래된 모자로만 보지 말고, 하나의 관찰 대상으로 보는 건 어떻겠는가? 먼저 이 모자가 어떻게 여기까지 오게 됐는지 말해 주겠네. 이 모자는 크리스마스 아침에 살찐 거위 한 마리와 도착했어. 같이 온 거위는 아마 피터슨이나 그 아내가 굽고 있을 것 같군. 아니면 벌써 먹고 있을지도 몰라.

크리스마스 새벽 4시 경, 피터슨은 술집에서 나와 집으로 가려고 토튼햄 코트로를 걷고 있었다네. 그런데 가스등 불빛 아래에 키가 큰 남자 한 명이 하얀 거위 한 마리를 어깨에 메고 비틀거리면서 가고 있었다더군. 그는 별 생각 없이 보고 있었는데, 얼마 지나지 않아 구시가 모퉁이쯤에서 불량배 몇 명과 시비가 붙었다더군. 불량배 한 명이 남자의 모자를 빼앗았고, 남자는 자신의 몸을 지키기 위해 지팡이를 휘둘렀는데 그만 뒤에 있던 상점의 유리를 깨뜨리고 말았다네. 이쯤 되자 피터슨은 그 남자를 도와야겠다는 생각에 달려갔지. 다행히 피터슨이 그쪽으로 달려가자 불량배들은 모두 도망갔다고 하더군. 하지만 멀리서 경찰같이 보이는 사람이 오자, 남자는 모자와 거위를 떨어뜨리고 도망가 버렸어. 그 남자는 토튼햄 코프로 뒤에 있는 복잡한 뒷골목으로 사라지고 만 거야. 결국 피터슨은 혼자 싸움터에 남게 됐고, 찌그러진 펠트 모자와 거위 한 마리를 얻게 된 것이지. 자네도 알겠지만 피터슨은 아주 믿을 만한 사람이 아니던가. 그가 거짓말을 하진 않았을 거야."

"그럼 피터슨은 거위를 주인에게 돌려주었는가?"

"아니, 그러지 못했다네. 그게 쉬운 일이 아니더군. 거위의 왼쪽 다리에는 '헨리 베이커 부인에게' 라는 작은 카드가 붙어 있었고, 이 모자 안쪽에도 H. B.라는 이니셜이 있었지. 이 도시에 베이커라는 사람은 얼마나 많을 것이며, 그중에서 헨리 베이커라는 사람은 또 얼마나 많을지 생각해 보게."

"그렇긴 하군. 그런데 왜 자네에게 가져왔지?"

"피터슨은 내가 아주 작은 문제에도 관심이 많다는 것을 잘 알아. 그래서 크리스마스 아침에 모자와 거위를 여기로 가져왔다네. 거위는 오늘 아침까지 보관하고 있었는데, 더 두었다가는 상해 버릴 것 같더군. 그래서 거위의 임무를 다할 수 있도록 피터슨에게 보냈지. 물론 모자는 아직 여기 있지만."

"혹시 그 남자가 분실물 광고를 내거나 하지는 않았나?"

"아니, 그런 건 없었네."

"하지만 자네는 그의 신분을 알아냈을 것 같군."

"뭐 추리해낼 수 있는 만큼은 알아냈다고 할 수 있지."

"모자를 보고 말인가?"

"물론 그렇다네."

"아무리 자네라고 해도 그건 지나쳐. 낡고 찌그러진 모자에서 뭘 알아낼 수 있단 말인가?"

"자네는 내 방식을 잘 알고 있을 텐데. 여기 돋보기가 있으니 이 모자를 쓰고 다닌 사람에 대해 몇 가지 정도는 정확하게 알 수 있다네."

나는 자세히 살필 수 있도록 두 손으로 그 모자를 들고 여기저기를 보면서 꼼꼼하게 관찰했다. 흔히 볼 수 있는 둥근 테의 검은색 모자로, 얼마나 오래 썼는지 몹시 낡아 있었다. 안감으로는 붉은 비단을 댄 것 같았는데, 색깔이 많이 바랜 채였다. 상표는 없었지만 홈즈의 말처럼 'H. B.'라는 이니셜이 한쪽에 필기체로 쓰여 있었다. 끈을 넣어 사용할 수 있도록 챙에 구멍이 있었지만 고무끈은 달려 있지 않았다. 먼지가 심하게 앉아 있었고, 심지어 몇 군데는 갈라져 있기까지 했다. 그리고 변색된 부분을 감추기 위해서인지 곳곳에 잉크를 칠해 놓은 게 눈에 띄었다.

"이렇게 보기만 해서는 낡았다는 것 외에는 모르겠네."

나는 모자를 홈즈에게 주면서 말했다.

"왓슨, 그렇지 않아. 자네는 모든 걸 다 보았지 않은가. 단지 그것을 배경으로 해서 추리할 능력이 부족할 뿐이라네. 자네는 추론하는 것을 너무 망설여."

"그럴 수도 있겠지. 자네는 무엇을 알아낸 건가? 말해 주게나."

홈즈는 눈을 가늘게 뜨고 손에 든 모자를 응시한 채 말했다.

"나도 생각만큼 많은 걸 알아내지는 못했다네. 그래도 아주 명백한 몇 가지 특징과 또 가능성이 크다고 짐작할 수 있는 점들도 몇 가지 알아냈지. 먼저 이 모자의 주인은 대단히 지적인 사람일 거야. 3년쯤 전에는 아주 잘살았는데 지금은 가난해졌다는 것도 알 수 있지. 또 계획하고 준비하는 성격이 강했는데 지금은 많이 약해진 것을 보니, 아마 불행한 생활로 인해 정신적으로도 약해진 듯해. 전체적으로 이 모자의 주인은 현재 좋지 않은 상황이야. 습관적으로 술을 마시는 버릇도 생긴 것 같은데, 그와 동시에 아내의 애정도 잃어버린 것 같군."

"대체 그런 사실을 모자로 어떻게 알 수 있다는 말인가?"

"더 들어보게. 하지만 이 남자에게는 신사로서의 자긍심이 아직 남아 있어. 건강이 안 좋아서일지 모르지만 집 밖에도 거의 나가지 않고 매우 조용히 살고 있지. 중년 정도의 나이에 머리는 희끗한 편이며 최근에 이발을 했군. 머리에는 라임 크림을 바르고 다니는군. 집에 가스등도 설치되지 않았을 것 같고."

"홈즈, 자네 농담하는 건가? 대체 어떻게……."

"자네, 나를 못 믿는 건가? 내가 이렇게 하나하나 말해 주었으니 자네도 알 수 있을 거라고 생각하는데."

"난 바보인 건가? 자네의 추리를 들었는데도 난 정말 모르겠네. 일단 그 남자가 지적이라는 건 어떻게 알 수 있는 거지?"

대답 대신 홈즈는 모자를 썼다. 모자는 이마를 지나 콧등까지 내려왔다.

"정확하다고 할 수는 없지만 머리가 크다는 건 뇌가 크다는 것이고 그 안에 지식도 많이 들었을 거라고 판단할 수 있지."

"최근에 가난해졌다는 건 어떻게 알았나?"

"이 모자는 산 지 3년 정도 됐네. 그때는 이렇게 챙 끝이 말린 모자가 유행이었어. 이 모자를 자세히 보게나. 비단으로 단을 대고 안감으로 이렇게 고급 제품을 썼다면 모자 역시 최고급품임에 틀림없네. 3년 전에는 값비싼 모자를 살 만큼 여유가 있었는데, 아직도 이렇게 낡은 모자를 쓰고 다닌다면 이건 현재의 생활이 어려워졌다고밖에 할 수 없지."

"오, 그렇군. 그런데 준비성이 강한 것과 정신이 약해졌다는 건 무엇을 보고 알게 된 건가?"

"여기를 보면 준비성이 철저하다는 걸 알 수 있지."

홈즈는 끈을 넣을 수 있는 챙의 동그란 작은 구멍을 가리키면서 말했다.

"모자에 처음부터 이런 구멍이 있진 않아. 그러니 주문할 때 요청했을 거야. 이유가 뭐겠는가? 바람이 불어도 모자가 날아가지 않게 하기 위해서야. 그것만 봐도 준비성이 철저하다는 걸 알 수 있지. 하지만 끈이 없는데도 새로운 끈을 넣지 않은 것을 보면 준비성이 예전만큼 못 하다는 게 틀림없지. 즉 정신적으로 약해졌다는 것이고. 하지만 모자의 얼룩은 두고 보지 않았네. 검은색 잉크를 칠해서 감추려고 한 것을 보면 아직 자긍심이 남아 있다는 것을 알 수 있지."

"오, 정말 그럴듯하군."

"나이, 머리카락 색깔, 이발, 라임 크림 같은 건 모자 안감을 자세히 관찰하면 알 수 있지. 돋보기로 보면 이발사가 잘라낸 짧은 머리카락이 많이 보이거든. 전부 끈적하게 달라붙어 있는데, 라임 크림 냄새도 진하게 난다네. 모자에 쌓인 먼지를 자세히 보게. 길에서 날리는 회색 흙먼지가 아니라 집에서 흔히 볼 수 있는 갈색 먼지야. 그리고 안쪽에 있는 젖은 자국이 보이나? 모자 주인이 땀을 많이 흘렸다는 증거인데, 이것으로 몸 상태가 좋지 않다는 것도 알 수 있지."

"하지만 부인에 대한 내용은 어떻게 알았지? 애정이 식었다는 것 말일세."

"모자가 전혀 관리되어 있지 않아. 솔질도 안한 지 몇 주는 된 듯해. 만약 자네가 일주일 동안 고스란히 먼지가 쌓인 모자를 쓰고 여기 온다면, 나는 자네가 부인의 애정을 잃었다고 생각할 거야."

"혹시 독신일 수도 있지 않은가?"

"아니야, 그렇지 않아. 부인을 위해서 집에 거위를 가져가고 있었으니까. 거위 발목에 있던 카드를 생각해 보게. '헨리 베이커 부인에게'라고 쓰여 있었어."

"그렇군. 자네는 역시 모든 질문에 답을 할 수 있군. 그럼 한 가지만 더 묻겠네. 집에 가스등이 없다는 건 어떻게 알았지?"

"모자에 소기름 초 얼룩이 다섯 개나 있더군. 한두 번쯤은 우연일 수도 있다고 생각할 수 있지. 하지만 이렇게 많다는 건 소기름 초를 매일 썼다고 할 수 있지. 아마 밤에 한 손에는 불을 켠 초를, 한 손에는 모자를 들고 2층으로 올라갔을 거야. 가스등을 사용하는 집이 소기름 초를 사용할 리가 없지 않은가."

"정말 독창적이군. 역시 자네는 대단해. 하지만 홈즈, 그 남자가 모자와 거위를 잃어버린 것 외에 다른 피해가 전혀 없다면 이 모든 추리는 그저 시간 때우기로 남겠군."

웃으면서 내가 말을 끝내고 홈즈가 대답하려는 순간, 갑자기 문이 열리면서 피터슨 수위가 방으로 뛰어 들어왔다. 얼굴은 흥분으로 붉어져 있었고, 깜짝 놀란 듯했다.

"선생님! 홈즈 선생님! 거위가! 세상에 거위가!"

피터슨 수위는 숨을 몰아쉬면서 말을 잇지 못했다.

"무슨 일인가? 거위가 살아서 날아가기라도 했나?"

홈즈는 소파에서 몸을 반쯤 일으킨 채 피터슨이 흥분한 모습을 천천히 바라보며 말했다.

"이걸 좀 보세요. 아내가 거위의 모이주머니에서 발견한 겁니다!"

피터슨의 손 안에는 눈부시게 빛나는 푸른색 보석이 놓여 있었다.

콩알보다 작은 크기였지만 값비싼 보석인지 매우 환하게 빛나고 있었다.

"오, 피터슨! 정말 엄청난 보석이군. 자네 이게 뭔지 알겠나?"

홈즈는 몸을 일으켜 휘파람을 불면서 말했다.

"다이아몬드 아닌가요? 비싸고 귀한 다이아몬드가 틀림없죠?"

"아닐세, 이건 그저 단순한 보석이 아닌 보석의 왕 카벙클이라네."

"홈즈, 이 보석은 모르카 백작 부인의 푸른 카벙클(Carbuncle, 불룩한 둥근 모양의 석류석으로 예전에는 사파이어, 루비, 석류석 등 붉은 빛이 나는 보석들을 부르던 통칭 - 옮긴이)이 아닌가!"

"그렇다네. 요즘 매일 '타임스' 광고란에 나오는 보석이야. 크기도 모양도 똑같군. 세상에 둘도 없는 귀중한 보석이지. 가치야 나도 정확히 알 수는 없지만, 이 보석에 걸린 현상금 천 파운드는 아마 보석 가격의 20분의 1도 안 되겠지."

"천 파운드라고요? 오, 하느님!"

피터슨 수위는 바닥에 털썩 주저앉아 자신도 모르게 두 손을 모으고 우리 둘을 번갈아 바라보았다.

"그래, 현상금만 천 파운드라네. 백작 부인은 이 보석을 되찾을 수 있다면 재산의 반이라도 내놓겠다고 했지. 아마 보석과 얽힌 개인적인 사연이 있을 거야."

"며칠 전 코스모폴리탄 호텔에서 도난당한 기사를 본 것 같아."

내가 기억을 떠올리며 말했다.

"맞아. 12월 22일, 정확히 5일 전이지. 배관공인 존 호너가 백작 부인의 보석함에서 훔쳤다는 혐의를 받고 있어. 그가 범인이라는 증거가 확실해서 사건은 이미 순회 재판으로 넘어갔다네. 여기에 그 사건에 대한 기사가 어디 있을 텐데……."

홈즈는 날짜를 확인하면서 신문 더미를 뒤적이더니 신문 한 장을 꺼냈다. 신문을 반으로 접어든 그는 모두가 들을 수 있도록 큰 소리로 신문을 읽어주었다.

코스모폴리탄 호텔 보석 절도 사건

올해 26세의 배관공 존 호너는 22일 모르카 백작 부인의 보석함에서 고가의 보석을 훔친 혐의로 기소되었다. 호텔 지배인 라이더 씨의 증언에 따르면, 절도 사건이 있던 날 호너는 지배인을 따라 백작 부인의 방으로 갔다. 벽난로 연료받이를 땜질해야 했기 때문이다. 지배인은 호너 옆에 있다가 호출을 받고 잠시 밖으로 나갔다 돌아와 보니 호너는 없고 장롱 서랍이 열려 있었으며, 작은 모로코 가죽 보석함이 화장대 위에 함부로 열려 있었다. 백작 부인의 하녀도 지배인이 소리치는 것을 듣고 방으로 달려왔는데, 도난 현장에 대한 증언은 지배인과 일치했다. 지배인은 즉시 경찰에 신고했고 호너는 그날 저녁에 체포되었다. 백작 부인은 보석함에 블루 카벙클이라는 보석을 넣어두었다고 말했으나 호너에게서 보석은 발견되지 않았다.

브래드스트리트 경위에 따르면, 호너는 체포되는 순간부터 지금까지 강력하게 자신의 무죄를 주장하고 있다. 그러나 그에게는 이미 절도 전과가 있으며, 판사는 그를 즉결 재판이 아닌 순회 재판에 넘겼다. 호너는 재판이 진행되는 동안 매우 극단적인 감정 상태를 보였으며, 판결이 나자 기절하여 법정에서 병원으로 옮겨졌다.

"신문 기사는 여기까지야."

홈즈는 신문을 내던지고 잠시 생각에 잠겼다.

"코스모폴리탄 호텔의 보석함에서 토튼햄 코트로에 떨어진 거위의 모이주머니라……. 대체 그 사이에 어떤 사건들이 있었던 걸까? 왓슨, 방금 우리가 재미삼아 해본 추리는 의미가 있겠군. 일단 보석은 여기 있고, 이 보석은 거위 몸속에서 나왔지. 그 거위는 낡은 모자를 쓴 신사 헨리 베이커 씨의 것이고. 이제 그 신사를 찾아서 그가 무슨 일을 한 건지 물어봐야 할 것 같아. 그를 찾기 위한 가장 간단한 방법은 역시 신문광고지. 일단 석간 신문에 광고를 실어보자고. 거기 연필과 종이를 좀 주게."

구시가 모퉁이에서 거위 한 마리와 검은 모자 습득.
주인으로 추정되는 헨리 베이커 씨는 오늘 저녁 6시 30분까지 베이커 가 221B번지로 오시기 바람.

"자, 간단하지?"
"그렇군. 하지만 헨리 베이커가 이 광고를 볼까?"
"내가 보기엔 그는 신문을 샅샅이 보고 있을 거야. 가난한 사람에게 거위 한 마리는 꽤 큰 가치가 있지. 그때는 유리창을 깨고 피터슨까지 있어서 당황했겠지만, 아마 거위를 두고 온 일은 계속 후회하고 있을 거야. 그런데 자기 이름이 신문에 보이면 얼른 오겠지. 혹시 직접 못 보더라도 주위에서 알려줄 수도 있을 테고. 피터슨, 어서 광고 대행사로 가서 여기 이 내용을 석간 신문에 실어달라고 하게나."

"알겠습니다. 어느 신문으로 할까요?"

"<글로브>, <스타>, <폴 몰>, <세인트 제임스>, <이브닝 뉴스 스탠더드>, <에코>……. 생각나는 신문은 전부."

"네, 알겠습니다. 이 보석은 어떻게 하죠?"

"내가 보관하도록 하지. 참, 피터슨! 오는 길에 거위 한 마리도 사 오게나. 베이커 씨가 오면 자네 가족이 먹고 있는 거위 대신 다른 거위를 줘야 할 테니까 말이야."

피터슨 수위가 나가자 홈즈는 보석을 불빛에 비추며 관찰했다.

"정말 아름다워. 이렇게 반짝거릴 수 있다니 대단하지 않은가! 하지만 이 보석 때문에 얼마나 많은 범죄가 일어났을까? 다른 유명한 보석들처럼 말이야. 크고 오래된 보석일수록 각각 그 단면을 들여다보면 선혈이 낭자한 유혈극을 간직하고 있겠지. 이 보석은 악마의 미끼야. 이 보석의 역사는 20년도 채 안 되었다네. 중국 남부의 아모이 강 제방에서 발견됐는데, 푸른색이라는 것을 빼면 카벙클의 모든 특징을 가지고 있지. 세상에 나온 지 얼마 되지 않았어도 불행한 역사는 길어. 겨우 40그레인밖에 안 되는 보석이지만 이미 두 번의 살인 사건, 황산 투척, 자살, 몇 번의 절도 사건이 벌어졌지. 이렇게 아름다운 모습을 하고 있지만 교수대와 감옥으로 가는 다리 역할을 한 셈이야. 일단 튼튼한 금고에 보석을 넣고, 백작 부인에게 보석을 찾았다는 편지를 쓰자고."

"홈즈, 자네는 호너가 무죄라고 생각하나?"

"그건 나도 알 수 없네."

"그럼 헨리 베이커라는 남자가 사건과 관련이 있다고 생각하나?"

"그에게는 죄가 없을 가능성이 더 커. 자기가 들고 있는 거위가 그만한 크기의 금보다 더 가치가 크다는 걸 몰랐을 테니까. 뭐 그건 헨리 베이커 씨가 오면 간단히 알 수 있으니 함께 기다리자고."

"그때까지 다른 할 일은 없는 건가?"

"그렇다네. 일단 그를 기다려야지."

"그러면 난 병원에 좀 다녀오겠네. 예약 환자가 있어. 하지만 6시 반까지는 돌아올 수 있네. 복잡한 사건처럼 보여서 그 과정과 결말이 몹시 궁금하군."

"오, 그래준다면 나도 기쁘겠네. 오늘 저녁 식사는 7시라네. 메뉴가 새 요리인데 혹시 모르니 허드슨 부인에게 모이주머니를 잘 확인하라고 물어봐야겠군."

그러나 안타깝게도 한 환자 때문에 일이 늦게 끝난 탓에 베이커 가로 돌아간 것은 6시 반이 조금 넘어서였다. 홈즈의 집 앞에 도착했을 때, 챙 없는 검은 모자를 쓴 한 남자가 상의 단추를 목까지 채운 채 현관 앞에 서서 현관 유리창에서 나오는 밝은 불빛을 몸으로 받고 있었다. 곧 문이 열렸고 그 남자와 나는 함께 홈즈의 방으로 올라갔다.

"헨리 베이커 씨죠? 반갑습니다."

홈즈는 안락의자에서 몸을 일으키며 따뜻한 미소를 지은 채 손님을 맞이하였다. 평소에는 쉽게 볼 수 없는 모습이었지만, 이렇게 편안한 인상도 줄 수 있었던 것이다.

"베이커 씨, 이쪽으로 앉으세요. 오늘 밤은 정말 춥네요. 베이커 씨는 추위를 많이 타실 것 같군요. 왓슨, 자네도 늦지 않게 잘 왔군. 베이커 씨, 이것은 당신 모자인가요?"

"네, 제 모자입니다."

베이커 씨는 체격이 큰 사람이었다. 붉은 코와 뺨, 큰 머리, 지적으로 보이는 넓은 얼굴, 반백이 된 뾰족한 갈색 턱수염, 둥그런 어깨, 조금씩 떨리는 손 등은 홈즈가 아침에 이야기했던 내용을 연상시켰다. 베이커 씨는 물이 빠진 검정색 프록코트의 단추를 채우고 옷깃을 세우고 있었다. 프록코트 소매 밖으로 보이는 야윈 팔을 보니 안에 셔츠를 입은 것 같지는 않았다. 그는 느리지만 똑똑 끊어지는 말투로 단어를 골라가며 이야기했는데, 지적으로 보이기는 했지만 몰락한 사람의 분위기를 느낄 수 있었다.

"저희가 며칠 동안 보관하고 있었습니다."

홈즈가 먼저 말을 꺼냈다.

"당연히 물건을 분실하신 분이 광고를 낼 거라고 생각했거든요. 그런데 아무리 기다려도 광고가 나지 않아서요."

"사실 수중에 돈이 넉넉하지 않아서요. 그때 시비를 걸었던 불량배들이 모자와 거위를 가지고 달아났을 거라고 생각해서 광고를 내지 않았습니다. 어차피 못 찾을 것이라고 생각했거든요."

"오, 그랬군요. 그런데 사실 거위는 저희가 먹어버렸답니다."

"이미 드셨다고요?"

베이커 씨는 깜짝 놀란 듯 몸을 반쯤 일으키며 말했다.

"네, 아마 먹지 않았다면 상해버렸을 테니까요. 대신 다른 거위를 사왔습니다. 저 선반 위에 있는 거위 정도면 보상이 될 수 있지 않을까요?"

"다행이군요. 저 정도면 충분합니다."

베이커 씨는 안심했다는 듯이 한숨을 쉬며 대답했다.

"물론 거위의 깃털, 다리, 모이주머니 등은 남아 있습니다. 혹시 그거라도 필요하시다면……."

홈즈의 말을 듣고 베이커 씨는 큰 소리로 웃으면서 말했다.

"하하! 제가 겪은 일의 기념은 될 수 있겠습니다만 별 필요는 없을 것 같네요. 저는 저 거위 정도면 충분합니다."

홈즈는 어깨를 으쓱 하며 나를 쳐다보았다.

"알겠습니다. 그럼 이 모자와 거위를 가져가도록 하세요. 그런데 베이커 씨, 저희가 먹은 그 거위는 어디서 구하셨나요? 사실 제가 거위고기를 매우 좋아하는데, 그렇게 큰놈은 처음 보았거든요."

"네, 가르쳐 드리죠."

베이커 씨는 벌떡 일어나더니 홈즈에게서 새로 얻은 거위를 옆구리에 끼며 말했다.

"박물관 근처의 알파 술집에 단골손님들이 있습니다. 낮에는 박물관 안에 들어가 있곤 하죠. 올해 술집 주인인 윈디게이트 씨가 거위 클럽을 만들었는데, 매주 몇 펜스씩 돈을 내서 크리스마스 때 거위 한 마리를 사기로 한 겁니다. 저는 돈을 제때 잘 냈지만 결국 좋게 끝나지는 못했죠. 홈즈 선생도 아시는 것처럼 곤경을 겪었으니까요. 하지만 다행이죠. 정말 감사합니다. 사실 지금 쓰고 있는 챙 없는 모자는 저에게 맞지도 않고 품위도 없어서 몹시 불편했답니다."

베이커 씨는 점잖지만 조금 과장된 태도로 인사를 한 뒤 돌아갔다.

"헨리 베이커 씨는 이것으로 해결된 것 같군."

홈즈는 그가 나간 뒤 방문을 닫으면서 말했다.

"그는 이번 사건에 대해 아는 게 전혀 없군. 왓슨, 자네 시장한가?"
"그다지 배가 고프진 않아."
"그럼 저녁 식사는 이따 하기로 하고 단서를 추적해 보자고. 일처리를 바로 해버리면 더 편안한 마음으로 식사할 수 있을 테니까."
"그것도 괜찮겠군."

그날 밤은 몹시 추웠다. 우리는 두꺼운 외투를 걸치고 목도리로 얼굴을 칭칭 감았다. 밤하늘은 구름 한 점 없이 맑았고 별들은 차갑게 반짝이고 있었다. 마치 권총을 쏜 것처럼 사람들에게서 입김이 피어오르고 있었다. 우리는 한참을 걸어 옥스퍼드 가에 도착했다. 조용한 거리에 우리 둘의 발자국 소리가 울렸고, 15분 만에 블룸스베리의 알파에 도착했다. 알파는 홀본 가와 인접한 거리 모퉁이에 있는 작은 선술집이었다. 홈즈는 문을 열고 들어가 혈기 왕성해 보이는 주인에게 맥주 두 잔을 주문했다.

"이 집에서 받았던 거위처럼 여기 맥주도 맛있을 것 같군요."
홈즈가 가볍게 말을 건넸다.
"우리 집 거위요?"
주인은 깜짝 놀란 듯이 되물었다.
"네, 바로 30분 전에 이 술집의 거위 클럽 회원인 헨리 베이커 씨와 이야기를 나누었거든요."
"아, 그렇군요. 그런데 그 거위는 저희 집 것이 아니에요."
"정말인가요? 그럼 누구네 거위죠?"
"코벤트 가든의 어떤 거위 상인에게서 24마리를 샀답니다."
"그래요? 그쪽이라면 나도 좀 알고 있긴 한데……. 혹시 그 상인의 이름을 아시나요?"

"물론이죠, 브렉킨리지라는 사람입니다."

"이런, 저는 처음 들어보는 이름이군요. 그럼 건강하시고 사업도 번창하시길."

"왓슨, 이제 브렉킨리지에게 가야겠군. 우리는 겨우 거위 하나를 추적하고 있지만, 이 사건을 제대로 밝히지 못하면 징역 7년을 선고받을 젊은이가 사건의 뒤에 있다네. 어쩌면 그가 유죄일 수도 있지만, 우리는 경찰이 하지 않은 조사를 하고 있으니 그것만으로도 충분해. 일단 단서를 추적해야 하니 남쪽을 향해 가세나."

매서운 바람이 부는 바깥으로 나오자 홈즈는 외투 단추를 끝까지 채우며 말했다. 우리는 홀본 가를 지나 엔델 가를 내려왔다. 다시 갈지자로 걸어 빈민굴을 지났고, 드디어 코벤트 가든 시장에 도착했다. 주위를 살펴보니 브렉킨리지라는 간판이 바로 보였고, 구레나룻을 단정하게 기른 주인 남자가 있었다. 그는 심술궂어 보이는 밉상으로, 아이 한 명을 데리고 가게 문을 닫고 있었다.

"안녕하세요! 날씨가 정말 춥군요."

홈즈가 주인에게 먼저 말을 건넸다.

"네, 그렇군요."

주인은 고개를 끄덕이면서 홈즈를 바라보며 대답했다.

"거위는 다 팔렸나요?"

홈즈는 텅 비어 있는 진열대를 보면서 말했다.

"네, 내일 아침에 5백 마리를 가져다 놓을 예정입니다."

"그건 곤란한데요. 지금 당장 필요해서요."

"저기 가스등을 켜놓은 가게에 가보시오. 거긴 좀 남아 있을 거요."

"하지만 이쪽 거위가 더 좋다고 하던데요."

"누가 그런 말을 하던가요?"

"알파 주인이요. 이 집 거위가 좋다고 말입니다."

"아! 그랬군요. 최근에 그 사람한테 24마리를 판 적이 있죠."

"사실 그중에 한 마리를 내가 먹었는데 정말 맛있었소. 그런데 그 거위는 어디서 났소?"

뜻밖에도 주인은 홈즈에게 갑자기 크게 화를 냈다.

"이보시오! 당신 원하는 게 뭐요? 왜 귀찮게 구는 거요!"

"왜 화를 내는 겁니까? 난 당신이 알파 주인에게 판 거위를 누구한테 받은 건지 알고 싶은 것뿐이오."

"말할 수 없다는 거군. 그렇다면 나도 한 마디도 하지 않겠소. 돌아가시오!"

"저런, 별것도 아닌 것을 갖고 까다롭게 구는 이유가 뭐요?"

"별 게 아니라니! 나처럼 며칠 동안 계속 시달림을 받는다면 그런 말을 할 수 없을 거요. 나는 제대로 값을 지불하고 거위를 샀고, 그걸 제대로 팔았소. 그런데 이제 와서 거위들이 어디에 있는지, 누구한테 팔았는지, 어떻게 해야 다시 살 수 있는지를 물어보면 어쩌라는 거요! 그놈의 거위 때문에 대체 하루에 몇 번을 찾아오는 건지. 나도 내 할 일이 있소!"

"이보시오. 난 그런 사람들이랑은 아무런 상관도 없소."

홈즈는 아무렇지 않은 듯이 말했다.

"당신이 말하지 않으면 내기는 끝이니까. 하지만 거위에 관해서라

면 나를 따라올 자가 없소. 그 거위는 시골에서 키웠다는 것에 내가 5파운드를 걸겠소."

"안됐지만 당신은 5파운드를 잃었소. 그 거위는 런던에서 길렀으니까."

"그럴 리가 없소. 토종거위가 분명하오."

"아니라는데 나를 못 믿는 거요?"

"솔직히 못 믿겠소. 난 내 판단을 믿으니까."

"이보시오. 난 거위 장사로 뼈가 굵은 사람이오. 설마 나보다 당신이 거위를 더 잘 안다고 생각하는 건 아니겠지? 알파 주인에게 간 거위는 전부 런던에서 키운 거요."

"그럴 리가 없소. 난 당신 말을 절대로 못 믿겠소."

"좋소. 그럼 내기하겠소?"

"저런, 당신은 돈만 잃게 될 텐데. 괜찮다면 난 금화 한 개를 걸겠소. 내가 맞다는 것을 당신에게 알려주기 위해서 그러는 거니 너무 속상해 하지 마시오."

"좋소. 빌, 저기 장부를 이쪽으로 가져와라."

주인은 비웃는 듯한 얼굴로 웃으면서 말했다. 빌이라고 불린 소년이 기름때가 묻은 장부와 노트 한 권을 가스등 아래로 가져왔다.

"불쌍한 양반, 자 여기 보시오."

상인이 자신만만하게 말하면서 노트를 펼쳤다.

"더 이상 팔 거위도 없었는데 공짜로 거위 한 마리 값을 벌었군. 여기를 보시오."

"흠, 어디를 보면 되는 거요?"

"이쪽은 내가 거래하는 사람들 명단이오. 여기는 시골 사람들 명단이고, 이름 뒤에 적힌 숫자는 거래 날짜요. 그리고 여기 빨간 잉크로 적힌 부분이 도시 사육업자 명단이오. 거기 세 번째 줄에 뭐라고 적혀 있는지 크게 읽어보시오."

"오크숏 부인, 브릭스턴 거리 117번지, 249쪽!"

홈즈는 주인이 시키는 대로 큰 소리로 읽었다.

"그럼 장부에서 249쪽을 찾아보시오."

"오, 여기 있군. 오크숏 부인, 브릭스턴 거리 117번지, 달걀, 닭, 거위 공급자라고 써 있군요."

"거기 맨 마지막 줄도 큰 소리로 읽어보시오."

"12월 22일, 거위 24마리, 7실링 8페니."

"그 밑에도 마저 읽어보시오."

"알파의 윈디게이트 씨에게 판매, 12실링."

"자, 이제 내 말을 믿겠소? 잘난 척하는 양반!"

홈즈는 분한 표정을 지으며 주머니에서 금화 한 개를 꺼냈다. 금화를 장부 위에 쾅 하고 내려놓고는 매우 화가 난 사람처럼 휙 돌아서 가게를 나왔다. 그리고 몇 미터 지나 가로등 아래서 걸음을 멈추고는 소리 없이 웃었는데 기분이 매우 좋아보였다.

"구레나룻을 기르고 '동부 축구 소식'을 주머니에 갖고 다니는 남자에게는 항상 내기가 통하지. 아마 1백 파운드를 준다고 했어도 이렇게 자세하게 내용을 알려주지 않았을 걸세. 왓슨, 이제 조사는 거의 다 끝난 것 같군. 지금 결정해야 할 것은 오크숏 부인을 언제 찾아갈 것인가란 말일세. 거위 가게 주인이 이야기하는 걸 봐서는 거위에 대해 알아보고 있는 사람이 우리 외에도 더 있으니까 서두르는 게 좋겠군."

갑자기 거위 가게에서 커다란 고함소리가 들려서 홈즈는 그쪽을 바라보았다. 가게 쪽을 보니 날카롭게 생긴 남자가 노란 등불 아래에 서 있었다. 주인은 문 앞에 서서 머뭇거리고 있는 남자를 향해 주먹을 함부로 휘둘러대고 있었다.

"당신이나 그 거위나 이제 모두 지긋지긋해! 자꾸 나한테 와서 쓸데없는 소리를 하면 개를 풀어놓을 거야! 거위에 대해서 알고 싶으면 오크숏 부인한테 물어보지 왜 나한테 와서 이 난리냐! 내가 거위를 산 건 당신이 아니라 오크숏 부인한테라고!"

주인은 계속 소리를 지르고 남자를 노려보며 말했다.

"저도 알고 있습니다. 하지만 오크숏 부인이 판 거위 중 하나는 분명히 제 것입니다."

남자는 울먹이는 듯한 목소리로 대답했다.

"그래서 어쩌라고! 그러면 오크숏 부인한테 물어봐야지!"

"당연히 물어봤습니다. 부인은 당신한테 물어보라고 해서 다시 온 겁니다."

"나도 모른다고! 더 이상 말할 것도 없으니 당장 꺼져! 당신 같은 사람은 더 이상 상대하기도 싫다고!"

주인은 무서운 표정으로 달려나왔고, 남자는 재빨리 보이지 않는 곳으로 달아나 버렸다.

"오, 굳이 브릭스턴 거리까지 갈 필요가 없겠군."

홈즈가 나에게 작은 목소리로 속삭였다.

"자, 저 남자를 따라가 보자고. 어떤 놈인지 흥미가 생기는군."

홈즈와 나는 가게 주변에서 서성이고 있는 사람들 사이를 지나 그 남자를 따라갔다. 남자의 뒤에 서자 홈즈는 그의 어깨를 가볍게 쳤다. 남자는 경련이라도 일으킬 듯이 깜짝 놀랐고, 뒤를 돌아본 그의 얼굴은 백지장처럼 하얗게 질려 있었다.

"뭐요! 당신은 누군데 날 치는 거요!"

화를 내는 듯했지만 남자의 목소리는 몹시 떨렸다.

"미안하오. 아까 당신이 거위 가게 주인한테 하는 말을 들었소. 내가 도움이 될 것 같아서 따라왔소."

홈즈는 아주 부드러운 목소리로 남자에게 말했다.

"뭐라고요? 당신이 누군데 날 도와줄 수 있다는 거죠?"

"나는 셜록 홈즈라고 하는 사람이오. 다른 사람들이 알 수 없는 일을 알아내는 게 내 직업이기도 하고."

"그래서 어쩌라는 거죠? 내 일에 대해서 관심 끄시오!"

"안타깝게도 난 모든 걸 알고 있소. 당신은 지금 브릭스턴 거리의 오크숏 부인이 거위 상인에게 판 거위의 행방을 알아보고 있는 중이잖소. 그 거위는 알파의 사장에게 팔렸고, 그가 운영하는 거위 클럽 회원인 헨리 베이커에게 다시 팔렸소."

"오! 제가 그렇게 찾던 분을 드디어 만났군요! 감사합니다."

남자는 갑자기 태도를 바꾸더니 떨리는 두 팔을 홈즈에게 내밀었다.

"이 일에 대해 관심을 갖게 된 과정에 대해 설명해야 할 것 같은데. 일단 이렇게 추운 바깥보다는 따뜻한 방에서 이야기하는 게 어떻겠소? 우연이지만 내가 도울 수 있게 된 분의 이름이 무엇인지 알고 싶소만……."

남자는 잠시 주저하며 망설였다.

"제 이름은 존 로빈슨입니다."

"저런, 도와주는 사람에게 가명을 대면 곤란한데."

홈즈는 상냥한 목소리로 그에게 말했다.

"제 본명은……. 제 이름은 제임스 라이더입니다."

남자는 붉게 물든 얼굴로 대답했다.

"오! 당신은 코스모폴리탄 호텔의 지배인이군요. 어서 마차에 탑시다. 당신이 알고 싶어 하는 걸 모두 알려주지."

홈즈는 지나가는 사륜마차를 불러 세웠다. 라이더는 두려움과 기대가 반반씩 섞인 묘한 눈빛으로 홈즈와 나를 바라보며, 자신에게 닥친 것이 재앙인지 행운인지를 가늠하는 듯했다. 잠시 망설이던 그는 우리와 함께 마차에 탔고, 약 30분 뒤에 베이커 가로 돌아왔다. 라이더는 마차 안에서 한 마디도 하지 않았지만 다소 거친 숨소리와 두 손을 꼭 부여잡은 모습으로 보아, 그가 몹시 긴장하고 불안해 한다는 것을 알 수 있었다.

"라이더 씨, 이쪽으로 들어오시오."

홈즈는 방 안으로 들어가면서 밝은 목소리로 말했다.

"역시 추운 겨울에는 난로가 제격이오. 라이더 씨, 당신은 몹시 추워 보이는군. 여기 버들가지 의자에 앉으시오. 나는 먼저 실내화로 갈아신어야겠소. 자, 그럼 본론으로 들어가 볼까요? 당신은 거위들이 어떻게 됐는지 알고 싶은 거겠죠?"

"네, 그렇습니다. 어서 말씀해 주세요."

"흠, 거위들이 아니라 거위라고 해야겠군. 내 생각엔 당신이 관심 있는 건 꼬리에 검은 줄이 있는 흰 거위 같은데. 맞소?"

"오, 홈즈 선생, 선생님! 그 거위가 어디로 갔는지 제발 가르쳐주십시오!"

라이더는 온 몸을 떨면서 홈즈에게 애원했다.

"그 거위는 여기로 왔소."

"네? 여기로 왔다고요?"

"그렇소. 그런데 아주 특별한 거위였소. 거위가 죽고 난 다음 아주 귀한 알을 낳았으니까. 그렇게 아름다운 파란색 알은 처음 봤소. 내가 아주 소중하게 모셔두었지."

라이더는 비틀거리면서 일어나려고 했지만 똑바로 서지 못했고, 오른손으로 벽난로 선반을 붙잡으면서 겨우 몸을 일으킬 수 있었다. 홈즈는 금고를 열어 별처럼 반짝이는 영롱한 블루 카벙클을 꺼냈다. 보석은 차갑게 빛나는 광채를 내뿜고 있었다. 라이더는 보석을 보고 어떻게 해야 할지 모르겠다는 표정이었다.

"라이더, 모든 게 다 끝났다."

홈즈는 조용한 목소리로 그에게 말했다.

"저런, 쓰러지면 안 되지. 왓슨, 저 친구를 좀 의자에 앉혀주게나. 이제 보니 범죄를 저지를 배짱도 없군. 브랜디를 한 잔 주게나. 오, 이제 좀 정신을 차린 것 같군. 이렇게 정신력이 약해서야 어디 원."

라이더는 비틀거리면서 주저앉을 뻔했지만, 브랜디 한 모금을 마시자 얼굴에 다시 혈색이 돌았다. 그는 겁을 잔뜩 먹은 채 의자에 앉아 홈즈를 곁눈질로 바라보고 있었다.

"라이더, 나는 당신이 한 일을 모두 알고 있어. 필요한 증거도 전부 확보해 두었고. 하지만 사건을 깔끔하게 마무리하기 위해서 몇 가지는 확인하고 싶어. 당신은 모르카 부인이 그 보석을 가지고 있다는 사실을 미리 알고 있었겠지?"

"네. 저한테 보석에 대한 이야기를 해준 건 개시린 쿠삭이었습니다. 백작 부인의 하녀죠."

"아, 그렇군. 일확천금이라는 유혹을 뿌리치지는 못했을 거야. 당신보다 훨씬 똑똑한 사람들도 그런 유혹에는 약하니까. 하지만 당신이 쓴 방법은 최악이었어. 배관공 호너가 절도 전과가 있다는 것을 알고 그걸 이용하면 되겠다고 생각했겠지. 시선이 그쪽으로 쏠리면 당신은 무사히 넘어갈 수 있다고 믿었을 것이고. 아마 백작 부인의 방에 일부러 일거리를 만들었겠지. 그리고 호너를 불렀을 테고. 호너가 일을 끝내고 돌아간 뒤, 당신은 하녀와 함께 보석을 훔쳐내고 난리를 피우면서 경찰을 불렀겠지. 그리고 지독히 운이 나쁜 호너는 잡혀갔고, 그리고 당신은……."

"잘못했습니다. 한 번만 용서해 주세요. 저는 명예를 소중히 여기는 부모님도 계십니다. 이 사건이 알려지면 그분들이 어떻게 될지 생각해 주세요. 앞으로 다시는 나쁜 짓을 하지 않겠습니다. 하느님께 맹세하겠습니다. 경찰에 신고하지 말아주세요. 부탁입니다."

라이더는 갑자기 홈즈의 무릎에 매달리며 울부짖기 시작했다.

"가엾은 젊은이로군. 일단 의자에 앉게. 잘못을 비는 건 나쁘지 않지. 하지만 당신 때문에 아무런 잘못이 없는 호너는 어떻게 되는 거지? 그가 어떻게 되든 상관없나?"

"홈즈 선생님, 제가 이 나라를 떠나겠습니다. 그러면 호너는 혐의를 벗게 될 거예요."

"그에 대해서는 다시 이야기하도록 하고, 사건에 대한 이야기를 좀 해보자고. 그런데 백작 부인의 보석이 어떻게 해서 거위 뱃속에 들어가게 됐지? 그리고 거위는 왜 시장에 나오게 되었는지도 궁금해. 솔직하게 말하면 정상을 참작해 주지."

"모두 사실대로 말씀드리겠습니다. 호너가 체포되자 저는 보석을 가지고 도망쳤습니다. 경찰이 언제 제 방을 뒤질지 모르니까요. 호텔에는 보석을 숨길 만한 곳도 전혀 없었습니다. 그래서 저는 누나 집으로 갔어요. 오크숏 부인은 바로 저의 누나로, 브릭스턴 거리에서 거위를 길러 팔고 있죠. 가는 동안 내내 마주치는 사람들이 모두 경찰이나 탐정으로 보이더군요. 그날도 매우 추웠는데 저는 땀을 뻘뻘 흘리면서 누나 집에 도착했습니다. 누나는 저를 보고 무슨 일이냐면서 깜짝 놀랐습니다. 저는 호텔에 도난 사건이 있어서 잠시 들렀다고 말했죠. 그리고 뒷마당에서 담배를 피우며 보석을 어떻게 처리할 것인지 한참을 고민했습니다.

그때 모즐리라는 친구가 떠올랐어요. 사실 그는 절도 때문에 교도소에 다녀오기도 했지요. 얼마 전에 그 친구를 만났는데 장물을 처리하는 방법에 대해서 이야기해 주기도 했거든요. 그래서 그 친구가 있는 킬번으로 가서 비밀을 털어놓고 도움을 청하기로 했습니다. 분명 이 일을 도와줄 테니까요. 하지만 보석을 안전하게 운반할 방법이 없었습니다. 호텔에서 누나 집까지 가는 데도 너무 힘들었어요. 조끼 주머니에 보석이 있으니 몸수색 한 번이면 끝장이었습니다. 그때 저는 벽에 기대서 뒤뚱거리며 걷고 있는 거위를 보았습니다. 그 순간 누구도 알아낼 수 없는 기발한 아이디어가 떠오른 거죠.

누나는 몇 주 전에 크리스마스 선물로 저에게 거위 한 마리를 주겠다고 했습니다. 누나는 한 번 한 약속은 지키는 사람이니까 거위를 잡아 몸속에 보석을 넣고 그 거위를 킬번으로 가져가면 되겠다고 생각했죠. 꼬리에 줄무늬가 있는 희고 잘생긴 거위 녀석을 붙잡고 강제로 부리를 크게 벌렸습니다. 그리고 보석을 목구멍 깊숙이 밀어 넣었습니다. 거위가 보석을 삼키고 식도를 지나 모이주머니 속으로 내려가는 것이 보이는 듯했습니다. 거위는 날개를 푸드덕거리면서 난리를 치더군요. 누나가 무슨 일이냐면서 뒷마당으로 나왔고요. 제가 누나에게 상황을 설명하려던 찰나, 거위는 무리 속으로 달아나버리고 말았습니다.

'제임스, 지금 거위한테 뭘 한 거니?'

'아, 누나가 크리스마스 선물로 거위를 준다고 했잖아. 그래서 어떤 놈을 가져갈까 고르고 있었어.'

'너에게 줄 것은 이미 골라놨는데. 우리는 그걸 제임스라고 불러. 저쪽에 하얗고 큰 거위 보이지? 바로 저게 네 꺼야. 지금 거위 26마리가 있는데, 하나는 우리 꺼, 하나는 네 꺼, 나머지 24마리는 시장에 내다 팔 거야.'

'고마워, 누나. 그런데 난 지금 도망간 그 거위를 갖고 싶은데.'

'너한테 주려는 거위는 다른 것보다 1킬로그램이나 더 나가는데? 일부러 특별히 살찌게 한 거라고.'

'아까 그 거위가 마음에 들어서 그래. 지금 가져가도 될까?'

'마음대로 해. 난 상관없으니. 근데 어떤 거위를 말하는 거지?'

누나는 약간 화가 난 목소리로 말했습니다.

'가운데에서 오른쪽에 있는, 꼬리에 까만 줄이 있는 흰 거위를 가져가고 싶어.'

'그럼 알아서 잡아가.'

저는 누나 말대로 그 거위를 가지고 킬번으로 갔습니다. 친구에게도 모든 사정을 이야기했고요. 친구는 배가 아프도록 웃었고, 우리는 함께 거위의 배를 갈랐습니다. 그런데 아무리 찾아도 보석은 없었습니다. 제가 거위를 잘못 가져왔다는 것을 알고 저는 숨이 멎을 뻔했죠. 그 거위는 친구 집에 버려두고 다시 누나 집으로 달려와 뒷마당으로 뛰어 들어갔습니다. 하지만 마당에 거위는 한 마리도 없더군요.

'누나! 거위들이 전부 어디 갔어?'

'방금 도매상으로 넘겼는데?'

'도매상이라니? 어디?'

'코벤트 가든의 브렉킨리지라는 사람에게 넘겼어. 항상 거래하는 사람이지.'

'그럼 하나만 물어볼게. 혹시 꼬리에 줄무늬 있는 거위가 두 마리였어? 내가 가져간 것 말고 또 있었어?'

'아, 맞아. 꼬리에 줄무늬 있는 거위는 두 마리야. 나도 전혀 구별 못할 만큼 똑같이 생겼지.'

저는 그 말을 듣고서야 어떻게 된 일인지 알게 되었습니다. 그래서 브렉킨리지에게 바로 달려갔지만 거위는 이미 팔린 후였습니다. 제가 아무리 물어봐도 거위를 누구에게 팔았는지 말해 주지 않더군요.

아까 저한테 하는 말 들으셨죠? 그 사람은 항상 그런 식으로 말했습니다. 누나는 제가 정신이 나갔다고 생각하고, 저도 제가 미친 게 아닌가 하는 생각이 듭니다. 지금 제 모습이 어떤지……. 양심을 팔아서 얻은 보석도 잃어버리고 이렇게 엄청난 절도범이 되어버리다니……. 오, 하느님!"

라이더는 두 손으로 얼굴을 가리더니 흐느끼면서 울고 있었다. 어느 정도 시간이 흐르자 라이더의 울음소리는 거친 숨결로 변했고, 홈즈는 손끝으로 탁자를 톡톡 두드리고만 있었다. 그러더니 홈즈가 갑자기 방문을 활짝 열었다.

"당장 이곳을 나가게!"

"네? 저를 용서해 주시는 겁니까? 정말 감사합니다."

"더 이상 말하지 말고 어서 나가버리게!"

라이더는 쿵쾅거리면서 계단을 뛰어 내려갔고 현관문이 닫히는 소리가 들렸다. 빠른 걸음으로 거리를 내닫는 소리가 점점 멀어졌다.

"난 어차피 경찰이 아니니 교도소를 더 채울 필요는 없겠지. 라이더가 호너에게 위험한 사람이었다면 모를까, 이 사건은 어차피 기각될 것 같군. 중죄를 저지른 나쁜 놈을 풀어준 셈이지만, 영혼을 하나 구한 셈이기도 하지. 이렇게 겁먹은 것을 보면 다시는 나쁜 짓을 하지 않을 거야. 라이더를 감옥으로 보내면 평생 전과자라는 낙인으로 불행하게 살 테니 이게 나을지도 모르지. 지금은 용서의 계절이기도 하고. 우리는 아주 우연하게 독특한 사건을 만나 아주 우연하게 해결한 것 같아. 왓슨, 거기 초인종을 좀 눌러주게나. 이제 오늘 저녁 식단인 새고기를 조사해 보자고."

증권거래소 직원
The Stock-broker's Clerk

결혼 직후, 나는 패딩턴 구역에 있는 병원을 하나 인수하게 되었다. 그곳은 한때 명의로 소문난 파커 선생이 운영하던 곳이었다. 파커 선생이 나이가 많은데다가 무도병(신체의 근육근이 불규칙적, 불수의적으로 운동하는 신경계 질환-옮긴이)을 앓으면서 찾아오는 환자들이 점점 줄어들었다. 사람들은 자신의 병을 고치는 의사는 반드시 건강해야 한다고 생각하기 때문에 난치병을 앓고 있는 의사의 실력을 의심하는 경향이 있다. 파커 선생의 건강이 나빠지는 것과 동시에 진료 실적도 떨어졌다. 내가 병원을 인수했을 때 연간 진료 수입은 1,200~1,300파운드 정도로 줄어든 상황이었다. 그러나 나는 젊었고 건강했기 때문에 병원을 몇 년 안에 다시 예전의 활기찬 모습으로 바꾸어놓을 수 있으리라고 자신했다.

병원을 인수하고 약 세 달 동안은 너무 바빠서 베이커 가를 방문할 시간이 전혀 없었기 때문에 홈즈도 만나지 못했다. 더욱이 그는 용건 없이 외출을 하는 성격이 아니었다. 그런데 6월 어느 아침, 식사를 하고 '영국의학회 회보'를 읽고 있는데, 초인종 소리와 함께 익숙한 목소리가 들렸다. 약간 갈라진 듯 높은 목소리는 바로 홈즈였다.

"왓슨, 오랜만에 보니 정말 반갑군. 부인은 안녕하신가? <네 사람의 서명> 사건으로 겪은 흥분은 이제 가라앉았을 것 같은데."

홈즈가 성큼성큼 안으로 걸음을 옮기면서 말했다.

"물론이지! 아내와 나는 모두 잘 지내고 있네."

나는 그의 손을 잡고 반갑게 흔들었다.

"사실 내가 찾아온 것은 용건이 있어서라네. 환자를 돌보느라 사건에 대한 관심이 완전히 사라진 건 아니겠지?"

홈즈는 흔들의자에 앉으면서 말을 꺼냈다.

"설마, 그럴 리가. 어젯밤에도 예전 기록을 꺼내보면서 과거 기록을 좀 정리했다네. 수사 기록을 분류하는 작업도 좀 했고."

"앞으로도 사건 기록을 계속할 생각이 있나?"

"그걸 말이라고 하는가! 더욱 다양한 사건을 경험하고 기록하는 것이 나의 가장 큰 바람이라네."

"다행이군. 그렇다면 오늘은 어떤가?"

"좋지! 자네가 불러만 준다면 난 언제라도 괜찮네."

"버밍엄까지 가야 하는데 괜찮겠나? 시간이 좀 걸릴 수도 있고."

"상관없어. 자네가 나와 함께 가기를 원한다면 말이야."

"환자는 어떻게 하지? 예약한 환자들이 있을 텐데."

"이웃 병원 의사가 나한테 신세를 좀 졌지. 내가 그의 환자를 몇 번 봐줬거든. 늘 빚을 갚겠다고 했으니 부탁하면 내 환자를 봐줄 걸세."

"잘 됐군, 잘 됐어. 그런데 자네 요즘 건강이 좋지 않군. 여름 감기는 정말 괴로운데."

홈즈는 의자에 몸을 기대고 실눈을 뜬 채 나를 관찰하면서 말했다.

"사실 지난주에 심한 감기에 걸려서 사흘 동안 집에서 쉬었다네. 지금은 감기가 다 나았는데 아직도 겉으로 표시가 나는 건가?"

"아냐, 자네 말이 맞네. 지금은 아주 건강해 보이지."

"그럼 내가 감기에 걸렸던 것을 어떻게 알았지?"

"이런, 왓슨. 날 너무 오랜만에 봐서 내 능력도 잊어버렸군."

"아, 역시 추리해 낸 건가? 그런데 무엇을 보고?"

"자네 슬리퍼를 봤다네."

"내 슬리퍼가 왜……."

나는 산 지 얼마 되지 않은 새 에나멜 가죽 슬리퍼를 보면서 말했다.

"새 슬리퍼이지 않은가. 신기 시작한 지 몇 주밖에 안 됐군. 그런데 슬리퍼 바닥 면을 보니 약간 그을려 있었어. 슬리퍼를 말리다가 태운 게 아닐까 했는데, 발등에 동그란 종이 상표가 있는 걸 보니 그건 아니라는 걸 알았지. 물에 젖은 적이 있다면 상표는 떨어졌을 테니까. 그렇다면 슬리퍼를 신고 불을 쬔 거겠지. 건강한 사람이라면 날씨 좋은 6월에 슬리퍼를 신고 불을 쬐는 일은 없었을 테니까."

홈즈의 추론은 역시 듣고 나면 매우 간단해 보였다. 그는 표정만 보고 내 생각을 알아냈는지 씁쓸한 웃음을 지으면서 말을 이었다.

"난 항상 설명할 때 나를 지나치게 노출하는 것 같아. 결과만 말한다면 상대에게 훨씬 강한 인상을 줄 텐데. 자, 그럼 버밍엄으로 출발해야겠군."

"곧 준비하겠네. 그런데 어떤 종류의 사건인가?"

"자세한 내용은 기차에서 말해 주겠네. 지금 의뢰인이 사륜마차에서 대기하고 있거든. 서둘러주게."

"알았네. 조금만 기다려주게나."

나는 이웃 의사에게 보낼 편지를 간단하게 쓰고 이층으로 올라갔다. 아내에게 사정을 설명한 뒤, 옷을 챙겨 입고 홈즈와 함께 밖으로 나왔다.

"아까 말한 이웃 의사는 바로 옆집에 살고 있나?"

홈즈는 청동으로 만들어진 문패를 보면서 말했다.

"그렇다네. 나처럼 병원을 인수했지."

"오래된 병원이었나?"

"그렇다네. 내가 인수한 병원과 건물, 역사가 모두 같다네."

"그럼 자네가 더 잘 되는 병원을 인수받았군."

"사실 우리 병원이 환자가 좀 더 많다네. 그런데 자네 그건 어떻게 알았지?"

"계단을 보고 알았지. 자네 집 계단이 옆집에 비해 7.5cm는 더 패였더군. 참, 이분은 홀 파이크로프트 씨라고 하네. 인사하게. 마부, 기차 시간이 다 되었으니 바로 출발하게나."

나와 마주앉은 사람은 건장한 체격에 잘생긴 젊은이였다. 정직해 보이는 얼굴에 곱슬거리는 노란색 턱수염을 짧게 기르고 있었다. 둥근 테가 달린 펠트 모자에 깔끔한 검정색 정장을 입은 모습을 보니 금융업계 종사자가 분명했다. 그는 런던 토박이가 분명했지만 자원입대해도 훌륭한 군인이 될 것 같았고, 영국 전체를 통틀어 누구에게도 뒤지지 않는 운동선수도 될 수 있을 듯했다. 혈색이 좋은 둥근 얼굴에는 긍정적인 쾌활함이 넘쳤지만, 고민이 있는지 입꼬리가 약간

처져 있었다. 그가 어떤 고민이 있는지 자세히 알게 된 것은 버밍엄행 기차 일등칸에 탄 후였다.

"파이크로프트 씨, 앞으로 약 70분 정도는 기차를 타야 하오. 당신이 경험한 흥미로운 사건을 내 친구에게 다시 한 번 말해 주시오. 사건에 대한 얘기를 다시 듣는 것은 나에게도 도움이 되되도록 자세히 이야기해 주시오. 왓슨, 이 사건은 엄청난 사건일 수도, 그렇지 않을 수도 있다네. 하지만 어느 쪽이든 우리가 좋아하는 묘한 사건임에는 분명해. 자, 부탁하겠소."

젊은이는 반짝거리는 눈으로 나를 바라보며 이야기를 시작했다.

"이 일에서 가장 나쁜 부분은 제가 바보 같았다는 점입니다. 행운이 손에 쥐어졌는데도 그냥 놓아버린 것이나 다름없어요. 왓슨 박사님, 지금부터 제게 일어난 이 이상한 일의 모든 것을 이야기해 드리겠습니다.

저는 드레이퍼 가든스의 콕슨 앤 우드하우스 사에서 일하고 있었습니다. 그런데 지난 봄, 저희 회사에서 남미의 베네수엘라 공채를 꽤 많이 샀습니다. 덕분에 엄청난 손해를 보고 말았죠. 신문에도 크게 난 적이 있으니 아실 수도 있겠네요. 저는 그 회사에서 5년 정도 일했고 능력도 인정받고 있었습니다. 회사가 도산한 뒤, 콕슨 사장님이 저를 높이 평가한 추천장을 써주셨습니다. 하지만 저를 포함한 27명의 직원은 모두 실업자가 되었어요. 추천장과 함께 여기저기 이력서를 보냈지만, 어디를 가도 받아주는 데가 없었습니다. 회사에서 주급 3파운드씩 받으면서 저축해 놓았던 70파운드 덕분에 한동안은 괜찮았습니다. 하지만 벌지는 않고 쓰기만 하니 그 돈도 금방 떨어지고

말더군요. 나중에는 이력서를 보내려고 해도 우편요금과 봉투 값이 없어 취직을 못 할 정도가 되었죠.

다시 취직할 수 있을까 실의에 빠져 있던 차에 롬버드 가에 있는 대형 증권회사 모슨 앤 윌리엄스 사에 자리가 났다는 소식을 들었습니다. 잘 모르실 수도 있지만, 업계에서는 가장 탄탄한 증권거래소로 인정받을 정도로 괜찮은 회사랍니다. 저는 마지막 돈을 탈탈 털어 추천장과 이력서를 보냈습니다. 그동안 너무 실망해서인지 기대하는 마음은 없었습니다. 그런데 뜻밖에도 다음 주 월요일부터 출근하라는 소식이 왔습니다. 간단한 면접을 거치고 업무를 주겠다고요. 들리는 말로는 새 직원을 뽑을 때 이력서 무더기에서 아무거나 하나 골라낸다고도 하더군요. 어쨌든 저에게는 최고의 기회였고, 너무나 기뻤습니다. 급료도 이전보다 올라서 1주일에 4파운드였고요. 업무는 콕슨 사에서 한 것과 같은 일이라 어려움도 없을 것이라고 생각했습니다.

이제부터 이상한 이야기가 시작됩니다. 저는 햄스테드 포터스 테라스 17번지에서 하숙하고 있습니다. 취업이 됐다는 소식을 듣던 날, 저는 방에서 담배를 피우고 있었지요. 그런데 저녁 즈음 하숙집 주인 아주머니가 '아서 피너, 금융중개사'라고 적혀 있는 명함을 하나 주시더군요. 저는 처음 들어보는 이름이었고 저를 찾아온 이유도 상상할 수 없었지만 궁금한 마음에 방으로 들어오시라고 했습니다. 방으로 들어온 남자는 중간 정도 되는 키에 검은 머리와 검은 눈, 검은 수염을 기르고 있었습니다. 유대인 같은 코를 가지고 있었는데, 말투는 매우 시원시원하더군요. 적어도 시간 낭비는 안 하겠다 싶었습니다.

'홀 파이크로프트 씨인가요?'

'네, 그렇습니다. 무슨 일이신가요?'
'최근까지 콕슨 사에서 일하셨죠?'
'네, 몇 달 전에 그만두었습니다.'
'지금은 모슨 사에 입사하게 되셨고요.'
'네, 오늘 소식을 들었습니다.'
'제가 여기 온 것은 당신의 업무 능력이 뛰어나다는 이야기를 들었기 때문입니다. 콕슨 사의 부장이었던 파커 씨를 아시죠? 당신이 정말 능력 있는 직원이라고 몹시 칭찬을 하더군요.'

저는 그의 말을 듣고 기분이 매우 좋아졌습니다. 일이야 항상 잘했다고 생각했지만, 그렇게까지 저를 칭찬해 줄 거라고는 생각하지 않았으니까요.

'파이크로프트 씨, 당신의 기억력은 좋은 편입니까?'
'괜찮은 편이라고 생각합니다.'

저는 겸손하게 대답했죠.

'일을 하지 않는 동안에도 업계 시장은 계속 보고 있었겠죠?'
'물론입니다. 매일 아침 주식 거래 현황을 살피고 있습니다.'
'오, 정말 노력할 줄 아는 분이군요! 당신 같은 사람이 성공할 수 있는 거예요. 그럼 제가 한 번 시험해 보겠습니다. 오늘 에어셔 사의 주가는 얼마였죠?'
'106파운드 5펜스에서 105파운드 78펜스였습니다.'
'그렇다면 뉴질랜드 정리 공채는요?'
'104파운드입니다.'
'대단하군요. 그렇다면 브리티시 브로큰 힐스는요?'

'7파운드에서 7파운드 6센트입니다.'

'정말 훌륭하군요! 듣던 것보다 더 뛰어납니다. 모슨 직원으로는 정말 아까운 인재군요!'

저는 그의 평가가 다소 지나치다고 생각했습니다.

'피너 씨, 저는 그렇게까지 뛰어난 직원은 아니에요. 모슨 사에 들어가게 된 것도 매우 기쁘게 생각하고 있습니다.'

'파이크로프트 씨, 젊을 때는 꿈을 크게 꾸는 게 좋습니다. 그곳은 당신에게 어울리지 않아요. 내가 제시하는 조건을 들으면 당신도 모슨의 조건을 다시 생각하게 될 겁니다. 모슨에 출근하기로 한 날짜는 언제죠?'

'다음 주 월요일부터 출근하기로 했습니다.'

'당신은 절대 그곳에 가지 않을 겁니다.'

'네? 제가 모슨에 가지 않는다고요?'

'물론입니다. 왜냐하면 당신은 이제 프랑코 미들랜드 철물회사의 영업부장이니까요. 이 회사는 프랑스 각지에 134개의 지점을 두고 있습니다. 브뤼셀과 산레모에 있는 지점을 제외하고도요.'

'그런 회사는 처음 들어봤는데요?'

저는 당황해서 대답했습니다.

'아마 그럴 겁니다. 회사는 잡음 없이 아주 조용하게 운영되었으니까요. 자본금은 전부 개인 투자자들이 출자했습니다. 수익이 높은 기업이기 때문에 굳이 주식 공모를 하지 않는 편이 낫거든요. 나의 형인 해리 피너가 발기인으로 있는데, 사장으로 임명되어 지금 중역을 이끌고 있어요. 형님은 내가 이 업계에서 발이 넓다는 것을 알고, 패기 있는 청년을 하나 추천해 달라고 했습니다. 그래서 파커 씨한테 당신 이야기를 듣고 바로 찾아온 겁니다. 적을지도 모르지만 초봉으로 500파운드를 제공할 겁니다.'

'네? 연봉 500파운드라고요?'

'초봉이 그렇다는 겁니다. 당신이 성공시킨 거래에 대해서는 1퍼센트의 커미션을 추가로 지불할 테니 실제 봉급은 훨씬 많을 거예요. 적어도 커미션이 봉급보다 더 많을 겁니다.'

저는 갑자기 머리가 어지러워서 예의 없이 의자에 주저앉고 말았습니다. 하지만 역시 이상하다는 생각이 먼저 들더군요.

'하지만 저는 철물에 대해서는 문외한입니다. 그런데 왜 저를……'

'우리 업무에서는 숫자에 밝은 것이 무엇보다 중요합니다. 그런 점에서 당신은 최고예요.'

'피너 씨, 제가 모슨 사에서 받기로 한 연봉은 200파운드지만 안전하죠. 하지만 당신이 제안한 회사에 대해서 아는 것도 전혀 없고 업무도 전혀 모릅니다.'

'괜찮습니다. 당신이 바로 적임자니까요. 더 이상 이야기할 것도 없습니다. 일단 여기 100파운드가 있습니다. 우리랑 같이 일하고 싶다고 생각한다면 선물이라 생각하고 그냥 지갑에 넣어둬요.'

'직원들을 매우 아끼는 회사군요. 그럼 일은 언제부터 하나요?'

'내일 1시까지 버밍엄으로 오면 됩니다. 이 편지는 우리 형님에게 보내는 것이니 전해 주세요. 코퍼레이션 가 126B번지로 가면 형님을 만날 수 있을 겁니다. 거기 임시 사무실이 있으니까요. 형님이 당신

과 재계약을 해야 하긴 하지만, 그저 형식적인 과정이니 걱정할 필요는 없습니다.'

'정말 여러 모로 감사합니다. 이런 일이 제게 일어나다니 꿈만 같아요.'

'오히려 우리가 해야 할 말입니다. 당신은 이런 내접을 받을 자격이 있어요. 참, 별 건 아닌데 한두 가지 처리할 일이 있습니다. 서류상의 절차에 불과하지만, 이 종이에 '본인은 최저 500파운드의 연봉에 프랑코 미들랜드 철물회사의 영업부장으로 취임할 것을 허락합니다.' 라고 써주세요.'

저는 그가 말하는 대로 적었고 그는 그것을 잘 접어서 호주머니에 넣더군요.

'한 가지 문제가 남았군요. 모슨 사는 어떻게 할 생각입니까?'

'당연히 사퇴서를 제출해야지요.'

'그럴 필요는 없습니다. 사실 지금 모슨 사의 임원과 한바탕 하고 나왔거든요. 내가 당신에 대한 질문을 몇 가지 했더니 그가 굉장히 기분 나빠 하더군요. 내가 자기 회사 사람을 데려가려고 한다면서 심한 욕을 퍼붓기도 했습니다. 결국 나도 화를 내고 나와 버렸답니다. 나오는 길에 그 부장이 한 마디 하더군요. 내가 아무리 돈을 많이 줘도 당신은 모슨 사로 올 거라고요. 그래서 내가 말했죠. 당신은 우리 회사를 택할 거고 그는 모슨에 아무 연락도 취하지 않을 거라고요. 나는 그에게 5파운드 내기를 제안했고 그는 흔쾌히 응하더군요. 그러면서 '우리는 그를 어려운 상황에서 건져줬소. 그가 그렇게 쉽게 모슨을 포기하지는 않을 거요!' 라고 말하더군요. 그런 자가 모슨의 부

장이라니 이게 말이 됩니까?'

'어려운 상황이라니! 아니 어떻게 그런 말을 할 수 있죠? 저는 그의 얼굴을 본 적도 없으니 굳이 배려할 필요도 없습니다. 원하신다면 저는 모슨 사에 아무런 연락도 하지 않겠습니다.'

'좋아요. 그럼 나랑 약속한 거요! 이렇게 좋은 사람을 추천하게 돼서 정말 기쁘군요. 여기 100파운드와 소개 편지가 있소. 내일 1시까지 코퍼레이션 가 126B번지로 가면 됩니다. 그럼 이만 일어나겠소. 당신 같은 능력 있는 청년은 분명히 행운이 가득할 거요.'

여기까지가 그와 나눈 대화입니다. 대화 하나도 빠짐없이 이야기했으니 상황을 정확히 아시겠죠? 그날 제가 얼마나 기뻤을지 아마 두 분은 상상도 못 하실 겁니다. 저는 너무 좋아서 잠도 제대로 못 잘 정도였습니다. 다음 날 약속 시간에 늦지 않도록 일찌감치 버밍엄 행 기차를 탔습니다. 도착한 뒤에는 호텔에 짐을 맡겨두고 그 주소로 찾아갔죠.

그곳에 도착한 시각은 12시 45분이었고, 약속 시간보다 15분 정도 이른 시간이었지만 괜찮을 거라 생각했습니다. 126B번지는 두 개의 큰 상점 사이에 있는 건물이었습니다. 돌계단이 나선형으로 되어 있었는데 각 층마다 많은 방들이 있었습니다. 모두 회사나 전문직 종사자의 사무실로 임대되어 있더군요.

1층 벽에는 임대한 회사들의 사무실 이름이 적혀 있었지만, 프랑코 미들랜드 철물회사라는 이름은 보이지 않았습니다. 저는 갑자기 가슴이 철렁 내려앉는 기분이 들었습니다. 이 모든 것이 사기가 아닐까 하는 생각이 들었거든요. 그런데 한 남자가 저에게 다가왔습니다. 전

날 밤 저를 찾아온 피너 씨와 매우 비슷한 사람이었어요. 용모와 목소리는 같았는데, 다만 깨끗하게 면도하고 머리 색깔이 연하다는 것이 다른 점이었습니다.

'혹시 당신이 홀 파이크로프트 씨인가요?'

'네, 그렇습니다만.'

'다행이군요! 당신을 기다리고 있었습니다. 생각보다 일찍 오셨네요. 동생이 당신에 대해서 칭찬하는 것을 여러 차례 들었습니다.'

'감사합니다. 저는 사무실을 찾고 있었어요.'

'우리 회사는 지난주에 이곳으로 옮겨와서 아직 안내판에 이름을 올리지 못했습니다. 곧 올릴 예정이죠. 일단 같이 올라가시죠.'

저는 그 사람을 따라 계단 꼭대기까지 올라갔습니다. 그가 안내한 곳은 먼지가 가득한 아주 작은 사무실이었습니다. 방은 두 개였는데 커튼도 카펫도 없었습니다. 저는 예전에 일했던 것처럼 넓은 사무실과 큰 책상에서 일할 것이라고 생각했는데 매우 의외였죠. 그곳에 가구라고는 나무 의자 두 개와 작은 책상 한 개가 전부였습니다.

'파이크로프트 씨, 사무실을 보고 실망하셨나보군요.'

제 표정을 보았는지 그가 말했습니다.

'로마는 하루아침에 이루어지지 않습니다. 아직 사무실을 꾸밀 시간이 없을 뿐, 자금도 넉넉하답니다. 거기 앉으시고 동생한테 받은 편지를 주시겠습니까?'

저는 가져온 편지를 그에게 주었고, 그는 꽤 시간을 들여서 편지를 읽었습니다.

'내 동생은 당신에게 매우 좋은 인상을 받았나 보군요. 사실 내 동생은 판단력이 매우 뛰어나답니다. 동생은 런던 출신을 선호하고 나는 버밍엄 출신을 선호해요. 하지만 이번에는 동생의 의견을 따르는 게 낫다는 생각이 들어서 동생에게 일임했지요. 자, 이제 당신을 정식 직원으로 채용하겠습니다.'

'감사합니다. 저는 어떤 일을 하게 되나요?'

'당신은 앞으로 파리의 큰 지점 하나를 책임지게 될 겁니다. 거기서 프랑스에 있는 134개의 대리점에 영국제 도자기를 넘기는 일을 맡길 예정입니다. 구매는 일주일 정도에 완료히려고 하는데, 그동안 당신은 버밍엄에서 간단한 일을 좀 도와주면 됩니다.'

'그렇군요. 제가 해야 할 일은 구체적으로 어떤 일인가요?'

그는 서랍에서 두꺼운 빨간책 표지의 책을 한 권 꺼냈습니다.

'여기 파리 상공인 인명부가 있습니다. 사람들 이름 뒤에 업종이 적혀 있어요. 이걸 가지고 가서 철물류 판매업자의 이름과 주소를 따로 정리해 주시오. 나중에 큰 도움이 될 거요.'

'업종별 인명부가 따로 있을 텐데요. 굳이 다시 정리해야 하나요?'

저는 조심스럽게 물어보았습니다.

'사실 그게 별로 믿을 수가 없답니다. 그쪽 체계가 우리와 전혀 다르더라고요. 집에 가지고 가서 일하면 됩니다. 명단은 월요일 12시까지 다시 이쪽으로 가져오면 됩니다. 그럼 이만 돌아가세요. 당신이 일을 열심히 해준다면 회사에서도 그만큼의 대우를 해줄 겁니다.'

집으로 돌아오는 길에 저는 두 가지 생각이 싸우는 것을 멈출 수 없었습니다. 호주머니에 100파운드가 들어 있으니 취직이 된 것은 확실합니다. 그런데 사무실을 갔다와 보니 저를 고용한 사람들에 대해

자꾸 좋지 않은 생각이 들었습니다. 하지만 일단 돈을 받고 일을 하겠다고 했으니 업무에는 최선을 다했습니다.

집으로 돌아오자마자 일을 시작했지만, 월요일까지 겨우 H항목까지밖에 할 수 없었습니다. 일요일에도 쉬지 않고 일했지만 어쩔 수 없이 다 끝내지 못한 채 저는 사장님에게 갔습니다. 사무실은 여전히 같은 모습이었죠. 사정을 말했더니 그러면 수요일까지 일을 마무리하라는 지시가 떨어졌습니다. 하지만 수요일까지도 그 일은 다할 수 없었습니다. 금요일까지 잠도 제대로 못 자고 일에 매달린 결과 겨우 마칠 수 있었고, 저는 바로 사장님을 찾아갔습니다.

'수고 많았어요. 내가 업무량을 과소평가한 것 같군요. 이 명단은 앞으로 중요한 자료가 될 겁니다.'

'예정된 시간을 맞추지 못해서 정말 죄송합니다.'

'자, 이제 가구점의 명단을 정리해 주세요. 가구점에서도 도자기는 많이 취급하니까요. 그럼 내일 저녁 7시에 업무 상황을 알려주시오. 너무 무리하지는 말고요. 일이 끝나면 저녁에는 데이 뮤직홀에서 두세 시간 정도 공연을 감상하는 것도 좋을 것 같군요.'

사장은 이렇게 말하면서 큰 소리로 웃었습니다. 그 순간 저는 깜짝 놀랐습니다. 집에 찾아왔던 사장의 동생과 똑같이 왼쪽 두 번째 이를 금으로 때운 걸 보았으니까요."

셜록 홈즈는 젊은 의뢰인을 흐뭇한 미소로 쳐다보았고, 이상한 사건 이야기를 듣던 나는 그저 멍한 표정으로 의뢰인을 바라보고만 있었다.

"왓슨 박사님, 조금 놀라셨죠? 런던에서 제가 피너 사장의 동생을 처음 만났을 때 저는 그가 크게 웃는 모습을 목격한 적이 있고, 그때 그의 금니를 봤기 때문에 확신할 수 있었습니다. 번쩍거리는 금니는 누구의 눈에나 쉽게 보이니까요. 그리고 아까 제가 그 형제의 목소리와 얼굴이 똑같다고 말씀드렸잖아요. 다른 점은 면도나 가발이면 충분히 바꿀 수 있는 것들이었습니다. 아무리 외모가 같아도 똑같은 이빨을 똑같은 모양으로 때운다는 건 말도 되지 않는 이야기이니까요.

사장은 저를 정중하게 배웅했지만 어떻게 해야 할지 전혀 알 수 없는 상황이었습니다. 머리에 찬물을 끼얹으면서 생각을 정리했지만, 아무것도 알 수 없었습니다. 그가 저를 런던에서 버밍엄으로 보낸 이유, 저보다 회사에 먼저 와 있었던 이유, 스스로에게 편지를 보낸 이유 등 어떤 질문 하나도 전 이해할 수 없었습니다. 그러다가 문득 셜록 홈즈 선생님 생각이 났어요. 저한테는 매우 까다로운 문제지만 간단히 해결하실 것 같더군요. 그 길로 야간열차를 타고 런던으로 와서 이렇게 두 분을 모시고 버밍엄으로 가게 된 거랍니다."

증권거래소 직원의 이야기는 정말 놀랍기 짝이 없었다. 이야기가 끝난 뒤에도 우리 셋은 한동안 아무런 말도 하지 않았다. 홈즈는 의자에 기대어 흐뭇하면서도 진지한 표정으로 나를 훔쳐보고 있었다. 그는 마치 최상급 와인을 맛본 것 같은 뿌듯한 얼굴을 하고 있었다.

"왓슨, 어떤가? 재미있는 사건 같지 않은가? 이 사건에는 아주 매력적인 요소들이 몇 개 있어. 자네도 우리가 프랑코 미들랜드 철물회사의 사무실로 찾아가서 동생이자 형인 피너 사장과 면담하는 게 매우 재미있는 경험이 될 거라는 데 동의하겠지?"

홈즈가 밝은 목소리로 말했다.

"그런데 그 사람을 만나서 뭐라고 말할 건가?"

나는 사건에 대해 생각하면서 홈즈에게 물었다.

"그건 아주 간단합니다. 두 분 모두 저의 지인인데 지금 일자리를 찾고 있다고 하면 됩니다. 일이 필요한 사람을 데려가는 건 아주 자연스러운 일이니까요."

"오, 괜찮은 방법이군. 그렇게 하면 되겠소. 사실 나는 그 사장을 만나보고 싶소. 어떤 속셈을 가지고 있는 건지 몹시 궁금하니까. 그런데 왓슨, 자네는 구직자로서 어떤 재능을 가지고 있다고 할 텐가? 흠……."

홈즈는 말을 하려다가 손톱을 물어뜯으면서 창 밖을 멍하니 바라보았다. 그리고 목적지에 도착할 때까지 한 마디도 하지 않았다. 그날 저녁 7시, 우리 세 명은 철물회사의 사무실로 가기 위해 코퍼레이션 가를 걷고 있었다.

"일찍 가봤자 그는 없을 겁니다. 저하고 만날 일이 있을 때나 나오는 게 분명해요. 약속 시간 전에 가면 늘 사무실은 비어 있습니다."

"매우 의미심장한 부분이군."

홈즈가 자기 생각을 말했다. 그때 젊은이가 외쳤다.

"역시 제 말이 맞았어요! 홈즈 선생님, 저 앞에 사상이 가는 게 보이네요."

파이크로프트는 길 건너편에서 바쁘게 걸어가고 있는 검은 머리 남자를 가리키며 말했다. 그는 옷을 잘 차려입고 있었는데, 방금 나온 석간 신문을 큰 소리로 팔고 있는 소년을 불러 신문을 한 부 샀다. 이윽고 그는 어느 건물로 들어갔다.

"바로 저깁니다. 사무실이 있는 건물이에요. 이제 저를 따라오세요. 제가 간단하게 처리하도록 하겠습니다."

우리는 젊은이를 따라 건물 5층으로 올라갔고, 그는 조금 열려 있는 문 앞에서 노크했다. 들어오라는 소리가 나자 우리는 젊은이가 설명한 대로 썰렁하기 짝이 없는 방으로 들어갔다. 하나밖에 없는 책상 앞에는 좀 전에 거리에서 본 남자가 석간 신문을 보며 앉아 있었다. 그런데 그가 우리를 바라보는 얼굴에는 말로 표현할 수 없을 정도의 슬픔이 깃들어 있었다. 아니 그것은 슬픔이라기보다는 차라리 심각한 공포라고 표현하는 게 더 적절하겠다. 이마는 땀으로 번들거렸고 두 볼은 생기 없이 축 처져 있었으며 두 눈은 마치 넋이 나간 것처럼 멍해 보였다. 그는 자신의 부하 직원인 파이크로프트를 보고 있었지만, 누구인지 알아보는 것 같지 않았다. 나는 그의 모습이 정상이 아니라는 것을 알 수 있었다.

"사장님, 어디가 편찮으세요?"

파이크로프트는 사장 가까이로 가서 물었다.

"조금 몸이 안 좋은 것 같군요."

사장은 정신을 차리려고 애쓰며, 마른 입술을 혀로 핥았다.

"그런데 이 신사들은 누구신가요?"

"이쪽은 버먼 출신의 해리스 씨, 이쪽은 여기 출신인 프라이스 씨입니다."

젊은이는 매우 자연스럽게 우리를 소개했다.

"제 친구들인데 능력은 뛰어난 경력자지만 지금은 일자리를 구하고 있습니다. 혹시 회사에 일거리가 있으면 도와주셨으면 해서요."

"그런 일이라면 언제든 들어줄 수 있지요. 해리스 씨는 전에 무슨 일을 하셨나요?"

사장은 창백한 얼굴로 웃으면서 말했다.

"저는 회계원 일을 했습니다."

홈즈가 아무렇지 않게 대답했다.

"그렇군요. 저희 회사에도 그런 사람이 항상 필요하답니다. 프라이스 씨는 무슨 일을 하셨나요?"

"전 사무원입니다."

내가 애써 긴장을 감추며 말했다.

"회사에서 두 분 모두에게 일을 줄 수 있을 듯합니다. 결정이 나는 대로 바로 알려드리겠소. 그럼 이제 가보시오. 혼자 해야 할 일이 있으니 어서 가보시오!"

사장은 애써 평정심을 유지하려고 하였으나 마지막에 소리를 지르고 말았다. 홈즈와 나는 이 말을 듣고 어떻게 해야 할지 몰라 서로를 바라보았다. 파이크로프트는 사장 앞으로 한 걸음 다가갔다.

"사장님, 저는 새로운 업무 지시를 받기 위해 약속 시간에 맞춰 여기에 온 겁니다."

"아, 그렇지. 잠깐만 기다려요. 친구분들도 여기서 잠시만 기다려요. 3분 정도면 될 것 같군요."

사장은 정중하게 인사하고 사무실 뒤쪽의 문을 열고 들어갔다.

"사장이 무슨 일을 하려고 하는 거지? 설마 도망치려고 하는 건가?"

홈즈가 젊은이에게 속삭였다.

"그럴 리가 없습니다. 저 문은 내실로 가는 문이에요. 다른 출구가 없습니다. 가구도 하나 없는 빈 방이에요. 적어도 어제까지는 그랬습니다."

"그럼 저기서 뭘 하겠다는 거지? 이번 사건은 정말 이상한 일이군. 뭐가 뭔지 알 수가 없어. 사장은 분명히 두려움으로 반쯤 정신을 놓은 것 같은데, 그 이유는 대체 무엇일까?"

"설마 우리의 정체를 눈치 챈 것이 아닐까?"

나는 생각하고 있던 바를 말했다.

"저도 그렇게 생각해요!"

파이크로프트가 내 말에 동의했다.

"아니야. 저 사람은 우리가 들어왔을 때 이미 매우 창백한 얼굴이었어. 설마……."

홈즈는 고개를 저으며 말하려다 내실에서 문을 두드리는 소리를 듣고 말을 중단했다.

"왜 자기 방을 두드리는 거죠?"

젊은이의 말이 채 끝나기도 전에 문을 두드리는 소리가 더 크게 들려왔다. 우리는 호기심이 가득 찬 얼굴로 문을 바라보았는데, 홈즈 역시 귀를 기울이면서 소리에 집중하고 있었다. 그런데 갑자기 나지막한 기침 소리가 들리더니 북 치는 것 같은 빠른 소리가 들렸다. 홈즈는 재빠르게 달려가서 문을 열려고 했지만 안에서 굳게 잠겨 있었다. 우리는 홈즈가 하는 대로 문을 열기 위해 방문에 몸을 부딪쳤다. 그러자 경첩이 떨어지면서 문짝이 넘어졌다. 문짝을 넘어 내실로 뛰어 들어갔으나 방에는 아무도 없었다.

주위를 둘러보니 우리가 있던 방과 제일 가까운 곳에 방이 하나 더

있었다. 홈즈는 그 방문을 벌컥 열었고 그 안에 사장이 있었다. 양복 상의와 조끼가 바닥에 떨어져 있었고, 문 안쪽 고리에 사장은 멜빵으로 목을 맨 채 축 늘어져 있었다. 그는 양쪽 무릎을 들어 올리고 있었는데, 머리는 괴상한 각도로 꺾여 줄에 매달려 있었다. 아까 문을 두드리는 소리는 그의 발꿈치가 방문에 부딪혀 난 소리 같았다.

나는 사장의 허리를 잡고 몸을 들었고, 홈즈와 파이크로프트는 목덜미의 푸르스름한 주름 속으로 묻힌 멜빵을 풀었다. 우리는 그를 옆방으로 데려와 바닥에 눕혔으나, 얼굴은 이미 흙빛이었고 자주색 입술 사이로 가는 숨소리만 간간이 들렸다. 5분 전의 창백한 모습과는 전혀 다른 모습이었다.

"왓슨, 사장은 괜찮겠나?"

홈즈가 불안한 목소리로 내게 물었다. 나는 대답하지 않고 그의 상태부터 확인했다. 맥박은 가늘고 불규칙적이었지만 호흡이 점점 길어지면서 안정을 찾아가고 있었다. 눈꺼풀이 가볍게 떨리면서 흰자위가 살짝 보였다.

"죽을 뻔했군. 하지만 이제 괜찮아. 저기 창문 좀 열어서 환기를 시키고 물주전자를 갖다 주게."

나는 사장의 셔츠 단추를 풀고 얼굴에 물을 뿌렸다. 그리고 호흡이 정상적으로 될 때까지 그의 두 팔을 잡고 들었다 내렸다를 반복하는 사이에 점차 안정을 찾으며 얼굴빛이 원래대로 돌아오고 있었다.

"이제 됐네. 곧 깨어날 걸세."

홈즈는 두 손을 바지 주머니에 넣고 고개를 숙인 채 책상 옆에 서 있었다.

"이제 경찰을 부르게. 경찰이 오면 사건 전모를 설명해 줘야겠어."

"저는 대체 뭐가 뭔지 전혀 모르겠는데요? 이게 무슨 일인가요?"

파이크로프트가 고개를 갸우뚱하면서 홈즈에게 물었다.

"모든 게 빤한 거요, 그것은 마지막 수였으니까."

"그럼 이전의 일까지 모두 아신다는 건가요?"

"물론이오. 왓슨, 자네는 어떻게 생각하나?"

"사실 나도 전혀 모르겠네. 설명해 주게나."

"하하! 처음에 있었던 일을 생각해 보면 결론은 딱 하나야. 사건 전체를 이해하는 핵심은 두 가지가 있다네. 하나는 파이크로프트 씨에게 말도 안 되는 회사에서 일하겠다는 자필 서류를 쓰게 한 거라네. 파이크로프트 씨, 그쪽에서 당신의 필적 표본을 가지려고 수를 썼다는 것 정도는 알겠죠? 다소 묘하지만 그럴듯한 방법으로 당신의 글씨를 얻어낸 거요."

"그런데 왜요? 제 글씨를 어디에 쓰려고 한 거죠?"

"바로 그 질문에 대답할 수 있어야 문제를 해결할 수 있소. 당신 글씨체를 배워야 하는 사람이 있기 때문에 당신의 필적이 필요했던 거요. 또 하나 중요한 점이 있소. 사장은 당신에게 새로운 직장에 사퇴서를 보내지 말라고 했소. 큰 회사의 인사부장은 한 번도 본 적이 없는 파이크로프트라는 남자가 월요일 아침부터 출근하는 것으로 알고 있는데 당신이 가지 않는다는 사실을 말하지 말라는 거였소."

"이럴 수가! 저처럼 바보 같은 사람도 없을 거예요."

"이제 그들이 왜 당신의 글씨체를 얻고 싶어 했는지 이유를 알겠소? 당신 대신 출근할 사람이 필요했던 거요. 당신을 증명할 수 있는

유일한 것이 서체였고, 그러면 전혀 의심받지 않을 수 있을 테니까. 그 회사에서 당신을 실제로 본 사람은 아무도 없었으니 누군가 당신의 글씨체만 흉내 낸다면 완벽하게 되는 거요."

"그렇죠. 회사에서 저를 본 사람은 단 한 사람도 없으니까요."

파이크로프트는 신음하며 말했다.

"가장 중요한 것은 당신이 마음을 바꿔서는 안 된다는 거였소. 혹시 아는 사람이라도 만나서 가짜가 모슨 사에서 일하고 있다는 얘기를 들어서도 안 되는 거였소. 그래서 당신에게 거액을 주고 유령 철물회사로 쫓아낸 거요. 쓸데없지만 힘든 일을 주니 런던에 갈 시간도 없었고, 사기꾼들은 불안해 할 필요가 없었던 거요. 자, 이제 모두 알겠소?"

"이런 일이 있다니! 그런데 왜 피너 씨는 형과 동생 노릇을 자기가 혼자 다 했을까요?"

"이 사건과 관련된 사람은 두 명임에 틀림없소. 한 명은 모슨 사에서 당신 역할을 하고 있고, 다른 한 사람은 여기 있소. 인사 담당자 역할을 할 사람이 하나 더 필요했지만 사람을 더 끌어들이는 건 내키지 않았을 거요. 그래서 최대한 다른 사람인 척하면서 직접 1인 2역을 한 것이었소. 두 사람이 비슷하다고 생각이 들어도 그건 형제니까 그러려니 하고 넘어갈 수 있었을 테니까 말이오. 당신도 금니를 보지 않았다면 아마 의심하지 않았을 것이고."

"아, 정말 너무 바보 같군요. 이렇게 속다니! 그런데 또 다른 저는 모슨 사에서 대체 무슨 일을 하고 있는 걸까요? 어떻게 해야 좋을지 모르겠습니다."

"일단 모슨 사로 연락부터 합시다."

"토요일은 12시에 문을 닫습니다. 연락을 받을 사람이 없어요."

"수위나 당직자가 있을 테니 누군가 연락이 될 거요."

"그렇군요. 참, 구시가에서 들은 소문이 있습니다. 거액의 유가증권 때문에 모슨 사에 경호원이 상주한다고 하던데 혹시 이 일과 관련이 있을까요?"

"일단 경호원한테 전보를 치는 게 좋겠소. 당신 이름으로 일하고 있는 직원이 있는지부터 알아봐야겠군요. 그런데 저 사람은 왜 목을 맨 걸까? 그 이유는 나도 모르겠소."

"신문 때문이오."

뒤에서 쉰 목소리로 말하는 소리가 들렸다. 사장은 어느새 일어나서 목에 남은 붉은 멜빵 자국을 조심스럽게 문지르고 있었다. 얼굴은 아직도 창백했지만, 눈을 보니 어느 정도 정신이 돌아온 것이 분명했다.

"아, 그렇군! 신문! 사건에 대한 생각만으로 신문을 까맣게 잊고 있었어. 자살을 하려고 한 이유는 신문을 보면 알겠군."

홈즈는 흥분한 목소리로 말했다. 그리고 사장이 보던 신문을 가져와 펼쳐놓고 훑어보았다.

"이 신문은 <이브닝 스탠더드>군. 어디 기사를 한 번 찾아보자고. 오, 여기 있군. '금융가의 범죄, 모슨 앤 윌리엄스 사의 살인극. 천문학적 액수의 절도가 미수에 그치고 말다' 가 기사 제목이군. 왓슨, 자네가 큰 소리로 읽어주게나."

신문 앞부분에 실린 것을 보니 런던에서도 매우 중요한 사건에 속

한다는 것을 알 수 있었다. 기사는 다음과 같은 내용이었다.

  오늘 오후, 구시가에서 대담한 절도 행각이 벌어졌다. 그러나 한 사람의 죽음과 범인이 검거되면서 사건은 마무리되었다. 증권거래소 모슨 앤 윌리엄스 사는 얼마 전 총액 1백만 파운드가 넘는 유가 증권을 보관하게 되었다. 다른 증권회사가 위기에 처하면서 맡게 된 일이었기 때문에 모슨 사에서는 최신식 금고를 들여와 무장 경호원이 24시간 경호를 맡게 했다. 그런데 지난주, 홀 파이크로프트라는 직원이 새로 채용되었다. 그는 서류 위조범이며 금고털이인 베딩턴이 가장한 사람이었다. 베딩턴은 최근 5년 징역형을 마치고 출소했으며, 가명으로 모슨 사에 입사하는데 성공했다. 모슨 사의 직원이라는 신분을 이용해 사내의 열쇠를 복사했으며, 귀중품 보관실과 금고의 위치에 대해서도 완벽하게 알아냈다.
  구시가 경찰서 터슨 경사는 1시 20분에 한 남자가 여행 가방을 들고 모슨 사 계단을 내려오고 있는 것을 발견했다. 모슨 사의 직원들은 토요일 정오에 퇴근한다는 것을 알고 있었기 때문에 이를 이상하게 여긴 터슨 경사는 남자의 뒤를 따라갔다. 그리고 폴록 경관의 도움을 받아 남자를 검거했고, 거액의 돈을 노린 대담한 절도 사건이라는 것을 밝혀냈다.
  베딩턴으로 밝혀진 이 남자의 가방에서 10만 파운드가 넘는 미국 철도 채권과 광산 채권, 그리고 여러 기업의 유가 증권이 발견됐다. 바로 모슨 사 수색에 들어갔고, 경비원의 시신이 대형금고 안에서 발견되었다. 경비원은 뒷머리를 맞아 두개골이 심하게 손상되어 있었다. 터슨 경사의 신속한 조치가 없었더라면 월요일 아침까지 시신은 발견되지 않았을 것이다.

베딩턴은 퇴근하는 척하고 다시 건물 안으로 들어가 경비원을 살해하고 금고를 털어 나가던 중 검거된 것으로 추정된다. 이전에도 범행을 같이하던 베딩턴의 형이 어디 있는지는 아직 밝혀지지 않았으며, 경찰에서는 그의 소재를 밝히기 위해 전력을 다하고 있다.

"우리가 경찰의 수고를 덜어줄 수 있겠군. 왓슨, 저런 사기꾼에게도 인간으로서의 마음은 남아 있는 것 같군. 사기꾼에 살인자일지언정 자신이 잡힌 것을 알고 형이 자살하려고 했다는 소식을 들으면 기분이 좋을 수는 없을 테니 우리는 우리 일을 하자고. 파이크로프트 씨, 우리가 여기를 지키고 있을 테니 어서 경찰서에 가서 신고하는 게 좋겠소."

홈즈는 비참한 표정으로 구석에 웅크리고 있는 남자를 바라보며 씁쓸하게 말했다.

머스그레브 가의 의식
The Musgrave ritual

홈즈는 가장 가까운 친구지만 종잡을 수 없는 성격 때문에 가끔 나를 어이없게 만드는 경우가 있다. 그의 사고력은 누구보다도 차분하고 정밀하며 논리적이다. 옷차림은 비교적 단정한 편이었지만, 개인적인 습관에서는 나처럼 오래 알고 지낸 사람조차도 허탈하게 만들 정도로 기준이 없다. 사실 나도 예의 바른 사람이라고 할 수는 없다. 보헤미안 기질을 타고났을 뿐만 아니라 아프가니스탄에서 거친 일을 하면서 몸에 밴 성격 때문이다. 부지런하고 성실한 의사라는 이미지를 가져야 하지만, 이와 어울리지 않는 게으름도 가지고 있다.

하지만 내가 가진 게으름은 한계가 있다. 답장을 하지 않은 편지는 벽난로 선반 한가운데 잭 나이프로 꽂아두거나 시가를 석탄통에 넣거나 페르시아 슬리퍼의 앞축에 담배를 끼워 넣는 홈즈에 비한다면 나는 행동거지가 바르고 부지런한 사람이라고 할 수도 있다.

사격 연습을 야외 스포츠라고 생각하는 나와 달리, 홈즈는 실내에서 사격을 하는데 거리낌이 없다. 기분이 좋지 않을 때 헤어트리거

(총의 촉발 방아쇠-옮긴이)와 100발짜리 총알을 꺼내 안락의자에 앉아 맞은편 벽에 총알 자국으로 장식하는 걸 보면 방의 분위기가 나아지기는 틀렸다는 생각이 들곤 한다. 그나마 맞은편 벽에 VR(Victoria Regina, 빅토리아 여왕-옮긴이)이라는 애국적인 문자를 남기는 것이 다행일지 모르지만.

우리의 방은 언제나 각종 약품과 사건의 기념품 등으로 가득했다. 그러나 정리를 하지 않기 때문에 자주 아무 데나 섞여 들어가 음식 그릇 등 뜻밖의 장소에서 나타나곤 했다. 가장 곤란했던 것은 홈즈의 서류 더미였다. 그는 과거 사건과 관계가 있는 것은 버리고 싶어 하지 않았지만, 그렇다고 자주 정리를 하는 것도 아니었다. 서류를 분류하는 작업은 2~3년에 한 번 정도였으니 그 어지러움은 상상할 수 있을 것이다.

언젠가 언급한 적도 있지만, 홈즈는 자신이 맡은 사건에는 맹렬하게 뛰어들어 해결하지만, 그에 대한 반동인지 평소에는 매우 게으른 모습으로 변했다. 책을 보거나 바이올린을 연주했고, 소파와 테이블 사이를 왔다갔다하는 것 외에는 움직이지조차 않았다. 이러는 동안에 그의 서류 더미들은 나날이 높아져갔고, 방의 네 구석은 정리되지 않은 서류들로 묻혀버렸다. 하지만 홈즈가 직접 하지 않는다고 해서 내 자의대로 태우거나 처리할 수도 없었다.

어느 추운 겨울 밤, 홈즈는 자신의 수첩을 정리하는 드문 모습을 보였다. 나는 그의 작업이 끝나는 것을 기다려 방을 좀 치우는 것이 어떨까 하는 의견을 냈다. 당연한 제안이었기 때문에 홈즈 역시 고개를 끄덕이며 침실에서 커다란 양철 상자를 끌고 왔다. 홈즈는 그 상자를 방 한복판에 놓고 등받이가 없는 의자에 앉아 뚜껑을 열었다. 그 안에는 빨간 테이프로 각각 묶어놓은 서류 뭉치가 가득 차 있었는데 나는 이런 상자가 두 개나 더 있다는 걸 알고 있었다.

"왓슨, 이 상자 안에는 괜찮은 사건들도 꽤 있다네. 아마 이 상자 속 사건들을 자네가 안다면 발표하게 해달라고 조를 것 같군."

홈즈가 장난기 어린 눈빛으로 나를 보면서 말했다.

"오, 정말인가? 이 사건들은 자네가 젊었을 때의 사건 기록인가 보군. 나는 자네의 초기 사건을 써보고 싶다는 생각을 가끔 한다네."

"그렇다네. 나의 전기 작가가 나를 영광스럽게 만들어주기 전에 한 일들이 여기 있지."

홈즈는 애정 어린 손길로 서류를 한 묶음씩 집어 들면서 말을 계속했다.

"사실 여기 있는 모든 사건을 성공적으로 해결했다고 하기는 어렵네. 하지만 재미있는 사건들도 꽤 있다는 것은 분명하지. 이것은 탈레턴 살인 사건, 이것은 러시아 노부인의 모험이군. 이것이 와인 상인 밤베리 사건이고 이것은 알루미늄 목발 사건이라네. 여기 안짱다리 리콜레티와 그 가증스러운 아내의 사건에 대한 내용도 있군. 오, 이것도 정말 재미있는 사건이었지."

홈즈는 상자 바닥까지 손을 집어넣어 작은 나무 상자를 꺼냈다. 아이들 장난감처럼 미닫이 뚜껑이 달린 그 상자 안에는 실뭉치가 달린 나무못, 구겨진 종이, 고풍스런 놋쇠 열쇠, 녹슨 금속 원판이 들어 있었다.

"왓슨, 이것들을 보게. 어떤 생각이 들지?"

"잘은 모르지만 정말 기묘한 수집품들이군."

"그렇다네. 말로 표현할 수 없을 만큼 기묘하지. 아마 이것들과 얽힌 사건 이야기를 들으면 더 놀랄걸세."

"이 수집품들도 사건과 관련되어 있다는 건가?"

"그렇다네. 이것들 자체로도 이야기가 될 수 있어."

"자세히 이야기해 보게. 흥미가 생기는군."

홈즈는 물건을 조심스럽게 하나하나 들어서 테이블 가장자리에 놓고, 자세를 고쳐 앉으며 만족스럽게 그것들을 바라보았다.

"사실 이것은 머스그레브 집안의 의식과 관련된 사건들을 추억할 수 있는 유일한 기념품이라네."

"그 사건에 대해서 이야기해 줄 수 있나?"

자세한 이야기는 듣지 못했지만, 가끔씩 그 사건에 대해 홈즈가 입에 올리는 것을 들었기 때문에 나는 평소에도 궁금증을 가지고 있었다.

"이야기를 하면 서류 더미들을 안 치워도 되는 건가? 하하! 자네 성격도 그렇게 깔끔하다고 볼 수는 없겠군."

홈즈는 유쾌한 목소리로 말을 이었다.

"왓슨, 지금부터 이야기하는 이 사건을 자네의 목록에 더해 주게. 이 사건에는 영국을 비롯해 세계 어느 나라에서도 볼 수 없는 독특한 부분이 있거든. 이렇게 기괴한 사건이 빠진다면 내 공적이 기록된 책으로는 어울리지 않을 거라네.

자네 혹시 글로리아 스콧 호 사건에 대해 기억하나? 그때까지 불행한 사람과 이야기하는 것은 나에게 취미에 불과했다네. 하지만 그 사건으로 지금 하고 있는 이 일을 평생 직업으로 선택하게 되었지. 지금은 내 이름이 잘 알려져 있고, 복잡한 사건이 일어나면 일반인이나 경찰도 결국 나를 최종적으로 사건을 해결해 줄 수 있는 사람으로 인정해 주긴 하지. 자네가 <주홍색 연구> 사건을 최고의 작품으로 만든 당시에도 큰돈이 되지는 않았지만 일거리는 심심치 않게 있었지. 하지만 그렇게 되기까지, 그러니까 탐정 일을 하면서 지금처럼 살기까지는 꽤 오랜 시간이 걸렸고 적지 않게 고생도 했다네.

처음 런던에 왔을 때, 나는 몬태규 가에 있는 대영박물관 모퉁이를 조금 돌아가면 있는 하숙집에서 지냈다네. 그곳에서 누군가의 의뢰를 기다렸고, 일이 없는 시간에는 미래에 도움이 될 수도 있는 여러 가지 공부를 하곤 했다네. 당시 맡았던 사건들은 대부분이 예전 지인들이 나를 소개해 준 것들이었지. 대학을 마칠 무렵에는 나와 내 추리 방법이 교내에 꽤 알려져 있었다네. 그리고 이때 지금 말하려고 하는 머스그레브 집안의 의식 사건을 맡게 되었지. 기묘하기 짝이 없는 그 사건은 세간의 관심을 끌었고, 나중에는 떠들썩한 논쟁의 중심이 되어 내게는 결과적으로 지금의 지위에 오를 수 있는 발판이 되어 준 셈이지.

레지널드 머스그레브는 나와 조금 아는 사이로, 같은 대학에 다녔다네. 그는 학우들 사이에서 인기가 있는 편은 아니었지. 그는 좀 교만한 편이었는데, 그것은 자신의 수줍음을 숨기려는 노력으로 보였어. 커다란 눈, 가늘고 높은 코, 어둡지만 점잖은 태도는 귀족적인 분위기를 지니고 있었지. 그는 영국에서 가장 오랜 역사를 가진 집안의 후손이지만, 그의 집안은 16세기 북부의 머스그레브 본가에서 갈라져 나와 정착한 분가였다네. 헐스톤에 있는 그의 저택은 아마 서섹스 주에서 가장 오래된 집일 거야. 그가 태어난 곳의 분위기는 그에게도 붙어 있었어. 창백하고 날카로운 얼굴, 머리를 우아하게 움직이는 습관 등을 보면 회색 돌의 아치 길, 세로 창살 같은 봉건시대를 떠올리게 했거든. 그와 가끔 세상 이야기를 나누곤 했는데, 그는 나의 추리 방법과 관찰에 대해 깊은 관심을 보였다네.

학교를 졸업하고 4년 정도 난 그와 전혀 만나지 않았어. 그런데 어느 날 아침, 몬태규 가의 집으로 머스그레브가 찾아온 거야. 그는 예전과 같은 모습이었어. 유행에 뒤지지 않는 복장에 예의 바른 태도는 여전했지.

'아니, 머스그레브 아닌가! 그동안 잘 지냈나?'

악수를 하고 나서 내가 먼저 그의 안부를 물었지.

'홈즈, 정말 반갑네. 그럭저럭. 우리 아버지가 돌아가신 일은 들었겠지? 2년 정도 됐는데 그때부터 헐스톤 저택을 내가 관리하고 있다네. 난 지역의원이라서 꽤 바쁘기도 하지. 그런데 홈즈, 학교 다닐 때 가졌던 자네의 그 능력을 지금도 사용하고 있다는 게 사실인가?'

'그렇다네. 머리로 일하고 있지.'

'오, 잘됐군. 사실 자네의 충고를 받고 싶어서 여기까지 찾아왔다네. 좀 묘한 일을 당했는데, 경찰도 전혀 단서를 찾지 못하고 있어서 애가 탄다네. 정말 괴상한 사건이라네.'

왓슨, 내가 그의 말에 얼마나 귀를 기울였을지 상상이 가지? 그때는 몇 달 동안이나 제대로 된 일거리가 없었기 때문에 기회가 왔다고 생각했다네. 다른 사람이 실패한 사건이라도 나라면 할 수 있다고 확신했으니까. 그리고 이 사건으로 내 능력을 테스트해 볼 수 있다고 생각했지.

'머스그레브, 좀 더 자세히 얘기해 보게.'

그는 내 앞에 앉아 내가 권한 담배에 불을 붙이며 이야기를 시작했지.

'사건에 대해 이야기하기 전에 먼저 알아둘 게 있네. 난 아직 독신이지만 헐스톤에서는 많은 고용인을 두고 있지. 마구잡이로 확장한 옛날 집이기 때문에 유지하기 위해서는 일손이 많이 필요하거든. 사냥터를 관리해야 하고 파티가 이어지기 때문에 일손이 부족해지면 안 된다네. 그래서 하녀가 8명, 요리사 1명, 집사 1명, 시종 2명, 급사 1명이 있지. 정원과 마구간에도 2명씩 사람을 두고 있다네.

그중 집사 브런튼은 고용인들 중에서 가장 오래 일했네. 전직 교사였는데 실직 상태에 있다가 아버지에게 고용되었다고 하더군. 성격도 좋고 부지런해서 집에서는 아주 중요한 존재이기도 하지. 건장한 체격에 이마가 넓은 호남형인데, 우리 집에 온 지 20년 가까이 됐고 아직 40세를 넘기지 않았어. 몇 개의 외국어를 하고 악기도 여러 개 다룰 줄 알아서 집사 일을 계속하는 것이 뜻밖이었다네. 하지만 그가 나름대로 직업에 애정을 갖고, 또 일을 바꾸기에는 이미 늦은 나이라고 생각했지. 이러한 여러 가지 이유로 헐스톤 저택의 집사는 우리 집을 방문하는 모든 사람들에게 잊을 수 없는 인물이 되곤 했지.

하지만 이러한 모범 집사에게 한 가지 단점이 있었어. 그것은 바로 그가 심한 바람둥이라는 거라네. 작은 시골 마을에서 그런 남자가 바람둥이라면 그 결과는 자네도 상상할 수 있겠지? 부인이 있을 때는 별 일이 없었네. 하지만 부인이 죽고 나자 여자 문제로 끊임없이 문제가 일어났어. 몇 달 전에는 하녀 레이첼 하웰즈와 약혼했으니 다 해결되리라고 생각했다네. 하지만 곧 약혼녀를 버리고 사냥터 관리인의 딸인 재닛 트리젤리스와 잘 지내더군. 하녀 레이첼은 좋은 사람이었지만 화를 잘 내는 전형적인 웨일즈인이었네. 레이첼은 최근에 가벼운 척추 뇌막염을 앓게 되었는데, 쇠약해질 대로 쇠약해져서 저택 주위를 그림자처럼 배회하고 있었지. 바로 어제까지 말이야. 이것이 첫 번째 비극이라네. 하지만 곧 두 번째 비극이 일어나면서 첫 번째 비극은 모두 잊어버리고 말았다네. 모든 비극은 내가 집사 브런튼을 해고한 데서 시작됐어.

사건의 발단을 이야기하지. 집사는 머리도 좋고 일도 잘했지만, 바로 그것 때문에 결국 자기 인생을 망치게 됐네. 자신과 전혀 관계가 없는 일에도 한없는 호기심을 가졌거든. 우연하게 내가 그것을 알아냈기 때문에 다행이었지만 그렇지 않았더라면…….

지난 주 목요일 밤, 난 커피를 마셔서 밤늦게까지 잠을 이루지 못하고 있었어. 새벽 2시까지 자기 위해 계속 노력했지만 결국 실패했고, 책이나 읽어야겠다는 마음으로 촛불을 다시 켰다네. 그런데 그때 읽던 책을 당구실에 두고 온 게 생각나서 책을 가지러 가운을 걸치고 당구실로 갔네.

앞에 말한 것처럼 우리 집은 마구잡이로 늘려 지은 저택이라네. 당구실에 가기 위해서는 먼저 계단을 내려가고, 서재와 복도가 꺾이는 총기실을 지나가야 하지. 그런데 복도 끝에 있는 서재에서 불빛이 새어나오고 있는 게 아닌가! 난 정말 깜짝 놀랐다네. 항상 자기 전에 직접 서재의 램프를 끄고 문을 닫아두니까. 도둑이라는 생각이 들었기 때문에 벽에 있던 전투용 도끼를 들었지. 헐스톤 저택의 복도 벽에는 오래된 무기들이 장식되어 있었거든. 촛불을 뒤에 놓고 소리 나지 않게 걸어서 서재 안을 들여다보았지.

　서재에는 브런튼이 있었어. 소파에 앉아서 무릎에 놓여 있는 지도 같은 걸 보면서 무언가 생각하는 것 같았지. 나는 놀란 채로 어둠 속에서 가만히 그를 보고 있었다네. 테이블 가장자리에 작은 초가 있어서 그가 제대로 옷을 입고 있다는 것은 보였네. 그러다가 갑자기 그가 일어나 옆에 있는 책상으로 가더니 열쇠로 서랍을 열고, 그 안에서 종이 한 장을 꺼내 다시 의자로 돌아가 열심히 그것을 보더군. 우리 집에 전해 오는 고문서를 저렇게 태연하게 보고 있다니! 나는 너무 화가 나서 그의 앞으로 다가갔지. 그는 깜짝 놀라서 공포로 얼굴이 흙빛이 되더군. 그리고는 무척 당황했는지 보던 종이는 품안에 넣었어.

　'브런튼! 지금까지 당신을 얼마나 신뢰했는데 이런 식으로 갚을 생각인가! 내일 당장 이 집에서 나가게.'

　나는 화가 나서 말했지. 그는 일그러진 얼굴로 고개를 숙인 채 말 한 마디 없이 내 옆을 지나갔다네. 테이블 위에 초가 아직 있어서 난 브런튼이 서랍에서 꺼낸 종이를 살펴보았어. 그건 중요한 문서는 아니었다네. 오래 전부터 머스그레브 가의 의식에 사용되는 문답의 사본이었어. 우리 집안에만 있는 독특한 행사에 대한 것이었지. 우리 가문의 남자가 성인이 되었을 때 치르는 것으로, 몇 세기 전부터 이어져 온 것이라네. 우리 집의 문장처럼 말이야. 고고학자에게는 가치

가 있을지 모르지만 실용 가치는 전혀 없지.'

'머스그레브, 그 문서에 대해서는 나중에 다시 이야기해 주게.'

그가 말하는 도중에 내가 말했지.

'그렇게 중요한 건 아니지만, 자네가 듣고 싶다면 그렇게 하지.'

그가 머뭇거리며 대답했다네.

'그럼 이야기를 계속하겠네. 브런튼은 열쇠도 놓고 갔기 때문에 난 그것으로 서랍을 잠그고 서재에서 나오려고 했다네. 그런데 언제 왔는지 브런튼이 내 앞에 서 있었네. 또 한 번 깜짝 놀랐지.'

그는 흥분한 목소리로 말했어.

'주인님, 저는 이런 불명예스러운 해고는 인정할 수 없습니다. 지금까지 제 일에 대해 긍지를 가지고 있었어요. 해고당하는 것은 죽음과 다를 바 없습니다. 주인님께서 제게 자비를 베풀지 않는다면 차라리 자결하는 게 나아요. 정말입니다! 만약 지금의 일로 반드시 해고해야 한다면 한 달 뒤에 제 스스로가 나가게 해주세요. 그렇게 해주신다면 조금이나마 견딜 수 있지만, 지금 당장 저를 잘 아는 사람들 앞에서 쫓겨나는 것은 견딜 수 없습니다. 부탁입니다.'

'브런튼, 지금 자네가 그런 동정을 받을 자격이 있다고 생각하나? 자네가 보여준 행동은 부끄러워해야 마땅해. 하지만 자네 말대로 오래 근무했으니 문제를 크게 만들지는 않겠네. 하지만 한 달은 너무 길어. 일주일을 줄 테니 그 안에 그만두게. 나가는 이유는 자네가 맘대로 해도 신경 쓰지 않겠네.'

'겨우 일주일이라니……. 그렇다면 2주는 어떻습니까? 제발 그렇게 해주세요.'

'안 되네, 일주일이네. 이것도 아주 너그러운 조치라고 생각하네.'

그는 절망적인 표정으로 얼굴을 가슴에 떨어뜨린 채 무거운 발걸음으로 서재를 나갔지. 나는 불을 끄고 방으로 돌아왔다네. 사건이 있고 이틀 동안 브런튼은 평소처럼 부지런히 일했다네. 나는 그가 어떤 이유를 대고 그만둘 것인지가 매우 궁금했지. 그리고 3일째 되던 아침에 식사를 마쳤는데도 브런튼의 모습이 보이지 않았어. 이상하다고 생각하며 식당을 나가는데 레이첼 하웰즈와 마주쳤다네. 병을 앓다가 막 나았기 때문에 안색이 좋지 않았다네. 나는 그녀에게 아직은 일을 하지 않는 것이 좋다고 주의를 주었어.

'레이첼, 아직은 누워 있는 것이 좋아. 더 건강해진 다음에 일하도록 해.'

'주인님, 전 이제 다 나았어요. 괜찮아요.'

이렇게 말하는 그녀의 표정은 매우 이상했다네. 혹시 머리까지 아픈 것은 아닐까 하는 생각까지 들었지.

'의사 선생님 말을 듣는 게 좋을 거야, 레이첼. 참, 혹시 브런튼을 보면 내가 부른다고 해.'

'집사는 갔습니다.'

'집사가 가다니? 어디를 갔다는 말이지?'

'가버렸어요. 아무도 본 사람이 없습니다. 방에도 없고요. 갔습니다. 갔어요!'

레이첼이 벽에 기댄 채로 날카롭게 웃었는데, 난 이 갑작스런 히스테리에 깜짝 놀랐다네. 일단 벨을 울려서 도움을 청했어. 그리고 레이첼을 방으로 데려가서 진정시켰다네. 집사가 갑자기 자취를 감춘 것은 틀림없었어. 그의 침대에는 잠을 잔 흔적도 없었고, 전날 밤 그가 방에 들어간 이후 그의 모습을 본 사람이 없더군. 아침에 확인한 바에 따르면 집 안의 모든 창과 문이 닫혀 있었으니까 그가 저택을 어떻게 빠져나갔는지도 알 수 없었어. 그의 옷이나 시계는 물론 돈도 그대로 방에 남아 있었네. 심지어 구두까지도. 하지만 늘 입던 검은 옷과 슬리퍼는 보이지 않았어. 대체 브런튼은 어디로 간 걸까? 그리고 지금 어떻게 되었을까?

 혹시나 해서 그를 찾기 위해 지하실부터 지붕 밑 다락방까지 저택을 샅샅이 뒤졌지만 그의 흔적은 없었어. 우리 집은 마치 미로처럼 복잡했기 때문에 더 꼼꼼하게 뒤졌지만 그는 어디에서도 발견되지 않았다네. 가진 물건을 두고 사라지다니, 말이 안 되지 않은가? 경찰을 불렀지만 아무 소용이 없었네. 전날 밤에 비가 왔기 때문에 우리는 집 주변의 잔디밭과 길을 샅샅이 살펴보았지만 모두 헛수고였네. 하지만 곧이어 새로운 사건이 또 발생했고, 나는 이 사건에서 점점 관심이 멀어졌지.

 레이첼 하웰즈는 이틀 동안 병이 다시 심해졌어. 때로는 의식이 몽롱해지고 때로는 히스테리를 일으키기도 했다네. 간호사를 고용해서 밤새워 간병시켜야만 할 정도였지. 브런튼이 없어지고 사흘째 되던 날, 레이첼은 오랜만에 얌전하게 잠들었다네. 간호사 역시 안락의자에서 졸고 있었고. 그런데 간호사가 새벽에 눈을 떠보니 창문이 열려 있고 레이첼은 사라졌다더군. 나는 소식을 듣고 바로 일어나 시종과 함께 레이첼을 찾았어. 창 밑에 발자국이 있었기 때문에 어느 쪽으로 갔는지는 바로 알 수 있었네. 발자국은 잔디밭을 지나 저택 바깥에서

가까운 연못 근처에서 끝나 있었네. 깊이가 8피트나 되는 연못이기 때문에 발자국이 끊어진 것이 의미하는 바는 하나였지. 우리 모두 기분이 어땠는지 자네도 상상할 수 있을 거야.

곧바로 그물을 가져와 사체를 인양하려고 했었네. 하지만 사체는 발견되지 않았어. 대신 뜻밖의 것들을 건져냈다네. 린넨 자루인데 안에는 오래돼서 변색된 금속 덩어리와 둔탁한 색의 돌멩이 그리고 유리 파편들이 몇 개 들어 있었네. 어제까지도 가능한 모든 수색을 했지만, 레이첼과 브런튼의 행방에 대해서는 전혀 알 수가 없어. 경찰도 더 이상은 방법이 없다고 했고. 그래서 마지막 희망으로 자네를 찾아온 것이라네.'

긴 이야기였지만 난 매우 집중해서 들을 수 있었어. 이 괴사건의 공통적인 실마리를 찾기 위해 내가 할 수 있는 모든 노력을 했지. 집사와 하녀가 행방불명되었고, 하녀는 집사를 사랑했지만 집사는 하녀를 배신했지. 하녀는 당연히 집사를 증오해. 하녀는 집사가 사라진 뒤 몹시 흥분했고 연못에서 이상한 물건이 발견되었다는 얘기였어. 아무리 생각해도 사건의 본질에 접근할 실마리가 없었네. 이 사건의 출발점이 무엇인지 알아야 이 사건을 해결할 수 있는데 말이야.

'머스그레브, 집사가 해고될 때 봤다는 그 종이, 지금 내가 볼 수 있을까?'

'우리 집의 의식은 정말 우스꽝스럽다네. 하지만 전통이니까 모두 그러려니 하지. 여기 그 사본이 있으니 한 번 보게나.'

그는 나에게 지금 여기 있는 종이를 주었어. 매우 기묘한 문답으로 머스그레브 가의 남자가 성인이 되면 받게 되는 거라네. 원문 그대로 읽어볼 테니 들어보게.

그것은 누구의 것인가?
떠나간 사람의 것이다.
그것은 누구의 것이 될 것인가?
장차 올 사람의 것이다.
몇 월인가?
처음부터 여섯 번째이다.
태양은 어디 있는가?
떡갈나무 위에.
그림자는 어디에 있는가?
느릅나무 아래.
몇 걸음인가?
북쪽으로 열 걸음, 또 열 걸음, 동쪽으로 다섯 걸음, 또 다섯 걸음, 남쪽으로 두 걸음, 또 두 걸음, 서쪽으로 한 걸음, 또 한 걸음, 그리하여 그 아래이다.
우리는 그것을 위해 무엇을 바쳐야 하는가?
우리들의 모든 것.
우리는 왜 무엇 때문에 바치는가?
신의를 지키기 위해서.

'이 종이에는 날짜가 적혀 있지 않지만 17세기 중엽의 글자로 쓰여 있었다네. 하지만 이 사건 해결에는 큰 도움이 될 것 같진 않군.'

머스그레브가 기운 빠진 목소리로 말했지.

'적어도 수수께끼가 하나 더 늘어나긴 했지. 처음보다 이번 수수께끼가 더 흥미로운데? 한쪽 수수께끼가 풀리면 다른 쪽도 풀릴 수 있으니까. 이렇게 말하면 어떻게 들릴지 모르겠네만, 자네 집사는 정말 머리가 좋은 사람이군. 10대에 걸친 머스그레브 가의 주인들보다 예리한 추리력을 가지고 있으니까.'

'그게 무슨 말인가? 이런 종이가 무슨 깊은 뜻을 가지고 있을 것 같지는 않아.'

'하지만 나에게는 그렇지 않은걸. 브런튼도 아마 이 종이가 실용 가치가 있다고 생각했을 걸세. 그는 자네에게 들키기 전에도 이 종이를 본 적이 있을 거야.'

'그럴 수도 있겠지. 집안에서 이것을 특별히 숨기려고 한 적은 없으니까.'

'내 생각에는 그가 마지막 순간에 다시 한 번 기억을 확인하기 위해 본 것 같아. 그가 지도로 보이는 것을 갖고 있었고, 이 문서와 비교해서 보다가 자네가 나타나자 주머니에 넣었다고 했지?'

'그렇다네. 하지만 집사 같은 사람이 우리 집안의 오래된 관습과 무슨 관계가 있겠나. 그런데 이 종이의 문답은 도대체 무엇을 의미하는 건가?'

'대답을 알아내는 것은 별로 어려운 일이 아니지. 괜찮다면 다음 기차로 서섹스에 가서 현장을 자세히 살펴보고 싶군.'

그날 오후, 머스그레브와 나는 헐스톤에 도착했어. 매우 유명한 저택이니 자네도 그림이나 사진을 통해 본 적이 있을 거라 생각하네.

건물은 L자형인데, 긴 쪽이 새로 증축한 부분이고 짧은 쪽이 원래 있던 부분이야. 옛 건물 중앙문 위에는 1607년이라고 새겨져 있지만, 전문가들은 들보나 석조 부분은 더 오래되었다고 진단한다네. 오래된 건물의 벽은 유난히 두껍고 창문이 작아서 머스그레브 가에서는 19세기에 새로운 건물을 증축했어. 옛 건물은 창고나 지하 저장실 정도로 사용되고 있고, 저택 주위에는 오래된 나무들이 무성한 훌륭한 정원이 있지. 레이첼이 빠졌다던 연못은 저택에서 약 200야드 정도 떨어진 곳의 진입로 가까이에 있더군.

나는 그때 이미 확신했다네. 여러 개의 사건이 있는 게 아니라 머스그레브 가의 의식만 제대로 해석한다면 브런튼과 레이첼에 대해서도 알 수 있다고 말이야. 그래서 나는 모든 것을 그 종이의 내용에 집중시켰네. 집사는 왜 이 문답에 관심을 가졌을까? 지금까지 몇 세대에 걸친 사람들도 몰랐던 것을 그가 발견했고, 이것으로 어떤 이익을 얻을 수 있었을 거야. 그렇다면 그것은 무엇일까? 그리고 그의 운명에는 어떤 영향을 미쳤을까?

문답을 읽었을 때 가장 먼저 확신했던 것은 몇 걸음의 의미였어. 아마 그 몇 걸음은 고문서의 다른 부분에서 말하는 지점을 의미하는 것이었을 거야. 그 지점만 발견한다면 머스그레브 가의 조상이 기묘한 방법으로 보존해 온 어떤 소중한 비밀이 밝혀지는데 공헌할 수 있다고 생각했지.

먼저 실마리가 두 개 있지. 떡갈나무와 느릅나무. 떡갈나무는 문제가 없었네. 저택 정면, 즉 마차가 지나가는 길 왼쪽에 지금까지 본 적이 없는 아주 오래된 나무가 있었으니까.

'이 나무는 자네 가문에서 첫 번째 의식을 치를 때부터 여기에 있었겠군.'

 마차가 그 나무 옆을 지나갈 때 내가 물었지.

 '노르만 정복(1066년 노르망디 공 윌리엄이 영국을 정복하고 노르만 왕조를 건립-옮긴이) 때부터 있었다고 하디군. 둘레가 23피트나 되지.'

 그의 대답으로 내가 추리할 수 있는 부분이 하나 늘었지.

 '이 집에 혹시 오래된 느릅나무가 있나?'

 '저쪽에 오래된 것이 하나 있는데, 10년 전에 벼락을 맞아 부러져서 지금은 베어버렸다네.'

 '어디에 있었는지 알 수 있나?'

 '물론이지. 그루터기는 남아 있다네.'

 '그 외에 다른 느릅나무는 없나?'

 '밤나무라면 많지만 오래된 느릅나무는 없다네.'

 '알겠네. 그럼 베어버린 느릅나무 쪽으로 가세나.'

 머스그레브와 나는 이륜마차를 타고 현관까지 갔네. 그는 느릅나무가 있던 잔디밭으로 나를 데려갔지. 그곳은 떡갈나무와 저택의 중간쯤 되는 거리였다네. 내 조사는 순조롭게 진행되고 있었지.

 '느릅나무 높이가 얼마나 됐는지 기억나나?'

 '물론이지. 내 기억으론 64피트(약 19.5미터, 1피트는 0.3048미터임-옮긴이)였다네.'

 '어떻게 정확히 알고 있지?'

 기대 이상의 답을 듣자 난 놀라서 물었다네.

 '학생 때 가정교사가 삼각법 연습 문제를 자주 냈거든. 대부분 높

이를 내는 문제였는데, 그때 저택 안의 나무와 건물 높이를 모두 측정해 두었지.'

 그것은 매우 행운이었네. 예상보다 자료를 빨리 찾을 수 있을 테니까.

 '혹시 자네의 집사가 지금 나 같은 질문을 한 적이 있지 않나?'

 '맞아. 그 말을 들으니 생각나네. 몇 달 전에 브런튼이 나무의 높이에 대해 이야기한 적이 있어. 마부하고 의견이 달라 티격태격했지.'

 머스그레브는 놀란 표정으로 대답했지. 이것은 꽤나 멋진 일이었다네. 내 짐작이 하나하나 맞아 들어간다는 걸 알았으니까. 태양이 상당히 낮아서 곧 떡갈나무 위에 올 거라고 생각했지. 이렇게 종이에 있는 문답이 하나하나 채워지고 있었네. 느릅나무 그림자란 그림자의 끝을 의미하는 게 분명했어. 그래서 태양이 떡갈나무의 바로 위에 있을 때 그림자의 끝이 어디에 떨어지는지 보면 문제는 해결될 수 있었어."

 "하지만 나무는 이미 베어졌지 않은가? 어떻게 그림자를 볼 수 있지?"

 긴 이야기를 듣다가 내가 물었다.

 "브런튼이 했다면 나도 할 수 있다고 생각했지. 사실 어려운 일도 아니라네. 머스그레브와 함께 서재로 가서 나무를 깎아 긴 실을 매고 1야드마다 실에 매듭을 만들었지. 그리고 두 개를 연결하면 6피트가 되는 낚싯대를 가지고 느릅나무로 갔네. 머스그레브도 함께 갔지. 태양은 마침 떡갈나무 바로 위에 있더군. 나는 낚싯대를 세우고 그림자의 방향과 길이를 기록했네. 그림자는 9피트였어. 이것으로 계산은 간단히 끝났네. 6피트의 낚싯대가 9피트 길이의 그림자를 만든다면,

64피트의 나무는 96피트의 그림자를 만들 테지. 물론 그림자의 방향은 같고. 나는 느릅나무가 서 있던 곳에서 거리를 쟀는데, 그 거리가 집 외벽 가까이까지 오더군. 여기에 나무 꼬챙이를 박고, 그 꼬챙이의 2인치 정도 되는 지점에서 조그맣게 파인 곳을 발견했네. 그때의 기쁨이 얼마나 컸는지 늘 나를 보아온 자네라면 잘 알 거야. 그것은 바로 브런튼이 남긴 표시로, 나는 그와 같은 길을 가고 있음을 확신했네. 이곳을 출발 지점으로 해서 컴퍼스로 방향을 확인한 뒤, 걸음으로 재기 시작했지. 저택의 벽을 따라 열 걸음을 두 번 반복했고 나무 꼬챙이로 표시를 했어. 다시 주의를 기울여 동쪽으로 다섯 걸음을 두 번, 남쪽으로 두 걸음을 두 번 쟀지. 그러자 놀랍게도 낡은 건물의 현관 입구에 서게 되더군. 여기에서 서쪽으로 두 걸음을 가는 것은 돌을 깐 복도를 두 걸음 걷는다는 뜻이었네. 그 지점이 바로 종이의 의식에서 주문한 곳이었네.

그 순간 난 너무 실망스러워서 어쩔 줄을 몰랐다네. 내 계산이 어디에서 틀린 것일까도 한참 고민했지. 지는 태양이 복도 바닥을 빨갛게 물들이고 있었거든. 사람들의 발길에 닿고 닳아버린 바닥의 회색 돌은 오랫동안 움직이지 않은 게 분명했다네. 브런튼 역시 이곳에는 아무런 흔적을 남기지 않았고. 나는 바닥의 돌을 두드려보았지만 어디서나 같은 소리가 났다네. 깨지거나 갈라진 흔적도 전혀 없었고. 내 행동을 지켜보던 머스그레브는 무언가 생각났는지 갑자기 외치더군.

'아래로! 홈즈, 아래로라고 쓰여 있었지 않은가!'

나는 아래로 파야 한다고 생각했는데, 그런 의미가 아니었다는 걸 순간 깨달았네.

'머스그레브, 이 아래 지하실이 있나?'

'그렇다네. 이 건물이 세워질 때부터 지하실이 있었어. 이 문으로 내려가면 돼.'

우리는 나선으로 된 돌계단을 따라 내려갔고, 머스그레브는 구석에 놓여 있던 커다란 램프에 불을 붙였네. 얼마 지나지 않아 우리는 마침내 목표한 장소에 도착했다네. 우리 이외에 최근에 이곳에 온 사람들이 있다는 것도 알 수 있었지. 이곳은 장작 창고로 사용되고 있었네. 그런데 바닥에 흩어져 있어야 할 장작은 벽 쪽에 쌓여 있고 가운데는 비어 있었네. 그 장소에 크고 무거운 네모 모양의 돌이 있었어. 그 중앙에는 녹이 슨 고리가 있었는데, 거기에 두꺼운 바둑판 무늬 목도리가 매어져 있었어.

'앗! 이것은 브런튼이 자주 하던 목도리인데! 그는 대체 여기서 무슨 일을 한 거지?'

나는 머스그레브에게 경관을 부르자고 제안했지. 경관 두 명이 곧 왔고, 머플러를 잡아당겨서 돌을 들어 올리려고 했네. 혼자서는 할 수 없었기 때문에 경관 한 명의 도움을 받아 돌을 겨우 한쪽으로 옮겼지. 그 밑에는 크고 넓은 검은 구멍이 있었어. 머스그레브는 무릎을 꿇고 램프를 밑으로 넣어 안을 보았지. 깊이 7피트, 사방 4피트 정도의 작은 방이 있더군. 한쪽 구석에는 놋쇠로 보강된 튼튼한 나무상자가 있었어. 뚜껑은 위로 열려져 있었는데, 이상한 모양의 구식 열쇠가 구멍에 꽂힌 채로 있더군. 상자 바깥은 먼지가 두껍게 쌓여 있었고, 습기와 벌레 때문에 판자가 심하게 부식되어 있었네. 안쪽에는 버섯까지 나 있더군. 금속 원판은 동전처럼 보였는데, 바로 지금

여기 있지. 동전은 그 상자 밑에 있었는데, 그 밖에 다른 것은 아무것도 없었어.

 하지만 중요한 건 상자가 아니었어. 그 옆에 웅크리고 있는 사람이 있었으니까. 검은 옷을 입고 있었는데 두 팔로 상자를 안은 채, 이마를 상자 가장자리에 대고 있었어. 자세가 그랬기 때문에 얼굴에는 피가 쏠려 있었지. 누군지 몰랐기 때문에 머스그레브가 사체를 살펴보았네. 키, 옷차림, 머리카락 등을 보더니 브런튼이라고 하더군. 죽은 지 며칠이 지난 듯했는데, 아무런 상처가 없었기 때문에 사인을 알 수가 없었네. 대체 왜 이렇게 끔찍한 최후를 맞이했는지 처음과 마찬가지로 결국 수수께끼는 풀리지 않았지.

 사실 이때까지도 나는 실망하고 있었다네. 의식에서 지시하고 있는 장소만 발견하면 모든 게 해결되리라 생각했는데 그렇지 않았으니까. 지금까지 머스그레브 가의 조상들이 조심스럽게 숨겨온 것이 무엇인지, 그것이 브런튼에게 기대를 주다가 왜 이렇게 비참한 최후를 맞이하게 했는지 말이야. 게다가 사라진 하녀도 이 사건에서 어떤 역할을 한 것이 분명했네. 이 모든 것을 확인하기 위해 나는 지하실 궤짝에 앉아서 사건을 다시 곱씹어 생각해 보았지.

 자네는 이런 상황에서 내가 어떻게 할지 잘 알고 있지? 우선 집사의 입장에서 모든 사건을 생각했네. 그의 머리가 얼마나 좋았을까를 생각해 보고, 내가 그의 경우라면 어떻게 했을지 천천히 상상했지. 브런튼은 머리가 매우 좋았다고 하니까 더욱 간단했네. 그는 값비싼 물건이 이곳에 숨겨져 있다는 것을 알고 있었어. 그 장소를 찾아냈지만 뚜껑이 너무 무거워서 혼자 힘으로는 어떻게 할 수 없었지. 다른 사람의 도움을 청하고 싶었을 테지만, 외부 사람을 데려오면 의심을 받을 테니 그럴 수는 없었겠지. 그래서 저택에 있는 사람들 중에서 한 명을 골랐을 거야. 그러다 자신에게 푹 빠져 있는 레이첼을 선택했겠지. 남자는 자신이 버린 여자라고 하더라도 그 여자는 여전히 자기를 사랑할 거라고 생각하는 동물이지 않은가. 브런튼은 레이첼을 달콤한 몇 마디로 설득하면서 공범으로 만들었을 거야. 둘이서 밤에 지하실로 간다면 돌을 들어 올릴 수 있을 거라고 생각했겠지. 여기까지는 그들을 본 것처럼 상상할 수 있었네.

　하지만 직접 돌을 들어본 나로서는 이해가 가지 않는 부분이 있었지. 나와 경관이 들어도 겨우 들어 올릴 수 있는 무게였는데, 한 명이 여자라면 더 힘들었을 게 분명했네. 아마 다른 도움을 빌렸을 거라 생각돼서 주위를 다시 살펴보았지. 길이 3피트 정도 되는 장작이 하나 있었는데, 한쪽 끝에 눌린 흔적이 남아 있더군. 상당한 무게에 눌린 듯한 장작도 몇 개 있었어. 그들은 돌을 들어 올릴 때 사람이 드나들 수 있을 공간이 확보될 때까지 장작을 틈새로 끼워 넣었을 거야. 그리고 돌문이 다시 닫히지 않도록 장작을 세워서 받쳐두었겠지. 그러니 돌의 무게에 눌려 장작의 아래쪽 끝이 더 많이 눌리는 것은 당연한 이치이지. 여기까지는 내 추측이 맞았으리라고 확신했지.

　나무로 받쳐 놓은 구멍에는 한 사람밖에 들어갈 수 없었을 거야. 그 한 사람은 물론 브런튼이고, 레이첼은 위에서 기다리고 있었겠지. 브런튼이 상자에 열쇠를 넣고 뚜껑을 열어 안의 것을 아마도 위로 전달했을 거야. 하지만 내용물이 발견되지 않았으니 이 부분은 확신할 수 없겠군. 그리고 무슨 일이 생겼겠지.

앞서 레이첼은 쉽게 흥분하는 여자라고 말했었지. 자신의 마음을 함부로 짓밟았던 남자가 자기 맘대로 할 수 있는 위치에 있다는 것을 알자 복수심이 불타올랐을 거야. 돌을 받쳤던 나무가 떨어지고 브런튼이 산 채로 지하실에 갇힌 것은 우연이 아니라고 생각하네. 어쩌면 레이첼의 팔이 버팀목을 밀어버렸을 수도 있을 거야. 어떤 상황이더라도 그 여자의 모습이 눈에 선하더군. 그녀는 보물을 움켜쥐고 계단을 뛰어올라 갔을 거야. 그 뒤에서는 돌문을 두드려대며 애원하는 소리가 들렸겠지.

다음 날 레이첼이 창백한 얼굴로 웃음소리를 낸 것은 아마 이 사건 때문이었을 거야. 그런데 상자 속에는 대체 무엇이 있었을까? 그리고 레이첼은 그것들을 어떻게 했을까? 물론 머스그레브 가 연못에서 끌어올린 옛 금속과 작은 돌이 그 보물이었을 거야. 그녀는 범죄의 흔적을 지우기 위해서 연못에 그것들을 던졌을 테고.

아직 사건이 완전히 해결된 것이 아니었기 때문에 난 20분 정도 가만히 이 문제를 고민했네. 머스그레브는 창백한 얼굴로 램프를 휘두르면서 지하실을 살펴보고 있더군.

'홈즈, 이 동전은 찰스 1세(1600~1647년 재위. 크롬웰에 의해 처형됨-옮긴이) 초상이 있는 것이라네. 의식의 연대 추정이 정확하다는 것을 이것으로 알았지.'

머스그레브는 상자에 남아 있던 몇 개의 동전을 꺼내면서 말했다네.

'찰스 1세! 무언가 단서가 될지도 모르겠군.'

의식의 첫 번째와 두 번째 질문의 의미가 떠오르면서 난 연못에서 끌어올린 자루 속의 물건을 다시 살펴보기로 했지. 머스그레브의 서재로 들어가자마자 우리는 잡동사니를 하나하나 살펴보았네. 그는 별 것 아니라는 눈빛으로 그것들을 바라보고 있었지. 하지만 그것도 당연했어. 금속은 거의 새까만 색이었고 작은 돌은 광채라고는 전혀 없었으니까. 하지만 그중의 하나를 소매로 문지르자 번쩍 빛이 나더군. 금속덩어리는 이중으로 된 고리 모양을 하고 있었는데, 우그러져서 원형이 보이지 않았던 거라네.

'머스그레브, 자네도 알겠지만 왕당파는 찰스 1세가 처형당한 이후에도 최후까지 저항했네. 나중에 망명할 때 중요한 보물들을 어딘가에 묻었지. 아마 평화로운 시대가 되면 꺼내려고 깊이 숨겨놓았을 거야.'

'우리 집안의 조상 중 랄프 머스그레브 경은 왕당파의 중심인물이었네. 찰스 2세가 유랑하던 시절 그분의 오른팔 노릇을 했다네.'

'오, 역시 그랬군! 이것으로 모든 문제가 해결되었어. 조금 비극적이지만 자네에게는 축하할 만한 일인 것 같군. 자네는 그 자체로도 상당한 가치가 있는, 그리고 역사적으로는 더욱 가치가 있는 유물을 소유하게 되었네.'

'이게 뭔데 그렇게 말하는 건가?'

그는 놀란 표정으로 나에게 물었지.

'이것은 영국 왕의 옛 왕관이라네.'

'뭐? 왕관이라고? 정말인가?'

'틀림없어. 종이에 적혀 있던 의식의 내용을 기억해 보게. 떠나간 사람이란 처형당한 찰스 1세를 말하고, 올 사람이란 왕위 복귀를 하게 될 찰스 2세를 말하는 것이라네. 지금은 찌그러져 볼품이 없지만

왕의 머리를 장식했던 왕관이라는 것은 확실해.'

'그런데 왜 연못 속에 있었던 거지?'

나는 좀 전에 생각해 둔 사건의 흐름을 차근차근 그에게 설명했지. 이야기가 끝나기 전에 밤이 되어 하늘에는 달이 떠올라 있었다네.

'그런데 홈즈, 찰스 2세가 귀국하면서 왕관을 되찾지 않은 이유는 무엇이었을까?'

머스그레브는 유품들을 다시 자루에 넣으면서 나에게 묻더군.

'아, 그건 우리가 절대로 밝혀내지 못하는 어떤 이유 때문이 아닐까? 비밀을 알고 있던 머스그레브 경은 그 전에 죽었고, 중간에 문제가 생겨서 의식문의 비밀에 대한 열쇠만 제시해 놓고 그에 대해서 자세한 설명을 해주지 않은 것이지. 그리고 의식문은 별 의미 없는 내용으로 이해되면서 오늘에 이르기까지 아버지에게서 아들로 전해졌던 거야. 어떤 남자가 그것을 손에 넣고 비밀을 알아냈지만, 행동으로 옮기자마자 바로 목숨을 잃었다고 할 수 있겠군.'

왓슨, 이것이 바로 머스그레브 가의 의식에 대한 이야기의 전부라네. 헐스톤 저택에는 지금도 왕관이 보관되어 있다네. 법률적인 문제가 있었기 때문에 상당한 금액을 지불한 후에야 겨우 소유를 허락받을 수 있었지만 말이야. 내 이름을 말하면 아마 바로 왕관을 볼 수 있을 거야. 참, 하녀 레이첼에 대한 소식은 전혀 들을 수 없었다는 것도 밝혀두겠네. 아마 자신이 저지른 무서운 죄에 대한 기억을 잊으려고 영국을 떠나 어딘가로 갔겠지만."

라이게이트의 지주들
The adventure of the Reigate Squire

　　　　　　1887년 봄, 홈즈는 지나치게 일을 한 나머지 극도의 신경과로로 쓰러지고 말았다. 홈즈가 듀롱 호텔에서 앓아누워 있다는 전보를 받은 것은 4월 14일이었다. 나는 전보를 받고 그날 바로 그의 병실로 달려갔다. 걱정할 만큼 상태가 심각하지는 않지만, 회복될 때까지는 충분한 시간이 필요했다. 평소 강철 같은 몸과 정신을 가진 그였지만, 두 달 이상이나 조사를 계속하니 쇠약해져 버리고 만 것이다. 네덜란드-수마트라 회사 사건과 모페르튀 남작의 대 음모 사건은 정치와 경제가 밀착되어 있고, 탐정 이야기의 소재로는 어울리지 않아 자세히 적지는 않겠다. 그러나 이 사건은 홈즈를 간접적으로 기묘한 사건으로 이끌었고, 그는 이 문제를 해결하는 과정에서 평생 범죄에 대항하여 싸우며 사용한 수많은 무기 가운데 새로운 병기의 진가를 세상에 선보인 기회가 되기도 했다.

　이 사건의 조사 기간 중 홈즈는 매일 15시간 이상 일했고, 5일 동안 쉬지 않고 계속 일한 적도 두어 번 된다고 했다. 그 결과 그는 사건을 훌륭하게 해결할 수 있었지만, 심한 과로와 후유증을 얻게 된 것이다.

전 유럽에서 그의 명성이 알려지고 있었고, 방은 축하 전보로 무릎까지 파묻힐 정도였지만 그는 몹시 우울한 상태였다. 세 나라의 경찰이 실패한 사건을 완벽하게 해결하고 유럽에서 가장 능숙한 사기꾼과의 대결에서 매번 승리했다는 것만으로는 신경 쇠약에서 벗어나기 힘들었다.

홈즈와 나는 호텔에서 3일 정도 머문 뒤 베이커 가로 돌아왔다. 홈즈에게 요양은 꼭 필요했고, 나 역시 시골에서 봄날을 즐겨보고 싶었다. 그때 옛 친구 헤이터 대령이 떠올랐다. 그는 아프가니스탄에서 나에게 치료를 받았던 군인으로, 서리 주의 라이게이트 근처에 저택이 있으니 한 번 놀러오라는 말을 여러 번 했었다. 최근 받은 편지에서는 홈즈와 함께 온다면 더욱 기쁘겠다는 내용도 있었다. 홈즈를 라이게이트 저택에 데려가기 위해서는 설득을 해야 했다. 고민을 하던 홈즈는 헤이터 대령이 독신이라고 말하자 마침내 동의했고, 우리는 헤이터 대령의 손님이 되기로 했다.

오랜만에 만난 헤이터 대령은 많이 늙었지만, 훌륭한 군인의 풍모는 여전했다. 세상일에 대해 관심도 많아서 내 예상대로 홈즈에게 좋은 이야기 상대가 되어주었다. 도착한 첫날밤, 우리는 저녁 식사 후 대령의 총기실에 자리를 잡았다. 홈즈는 소파에 누워 있었고 헤이터 대령과 나는 여러 종류의 총기 수집품을 살펴보고 있었다.

"그런데 만약을 대비해서 피스톨 한 자루를 2층으로 가져가는 게 어떨까?"

헤이터 대령이 갑자기 말을 꺼냈다.

"만약이라뇨?"

내가 놀라서 헤이터 대령에게 반문했다.

"사실 이 근처에 소란스러운 일이 좀 있었다네. 액튼 노인이라는 이 지방 유지 중 한 명의 집에 지난 월요일에 도둑이 들었어. 피해는 별 것 아니었지만 아직 범인을 잡지 못했어."

"단서는 없습니까?"

홈즈가 호기심 어린 눈으로 대령에게 물었다.

"지금까지는 아무것도 발견되지 않았소. 너무 하찮은 사건이라서 국제적으로 활동하는 홈즈 선생 같은 분에게는 어울리지 않겠지만."

"그렇지 않습니다. 혹시 특이한 부분이 있다면 말씀해 주십시오."

홈즈는 손을 저으며 대령의 말에 부인했지만, 그의 칭찬이 싫지는 않은 기색이었다.

"별 게 없었을 거요. 도둑들이 서재를 마구 뒤졌는데 노력에 비해 수확은 거의 없었다고 들었소. 서랍이란 서랍은 다 열려 있고 책꽂이의 책까지 다 뒤져서 온 방을 엉망으로 만들었는데, 없어진 것이라고는 포프가 번역한 《호메로스》 한 권, 도금한 촛대 두 개, 상아 문진 한 개, 떡갈나무로 만든 기압계 한 개, 그리고 실 타래 한 뭉치가 전부였다고 하더군요."

"오, 정말 어울리지 않는 것들만 훔쳐갔군요."

나는 대령을 보면서 말했다.

"그냥 눈에 보이는 대로 가져간 것 같군. 하지만 경찰은 그것을 가볍게 봐서도 안 되지. 분명한 것은……."

홈즈가 소파에서 들릴 듯 말 듯한 목소리로 말했다.

"홈즈, 자네는 이곳에 요양하러 온 걸세. 신경 쇠약에 걸린 동안만

이라도 새로운 사건에 신경을 쓰지 않았으면 하네."

난 손가락을 들어 홈즈에게 주의를 주며 말했다. 홈즈는 어깨를 움츠리고 체념한 시선으로 대령을 바라보았다. 다행히 이야기는 사건과 관계없는 방향으로 흘러갈 수 있었다. 그러나 내가 홈즈에게 준 주의는 헛일이 되어버리고 말았다. 다음 날 아침, 또 다른 사건이 일어났고 시골에서의 요양은 예상치 못한 방향으로 전개되고 있었다. 우리가 아침 식사를 하고 있을 때, 대령의 집사가 갑자기 식당 안으로 헐레벌떡 뛰어 들어왔다.

"대령님! 커닝엄 씨 댁에 사건이 일어났습니다!"

"또 도둑이 든 건가?"

대령은 커피잔을 든 채 집사에게 물었다.

"아니오. 이번에는 살인입니다!"

"이럴 수가! 누가 살해됐지? 치안 판사? 아니면 판사의 아들?"

"아니오, 죽은 것은 마부 윌리엄입니다. 심장이 관통되어서 소리도 지르지 못하고 죽었습니다."

"저런, 범인은 찾았나?"

"강도인 것 같다고 하더군요. 총을 쏘자마자 달아나서 놓쳤다고 합니다. 식당 창문으로 들어오려고 하는 것을 윌리엄이 보고 막으려다가 총에 맞은 것 같습니다."

"언제 사건이 일어났나?"

"어젯밤 12시 경이라고 하더군요."

"알았네. 어서 가봐야겠군."

대령은 집사를 내보내고 다시 아침 식사를 계속했다.

"일이 몹시 번거롭게 되었군요. 아, 커닝엄 씨는 이 근방에서 손꼽히는 대지주라오. 아마 이 사건으로 상심이 크겠군요. 마부 윌리엄은 꽤 오랫동안 일했고 매우 충직한 사람이었으니까요. 액튼 집에 침입했던 놈들과 같은 패거리가 분명하오."

"어제 말한 이상한 물건만 훔쳐갔던 놈들 말인가요?"

홈즈는 뭔가를 생각하면서 말했다.

"그렇소."

"아주 간단한 사건일 수도 있지만 재미있을 것도 같군요. 시골에서 활동하는 강도들이라면 도둑질하는 장소를 자주 바꾸는 게 정상인데, 같은 지역에서 그것도 이삼일 차이로 두 집을 습격하다니 좀 이상합니다. 어젯밤 만약을 대비한다고 했을 때도 이 근방은 습격 같은 것은 엄두도 내지 못할 것이라고 생각했습니다."

"시골 지역만 노리는 상습범일 거요. 액튼 씨나 커닝엄 씨의 집은 이 부근에서는 꽤 큰집이니 도둑질하기가 좋았겠지요."

"집이 큰 만큼 부자라는 뜻이죠?"

"그렇지요. 하지만 둘 다 지난 몇 년 동안 소송이 이어져서 아마 꽤 어려워졌을 겁니다. 액튼 씨는 커닝엄 씨 땅의 절반에 대해 소유권이 있다고 주장해서 각자 변호사를 사서 소송을 하고 있거든요."

"범인이 이곳 사람이라면 금방 붙잡힐 겁니다. 왓슨, 걱정하지 말게나. 난 사건에 끼어들지 않겠네."

홈즈는 나른한 하품을 하면서 말했다.

"대령님, 포레스터 경위가 오셨습니다."

대령의 집사가 문을 열면서 경위의 방문을 알리자, 예리하게 생긴

젊은 경위가 식당 안으로 들어왔다.

"안녕하세요? 실례가 되는 줄 알지만 런던 베이커 가의 홈즈 선생님이 오셨다고 들어서 찾아왔습니다."

대령은 눈짓으로 홈즈를 가리켰고 경위는 공손하게 인사를 했다.

"홈즈 선생님, 도움을 좀 청하려고 합니다만……."

"왓슨, 자네의 말을 들을 수 없게 됐군. 하하!"

홈즈는 나를 보고 웃으면서 말했다. 평소 사건을 맡을 때 홈즈가 취하는 특유의 자세로 의자에 몸을 기대는 것을 보고 이미 내 주의가 소용없게 되었다는 것을 알 수 있었다.

"액튼 사건에는 단서가 전혀 없었지만 이번 사건은 그렇지 않아요. 단서가 많이 있습니다. 범인은 같은 놈이 틀림없습니다. 목격자도 있고요."

"오, 목격자가 있다고요?"

"네, 하지만 윌리엄을 죽이고 재빨리 달아나버렸습니다. 커닝엄 씨는 침실 창문에서, 알렉 커닝엄 씨는 뒷문에서 범인을 보았다고 하더군요. 사건이 일어난 시각은 밤 12시 15분 전으로, 커닝엄 씨는 막 침대에 들어가려고 할 때였고, 알렉은 가운을 입고 화장실에서 담배를 피우고 있었답니다. 둘 다 마부 윌리엄의 도와달라는 말을 들었는데, 알렉은 소리를 듣자마자 아래층으로 뛰어 내려갔다고 합니다. 계단을 내려가자 뒷문이 열려 있는 게 보였는데, 한쪽이 총을 쏘자 한쪽이 쓰러졌다더군요. 총을 쏜 남자는 뜰을 가로질러서 울타리를 뛰어넘어 달아나버리고 말았습니다. 창문에서 보고 있던 커닝엄 씨는 범인이 큰길로 뛰어가는 것을 보았지만, 이후 어디로 갔는지는 알 수 없었다고 합니다. 알렉 씨는 윌리엄이 괜찮은지 확인하고 있었는데 그 사이 범인이 행방을 감춘 겁니다. 범인은 중간 정도 되는 키에 체격도 중간 정도였다고 합니다. 검은색 옷을 입었다는 것 외에 다른 특징은 없습니다. 지금 전력을 다해 경찰에서 수사하고 있으니 금방 잡힐 겁니다."

"윌리엄은 그곳에서 무엇을 하고 있었죠? 혹시 그가 죽기 전에 남긴 말이 있습니까?"

"아무 말도 하지 않았다는군요. 그는 어머니와 둘이 살고 있었는데, 매우 성실하고 충실하기 때문에 아마 집안에 이상이 없는지 단속을 하고 있었던 것 같아요. 액튼 사건이 발생한 이후로 마을 사람들이 모두 문단속을 확실히 해두고 있거든요. 아마 강도가 문을 비틀어 열어서 자물쇠가 망가졌기 때문에 그것을 확인하고 있었던 것이 아닌가 싶습니다."

"윌리엄이 어머니에게 마지막으로 했던 말은 무엇인가요?"

"그의 어머니는 연로하셔서 귀가 어두워 알아낼 수 있는 것이 없습니다. 게다가 아들이 죽었다는 충격 때문에 지금 얼이 빠져 있어요. 원래 기억력도 안 좋았다고 하고요. 하지만 여기 이 사건의 중요한 단서가 있습니다. 이걸 보세요."

포레스터 경위는 찢어진 노트의 일부분을 꺼내 무릎 위에 올려놓았다.

"이 종이를 보세요. 죽은 마부가 엄지손가락과 집게손가락으로 잡고 있었던 것입니다. 아마 큰 종이를 잡아서 쭉 찢은 것 같습니다. 짐작하실 수 있겠지만 종이에 적힌 시간이 마부가 살해된 시간입니다.

범인이 종이를 찢은 것인지 윌리엄이 범인의 종이를 찢은 건지는 알 수 없지만요. 아마 만나자는 약속이 아니었을까 생각합니다."

홈즈는 종잇조각을 집어 들었다. 이게 바로 그것을 복사한 것이다.

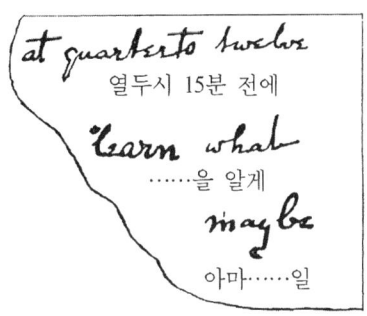

홈즈의 눈치를 살피면서 포레스터 경위가 말했다.

"만약 이것이 약속이었다면 윌리엄은 정직한 사람이 아니라 강도와 음모를 꾸몄다고도 볼 수 있습니다. 범인과 만나기로 하고 문을 열어준 후, 의견이 맞지 않아 싸웠다고 볼 수도 있으니까요."

"정말 대단히 흥미로운 쪽이군요."

종잇조각을 유심히 살피던 홈즈가 말했다.

"하지만 이 사건은 생각보다 훨씬 복잡할 수도 있을 것 같군요."

홈즈가 두 손으로 머리를 감싸며 말했다. 경위는 자신이 갖고 온 증거를 보고 홈즈가 힘겨워하는 모습이 만족스러웠는지 미소를 띠었다.

"경위, 당신이 말한 강도와 마부의 관계는 그럴 듯한 추리요. 강도가 마부에게 준 약속의 편지라는 것은 충분히 가능성이 있으니까요. 하지만 이 필적을 보면……."

홈즈는 말을 멈추고 다시 머리를 두 손으로 감싸 안은 채 깊은 생각에 잠겼다. 잠시 후 얼굴을 들었을 때, 홈즈의 얼굴은 평소와 다름없이 활기가 넘쳤다. 붉게 물든 얼굴, 빛나는 눈빛은 그가 가장 건강할 때의 모습 그대로였다.

"이 사건을 제대로 조사해 보고 싶군요. 왓슨, 나는 포레스터 경위와 함께 잠시 밖을 좀 다녀오도록 하겠네. 아마 30분 정도면 돌아올 수 있을 거야."

홈즈는 말을 마치고 경위와 함께 집을 나섰다. 약 1시간 30분 정도가 지났을 때 경위가 혼자 터덜터덜 들어왔다.

"홈즈 선생님은 저쪽에 있는 들판을 걷고 있습니다. 선생님은 우리 네 사람이 모두 커닝엄 씨 저택으로 갔으면 하더군요."

"무슨 일 때문인가요?"

대령이 호기심 가득한 얼굴로 물었다.

"잘 모르겠습니다. 이런 말씀을 드려도 될지 모르겠지만, 홈즈 선생님의 병이 아직 완쾌되지 않은 것 같아 보입니다. 이해할 수 없는 행동을 하면서 매우 흥분 상태에 있습니다."

"걱정하지 않으셔도 됩니다. 홈즈는 아주 이상한 행동을 하는 것처럼 보이지만 결국 사리에 맞게 행동하니까요."

나는 젊은 경위를 안심시키기 위해서 말했다.

"하지만 제대로 행동하면서도 정신이 이상해지는 사람들도 종종 있답니다. 지금은 열심히 걷고 계시니 왓슨 씨와 대령님이 준비되는 대로 바로 가도록 하겠습니다."

대령과 나는 포레스터 경위를 따라 홈즈가 있는 곳으로 갔다. 홈

는 들판을 여기저기 걷고 있었는데, 턱을 가슴에 묻고 두 손은 바지 주머니에 넣고 있었다.

"왓슨, 이 사건은 점점 재미있어지고 있어. 시골 여행은 기분 전환으로는 정말 최고로군. 오늘 아침은 기분이 정말 좋아."

"홈즈 선생, 범죄 현장에는 가보았소?"

대령이 조심스럽게 홈즈에게 물었다.

"이미 다녀와서 경위와 함께 수사를 좀 하기도 했습니다."

"특별한 것을 발견했나요?"

"주의를 끌 만한 것들이 있더군요. 커닝엄 댁으로 가면서 제가 알아낸 것들을 말씀드리겠습니다. 일단 마부의 시체를 보았는데, 권총으로 살해된 것이 확실하더군요."

"경위가 그렇게 말했는데 믿지 못했소?"

"제 눈으로 확인해 두는 것이 더 좋으니까요. 커닝엄 부자도 만나보았습니다. 범인이 달아날 때 뜰에서 어떤 울타리를 넘었는지 정확히 가르쳐주었습니다. 그것은 매우 흥미로운 일이기도 합니다. 피해자의 어머니도 만났습니다. 나이가 많고 몸이 매우 쇠약해서 역시 아무것도 알아낼 수 없었습니다."

"그래서 홈즈 선생은 수사의 결과를 어떻게 내린 거요?"

"이 범죄는 매우 특별하다는 결론을 얻었습니다. 이제부터 조금씩 윤곽이 드러날 겁니다. 경위, 윌리엄이 가지고 있던 살해된 시간이 적혀 있는 종이는 매우 중요하니 관리를 잘 해주시오."

"물론입니다. 중요한 단서라는 것은 저도 잘 알고 있습니다."

"그렇소. 그 편지를 쓴 사람이 누구건 간에 그는 분명히 윌리엄을 잠자리에서 나오게 했어요. 그런데 그 찢어진 종이의 나머지 부분은 어디에 있을까요?"

"저도 그것을 찾기 위해 현장을 꼼꼼하게 조사했습니다만, 아쉽게도 찾지는 못했습니다."

경위가 말했다.

"편지는 죽은 사람의 손에서 찢겨진 것이오. 왜 그 종이를 그렇게까지 해서 가져갔을까요? 아마 그건 그 편지가 진범을 알려주는 유력한 증거가 되기 때문이오. 그런데 범인은 그걸 어떻게 했을까요? 그는 아마도 자신의 주머니에 편지를 집어넣고 다시 꺼내보지도 않았을 거요. 더더욱 편지의 일부가 자신이 죽인 남자의 손에 남아 있다고는 생각하지 않을 거요. 그 종이의 나머지가 발견된다면 이번 사건의 해결에 더 가까이 갈 수 있을 게 분명하오."

"하지만 범인이 누군지도 모르는데 어떻게 범인의 주머니를 뒤질 수 있겠습니까?"

"그건 좀 더 생각해 봐야 할 문제이긴 해요. 또 하나 분명한 증거가 있소. 그 편지는 윌리엄이 받았지만 그걸 쓴 사람이 직접 전해 주었을 리는 없었겠죠. 그럴거면 그냥 말로 하면 됐을 테니까요. 그럼 편지를 전한 사람은 누구였을까요? 혹시 우편으로 보낸 건 아닐까요?"

"그 점은 이미 조사했습니다. 윌리엄은 어제 오후 우편으로 편지 한 통을 받았다고 합니다. 봉투는 편지를 열면서 찢어버렸다고 하더군요."

포레스터 경위가 자신만만한 표정으로 대답했다.

"오, 훌륭해요."

홈즈는 경위의 등을 두드리며 격려했다.

"벌써 우편집배원을 만난 건가요? 믿음직스럽군요. 자, 여기가 마부 윌리엄의 집입니다. 대령님, 이쪽으로 오세요. 범행 현장을 안내해 드리겠습니다."

우리는 살해된 마부가 살고 있던 아담한 집 앞을 지나 떡갈나무 가로수 길을 걸었다. 이윽고 문의 중앙에 세워진 돌에 마르프라케 전승기념일(프랑스 북부 지명으로, 1709년 영국군이 프랑스군에 승리함-옮긴이)이 새겨진 고풍스럽고 우아한 퀸 앤 양식(영국 18세기 초 앤 여왕 시대의 건축-옮긴이)으로 지어진 저택 앞에 도착했다. 큰길을 따라 있는 울타리를 사이에 두고 매우 넓은 정원이 있었다. 부엌문으로 들어가는 입구에는 경관이 한 명 서 있었다.

"경관, 여기 문을 좀 열어주게. 고맙군. 이쪽으로 들어가시죠. 커닝엄 알렉 씨는 저쪽에 있는 층계에서 사건을 목격했습니다. 우리가 지금 서 있는 곳에서 두 남자의 격투가 있었고요. 커닝엄 씨는 왼쪽에서 두 번째 창문 앞에 서 있었고, 범인이 관목 숲에서 왼쪽으로 달아나는 걸 봤습니다. 그리고 알렉은 이쪽으로 와서 총에 맞은 윌리엄의 곁에 무릎을 꿇고 앉았습니다. 여기 땅바닥이 단단해서 발자국은 없습니다."

홈즈가 한참 이야기하고 있을 때, 두 남자가 저택에서 나와 이쪽으로 오고 있는 것이 보였다. 한 명은 젊은이로, 칙칙한 옷차림과 달리 활기차고 밝은 웃음을 띠고 있었다. 다른 한 명은 노인이었는데 깊은 주름살과 졸린 듯한 눈을 가졌지만 매우 건강해 보였다. 둘이 닮은 것으로 보아 커닝엄 부자인 듯했다.

"아직 조사 중이신가요? 런던 사람들은 시골 사람들보다 훨씬 똑똑할 줄 알았는데 꼭 그렇지만도 않은 것 같군요."

"시간을 좀 더 주시면 해결할 수 있을 것 같습니다."

홈즈는 노인의 가시 돋친 말에도 기분 좋게 대답했다.

"물론 시간이 좀 걸리겠죠. 단서라고는 하나도 없으니 이해해요."

"중요한 단서가 하나 있긴 합니다. 아니, 홈즈 선생님! 갑자기 왜 그러시죠?"

포레스터 경위는 홈즈를 보고 깜짝 놀랐다. 홈즈의 얼굴은 극심한 고통으로 가득 차 있었다. 눈을 치켜뜨고 얼굴이 일그러져 있었는데, 앓는 소리를 내면서 땅바닥으로 쓰러졌다. 나 역시 홈즈의 갑작스런 발작에 놀라서 홈즈를 부엌으로 옮겼다. 그는 의자에 축 늘어져 있더니 잠시 후 깊은 숨을 몰아쉬고 정신을 차렸다. 홈즈는 방금 전의 일을 미안해하면서 겨우겨우 몸을 일으켰다.

"여러분, 죄송합니다. 제가 아직 병에서 완전히 회복되지 않아 이렇게 신경 발작이 일어나곤 한답니다. 심려를 끼쳐드려서 죄송합니다."

"저희 마차로 집에 모셔다 드릴까요?"

커닝엄 씨가 홈즈에게 제안했다.

"여기까지 왔으니 확인하고 싶은 게 한 가지 더 있습니다. 아마 사건에 대해서도 곧 파악할 수 있으리라 생각합니다."

"그게 뭔가요?"

"윌리엄이 이곳에 도착한 것은 강도가 집 안으로 침입한 뒤인 것 같군요. 문이 비틀어진 채로 열려 있었으니 당연히 강도가 침입했을 거라고 생각되지 않습니까?"

"그건 아니라고 생각합니다. 알렉이 아직 자고 있지 않아서 누군가 돌아다녔다면 아마 그 소리를 들었을 겁니다."

커닝엄 씨가 엄숙한 목소리로 대답했다.

"알렉 씨, 당신은 어디에 있었나요?"

"저는 그때 화장실에서 담배를 피우고 있었습니다."

"화장실 창문은 어느 쪽이죠?"

"왼쪽 끝입니다. 아버지의 방 옆이죠."

"두 분 다 램프를 켜고 있으셨습니까?"

"물론이죠, 밤이었으니까요."

"이 사건에는 아주 묘한 점이 있습니다. 풋내기로 보이는 강도가 불이 두 개나 켜져 있는, 즉 사람이 두 명이나 깨어 있는 집에 들어갔어요. 이건 상식적으로는 맞지 않는 일입니다."

"강도가 매우 침착한 놈이었거나 준비를 잘 해왔을 겁니다."

"홈즈 선생, 이 사건이 평범한 것이었다면 굳이 당신에게 부탁하지도 않았을 겁니다. 범인이 윌리엄보다 먼저 집 내부로 들어왔다는 건 이해하기 어렵습니다. 집안을 어지럽히지도 않았고 도둑맞은 것도 없는데 강도가 들어와서 무엇을 했을까요?"

알렉은 어이없다는 듯이 홈즈를 바라보며 물었다.

"글쎄요…… 도둑맞은 물건을 모를 수도 있겠죠. 상대는 매우 색다른 강도라는 걸 기억하셔야 합니다. 액튼 씨 집에서 도둑맞은 물건들은 잡동사니가 아니었던가요?"

"홈즈 선생에게 맡긴 사건이니 잘 처리해 주시면 저희는 그것으로 만족합니다. 홈즈 선생이나 경위가 필요로 하는 일은 어떤 것이든 기꺼이 돕겠습니다."

"커닝엄 씨, 감사합니다. 그럼 현상금을 걸어주셨으면 합니다. 경찰에 부탁하면 금액을 정하는데 시간이 꽤 걸리니 이 자리에서 결정하면 좋겠습니다. 여기 서식이 있으니까 서명만 해주시면 됩니다. 50파운드 정도면 충분할 겁니다."

홈즈가 서식을 하나 내밀면서 말했다.

"50파운드가 아니라 500파운드여도 상관없습니다. 그런데 홈즈 선생, 여기 적힌 내용이 잘못된 것 같군요. 서식에는 '화요일 새벽 1시 15분 전에 범인은······.' 이라고 쓰여 있습니다. 사건이 일어난 시간은 12시 15분 전이었는데요."

커닝엄 노인은 서식을 살펴보면서 조심스럽게 말했다. 난 이 말을 듣고 마음이 너무 아팠다. 홈즈는 작은 곳에서도 실수하지 않는 뛰어난 기억력을 가지고 있었는데, 병 때문에 이런 실수를 한 것이 분명했기 때문이다. 이것만 봐도 그는 아직도 몸이 매우 좋지 않은 것이 분명했다. 그는 한순간 매우 부끄러워하는 듯했다. 경위도 매우 민망하다는 듯한 표정을 지었고, 알렉은 큰 소리로 웃음을 터뜨렸다.

"가능하면 빨리 신문에 내주십시오. 현상금은 좋은 아이디어가 분명하니까요."

커닝엄 씨는 서식의 틀린 부분을 수정하여 서류를 홈즈에게 돌려주면서 말했다. 종이를 받아든 홈즈는 지갑 속에 소중히 간직했다.

"감사합니다. 그럼 지금부터 집안을 조사해서 강도가 아무것도 훔치지 않았다는 것을 확인하도록 하겠습니다."

집안을 조사하기 전에 홈즈는 비틀어져 열린 문을 꼼꼼하게 조사

했다. 끌이나 칼을 넣고 자물쇠를 비틀어서 연 것이 틀림없었다. 뭔가를 강제로 밀어넣은 흔적이 나무 부분에 분명히 남아 있었다.

"커닝엄 씨, 문에 빗장을 사용하지 않나요?"

"네, 빗장을 지를 필요가 없으니까요."

"개도 기르지 않습니까?"

"정문 쪽에 사슬로 매어 놓은 개가 있습니다."

"일하는 사람들은 보통 몇 시쯤 잠자리에 들죠?"

"10시 정도에 자는 걸로 알고 있습니다."

"마부 윌리엄도 그 시간에는 자겠죠?"

"그럴 겁니다."

"매일 10시에 잠드는데 어젯밤에만 깨어 있었다니 좀 이상하지 않나요? 커닝엄 씨, 죄송하지만 집안을 안내해 주시기 바랍니다."

납작한 돌을 깐 통로를 따라 옆으로 들어가니 부엌이 있었고, 그곳을 지나 나무 계단을 오르니 1층이 나왔다. 중앙에 있는 현관에서 장식이 매우 훌륭한 계단을 따라 올라가니 2층으로 가는 층계참(계단 도중에 설치하는 공간으로, 계단의 방향을 바꾼다거나 피난, 휴식 등의 목적으로 설계함-옮긴이)이었다. 이곳은 응접실과 몇 개의 침실로 통했는데 그중에는 커닝엄 씨와 알렉의 침실도 있었다. 홈즈는 날카로운 눈빛으로 집안의 구조를 살펴보며 천천히 걸음을 옮겼다. 나는 그의 표정만 보고도 그가 확실한 단서를 찾아냈다는 것을 알 수 있었지만, 어떤 방향으로 추리하고 있는지는 짐작할 수 없었다.

"저기, 홈즈 선생!"

커닝엄 씨는 말없이 걷는 홈즈에게 짜증스러운 목소리로 말했다.

"지금 무엇을 하는 건지 모르겠습니다. 계단 끝에는 제 방이 있고 맞은편에는 아들의 방이 있습니다. 강도가 우리에게 들키지 않고 여기까지 올라올 수 있으리라고 생각하는 건가요?"

"아버지, 홈즈 선생이 열심히 돌아다녀야 냄새라도 맡을 수 있을 겁니다."

알렉은 짓궂은 표정으로 홈즈를 바라보며 커닝엄 씨에게 말했다.

"조금만 더 살펴보겠습니다. 침실 창문에서 바깥이 얼마나 보이는지 알고 싶은데요. 여기가 알렉 씨의 방이군요. 저곳이 비명이 들렸을 때 담배를 피우던 화장실인가요? 그 창문에서는 뭐가 보이는지 확인하겠습니다."

홈즈가 알렉의 방문을 열고 여기저기 돌아다니면서 말했다.

"이제 만족하셨나요?"

알렉이 다소 긴장된 목소리로 말했다.

"감사합니다. 보고 싶은 곳은 모두 보았습니다."

"그럼 제 방으로 갈까요? 보고 싶으실 것 같은데요."

커닝엄 씨는 문 쪽으로 다가서며 말했다.

"괜찮다면 둘러보도록 하겠습니다. 감사합니다."

치안 판사는 어깨를 으쓱하더니 우리를 자신의 방으로 데려갔다. 그의 방은 검소하고 평범했다. 그런데 홈즈가 갑자기 천천히 걸어서 홈즈와 나는 뒤에 처지고 말았다. 침대 옆에는 작은 테이블이 있었고 오렌지를 담은 접시와 물주전자가 놓여 있었다. 그런데 갑자기 홈즈가 넘어지는 척하면서 일부러 테이블을 쓰러뜨려서 나는 깜짝 놀랐다. 주전자는 산산조각이 났고 과일이 함부로 바닥에 나뒹굴었다.

"왓슨, 조심했어야지."

홈즈가 태연하게 말했다.

"카펫이 엉망이 되었군."

나는 순간적으로 당황해서 과일을 주워 담기 시작했다. 내 친구가 뻔뻔스럽게 나에게 죄를 뒤집어씌웠지만 무슨 이유가 있을 것이라고 생각했다. 다른 사람들도 나를 도와주었고 넘어졌던 테이블도 바로 세웠다.

"홈즈 선생님이 없어졌군요. 어디로 간 거죠?"

포레스터 경위가 놀라 소리쳤다. 주위를 둘러보니 정말 홈즈가 없었다.

"여기서 잠시 기다리세요. 아버지와 제가 찾아보겠습니다. 그런데 홈즈라는 사람은 정신에 문제가 좀 있는 것 같군요."

두 사람은 방에서 나갔고 경위와 대령, 그리고 나는 할 말을 잃고 서로 바라보고만 있었다.

"솔직히 말씀드리면 저도 알렉 씨와 같은 생각입니다. 아무래도 병 때문이겠지만, 이런 상황에는 어울리지 않는 것 같군요."

경위가 말을 하던 중 갑자기 살려 달라는 비명이 들렸다. 홈즈의 목소리라는 것을 알자 난 더욱 놀라서 방에서 뛰어나가 층계 쪽으로 달려갔다. 외침 소리는 처음 들어갔던 알렉의 방에서 들렸고, 나는 방으로 들어가 소리가 나는 드레스룸으로 갔다. 커닝엄 씨는 홈즈의 한쪽 손목을, 알렉은 홈즈의 목을 세게 누르고 있었다. 경위와 나는 이들을 모두 떼어놓았고, 홈즈는 하얗게 질린 얼굴로 비틀거리면서 겨우 일어났다. 몹시 지쳐 보이는 모습에 난 다시 한 번 마음이 아팠다.

"경위, 이 두 사람을 당장 체포하시오."

"네? 무슨 혐의로 체포하라는 건가요?"

"마부 윌리엄을 살해한 혐의입니다."

경위는 몹시 당황해서 어쩔 줄 몰라 하며 도움을 요청하는 눈빛으로 주위를 둘러보았다.

"홈즈 선생님, 지금 장난하시는 건가요? 설마 이 두 사람이……."

"경위, 이 두 사람의 얼굴을 한 번 보시오."

나는 그때 사람의 얼굴에 죄를 시인하는 표정이 어떻게 나타나는지 제대로 볼 수 있었다. 커닝엄 노인은 무겁고 어두운 표정을 띠고 망연자실해 있었으며, 알렉은 아까의 위트나 쾌활함을 완전히 잃은 상태였다. 경위는 즉시 문으로 가서 호루라기를 불었고, 두 명의 경관이 지시를 받기 위해 달려왔다.

"커닝엄 씨, 어쩔 수 없군요. 곧 진상이 밝혀질 테니 저와 함께 갑시다. 앗, 알렉 씨! 지금 뭐하는 거요!"

알렉은 리볼버의 방아쇠를 막 당기려고 했고, 경위는 손으로 리볼버를 쳐서 바닥으로 떨어뜨렸다.

"리볼버도 잘 보관하는 게 좋겠군요. 재판할 때 도움이 될 겁니다. 하지만 가장 중요한 게 하나 더 있습니다."

홈즈가 리볼버를 발로 밟으면서 구겨진 작은 종잇조각을 경위에게 보이며 말했다.

"오! 쪽지의 나머지 부분인가요?"

경위가 놀라서 외쳤다.

"그렇소. 그 쪽지요."

"대체 어디에서 찾으신 겁니까?"

"있을 거라고 예상했던 장소에 있더군요. 나중에 자세히 이야기하도록 하지요. 왓슨, 자네는 대령님과 먼저 돌아가게. 난 아마 한 시간 정도 뒤에 돌아갈 것 같아. 범인들에게 할 말이 있으니 경위도 함께 남아주있으면 좋겠소. 섬심 식사 전에는 돌아갈 테니 모두 함께 식사를 하도록 합시다."

홈즈는 약속대로 1시쯤 대령의 저택으로 돌아왔는데, 중간 정도의 체격인 한 신사와 함께였다. 홈즈는 그가 강도에게 습격을 받은 액튼 씨라고 말해 주었다.

"이 사건의 전모를 밝히는 자리에 액튼 씨도 오는 게 좋을 것 같아서 모셔왔습니다. 이분이 사건에 흥미를 가지는 것은 당연하기도 하고요. 대령님, 저처럼 사건을 몰고 다니는 남자를 초대해서 귀중한 시간을 빼앗겼으니 어떻게 사과드려야 할까요?"

"아니오, 절대 그렇지 않소. 오히려 홈즈 선생의 수사를 지켜볼 수 있어서 매우 영광입니다. 평소 내가 생각한 것 이상으로 당신의 수사 능력은 대단합니다. 난 결론이 어떻게 나왔는지 너무 궁금합니다. 부끄럽게도 나는 단서 비슷한 것도 파악하지 못했으니까요."

대령은 존경하는 눈빛을 담아 홈즈에게 열심히 말했다.

"모든 것을 설명하면 실망하실 겁니다. 왓슨처럼 사건에 대해 흥미를 가진 사람에게라면 누구나 저의 방식을 모두 설명해 주는 게 습관이기도 하지요. 드레스룸에서 그런 일을 당했더니 아직도 정신이 몽롱합니다. 우선 브랜디를 한 잔 마시고 싶습니다만……. 아무래도 요즘은 확실히 체력이 부족합니다."

"하지만 그때 일으켰던 신경 발작은 다시 일어나지 않겠죠?"

홈즈는 대령의 말에 큰 소리로 웃었다.

"하하! 거기에 대해서는 다시 이야기하도록 하죠. 제가 결론에 도달하기까지의 과정을 차례로 설명드릴 테니까 혹시 궁금한 점이 있으면 바로 말씀해 주십시오. 사건을 추리할 때 가장 중요한 것은 수많은 사실 중에서 어떤 것이 우연인지 그리고 어떤 것이 필연인지를 구분하는 것입니다. 그렇지 못하면 괜히 힘만 낭비할 뿐 해결되는 일이 없습니다.

사실 이 사건의 가장 중요한 열쇠는 윌리엄의 손에 있던 쪽지였습니다. 그건 분명한 사실이었죠. 그 전에 알아두어야 할 것이 있습니다. 알렉의 이야기대로 범인이 윌리엄을 쏘고 곧장 도망갔다는 것이 사실이라면, 사체의 손에서 종이를 잡아 뜯은 사람은 범인이 아닌 거죠. 즉, 총을 쏜 남자가 쪽지를 찢어내지 않았다면 알렉이 찢어냈다고 볼 수 있는 거죠. 왜냐하면 커닝엄 씨가 2층에서 내려왔을 때는 이미 하인들이 현장에 와 있었으니까요.

경위가 이것을 놓친 이유는 지역의 유력인사인 커닝엄 씨 가족이 사건에 연루될 리가 없다고 생각했기 때문입니다. 하지만 저는 편견을 전혀 가지지 않고 사실만 바라보면서 충실히 따라가기 때문에 처음부터 알렉을 의심하게 되었죠. 그래서 경위가 가져온 쪽지를 꼼꼼하게 검토했습니다. 그리고 그것이 매우 기묘하다는 것을 알았죠. 무언가 사연이 있는 쪽지 같지 않습니까?"

"일단 글씨체가 일정하지 않군요."

대령이 쪽지를 살펴보면서 말했다.

"맞습니다. 제가 보기에는 두 사람이 번갈아서 한 단어씩 쓴 게 틀림없어요. 'at'과 'to'의 't', 'quarter'와 'twelve'의 't'는 전혀 다릅니다. 이것만 봐도 최소 두 명이 편지를 썼다는 것을 알 수 있습니다. 'learn'과 'maybe'의 필체는 강해 보이는 반면 'what'은 약해 보인다는 특징을 가지고 있죠."

"오, 정말 그렇군요. 홈즈 선생 말이 맞아요!"

"대체 왜 이런 우스꽝스러운 짓을 했을까요?"

"일단 이 일은 좋은 일이 아니었고, 서로를 신용하지 못해서 나쁜 짓을 할 때 혼자 하는 것이 낫다고 생각한 게 분명해요. 두 사람 중 'at'과 'to'를 쓴 사람이 주모자입니다."

"그걸 어떻게 알 수 있나요?"

"필적을 비교만 해봐도 알 수 있습니다. 하지만 더 알기 쉬운 근거가 있죠. 종이를 꼼꼼하게 조사해 보면, 강한 필체를 가진 사람이 먼저 쓰고 다른 사람이 쓸 공간을 남겨두었다는 것을 알 수 있습니다. 그런데 비워놓은 칸이 좁아서 나중에 쓴 사람은 'at'과 'to' 사이에 'quarter'를 쓰기가 매우 힘든 흔적이 보입니다. 그러니까 먼저 글씨를 쓴 사람이 이 사건을 계획했다고 볼 수 있습니다."

"정말 놀라워요, 홈즈 선생!"

가만히 있던 액튼 씨가 감탄하면서 외쳤다.

"하지만 이것은 겉보기일 뿐이에요. 이제 본격적인 내용으로 들어가겠습니다. 필체로 나이를 추정하는 일은 상당히 정확합니다. 정상적으로 쓰인 필체의 경우, 필체만 봐도 그 사람의 나이를 쉽게 알 수 있습니다. 병이나 체력 약화로 몸이 좋지 않을 때는 젊은이라도 노인의 징후를 나타내기도 하죠. 쪽지 속의 힘찬 필체는 젊은이, 다른 필체는 상당히 나이가 많은 사람이 쓴 것으로 보였습니다.

하지만 더 흥미로운 부분들이 있어요. 두 필체에 공통점이 있다는 겁니다. 그 공통점은 혈연관계에서 나타나기도 하는데, 바로 'e' 자에 뚜렷하게 나타나 있습니다. 그 밖에도 자잘한 부분에서 공통점들이 많았어요. 필적 속에 가계에 이어지는 일련의 습관이 나타난다는 것은 의심할 필요가 전혀 없습니다. 저는 종이에 대한 객관적인 조사만을 말하고 있는 겁니다. 그동안 필체에 대한 연구로 미루어보았을 때, 이 편지를 쓴 사람은 커닝엄 부자가 확실했습니다.

다음 단계는 범행 수법을 면밀하게 조사하고 그것이 얼마만큼 증거가 될 수 있는지를 살펴보는 것이었습니다. 그래서 경위와 함께 그 집으로 가 모든 것을 조사했습니다. 윌리엄의 상처는 4야드 이상의 거리에서 리볼버로 쏜 것이 분명합니다. 옷에 화약으로 그을린 데가 전혀 없으니까요. 그러므로 두 남자가 몸싸움을 하고 있을 때 총이 발사되었다는 알렉의 말은 거짓말이 되는 겁니다. 범인이 도망간 경로에 대해서는 부자의 말이 일치하는데, 범인이 갔다고 한 곳은 바닥이 축축하게 젖어 있고 도랑이 있었는데 발자국은 전혀 보이지 않더군요. 이로 미루어보아 부자가 모두 거짓말을 하고 있으며, 현장에는 범인은 물론 낯선 사람이 없었다는데 확신을 가질 수 있었습니다.

하지만 아직도 범죄의 동기는 찾을 수가 없었습니다. 그래서 액튼 씨에게 일어났던 강도 사건을 조사해야 했습니다. 대령이 이야기한 것처럼 액튼 씨와 커닝엄 씨 두 집 사이에서는 소송이 계속되고 있었죠. 즉, 서재에 침입한 것은 커닝엄 부자로 생각할 수 있습니다. 아마 소송에서 이길 수 있는 서류를 찾기 위해 그랬을 겁니다."

"그렇습니다. 그들의 의도는 분명합니다. 나는 그들의 토지 절반에 대해 소유권이 있다고 주장했습니다. 변호사 집 금고에 보관되어 있는 그 증거 서류가 그들의 손에 들어간다면 소송은 당연히 지고 말 겁니다."

액튼 씨가 안도의 한숨을 내쉬며 말했다.

"이 사건에서는 아마 알렉이 앞장섰을 겁니다. 원하는 서류를 어차피 얻지 못했으니 흔한 강도 사건으로 위장하기 위해서 닥치는 대로 아무거나 가져간 것이죠. 하지만 아직도 애매한 부분이 있었죠. 바로 쪽지의 없어진 부분이었습니다. 윌리엄의 손에서 쪽지를 찢은 것은 알렉이 확실하다고 생각했고, 그 쪽지를 가운 주머니에 넣었을 거라고 생각했습니다. 숨길 데도 특별히 없었으니까요. 다만 아직도 그것이 가운 주머니 속에 있는지는 확신할 수 없었습니다. 그래서 그것을 찾아보기 위해 일부러 저택에 간 것이죠.

우리는 부엌문 앞에서 커닝엄 부자를 만났습니다. 물론 그들에게 쪽지에 대해서 생각하지 못하도록 해야 했습니다. 눈치를 채면 쪽지를 없애버릴지도 모르니까요. 그래서 경위가 쪽지의 중요성에 대해 이야기하려고 할 때 제가 발작을 일으켜버렸습니다. 그 덕에 겨우 화제를 피할 수 있었죠."

"다행이군요. 우리는 홈즈 선생을 몹시 걱정했습니다. 발작이 꾀병이었다니! 하하!"

대령이 웃으면서 말했다.

"의사의 입장에서 봐도 자네의 행동은 꽤 멋졌네."

항상 모두를 어리둥절하게 만드는 홈즈를 보면서 나는 감탄하지 않을 수 없었다.

"발작은 종종 도움이 되는 기술이기도 합니다. 발작이 가라앉자 저는 속임수를 하나 써서 커닝엄 씨에게 'twelve'라는 단어를 쓰게 해서 쪽지의 단어와 비교해 보았죠."

"아, 정말 나는 멍청했군. 자네가 병 때문에 기억력이 나빠졌다고 생각했는데."

나는 스스로를 한심해 하면서 말했다.

"자네에게 걱정을 끼치다니 미안하군. 그리고 우리는 2층으로 올라갔죠. 저는 화장실에 먼저 들어가 가운이 걸려 있는 것을 발견했죠. 테이블을 일부러 뒤엎어서 관심을 그쪽으로 쏠리게 하고 가운의 주머니를 뒤졌습니다. 다행히 쪽지가 들어 있더군요. 그 순간 커닝엄 부자가 뒤에서 저를 덮쳤습니다. 당신들이 나를 구해 주지 않았다면 아마 저는 거기서 죽었을지도 모르겠군요. 위기는 모면했지만 지금도 목이 졸리는 듯한 느낌이 들 정도니까요. 커닝엄 씨 역시 제 손에서 쪽지를 빼앗기 위해 손목을 한껏 비틀었습니다. 아마 제가 비밀을 알고 있다는 사실을 깨닫고 지옥으로 떨어지는 듯한 기분이 들어서 필사적으로 덤빈 거겠죠. 나중에 범죄의 동기가 무엇인지 커닝엄 부자와 이야기를 했습니다. 커닝엄 씨는 상황이 자신에게 불리하다는 것을 알고 있었기 때문에 모든 걸 자백하더군요. 그러나 아들은 아주 성격이 좋지 않았어요. 리볼버가 있다면 모두 쏴버리고 싶다는 말을 망설이지 않고 하더군요.

커닝엄 부자가 액튼 씨의 집을 쳐들어간 날, 윌리엄은 그들의 뒤를 밟아 약점을 잡았습니다. 그리고 커닝엄 부자에게 협박을 한 거죠. 하지만 알렉은 거래 상대로는 너무 위험했습니다. 알렉은 강도가 침입했다고 거짓말을 하기로 하고 윌리엄에게 미끼를 던졌습니다. 그래서 결국 비참하게 죽음을 맞이한 거죠. 아마 커닝엄 부자가 쪽지 전부를 가지고 있었거나 작은 부분들에 신경을 썼더라면 혐의를 받지 않았을 겁니다."

"쪽지의 나머지 부분은 어디에 있나? 보고 싶은데."

내가 말하자 홈즈는 찢어진 부분을 이어 맞춘 쪽지를 보여주었다.

> If you will only come round at quarter to twelve to the east gate you will learn what will very much surprise you and maybe be of the greatest service to you and also to Annie Morrison. But say nothing to anyone upon the matter

12시 15분 전에 동쪽 문으로 오면
놀라운 사실을 한 가지 알려주겠네.
그것은 아마 당신과 애니 모리슨에게도 대단히 좋은 일일 거야.
그러나 이 일에 대해서는 아무에게도 말하지 말게.

"제가 생각했던 내용과 비슷하더군요. 알렉 커닝엄과 윌리엄, 그리고 애니 모리슨 사이에 어떤 관계가 있는지는 잘 모르겠습니다. 사건을 보니 물고기는 미끼를 문 게 분명하군요. 여기서도 'p'와 'g'의 글자를 살펴보면 유전의 흔적이 보입니다. 매우 흥미 있는 부분이죠. 커닝엄 씨가 쓴 'i'에 점이 없다는 것도 중요한 특징이죠. 왓슨, 시골에서의 휴양은 정말 흥미롭군. 내일이면 몸이 완전히 회복될 것 같으니 그리운 베이커 가로 돌아가자고!"

춤추는 인형
The adventure of the dancing men

내가 집에 들어왔을 때, 홈즈는 등을 구부리고 시험관을 든 채 고약한 냄새를 풍기는 화학 물질을 혼합하는 실험에 열중하고 있었다. 머리를 잔뜩 숙인 모습은 낯선 나라에서 온 회색 깃털과 검은색 볏을 가진 새처럼 보였다.

"왓슨, 자네가 왔군. 그런데 광산에는 투자하지 않기로 한 건가?"

홈즈가 나를 잠깐 쳐다보더니 말을 꺼냈다. 나는 너무 놀라서 몸을 움찔하고 말았다. 그의 뛰어난 추리 능력은 익히 알고 있었지만, 내 마음속에 있는 생각을 그가 말할 때면 놀라지 않을 수가 없었다.

"그건 또 어떻게 알았나? 아무 말도 하지 않았는데."

그는 연기가 나는 시험관을 한 손에 든 채로 의자에 앉아서 한 바퀴를 돌았다. 밤새 실험을 했는지 움푹 들어간 그의 눈에는 장난기가 어려 있었다.

"자네, 정말 놀란 것 같군. 하지만 그럴 필요가 없다네. 내가 설명해 주고 나면 얼마나 간단한 일인지 알 수 있을 테니까."

"그렇지 않을 것 같은데. 어떻게 알았는지 난 정말 궁금하다네."

"추리를 하는 과정은 특별한 게 없어. 하나의 추리는 다른 추리로 이어지고, 대강 중요한 추리를 끝내고 그 시작과 결론만 말하면 모두들 놀라지. 내 추리는 정말 간단해. 자네 왼손 집게손가락과 엄지손가락을 보고 자네가 광산에 투자하지 않기로 결정한 사실을 알았지."

"무슨 말인지 잘 모르겠네. 자세히 좀 설명해 보게."

"잘 생각해 보게. 결정적인 단서를 알려주도록 하지. 어젯밤 자네 손가락에 초크 자국이 있는 걸 보고 자네가 당구를 쳤다는 사실을 알았지. 큐대를 잘 잡기 위해서 두 손가락에 초크 칠을 했을 테니까. 자네가 당구를 치는 날은 서스턴을 만날 때뿐이라는 걸 알고 있나? 한 달 전에 자네는 서스턴이 남아프리카에 있는 토지 매매 권리를 가지고 있는데, 한 달 후 그 권리가 소멸되기 때문에 자네에게 함께 투자하자고 했다는 말을 했어. 자네 수표책은 내 서랍 안에 있는데, 자네는 열쇠를 달라는 말을 하지 않더군. 그러니 투자하지 않기로 결심한 거지."

"자네의 말을 듣고 보니 정말 간단하군."

"설명을 듣고 나면 문제가 간단하게 여겨지지. 그 이야기는 그만하기로 하자고. 자네, 이게 뭔지 한 번 생각해 보게."

홈즈는 종이 한 장을 테이블 위에 두고 다시 화학약품을 분석하는데 열중했다. 종이에는 기묘한 그림 문자가 그려져 있었다.

"이건 뭔가? 애들이 그린 그림 같기도 하고."

"자네 눈에는 그렇게 보일 수도 있겠군."

"그럼 아니라는 건가?"

"노퍽 주에 사는 힐튼 큐빗 씨가 해석해 달라고 의뢰한 그림이라네.

큐빗 씨는 꽤나 급했는지 다음 기차로 이곳에 온다고 했어. 이 그림은 우편으로 미리 보낸 것이고. 오, 벨소리가 들리는군. 큐빗 씨가 도착한 것 같군."

계단을 올라오는 발자국 소리가 들리더니 잠시 후 한 남자가 들어왔다. 말끔하게 수염을 깎았으며 혈색이 매우 좋아 보이는 훤칠한 키의 남자였다. 맑은 눈빛과 건강해 보이는 얼굴빛은 안개가 가득한 런던과는 거리가 먼 공기가 깨끗한 교외에서 살고 있는 것 같았다. 그가 방 안으로 들어오자 동부 해안의 신선하고 상쾌한 바람의 향기가 느껴졌다.

그는 우리와 악수를 나누고 홈즈가 권한 의자에 앉았다. 방금 내가 보았던 이상한 그림을 보고 홈즈에게 말을 건넸다.

"홈즈 선생, 이 그림의 의미를 알아내셨나요? 당신은 수수께끼 같은 일들을 좋아한다고 들었는데, 이렇게 이상한 그림은 처음 보셨을 겁니다. 그림을 해석하는데 시간이 좀 걸릴 것 같아서 미리 보냈는데 의미를 파악하셨는지 모르겠네요."

"매우 흥미로운 그림입니다. 아이들 장난처럼도 보이지만 춤추는 사람의 모습이 일렬로 그려져 있죠. 그런데 이 그림에 왜 특별한 의미가 있다고 생각하시는 건가요?"

"이 그림에 관심을 가지고 있는 건 제가 아니라 아내입니다. 아내는 이 그림 때문에 잔뜩 겁을 먹고 있습니다. 아닌 척하고는 있지만 두려움에 떨고 있는 게 분명하죠. 그래서 그림 조사를 부탁드린 것입니다."

홈즈가 종이를 들어 올려 햇빛에 비추자 그림이 선명하게 잘 보였다. 노트에서 뜯어낸 것처럼 보이는 종이 위에는 연필로 다음과 같은 그림이 그려져 있었다.

홈즈는 그림을 한동안 들여다보고 잘 접어서 항상 갖고 다니는 수첩 속에 넣었다.

"큐빗 씨, 이 사건은 흥미롭고도 드문 사건이 될 것 같군요. 저는 편지를 읽어서 이 일의 전모를 알고 있지만, 제 친구 왓슨은 그렇지 않습니다. 저에게도 도움이 될 테니 이 일에 대해서 다시 한 번 말씀해 주시겠습니까?"

"제가 말재주가 있는 편은 아닙니다만 노력해 보겠습니다. 이런 일이 왜 일어난 건지 저는 잘 모르겠습니다. 저는 부자는 아니지만 라이딩 소프에서 살았고 노퍽 주에서 500년 동안 이어진 명문가의 후손입니다. 그 지방에서는 가장 유명한 가문이기도 합니다. 작년에 여왕 즉위 60주년 기념제에 참석하기 위해 런던을 방문했을 때 러셀 광장의 어느 하숙집에 머물렀습니다. 그 이유는 우리 교구의 담당 목사인 파커 목사님이 그곳을 숙소로 정했기 때문이었습니다. 그 집에는 엘시 패트릭이라는 젊은 미국 여성이 묵고 있었습니다. 처음에는 친구처럼 가깝게 지냈지만 한 달만에 저는 그녀를 열렬히 사랑하게 되었지요. 그래서 우린 등기소에서 간단하게 결혼식을 올리고 부부가 되어 함께 노퍽으로 돌아왔죠. 홈즈 선생, 선생은 명문가의 자제가 결혼할 여자의 과거나 집안에 대해서는 전혀 알지 못한 채 이렇게 갑작스레 결혼한 것을 이해하지 못하겠지만, 그녀는 그만큼 매력적인 여자였어요. 아마 홈즈 선생도 아내를 본다면 제 마음을 이해할 수 있을 겁니다.

아내는 매우 솔직한 성격이있습니다. 제가 원한다면 언제든지 떠날 수 있다고 여러 차례 말했고, 결혼식 전날에는 이런 말도 했습니다.

'제게는 나쁜 기억이 있어요. 전부 잊고 싶을 만큼 고통스러운 기억이기 때문에 말을 꺼내는 것도 너무 두려워요. 하지만 지금은 아무것도 부끄러울 것이 없어요. 우리가 결혼한다고 해도 당신에게 해가 되는 일은 없을 거예요. 하지만 제 말을 믿고 결혼식을 올리기 전까지의 제 과거에 대해서는 묻지 않았으면 좋겠어요. 만약 그럴 수 없다면 당신 혼자 노퍽으로 돌아가도록 하세요. 저는 이곳에 남을 테니까요.'

저는 그녀와 결혼하겠다고 했고, 그때 한 약속을 지금도 지키고 있습니다. 이제 결혼한 지 1년이 지났고, 그동안 저희는 정말 행복했습니다. 그런데 한 달 전에 이상한 일이 일어났습니다. 아내는 미국 소인이 찍힌 편지를 한 통 받았는데, 그 편지를 읽자마자 불 속으로 던졌습니다. 아내는 편지에 대해 아무 말도 하지 않았고, 저는 궁금했지만 약속을 생각하면서 어떤 질문도 하지 않았습니다. 그날 이후, 아내는 몹시 불안해 보였습니다. 무언가를 기다리는 것 같기도 하고요. 제가 바라는 건 아내의 신뢰였습니다. 남편이기 이전에 가장 소중한 친구로 인정받고 싶었으니까요.

아내는 매우 정직한 여성입니다. 만약 과거에 어떤 문제와 얽힌 적이 있다면 그것은 아내의 잘못이 아니었을 겁니다. 저는 가문을 매우 소중히 여기는 사람이고 아내도 이 사실을 잘 알고 있습니다. 그래서 아내가 명예를 더럽힐 행동을 했다고는 절대로 생각하지 않습니다.

이제 저희 집에서 일어난 이상한 사건을 말씀드리겠습니다. 지난주 화요일, 그러니까 일주일 전이군요. 저는 창틀에서 이상한 그림을 발견했습니다. 이 종이에 그려진 그림과 비슷한 모양의 그림이었어요. 밤중에 그린 것임에 틀림없었죠. 분필로 낙서한 것처럼 보여서 마구간지기인 소년이 장난을 친 거라고 생각했습니다. 하지만 나중에 물어보니 그 소년은 전혀 모른다고 하더군요. 일단 그림을 지웠는데, 지나가는 말로 아내에게 그 이야기를 했습니다. 아내는 매우 심각한 얼굴로 그 그림이 또 있으면 자기에게도 보여 달라고 하더군요. 하지만 그저께까지 별일이 없었습니다.

그런데 어제 아침, 정원에 있는 해시계 위에서 이 종이를 발견했습니다. 아내는 그림을 본 순간 정신을 잃더군요. 그때부터 마치 정신이 나간 사람처럼 아내는 멍해 있었습니다. 눈에는 두려움이 가득했고요. 경찰에 신고할까도 생각했지만 저만 우스운 사람이 될 것이 분명했습니다. 그래서 당신을 찾아서 상담하기로 했죠. 어떻게 해야 할지 알려줄 거라고 생각했거든요. 저는 부자는 아니지만 아내가 위험에 처한다면 전 재산을 털어서라도 아내를 구할 겁니다."

큐빗 씨는 초조함을 느끼는지 크고 강해 보이는 손을 쥐었다 폈다 하면서 이야기했다. 그는 옛 영국인의 기질을 물려받아 온화하고 성실한 사람이었다. 크고 진지한 푸른 눈, 잘생긴 코와 입은 그를 더욱 돋보이게 했으며, 그의 모습에서 아내에 대한 깊은 사랑과 신뢰를 느낄 수 있었다. 홈즈는 이야기를 들은 뒤 깊이 생각에 잠긴 듯했다.

"큐빗 씨, 부인에게 비밀을 이야기해 달라고 하는 게 가장 좋지 않을까요?"

한동안 말이 없던 홈즈가 큐빗에게 물었다.

"그럴 수는 없습니다. 아내와 약속했으니까요. 아내가 이야기하고 싶었다면 먼저 말을 꺼냈을 겁니다. 저는 비밀을 얘기하라고 강요할 수는 없습니다. 아내의 의견을 존중해야 하니까요."

큐빗 씨는 고개를 저으며 홈즈에게 대답했다.

"좋습니다. 저도 최선을 다해 도와드리죠. 우선 집 주변에서 낯선 사람을 보았거나 보았다고 들은 적이 있나요?"

"전혀 없습니다."

"노퍽은 아주 조용한 마을로 알고 있습니다. 낯선 사람이 들어오면 쉽게 눈에 띄겠죠?"

"가까운 곳에 낯선 사람이 나타난다면 바로 알 수도 있을 겁니다. 하지만 가축에게 물을 먹일 수 있는 장소가 곳곳에 있고, 농가들이 하숙을 하고 있어서 정확히 말씀드리기가 어렵네요."

"큐빗 씨, 이 그림 문자는 어떤 의미가 담겨 있는 것이 분명해요. 누군가 갑자기 만든 거라면 해독은 불가능하지만, 어떤 규칙이 있다면 모양이 바뀌어도 해석할 수 있죠. 하지만 그림이 너무 짧아서 규칙을 찾기가 어렵습니다. 사건도 너무 막연해서 단서를 얻기도 힘들고요. 일단 노퍽으로 돌아가시기 바랍니다. 그림이 다시 나타나면 본을 떠두는 게 좋습니다. 이미 지워진 그림은 아쉽지만 할 수 없죠. 그리고 이웃에 낯선 사람이 나타났는지 한 번 알아보는 게 좋습니다.

새로운 사실이 나타나면 저에게 바로 연락해 주세요. 제가 해드릴 수 있는 조언은 여기까지입니다. 필요할 때는 제가 노퍽으로 바로 가겠습니다."

큐빗 씨는 고마워하며 돌아갔고, 홈즈는 또다시 깊은 생각에 잠겼다. 며칠 동안 홈즈는 수첩에 끼워둔 그림을 반복해서 들여다보았다. 그러나 큐빗 씨나 그림에 대해서는 아무 말도 하지 않았다. 그렇게 아무 일 없이 2주라는 시간이 지났다. 어느 날 오후, 외출 준비를 하고 있던 나를 홈즈가 불러 세웠다.

"왓슨, 오늘 집에 있으면 어떨까?"

"왜? 무슨 급한 일이 있나?"

"오늘 아침 큐빗 씨의 전보를 받았어. 이상한 그림을 본 명문가 후손 말이야. 1시 20분쯤 리버풀 가에 도착한다고 했으니 곧 올 거야. 전보를 치고 오는 걸 보니 중요한 일이 일어난 게 분명해."

그러고 나서 몇 분 지나지 않아 큐빗 씨가 방으로 들어왔다. 역에서 내려 바로 마차를 타고 왔다고 말하는 그의 얼굴은 걱정과 근심으로 가득했다. 눈은 매우 피곤해 보였고 이마에는 깊은 주름이 패어 있었다.

"홈즈 선생, 이 일 때문에 저는 매우 힘든 시간을 보내고 있습니다."

그는 몹시 지친 모습으로 흔들의자에 몸을 기대고 있었다.

"누군지도 모르고 눈에 보이지도 않는 사람이 알 수 없는 의도로 주변에서 서성거린다면 어떤 기분일까요? 아내는 이 때문에 매우 쇠약해져 있습니다. 아내는 제 앞에서 조금씩 죽어가고 있어요."

"부인께서는 여전히 아무 말도 하지 않았습니까?"

"네, 전혀! 여러 번 말을 하려고 했지만 용기가 나지 않는지 결국은 말하지 않더군요. 나는 아내가 속에 있는 말을 털어놓을 수 있도록 도와주고 싶었지만 방법이 서툴렀던 모양이에요. 그럴 때마다 아내는 오히려 더 움츠러들었지요. 아내는 우리 집안의 오랜 역사와 명예, 그리고 제가 가진 자부심에 대해서 자주 이야기하곤 합니다. 그러면서 그때마다 아내는 무슨 말을 하려다가 머뭇거리고 결국 다른 얘기로 화제를 돌리곤 하죠."

"그동안 알아내신 거라도 있나요?"

"네, 2주 동안 춤추는 인형 그림이 여러 차례 나타났어요. 도움이 될까 해서 지시하신 대로 모두 본을 떠놓았습니다. 그보다 중요한 건 제가 범인을 봤다는 겁니다."

"범인이란 그림을 그린 사람을 말하는 건가요?"

"네, 그림을 그리고 있는 것을 직접 보았습니다. 홈즈 선생을 만나고 집으로 돌아간 다음 날, 아침에 일어나 보니 창고에 있는 검은 나무문 위에 분필로 새로운 그림이 그려져 있었습니다. 창고는 잔디밭 옆에 있는데, 현관 창문 앞에 서면 전체가 다 보이죠. 저는 그림을 똑같이 베꼈습니다."

그는 가져온 종이를 펴서 테이블 위에 내려놓았다. 그림은 다음과 같은 모양이었다.

"오, 좋아요, 좋아!"

홈즈가 말했다.

"정말 잘하셨어요. 자! 말씀을 계속해 보세요."

"본을 다 뜨고 나서 그림은 바로 지웠습니다. 그런데 이틀 후 또다시 그림이 나타났습니다. 다음은 두 번째 그림이에요."

"좋은 자료가 될 수 있을 것 같군요."

두 손을 마주 비비는 홈즈의 얼굴에는 기쁜 기색이 가득했다.

"3일 뒤 해시계의 돌 아래에서 그림을 다시 발견했습니다. 바로 이겁니다. 보시는 것처럼 두 번째 그림과 같습니다. 이 그림이 나타난 뒤 저는 범인을 직접 기다려보기로 했습니다. 만약을 대비해서 권총을 가지고 서재 창가에 앉아 정원에서 눈을 떼지 않았습니다. 달빛이 있었지만 밤이었기 때문에 정원은 매우 어두웠죠. 새벽 2시 정도 되었을 때, 발소리가 들려서 뒤를 돌아보니 아내가 서 있었습니다. 아내는 저에게 방으로 돌아가자고 했지만 저는 못된 장난을 치는 놈을 꼭 잡겠다고 하면서 먼저 자라고 말했습니다. 아내는 별 뜻 없는 장난을 민감하게 받아들이는 것 같다고 걱정했습니다.

'여보, 그 일 때문에 신경 쓰인다면 여행을 가는 건 어때요? 이런 이상한 장난은 금방 잊을 수 있을 거예요.'

'장난 때문에 도망갈 수는 없어. 그런 행동을 했다가는 마을의 웃

음거리가 될 거야.'

'알았어요. 이제 방으로 가요. 벌써 많이 늦었어요.'

그런데 갑자기 아내의 얼굴이 새파랗게 질린 채 제 어깨를 꼭 잡더군요. 정원 창고 옆에서 무언가 움직이는 것이 보였습니다. 그림자는 조심스럽게 움직이더니 창고 문 앞에 웅크리고 앉더군요. 저는 권총을 들고 나가려고 했지만 아내는 있는 힘을 다해 저를 말렸습니다. 겨우 아내를 떼어놓고 나갔을 때 이미 범인은 사라지고 없었어요. 하지만 아까 보여드렸던 마지막 두 개의 그림과 같은 그림이 그려져 있었습니다. 그것도 역시 본을 떠서 가져왔습니다. 정원을 샅샅이 뒤졌지만 범인이 남긴 것은 그 그림뿐이었습니다. 그런데 범인은 멀리 간 것이 아니라 창고 근처에 숨어 있었나 봅니다. 다음 날 아침, 창고 근처를 다시 살펴보니 새로운 그림이 또 그려져 있더군요."

"물론 그 그림도 가져오셨겠죠?"

"네, 여기 있습니다. 다른 그림에 비해 짧지만 본을 떠두었죠."

큐빗은 다시 종이 한 장을 꺼냈다. 그것은 다음과 같았다.

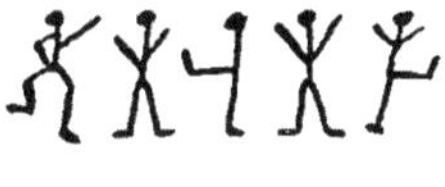

"잠깐만!"

홈즈가 눈빛을 반짝이며 몹시 흥분한 어조로 말했다.

"이 그림은 처음 그림과 연결되어 있었나요, 아니면 뚝 떨어진 곳에 그려놓았나요?"

"이 그림은 첫 번째 그림이 있던 판자 말고 다른 판자에 그려져 있었습니다."

"아! 그렇군요. 좋아요! 우리에게 가장 중요한 게 바로 그겁니다. 이제 빛이 보이는군요. 큐빗 씨, 이야기를 계속해 보세요."

"제가 할 수 있는 말은 다 했습니다. 그날 밤, 제가 범인을 잡으려고 할 때 저를 붙잡던 아내에게 서운함을 느꼈습니다. 아내는 범인도, 이 그림의 의미도 모두 알고 있다는 생각이 들었으니까요. 하지만 아내의 목소리나 얼굴에서 그런 기색은 전혀 느낄 수 없었습니다. 아내는 진심으로 저를 걱정하는 게 분명했으니까요. 홈즈 선생, 이제 저는 어떻게 해야 할까요? 농장에 있는 일꾼들에게 관목 숲을 지키라고 할 수도 있습니다. 범인이 다시 나타나면 붙잡아서 혼을 내주고 싶거든요. 그럼 다시 찾아오지 않을 수도 있고요."

"죄송하지만 그렇게 간단하게 끝날 것 같지는 않습니다. 런던에는 언제까지 계실 건가요?"

"오늘 돌아가려고 합니다. 아내를 혼자 둘 수는 없으니까요. 아내는 요즘 신경 쇠약이 심해져서 오늘도 저에게 빨리 돌아와 달라고 부탁했습니다."

"이곳에서 머물 수 있다면 내일이나 모레 당신과 함께 갈까 했는데, 사정이 그렇다니 일단 돌아가십시오. 며칠 내로 제가 노퍽에 가도록 하겠습니다."

홈즈는 큐빗 씨가 돌아가자 테이블로 가서 그림 조각들을 늘어놓고 복잡하고도 정밀함을 요하는 계산에 몰두하기 시작했다. 나는 2시간 동안 홈즈가 종이에 그림과 글자를 잔뜩 써넣는 모습을 보았다.

그는 그림에 정신이 팔린 나머지 내가 옆에 있다는 사실도 잊은 것 같았다. 계산이 잘 풀릴 때는 휘파람을 불거나 노래를 흥얼거렸지만, 잘 되지 않을 때는 인상을 잔뜩 찌푸리고 한참 동안 생각에 잠겨 있었다. 마침내 그는 외마디 환호성을 지르며 자리에서 벌떡 일어나 전보 용지에 무언가를 적은 후에 내게 말을 건넸다.

"왓슨, 내가 생각하는 내용의 답장을 받는다면 자네의 사건 기록에 흥미로운 사건이 하나 더 추가될 거야. 내일 나와 노퍽에 가서 큐빗 씨에게 사건의 비밀을 알려주도록 하자고."

나는 그림의 의미가 몹시 궁금했지만, 홈즈는 자신이 원하는 시기에 사건에 대해 말해 주는 것을 좋아했기 때문에 참고 기다리기로 했다. 하지만 답장은 다음 날에 오지 않았다. 벨소리를 계속 기다리던 홈즈는 드디어 이틀째 되는 날 저녁에 답장을 받았다. 편지에는 그날 아침 해시계 위에 그림이 또 발견되었다는 내용과 본뜬 그림이 함께 있었다.

홈즈는 이 기괴한 그림을 한참 동안 보다가 불현듯 놀라움이 섞인 목소리로 탄식하며 자리에서 벌떡 일어났다. 그의 얼굴을 바라보니 근심으로 매우 어두워져 있었다.

"왓슨, 우리가 너무 오래 기다린 것 같아. 오늘 밤 노스 월섬으로 가는 기차가 있는지 알아봐 주겠나?"

나는 기차 시간표를 찾아보았지만 시간이 늦어서 이미 마지막 열차가 떠난 후였다.

"안타깝군. 그럼 내일 아침에 첫차를 타고 가자고. 가능한 한 빨리 노퍽에 가는 게 좋겠어."

그때 전보가 왔다는 벨소리가 울렸고, 허드슨 부인이 홈즈에게 전보를 건네주었다.

"내 생각이 역시 맞았군. 모든 게 확실해졌으니 빨리 큐빗 씨에게 이 사실을 알려야 해. 그 사람은 자신이 얼마나 위험한 사건에 빠져 있는지 전혀 모르고 있으니 말이야."

홈즈의 말은 사실이었다. 이 사건의 결말을 알았을 때 내가 얼마나 놀랐는지 모른다. 좀 더 밝은 결말을 이끌어냈다면 좋았겠지만, 그것은 어쩔 수 없는 부분이었다. 그때 일을 얘기하려니 당시의 놀라움과 전율이 마치 어제 일처럼 생생하게 되살아난다. 하지만 이것은 사실을 기록하는 것인 만큼, 한동안 영국 전역을 떠들썩하게 했던 노퍽에 있는 라이딩 소프 저택의 기이한 사건들을 순서에 따라 그 결말까지도 모두 기록해야만 했다.

다음 날, 예정대로 첫차를 타고 노스 월섬에 도착해서 다음 행선지를 밝혔다. 그러자 역장이 우리를 향해 급하게 달려왔다.

"안녕하세요, 런던에서 오신 탐정님들이신가요?"

역장의 말을 듣자 홈즈의 얼굴에 어두운 빛이 스쳐 지나갔다.

"어떻게 아신 거죠?"

"노리치의 마틴 경위가 이곳을 지나가면서 말해 주었습니다. 이쪽

분은 의사 선생님 같군요. 아직 부인이 죽지 않았다고 하니 지금 가시면 목숨은 구할 수 있을지도 모릅니다. 하지만 목숨을 건진다고 해도 교수형에 처해지겠죠."

이 말을 듣고 홈즈의 얼굴에는 근심이 더해졌다.

"지금 라이딩 소프 저택으로 갈 겁니다. 그곳에서 대체 무슨 일이 벌어진 거죠?"

"정말 끔찍한 일이죠. 큐빗 씨와 부인이 서로에게 총을 쏘았습니다. 하인들 말로는 부인이 큐빗 씨를 먼저 쏘고 자신에게 총을 쏘았다고 하더군요. 큐빗 씨는 즉사했고 부인도 몹시 위독하다고 합니다. 노퍽의 최고 명문가에서 그런 일이 벌어지다니 정말 안타깝습니다."

홈즈는 서둘러 마차에 올랐고 7마일의 거리를 달리는 동안 아무 말도 하지 않았다. 그때까지 홈즈가 그렇게 기운이 빠진 모습은 한 번도 본 적이 없었다. 노퍽에 도착할 때까지 홈즈는 계속 불안해했고, 나는 그런 그의 모습을 지켜볼 수밖에 없었다.

홈즈는 그동안 걱정했던 일이 실제로 일어났기 때문에 우울해 하는 것 같았다. 그는 의자에 기대어 어두운 얼굴로 깊은 생각에 빠져 있었다. 하지만 마차의 창 밖에서는 영국에서만 볼 수 있는 개성 있는 풍경들이 펼쳐지고 있었다. 흩어져 있는 작은 집들과 웅장한 교회의 탑들은 영국의 옛 영광과 번영을 말해 주는 듯했다.

드디어 푸른 바닷가 너머로 보랏빛의 독일해가 보였고, 마부는 나무 지붕을 얹은 오래된 벽돌집 두 채를 가리켰다. 작은 숲 앞에 자리 잡은 집들이 보였다.

"저기가 라이딩 소프 저택입니다."

마부의 말이 끝나고 우리는 저택 현관 앞에 내렸다. 나는 알 수 없는 일들이 벌어진 현관 앞, 테니스장, 창고, 받침대 위의 해시계 등을 주의 깊게 보았다. 그때 콧수염을 잘 정돈한 한 남자가 마차에서 내려 우리에게 다가왔다. 작아 보이는 키였지만 매우 민첩해 보이는 그는 자신을 노퍽 경찰서에서 일하는 마틴 경위라고 소개했다. 그는 홈즈의 이름을 듣고 깜짝 놀랐다.

"이 사건은 새벽 3시에 일어났는데 어떻게 알고 오신 거죠? 저랑 같은 시간에 도착하다니 정말 놀라운 일이군요. 혹시 이런 일이 일어날 것을 예상하신 건가요?"

"네, 사실 걱정하고 있었습니다. 사건을 막으려고 빨리 달려왔는데 이미 늦었군요."

"제가 모르는 다른 증거를 갖고 계신 것 같군요. 제가 듣기에는 큐빗 부부는 아주 사이가 좋았다고 하던데요."

"저는 춤추는 사람 그림 외에는 아무 증거도 갖고 있지 않습니다. 그림에 대한 이야기는 나중에 하도록 하지요. 비극을 막지 못하다니 매우 유감스럽습니다. 어쨌든 제가 확보한 증거들은 사건 해결에 도움이 될 것 같군요. 저희와 함께 수사하시겠습니까? 따로 하셔도 저희는 괜찮습니다만."

"함께 수사할 기회를 주신다면 저에게는 정말 영광입니다."

마틴 경위는 진지한 목소리로 홈즈에게 말했다.

"좋습니다. 그러면 지금 증인들의 이야기를 듣고 그 내용을 검토해 보도록 하죠."

마틴 경위는 홈즈가 편하게 수사할 수 있도록 도우면서 홈즈가 하는 이야기들에 열심히 귀를 기울였다. 그때 머리가 하얀 의사가 큐빗 부인의 방에서 나왔고, 부인의 상태에 대해 이야기해 주었다. 큐빗 부인의 상처는 깊지만 생명에는 지장이 없으며, 곧 의식을 회복할 수 있을 것이라고 말했다. 하지만 총을 쏜 사실에 대해서는 대답을 피하는 분위기였기 때문에 아무것도 물을 수 없었다.

총알이 가까운 거리에서 발사된 것은 분명했다. 방에서 발견된 권총은 한 개뿐이었고, 약실에는 총알 두 개가 비어 있었다. 그중 한 개의 총알은 큐빗 씨의 심장을 관통하고 말았다. 권총은 두 사람 가운데 떨어져 있었기 때문에 큐빗 씨가 부인을 쏘고 자살했을 가능성과 큐빗 부인이 범인일 가능성은 비슷해 보였다.

"큐빗 씨 시신은 벌써 옮겼나요?"

"부인을 침실로 옮긴 것 외에는 아무것도 손대지 않았소. 부인의 상처가 너무 깊어서 바닥에 그대로 둘 수가 없었으니까요."

"선생님은 언제 여기에 오셨죠?"

"새벽 4시부터 있었소."

"다른 사람은 없었나요?"

"경찰이 한 명 왔었소."

"선생님은 아무것도 손대지 않으신 게 확실하죠?"

"그렇소. 전혀 손대지 않았소."

"잘하셨어요. 선생님을 부른 사람은 누구죠?"

"이 집의 가정부인 손더스 부인이었소."

"그렇군요. 손더스 부인이 상황을 말해 준 건가요?"

"손더스 부인과 요리사 킹 부인이 자세한 이야기를 해주었소."

"두 분은 지금 어디에 있죠?"

"아마 주방에 있을 거요. 가보시오."

낡은 거실은 떡갈나무로 만든 벽에 창이 높게 달려 있었다. 수사실로 바뀐 거실에는 날카로운 눈빛의 홈즈가 의자에 앉아 있었다. 홈즈의 눈빛에서는 범인을 잡아 그가 구하지 못한 큐빗 씨의 원한을 풀어주겠다는 단호한 의지가 엿보였다. 늙은 의사, 마틴 경위, 별로 쓸모없어 보이는 경찰, 그리고 내가 홈즈의 수사팀이었다.

손더스 부인과 킹 부인은 목격한 일들을 솔직하게 이야기해 주었다. 그들은 한밤중의 총소리에 놀라서 잠을 깼는데, 1분 후 다시 총소리가 났다고 했다. 두 여인의 방이 붙어 있었기 때문에 킹 부인이 손더스 부인의 방으로 가서 둘이 함께 총소리가 났던 서재로 내려갔다. 서재 문은 열려 있었고 테이블 위에 촛불이 켜져 있었으며, 서재와 복도는 연기와 화약 냄새로 가득했다. 큐빗 씨는 방 한가운데 쓰러져 있었고, 이미 숨이 끊어진 것으로 보였다. 부인은 벽에 머리를 기댄 채 창문 근처에 웅크리고 앉아 있었다. 얼굴 한쪽이 피로 물들어 있는 것으로 보아 상처가 매우 심해 보였다. 힘겹게 숨을 쉬고는 있었지만 말을 할 수 있는 상태가 아니었으므로, 두 여인은 재빨리 의사와 경찰을 부르러 갔다. 그리고 마부와 마구간지기를 불러 부인을 함께 방으로 옮겼다. 큐빗 부부는 그날 밤도 한 침대에서 잤고 부인은 평상복 차림, 남편은 잠옷 위에 가운을 입고 있었다. 서재는 사건이 일어났을 때 모습 그대로였다. 하인들은 두 사람이 싸우는 것을 본 적이 없으며, 모두가 부러워할 정도로 언제나 다정한 모습이었다고 증언했다.

하인들의 증언이 끝나자 마틴 경위가 질문을 하기 시작했다.
"혹시 사건이 일어나고 집을 빠져나간 사람은 없나요?"
"모든 문이 안에서 잠겨 있었기 때문에 그런 일은 불가능합니다."
손더스 부인이 대답했다.
"화약 냄새를 맡았던 것은 정확히 언제인가요?"
홈즈가 손더스 부인과 킹 부인을 바라보며 물었다.
"방에서 뛰어내려오자마자 화약 냄새가 난 것 같아요."
"좋습니다. 이 증언을 기억해 두도록 하죠. 이제 서재를 조사해 봅시다."

서재는 작은 방이었는데 세 벽면에 책이 가득 꽂혀 있었다. 정원이 내다보이는 창 앞에는 테이블이 하나 있었는데, 방 안에 들어서자 가장 먼저 시선을 끈 것은 큐빗의 시신이었다. 바닥을 가로질러 누워 있었는데, 단정하지 않은 옷차림으로 보아 급하게 뛰어나온 것을 알 수 있었다. 총은 바로 앞에서 발사된 것이 분명했고, 그의 심장을 관통하여 아직도 몸속에 남아 있었다. 고통 없이 즉사한 것 같았다. 그의 가운과 손에는 화약의 흔적이 전혀 없었다. 의사는 부인의 얼굴에는 화약 자국이 있었지만 손에는 없었다고 증언했다.

"손에 화약 자국이 있다면 증거는 되겠지만 그렇게 중요하지는 않아요. 권총에 탄창을 잘못 끼우면 화약이 뒤로 나오기 때문에 여러 발을 쏴도 손에는 흔적이 남지 않거든요. 자, 이제 큐빗 씨의 시신을 옮겨도 될 것 같군요. 그런데 의사 선생님, 부인의 몸에서 아직 총알을 제거하지 않았지요?"

"그렇소, 총알을 빼내려면 큰 수술을 해야 하기 때문에 아직 그대로요. 하지만 지금 권총 안에는 탄환이 네 개 있어요. 여섯 발 중에서 큐빗 부부에게 한 발씩 발사되었으니 총알 개수가 딱 맞아떨어지죠."

"흠, 그런데 저기 창가에 박혀 있는 총알은 어디서 나왔을까요?"

홈즈는 돌아서서 긴 손가락으로 바닥에서 1인치 정도 떨어져 있는 창틀에 총알이 뚫고 지나간 구멍을 가리키며 말했다.

"이럴 수가!"

경위가 부르짖었다.

"이렇게 작은 것까지 보시다니…… 어떻게 찾으셨나요?"

마틴 경위가 몹시 감탄하면서 홈즈에게 물었다.

"다른 총알 자국을 찾고 있었습니다."

"놀랍군요!"

의사가 말했다.

"정말 대단하시군요. 세 번째 총알이 있다면 이 자리에는 큐빗 부부 외에 다른 사람이 있었을 겁니다. 그렇다면 누가 왔다 간 걸까요?"

"그게 해결해야 할 문제죠. 마틴 경위, 하인들이 방에서 나왔을 때 화약 냄새를 맡았다고 한 것이 매우 중요하다고 했던 말 기억하고 있나요?"

"물론이죠. 그런데 왜 그런 말씀을 하신 건가요?"

"왜냐하면 총알이 발사되었을 때 창문과 방문이 모두 열려 있었다는 뜻이 되기 때문이죠. 문이 닫혀 있었다면 연기가 그렇게 빨리 온 집안에 퍼질 수는 없었을 겁니다. 서재 안에서만 화약 냄새가 났을 테니까요. 아마 문은 잠깐 열려 있었을 겁니다."

"그걸 어떻게 알죠?"

Sherlock Holmes

"촛불이 계속 타고 있었으니까요."

"오, 정말 훌륭한 추리군요."

"사건이 일어났을 때 창문은 열려 있었습니다. 이 사건에는 아무도 모르는 전혀 다른 사람이 관계된 것이 분명해요. 그 사람이 창 밖에서 열린 문 사이로 큐빗 부부에게 총을 쏘았을 겁니다. 창틀에 있는 총알 자국은 서재 안에서 범인에게 총을 쏘았을 때 생긴 거겠죠. 그 구멍은 총알 자국이 분명해요."

"그렇다면 누가 창문을 닫은 거죠?"

"아마 부인일 겁니다. 위급한 상황에서 본능적으로 그렇게 한 거겠죠. 그런데 이건 뭐죠?"

홈즈는 테이블 위의 숙녀용 지갑을 보면서 물었다. 은장식이 달린 악어가죽 지갑이었는데, 그는 지갑을 열어 안에 있는 내용물을 테이블 위로 쏟았다. 지갑 안에는 고무줄로 묶은 영국은행 50파운드 지폐 20묶음 외에는 아무것도 없었다. 홈즈는 지갑과 지폐를 마틴 경위에게 건네주었다.

"잘 보관해 두세요. 중요한 증거물이 될 겁니다. 이제 세 번째 총알을 조사하도록 하죠. 창틀이 쪼개진 모양을 보니 서재에서 창 밖으로 발사된 것이 분명해. 킹 부인, 몇 가지만 더 물어보겠습니다. 총소리 때문에 잠에서 깼다고 했죠? 그럼 첫 번째 총소리가 두 번째 총소리보다 더 컸나요?"

"자다 깨서 정신이 없었기 때문에 분명하게 말하기는 어렵네요. 첫 번째 총소리가 매우 컸던 것은 확실합니다."

"그럼 동시에 두 발이 발사되었다고 생각할 수 있을까요?"

"잘 모르겠네요."

"아마 그랬을 겁니다. 마틴 경위, 서재 조사는 이 정도로 된 것 같군요. 이제 정원에서 또 다른 증거를 찾아봅시다."

서재 창문 앞에는 화단이 길게 만들어져 있었다. 그러나 화단 가까이 간 우리 모두는 깜짝 놀랄 수밖에 없었다. 화단의 꽃들은 모두 함부로 짓밟혀 있었고 부드러운 흙 위에는 커다란 발자국이 어지럽게 나 있었기 때문이다. 발자국은 남자의 것이었는데 발끝이 길고 좁다는 특징을 가지고 있었다. 홈즈는 사냥개처럼 잔디와 나무 사이를 꼼꼼하게 뒤졌고, 작은 놋쇠 실린더를 하나 집어 들고 만족스러운 소리를 내고 있었다.

"범인은 탄피 제거 장치가 있는 권총을 사용했군요. 여기 세 번째 탄피가 있으니 사건은 슬슬 마무리가 되는 듯하군요."

홈즈의 신속하고 정확한 수사를 지켜보던 마틴 경위는 놀라움을 감추지 못했다. 경감은 처음에는 자기 방식대로 수사하고 있었지만, 지금은 홈즈가 가는 곳마다 따라다니고 있었다.

"홈즈 선생, 혹시 범인이라고 생각되는 사람이 있습니까?"

"아직은 알려드릴 수가 없습니다. 몇 가지 확인해야 할 부분들이 있으니까요. 그 다음에 모든 것을 말씀드리도록 하죠."

"네, 그렇다면 범인을 잡고 이야기를 듣겠습니다."

"비밀로 할 생각은 전혀 없지만, 사건이 길고 복잡해서 한 번에 설명하기는 어려움이 있습니다. 사건의 실마리는 제가 가지고 있으니 부인이 의식을 회복하지 못해도 지난밤 사건은 대충 알 수 있습니다. 물론 범인도 잡을 수 있고요. 마틴 경위, 혹시 근처에 '엘리지' 라는 여관이 있나요?"

마틴 경위가 하인들에게 물어보았지만 그런 이름의 여관은 누구도 알지 못했다. 그때 마구간지기 소년이 이스트 러스톤 방향으로 가다 보면 몇 마일 떨어진 곳에 엘리지 농장이 있다고 말해 주었다.

"외딴 곳에 떨어져 있는 농장인가?"

"네, 아주 외진 곳에 있어요."

"그렇다면 이곳에서 일어난 사건에 대해 아직 모르겠지?"

"아마 모를 거예요."

홈즈는 잠시 무언가 생각하다가 의미 있는 미소를 지으며 말했다.

"얘야, 말을 한 필 준비해서 엘리지 농장에 편지를 전해 주거라. 괜찮지?"

홈즈는 주머니에서 춤추는 사람이 그려진 그림들을 모두 꺼냈다. 그리고 그 앞에 앉아서 무언가를 쓰기 시작했고, 마구간지기 소년에게 자신이 말한 사람에게 편지를 직접 전해 주라고 당부했다. 편지봉투에는 '노퍽, 이스트 러스톤, 엘리지 농장, 에이브 슬레이니'라고 쓰여 있었는데, 홈즈의 평소 필체와 달리 대충 휘갈겨 쓴 듯한 느낌이었다.

"마틴 경위, 지금 전보를 쳐서 죄수 호송 준비를 해주십시오. 내 생각이 맞다면 아주 위험한 죄수를 호송해야 하니 주의해야 할 겁니다. 마구간지기 소년에게 전보도 보내도록 하면 되겠군요. 왓슨, 오후에 런던으로 가는 기차가 있으면 돌아가자고. 사건도 거의 다 마무리되었으니 오늘 저녁은 집에 가서 화학 분석을 할 수 있겠군."

마구간지기 소년이 편지를 가지고 떠나자 홈즈는 하인들에게 큐빗 부인을 찾는 사람이 있으면 그녀의 상태를 이야기하지 말고 즉시 거실로 데려오라고 지시했다. 그의 표정은 매우 진지하고 엄숙했다.

"왓슨, 우리가 할 수 있는 일은 여기까지인 것 같군. 이제 어떤 일이 일어날지 기다리는 일만 남았네."

홈즈는 마틴 경위와 나를 거실로 데려갔고, 의사는 다른 환자를 보기 위해 돌아갔다.

"자, 재미있게 시간을 보내는 법을 알려드리겠습니다."

홈즈는 의자를 테이블 앞으로 바싹 당겨 앉았다. 그리고 춤추는 사람이 그려진 그림들을 쭉 펼쳐놓았다.

"왓슨, 궁금했을 텐데 오랫동안 잘 참았네. 마틴 경위, 이번 사건은 당신한테도 매우 의미 있는 사건이 될 겁니다. 얼마 전에 큐빗 씨가 저를 찾아와 도움을 요청한 적이 있다는 것부터 알려드려야겠군요."

홈즈는 그때 나누었던 이야기를 경위에게 간단하게 설명해 주었다.

"여기 있는 그림들은 이 끔찍한 사건을 예고하고 있습니다. 그걸 모른다면 그저 웃어넘길 수 있었겠죠. 저는 160개의 독립된 암호문을 분석한 논문을 쓸 정도로 암호 해독에 익숙한 편입니다. 하지만 이런 그림 문자는 처음이었기 때문에 조금 어려웠죠. 아마 이 암호문을 만든 사람은 의미가 있다는 걸 숨기고 어린 아이들 낙서처럼 보이고 싶었을 겁니다.

하지만 이 그림들이 글자를 나타낸다는 것을 알게 되면 답은 간단해집니다. 첫 번째 그림은 너무 짧아서 어려웠죠. 이 그림을 보세요. 이 그림은 알파벳 'E'를 나타낸다는 것 외에는 알 수가 없었습니다. 잘 아는 것처럼 'E'는 영어에서 가장 많이 사용되는 문자죠. 그래서 아무리 짧은 문장에도 'E'는 거의 쓰입니다. 첫 번째 그림에는 15개의 인형 그림이 있는데, 그중 네 개가 같은 모양이었습니다. 그래서 그 모양이 'E'라고 생각했죠. 그 인형과 같은 인형이 깃발을 들고 있는 것도 있었습니다. 한 그림 안에 깃발 인형이 사이사이 있는 것으로 보아 단어 사이를 구분하는 역할을 하는 것으로 추측할 수 있었습니다. 이런 가정 하에 이 그림이 'E'를 나타낸다고 확신하게 된 거죠.

　하지만 그때부터 저는 큰 벽에 부딪치게 되었습니다. 'E' 다음으로 많이 나오는 알파벳은 확실하지 않으니까요. 평균 빈도를 조사해 보았지만 그때그때 달랐기 때문에 알 수가 없었습니다. 그래서 어쩔 수 없이 다른 그림이 나타나기를 기다려야 했습니다.

　큐빗 씨가 두 번째로 저를 찾아왔을 때 짧은 그림 두 장과 깃발 인형이 없는 한 단어짜리 그림을 주었습니다.(151~153 그림 참조) 이 한 단어짜리의 5개 인형 중 두 번째와 네 번째는 'E'를 나타냅니다. 그렇다면 이 단어는 'sever(끊다)', 'lever(지렛대)', 'never(결코 ~하지 않다.)' 중 하나가 됩니다. 그런데 어떤 요청에 대한 대답으로는 'never'가 가장 적당하고, 앞뒤 정황으로 미루어볼 때 이 말은 큐빗 부인의 답장이 분명했습니다. 이 생각이 옳다고 가정하고 다음 그림을 보십시오. 이 그림은 각각 'N, V, R'을 의미합니다. 그림 문자를 해독하는 일은 쉽지 않았지만, 하다 보니 문득 떠오르는 게 하나 있더군요. 제 생각처럼 부인과 가까웠던 사람이 이 암호를 사용하는 거라면 두 개의 'E' 사이에 세 개의 인형이 있는 단어는 부인의 이름인 엘시(Elsie)를 의미하는 게 아닐까 생각한 거죠. 그래서 그림들을 다시 살펴보니 세 번이나 반복해서 나타난 메시지가 같은 단어로 끝맺었음을 발견했지요. 따라서 이 메시지들은 '엘시'에게 뭔가 부탁하는 어조로 사용된 거라고 판단했습니다.

이러한 과정을 거쳐 'L, S, I'를 나타내는 인형도 찾을 수 있었죠. 하지만 편지를 쓴 사람이 엘시에게 무엇을 부탁했는지 알 수 없었습니다. 엘시라는 단어 앞에는 'E'로 끝나는 네 개의 인형이 그려져 있었어요. 아마 그 단어는 'come'이었을 겁니다. 이 조건에 맞는 글자는 이외에는 없었어요. 'C, O, M'을 나타내는 인형을 찾고 다시 그림을 살펴보았죠. 그리고 의미를 모르는 인형은 ?(물음표)로 표시하고 첫 번째 그림으로 문장을 만들었죠. 그러자 이렇게 되었지요.

?M ?ERE ??E SL?NE?

첫 번째 들어갈 글자는 'A'일 수밖에 없었어요. 이러한 발견은 암호를 푸는데 대단히 유용하게 작용되었지요. 'E' 다음으로 많이 사용되는 글자이기도 하죠. 두 번째 글자는 'H'가 분명해 보였어요. 그렇게 해서 맞춰보니 다음과 같았습니다.

AM HERE A?E SLANE?

이제 빈칸이 들어있는 단어는 이름이 분명했죠.

AM HERE ABE SLANEY

(나 에이브 슬레이니가 여기에 왔다.-옮긴이)

꽤 많은 글자들을 알아내서 다음부터는 전혀 어렵지 않았습니다. 두 번째 편지 내용은 'AT ELRIGES(엘리지에서)'가 되더군요. '엘리지'는 이 편지를 쓴 사람이 묵고 있는 여관이나 하숙집이라고 생각했습니다."

마틴 경위와 나는 수수께끼 같은 그림 암호를 쉽고 분명하게 풀어내는 홈즈의 능력에 감탄하면서 그의 설명에 귀를 기울이고 있었다.

"그 다음에는 어떻게 하셨나요?"

"저는 에이브 슬레이니라는 사람은 미국인이라고 생각했습니다. 에이브는 에이브러햄이라는 이름의 애칭이니까요. 바로 이 편지가 비극의 발단이 되었죠. 이 사건은 어떤 범죄와 연결되어 있을 겁니다. 부인의 과거가 전혀 알려지지 않았고, 남편에게도 비밀을 털어놓지 않았다는 것이 그러한 생각을 뒷받침해 주기도 했죠.

그래서 뉴욕 경찰서에 있는 친구 윌슨 하그리브에게 전보를 쳤습니다. 윌슨은 예전에 런던의 범죄에 대해 제게 도움을 청한 적이 두어 번 있었죠. 저는 그에게 에이브 슬레이니라는 이름을 아는지 물어봤는데, 그는 시카고에서 제일 위험한 악당이라고 대답해 주더군요. 그리고 그날 저녁, 큐빗 씨에게 마지막 그림을 받았습니다. 짜맞춰보니 다음과 같은 문장이 나왔습니다.

ELSIE ?RE?ARE TO MEET THY GO?

빈 칸에 알파벳을 넣어보니 'ELSIE PREPARE TO MEET THY GOD(엘시는 하느님 곁으로 갈 준비를 해라.)'라는 뜻이었습니다. 이제 호소가 아닌 협박이 된 거죠. 이 말이 사실이라면 범인은 곧 자신의 말을 행동으로 옮길 게 분명했습니다. 그래서 저는 왓슨과 함께 바로 이곳으로 달려왔지만 이미 사건이 벌어진 후였습니다."

"홈즈 선생, 당신과 함께 수사할 수 있어서 정말 다행입니다. 그런데 이 얘기는 홈즈 선생의 개인 수사라서 뭐라고 상부에 보고해야 할지 모르겠습니다. 에이브 슬레이니가 정말 엘리지라는 농장에서 머물고 있다면, 그리고 그가 살인을 했다면 어떻게 해야 하죠? 이대로 범인을 놓치면 제 입장도 말이 아닐 텐데요."

마틴 경위가 걱정스러운 목소리로 말했다.

"걱정하지 마세요. 범인은 도망치지 않을 테니까요."

"네? 그걸 어떻게 아시죠?"

"도망친다는 건 죄를 시인하는 것과 다르지 않으니까요."

"그럼 저는 지금 그자를 체포하러 가겠습니다."

"지금 이쪽으로 오고 있을 겁니다. 그때 체포해도 될 거예요. 저는 이 거실에서 범인을 기다리고 있는 겁니다."

"범인이 왜 여기에 오겠어요?"

"제가 편지를 보냈으니까요."

"홈즈 선생, 그건 말이 안 되는데요. 편지를 썼다고 해서 이곳에 온다는 보장이 없잖아요. 오히려 달아나지 않을까요?"

"사실 제가 편지의 내용을 좀 조작했습니다. 아마 저기 오고 있는 사람이 범인 같군요."

키가 크고 가무잡잡한 피부의 잘생긴 남자가 현관문으로 걸어오고 있었다. 그는 회색 면바지에 모자를 쓰고 있었는데, 검은 턱수염과 휘어진 콧날이 매우 공격적으로 보였다. 손에 들고 있는 지팡이를 걸을 때마다 휘저어 매우 위험해 보였다.

"모두 문 뒤에 숨으세요. 저런 놈을 상대하려면 아주 조심해야 합니다. 마틴 경위, 제가 범인과 이야기를 나눌 테니 수갑을 준비하도록 하세요."

홈즈는 낮은 목소리로 모두에게 지시를 내렸다. 몇 분 동안 숨죽인 채 우리는 범인을 기다리고 있었다. 평생 잊지 못할 긴장된 순간이었다. 현관문이 열리고 남자가 나타나자, 홈즈는 권총을 그의 머리에 재빠르게 갖다 댔다. 곧이어 마틴 경위가 그의 손목에 신속하게 수갑을 채웠다. 두 사람의 동작이 순식간에 이루어졌기 때문에 남자는 자신이 속았다는 걸 잠시 후에 안 듯했다. 분노에 찬 검은 눈동자로 우리를 노려보더니 허탈하게 웃음을 터뜨렸다.

"저런, 이렇게 숨어서 갑자기 덮치다니. 난 그저 큐빗 부인의 편지를 받고 왔을 뿐이오. 설마 그녀가 나를 잡아달라고 하지는 않았을 텐데!"

"큐빗 부인은 상처가 너무 심해서 생명이 위태로워."

홈즈의 말을 듣더니 남자는 펄쩍펄쩍 뛰면서 소리를 질렀다.

"말도 안 돼! 부상을 입은 건 그놈이지 엘시가 아니야! 누가 엘시에게 그런 짓을 하겠어! 그저 겁만 주려고 한 일인데, 맙소사! 그녀의 머리카락 하나도 건드린 적이 없다고! 다 거짓말이지? 그녀가 무사하다고 어서 말해줘!"

"이봐, 부인은 심하게 상처를 입고 남편 옆에 누워 있어. 거짓말이 아니야."

그는 몸부림치면서 의자에 주저앉고 말았다. 그리고 괴로운 듯이 머리를 감싸 안고 한동안 아무 말도 하지 않았다. 마침내 그는 얼굴을 들고 체념한 듯 말을 꺼냈다.

"더 이상 숨길 필요가 없군. 내가 그놈을 쏘았고 그놈도 나를 쏘았지. 내가 엘시를 쏜 거라고 생각한다면 그건 당신들이 나와 엘시의 관계를 몰라서야. 이 세상에 나보다 그녀를 더 사랑하는 사람은 없어. 우리는 몇 년 전에 약혼했으니 난 그럴 만한 권리도 있지. 그런데 그 영국놈이 우리 사이에 끼어들고 말았어. 난 그녀에 대한 권리가 있고, 그 권리를 찾으려고 했을 뿐인데 대체 뭐가 문제라는 거지?"

"큐빗 부인은 당신이 나쁜 놈이라는 것을 알고 벗어나고 싶었지. 그래서 미국에서 여기까지 도망쳐 온 거야. 훌륭한 영국 신사와 결혼도 했고. 하지만 당신은 그녀를 계속 따라다니면서 괴롭혔고 마침내 그녀의 인생마저 망쳤지. 그녀는 자신의 남편을 진심으로 사랑했어. 당신은 그녀에게 두려움의 대상 그 이상도 그 이하도 아니었어. 그런데 남편을 버리고 당신과 도망가자고 그녀를 협박했으니, 결국 당신으로 인해 그녀의 남편은 목숨을 잃었고 그의 아내는 자살하려고 했지. 이제 알겠나? 에이브 슬레이니, 당신의 추악한 죄는 마땅한 처벌을 받게 될 거야."

"엘시가 죽는다면 나 또한 어떻게 돼도 상관없어. 더 이상 살 이유도 없지."

그는 손에 쥐고 있던 편지 조각을 보더니 의심스러운 눈초리로 홈

즈를 노려보았다.

"하지만 다 거짓말이겠지. 엘시의 부상이 그렇게 심하다면 대체 이 편지는 누가 썼다는 건가?"

"내가 썼지. 당신을 이곳으로 불러들이기 위해서는 이 방법이 제일 좋았으니까."

"당신이? 우리 단원 외에 이 암호를 아는 사람은 없어. 당신이 이 암호를 알 리가 없잖아!"

"만드는 사람이 있으면 푸는 사람도 있게 마련이야. 슬레이니, 당신을 데려갈 호송마차가 오고 있으니 조금만 기다리라고. 당신의 죄를 조금이나마 보상할 수 있는 기회도 주지. 지금 큐빗 부인은 남편을 살해했다는 누명을 쓰고 있어. 당신에게는 그녀가 무죄라는 사실을 알릴 책임이 있어. 그리고 큐빗 씨의 죽음에도 분명한 책임을 져야 할 것이고."

홈즈의 말에 슬레이니는 갑자기 공손한 말투로 대답했다.

"제가 저지른 죄에 대한 값은 달게 받겠습니다. 모든 것을 사실대로 말씀드리죠."

"당신에게 불리한 증언이 될 수도 있으니 각오하게."

마틴 경위는 영국 법에 규정된 내용을 말해 주었다. 하지만 슬레이니는 법 따위는 상관없다는 듯이 어깨를 으쓱 하고 큐빗 부인과의 인연을 이야기하기 시작했다.

"나와 엘시는 어릴 때부터 친한 사이였습니다. 저와 6명의 친구들은 시카고 갱 단원이었는데, 엘시의 아버지가 그 두목이었죠. 그는 매우 영리한 사람으로 인형 암호도 그가 만들었습니다. 아마 당신이 암호를 잘 몰랐다면 낙서라고 생각하고 말았을 겁니다. 엘시도 갱 일을 조금 배웠지만 적응하지 못했고, 혼자 돈을 모아서 런던으로 떠나 버리고 말았습니다. 우리는 약혼한 사이였기 때문에 당연히 그녀가 나와 결혼할 줄 알고 있었어요. 아마 내가 그런 일을 하지 않았다면 이런 일도 일어나지 않았겠죠. 그녀의 행방을 알아냈을 때는 이미 그 영국인과 결혼한 후였습니다. 그녀에게 계속 편지를 보냈지만 아무런 답장도 받지 못했어요. 그래서 그녀가 볼 수 있는 곳에 편지를 남기기 위해 이곳으로 직접 왔습니다.

여기에 온 지 벌써 한 달이 됐군요. 그동안 저는 엘리지 농장에 있었습니다. 아래층에 묵었기 때문에 아무에게도 들키지 않고 밤마다 이곳을 드나들 수 있었습니다. 저는 엘시의 마음을 돌리기 위해 계속 노력했어요. 제가 편지를 놓은 자리에 엘시가 딱 한 번 답장을 한 적이 있습니다. 그래서 제 편지를 읽는다는 걸 확신했죠. 엘시의 무심한 태도에 화가 나서 저는 그녀를 협박했습니다. 그러자 엘시가 대답을 하더군요. 남편에게 이 일이 알려지면 자신은 매우 괴로울 테니 제발 떠나달라고 저에게 부탁했습니다. 내가 만약 이곳을 떠나준다면 남편이 잠드는 새벽 3시쯤, 1층 창문 앞에서 한 번 만나준다고 하더군요. 그런데 그녀는 저에게 돈을 주려고 했습니다. 전 너무 화가 나서 엘시의 팔을 잡고 창 밖으로 끌어내려고 했죠.

그때 엘시의 남편이 권총을 들고 나왔습니다. 엘시가 바닥에 쓰러지자 그 남자와 저는 서로 마주보고 있었죠. 저는 권총으로 겁만 주고 그곳을 떠나려고 했어요. 그런데 그 남자가 제게 총을 쏘더군요. 총알이 빗나가자마자 저도 바로 방아쇠를 당겼습니다. 제 총을 맞은 남자가 바닥에 쓰러졌죠. 그리고 정원을 지나 도망가고 있는데 창문이 닫히는 소리가 들렸습니다. 이것이 제가 아는 그날 일의 전부입니다. 그리고 오늘 어떤 소년이 전해 주는 편지를 한 통 받았죠. 그 사건에 대해서도 전혀 몰랐고요. 바보처럼 제 발로 덫에 걸려들고 말았군요."

그가 이야기하는 동안 어느새 호송마차가 도착했다. 마차 안에는 경관이 두 명 있었고, 마틴 경위가 일어나서 슬레이니의 어깨를 치며 말했다.

"자, 이제 갈 시간이야. 일어나게."

"마지막으로 한 번만 엘시를 보고 싶습니다. 부탁입니다."

"안 돼. 큐빗 부인은 아직 의식을 회복하지 못했어. 홈즈 선생, 다음에도 중요한 사건이 있으면 같이 일할 수 있는 기회를 주시기 바랍니다."

홈즈와 나는 창가에 서서 마차에 실려가는 슬레이니의 뒷모습을 보았다. 창가에 돌아서자 슬레이니가 던진 종잇조각이 보였다. 홈즈가 슬레이니를 이쪽으로 오게 하기 위해 쓴 거짓 편지였다.

"왓슨, 아까 내가 설명을 했으니 이 편지를 읽을 수 있겠지?"

편지에는 춤추는 인형들이 가득했지만 나는 쉽게 이해할 수 없었고 홈즈가 다시 친절하게 설명해 주었다.

"내가 설명해 준 내용을 적용해 보자고. 그러면 이 그림이 'Come here at once(여기로 곧장 올 것)'라는 걸 알 수 있을 거야. 이렇게 쓰면 그가 올 거라고 생각했지. 다른 사람이 이런 편지를 쓸 리가 없으니까. 이 그림들은 지금까지 나쁜 짓만 했지만 범인을 잡을 수 있게 했으니 그나마 다행이군. 이걸로 자네의 기록에 특별한 사건을 추가해 주겠다는 약속은 지킨 셈이고. 3시 40분에 런던으로 가는 기차가 있다니 저녁은 집에 가서 먹는 게 좋겠군."

에이브 슬레이니는 노리치의 재판에서 사형을 선고받았지만, 큐빗 씨가 먼저 총을 쏜 것이 정상 참작되어 무기징역으로 감면받았다. 큐빗 부인은 다행히 건강을 회복했고 혼자 살면서 남편이 남긴 영지를 관리하는 한편, 가난한 사람들을 도우면서 살아가고 있다는 소식을 들었을 뿐이다.

프라이어리 스쿨
The adventure of the priory school

나는 홈즈와 함께 여러 사건을 맡으면서 우리의 작은 무대 위에 여러 사람이 등장하고 퇴장하는 모습을 수없이 보아왔다. 그중 문학박사이자 철학박사인 소니크로프트 헉스터블 박사의 등장처럼 갑작스러웠던 때는 다시없었다. 어느 날, 학문적 명성을 나타내기에는 한없이 초라해 보이는 명함을 받은 지 몇 초 지나지 않아 헉스터블 박사가 우리의 방으로 들어왔다. 뚱뚱하지만 위엄 있고 당당한 모습은 그가 신뢰할 수 있는 사람이라는 인상을 주기에 충분했다. 하지만 박사는 방에 들어오자마자 문을 닫고 휘청거리더니 테이블에 손을 짚고 바닥으로 쓰러져버렸다.

　우리는 너무 놀라서 박사의 육중한 몸집을 보며 잠시 멍해 있었다. 마치 바다를 항해하다가 예상하지 못한 큰 폭풍에 난파당한 배처럼 보였다. 홈즈는 방석을 머리 밑에 받쳐주었고, 나는 브랜디를 박사의 입에 흘려 넣어주었다. 하얗고 넓적한 얼굴은 마음고생을 한 흔적이 역력해 보였는데, 검은 눈 밑에는 어두운 그늘이 드리워져 있었고 약간 벌어진 입은 고통으로 일그러져 있었다. 살이 두툼하게 찐 턱은 며칠 동안 면도를 하지 않았는지 수염이 까칠하게 자라 있었다. 목둘레가 더러워진 셔츠를 보니 오랫동안 여행을 한 것 같았고, 빗질을 하지 않은 머리카락은 부스스하게 일어서 있었다. 이러한 정황으로 볼 때 박사가 받은 정신적인 충격이 얼마나 큰 지 짐작할 수 있었다.

"왓슨, 박사가 왜 쓰러진 건가?"

홈즈가 물었다.

"탈진일세, 몸이 몹시 피곤하고 정신적으로도 지쳐 있기 때문인 것 같아. 단순한 피로누적이나 굶주림일 수도 있지."

가늘고 약하게 뛰고 있는 박사의 맥을 짚어보면서 내가 말했다.

"북잉글랜드 맥클턴 지역에서 출발한 것 같군. 여기 왕복 기차표가 있어."

홈즈가 박사의 회중시계 주머니에서 기차표를 꺼내며 말했다.

"아직 12시도 안 됐는데 도착한 걸 보니 새벽에 출발한 모양이군."

갑자기 박사의 눈꺼풀이 떨리기 시작하더니 힘겹게 눈을 뜨고 우리를 바라보았다. 그러다가 두 손을 바닥에 짚고 겨우 몸을 일으킨 그의 얼굴은 부끄러움으로 빨갛게 변해 있었다.

"초면에 이런 실례를 저지르다니 정말 죄송합니다. 괜찮다면 우유와 비스킷을 좀 주시겠습니까? 그러면 금방 괜찮아집니다. 이렇게 갑자기 찾아온 이유는 부탁이 있어서입니다. 전보로는 이번 일의 심각성을 알릴 수가 없어서 이렇게 일부러 찾아왔습니다."

"일단 정신을 차리고 말씀하시지요."

"이제 괜찮습니다. 제 몸이 이렇게 약해지다니……. 홈즈 선생, 저와 다음 기차로 맥클턴에 가주실 수 있을까요? 부탁입니다."

홈즈는 고개를 저으면서 말했다.

"제 친구 왓슨 박사한테 물어보시면 우리가 얼마나 바쁜지 알 수 있을 겁니다. 저는 지금 페레스 서류 사건을 조사 중에 있고, 애버게베니 살인 사건 공판 날짜도 얼마 남지 않았어요. 그러니 웬만큼 중요한 사건이 아니면 지금 당장은 런던을 떠날 수가 없습니다. 이해해 주십시오."

"웬만큼 중요한 사건이라고 했나요?"

박사는 두 손을 들어올리며 홈즈에게 다시 물었다.

"지금 이 사건이 제일 중요합니다. 홀더네스 공작 아들이 유괴당한 사건이니까요. 아직 이 사건을 모르시는 건가요?"

"네? 전 수상 홀더네스 공작을 말하는 건가요?"

"그렇습니다. 우리는 이 사건이 외부에 알려지지 않게 조심했지만 어젯밤에 <글로브> 신문에 기사가 실렸더군요. 그래서 홈즈 선생도 이미 알고 계시리라 생각했습니다."

홈즈는 긴 팔을 뻗어 인명사전을 한 권 꺼내 홀더네스 수상을 찾았다.

"'홀더네스 제6대 공작. 베벌리 후작. 카스턴 백작. 1900년부터 헬럼셔 주지사. 중요인물. 추밀원 고문관 및 가터 훈장(영국 최고훈장) 수여. 1872년 해군 장관 및 수상을 지냄. 1888년 애플도어 경의 딸 이디스와 결혼. 외아들 샐타이어 경. 25만 에이커의 토지 소유. 랭커셔와 웨일스 지방에 광산 소유. 주소 : 칼턴 하우스 테라스, 헬럼셔의 홀더네스 홀, 웨일스, 뱅거의 칼스턴 성. 1872년 해군성 장관 역임. 국무상을 지낸 건……' 작위도 많고 엄청난 직책들을 지낸 사람이군요. 이 정도면 왕족 중의 왕족이라고 해도 지나치지 않겠어요."

"게다가 영국에서 가장 많은 재산을 소유한 분이라고도 할 수 있죠. 저는 홈즈 선생이 영국에서 가장 뛰어난 탐정이라는 것을 알고 있습니다. 흥미가 있는 사건이라면 기꺼이 일을 맡는다는 사실도 잘 알고 있고요. 그리고 한 가지 더 말씀드리자면, 홀더네스 공작은 아들의 소재를 밝히는 사람에게 보상금 5천 파운드, 범인을 찾으면 1천 파운드를 주겠다고 약속하셨습니다."

"오, 정말 후하시군요. 아무래도 헉스터블 박사와 함께 북잉글랜드로 가야겠군요. 박사님, 우유를 다 드셨으면 사건에 대해 설명해 주시겠습니까? 최대한 자세하게요. 명함을 보니 박사님은 맥클턴 근처의 프라이어리 스쿨의 교장 선생님이시군요. 유괴 사건과 어떤 관계가 있는지도 설명해 주시면 고맙겠습니다. 사건이 일어난 지 3일이 지나서야 오신 이유도 말씀해 주시지요. 턱수염을 보니 3일 정도 면도를 못 하셨군요. 이번 사건에 대해 제가 도움을 드릴 수 있으면 좋겠습니다."

우유와 비스킷을 먹자 박사의 얼굴에는 생기가 돌았다. 박사는 상황을 침착하게 설명하기 시작했다.

"제가 교장으로 있는 프라이어리 스쿨은 제가 설립한 사립 초등학교입니다. 《헉스터블의 호라티우스 해설》의 저자라고 하면 아실지도 모르겠군요. 프라이어리 스쿨은 단언컨대 잉글랜드에서 가장 뛰어난 최우수 사립 초등학교입니다. 영국에서 이름 있는 귀족들의 자제는 모두 이곳에서 공부하고 있지요. 그런데 3주 전에 홀더네스 공작이 비서를 통해 10살 난 외아들 샐타이어를 저희 학교에 보내겠다고 요청하셨습니다. 전 학교의 명성이 최고조에 달했다고 생각했죠. 그러나 이 일은 제 인생에서 가장 힘든 시련을 주고 말았습니다. 그때는 상상도 못한 일이었지만요.

샐타이어는 여름 학기가 시작되는 5월 1일에 학교에 왔습니다. 호감을 주는 인상의 소년이었는데, 학교생활에 매우 빠르게 적응했습니다. 이건 말해서는 안 되는 부분입니다만 홈즈 선생 앞이니까 솔직히 말하겠습니다. 샐타이어는 평탄한 가정생활을 한 아이는 아니었습니다. 공작과 공작 부인의 결혼생활이 행복하지 않다는 것은 모두 알고 있는 사실이기도 하고요. 그때는 부부 간의 불화가 극에 달해 합의하에 별거를 결정하고 공작 부인은 남프랑스로 떠났습니다. 샐타이어는 어머니를 매우 좋아했기 때문에 어머니가 남프랑스로 떠나자 매우 우울해했습니다. 그래서 공작이 아들을 위해 우리 학교로 보낸 거죠. 입학한 지 2주 정도 지나자 그는 활기를 되찾은 듯 매우 행복해 보였습니다.

샐타이어를 마지막으로 본 것은 5월 13일, 지난 월요일입니다. 그의 방은 2층에 있는데, 다른 방을 통해서만 들어갈 수 있습니다. 그 방에는 다른 두 명의 학생들이 있고요. 그 학생들은 아무 소리도 듣지 못했다고 했습니다. 그러니 샐타이어는 방을 통해서 나갔다고는 볼 수 없습니다. 방의 창문도 열려 있었는데, 땅에 발자국은 없었지만 아마 담쟁이 넝쿨을 타고 방을 빠져나간 것으로 보였습니다. 방에 누군가 들어온 흔적도 전혀 없었으니까요. 고함 소리나 싸우는 소리도 전혀 듣지 못했다고 옆방 학생인 컨터 군이 말했습니다. 컨터 군은 예민해서 아주 작은 소리에도 잠을 깨는 학생이거든요.

샐타이어가 사라진 것을 화요일 아침 7시에 알게 되었습니다. 침대를 보니 이불이 흐트러져 있었던 것으로 보아 잠자리에는 들었던 것 같습니다. 나가기 전에 옷을 다 갖추어 입은 듯, 검은색 재킷과 회색 바지가 없더군요. 그가 사라진 것을 알게 되었을 때, 저는 전교 학생은 물론 교사와 하인들까지 모두 소집했습니다. 그런데 사라진 사람이 샐타이어 말고 한 명 더 있더군요. 바로 독일어 교사인 하이데거 선생이었습니다. 하이데거 선생의 방은 2층 복도 끝에 있는데, 샐타이어의 방과 같은 줄에 있습니다. 하이데거 선생 역시 자다가 급하게 나간 흔적이 남아 있었습니다. 셔츠와 양말이 바닥에 있었으니까요. 하이데거 선생 역시 담쟁이 넝쿨을 타고 내려간 것 같았어요. 잔디밭에 발자국이 나 있었고 잔디밭 옆에 보관해 두던 선생의 자전거도 사라지고 없었습니다.

하이데거 선생은 2년 전부터 우리 학교에서 일했습니다. 추천서가 아주 훌륭한 선생이었는데, 말이 없는 침울한 성격이었기 때문에 인기 있는 사람은 아니었습니다. 오늘이 벌써 목요일인데 샐타이어와 하이데거 선생의 흔적은 전혀 찾지 못했습니다. 물론 홀더네스 공작에게도 바로 연락했습니다. 집이 학교에서 2~3마일 정도밖에 안 되기 때문에 갑자기 아버지를 찾아갈 수도 있다고 생각했으니까요. 하지만 집에 가지는 않았더군요. 공작 역시 매우 불안해하고 있습니다. 저 역시 마찬가지고요. 홈즈 선생, 최선을 다해 사건을 해결해 주시기 바랍니다. 이보다 더 중대한 사건은 없을 겁니다."

홈즈는 불행한 교장 선생의 이야기를 열심히 듣고 있었다. 홈즈의 찌푸린 얼굴과 이마의 주름을 보니 굳이 부탁하지 않아도 실종 사건에 강한 흥미를 가진 것이 분명했다. 보상금의 액수도 컸지만, 이렇게 특이한 사건은 홈즈의 구미에 딱 맞았다. 홈즈는 수첩을 꺼내어 몇 가지를 간단하게 정리했다.

"왜 더 빨리 오지 않으셨죠? 너무 늦게 오셔서 시작부터 차질이 있겠군요. 제가 지금 가서 학교 주변을 조사한다 해도 증거들은 이미 사라졌을 겁니다. 전문 탐정이 수사해도 특별한 증거를 발견하지 못할 겁니다."

홈즈가 교장 선생을 탓하듯이 말했다.

"제 잘못이 아닙니다. 공작이 이 일이 알려지는 것을 원치 않으셨거든요. 불미스러운 일이 세상에 알려지는 것을 용납하지 못하는 성격이라서 어쩔 수 없었습니다."

"그래도 경찰이 기본 수사는 했겠죠?"

"물론입니다. 그러나 결과는 매우 실망스러웠어요. 근처 기차역에서 아침 일찍 한 남자와 소년이 기차를 타고 갔다는 증언이 있기는 했습니다. 어젯밤 그 일행을 리버풀에서 찾았는데 엉뚱한 사람이었다고 하더군요. 어젯밤 한숨도 못 자고 뜬눈으로 지새우며 고민한 뒤, 이렇게 제가 직접 홈즈 선생을 찾아온 겁니다."

"잘못된 단서라서 경찰이 더 이상의 수사를 포기한 건가요?"

"네, 완전히 중단해 버렸습니다."

"저런, 그래서 사흘이나 지나버렸군요. 사건을 이렇게 만들어버리다니 매우 안타깝습니다."

"저도 대단히 유감스럽게 생각하고 있습니다."

"하지만 아직 가능성은 있습니다. 조사하면 곧 알 수 있을 거예요.

기꺼이 하도록 하죠. 참, 샐타이어와 하이데거 선생은 서로 친한 사이입니까?"

"아닙니다. 전혀 모르는 사이로 알고 있습니다."

"샐타이어가 하이데거 선생의 수업을 들은 적은 없나요?"

"네, 없습니다. 제가 알기로는 서로 이야기를 나눈 적도 없습니다."

"정말 이상하군요. 혹시 샐타이어도 자전거가 있나요?"

"아뇨, 없습니다."

"다른 사람의 자전거는 사라지지 않았나요?"

"네, 없습니다. 확실합니다."

"그럼 샐타이어와 하이데거 선생이 함께 자전거를 타고 사라질 가능성은 없다고 봐도 되겠군요."

"물론입니다."

"박사님은 이 사건에 대해 어떻게 생각하시나요?"

"자전거는 눈속임용입니다. 아마 안 보이는 곳에 숨겨두고 걸어서 도망갔을 겁니다."

"가능한 이야기예요. 하지만 남을 속이려는 장치로 보기에는 뭔가 허술한 데가 있군요. 그렇게 생각되지 않나요? 창고에 다른 자전거도 있었습니까?"

"네, 몇 대 있습니다. 하지만 다른 자전거는 그대로였습니다."

"역시 눈속임이라고 하기에는 어설프군요. 눈속임을 하고 싶었다면 두 대를 숨기는 게 더 그럴듯하지 않겠습니까? 둘이 자전거를 타고 사라졌다고 생각할 테니까요."

"오, 그렇군요."

"당연합니다. 그러니 눈속임이라는 박사님의 추측은 틀린 거죠. 하지만 자전거가 사라졌다는 것은 수사에는 도움이 되겠군요. 자전거는 숨기기 어려우니까요. 샐타이어가 사라지기 전에 만난 사람은 없나요?"

"없습니다."

"편지는요?"

"한 통 받았습니다."

"누가 보낸 거죠?"

"공작이 보낸 편지였습니다."

"그걸 어떻게 알았죠?"

"편지 봉투에 홀더네스 가문의 문장이 있었으니까요. 주소를 쓴 글씨도 공작의 서체가 분명했습니다. 그리고 공작이 편지를 보냈다고 제게 직접 말씀하셨고요."

"그 전에도 편지를 보낸 적이 있습니까?"

"며칠 전에 있었습니다."

"프랑스에서 편지가 온 적은요?"

"한 번도 없었습니다."

"제가 이런 질문을 하는 이유는 아실 거라고 생각합니다. 샐타이어가 학교를 빠져나간 것이 자의인지 타의인지 알아야 하니까요. 스스로 도망간 거라면 외부에서 누군가 소년을 꾀었을 수도 있고, 찾아온 사람이 없다면 꾐을 당한 것일 수도 있죠. 그래서 누구를 만났는지 물어본 것입니다."

"도움을 드리지 못해 죄송하군요. 제가 아는 한에서는 홀더네스 공작 외에 소년과 접촉한 사람은 없었습니다."

"공작과 샐타이어 사이는 좋았나요?"

"사실 공작은 사교적인 사람이라고는 하기 어렵습니다. 국가 문제에 파묻혀 있는 분이기 때문에 아들에 대한 정이 돈독하다고 말씀은 못 드리겠군요. 하지만 나름대로는 아들을 아끼는 편이었습니다."

"샐타이어가 어머니와의 사이는 매우 좋았다고 말씀하셨죠?"

"네, 그렇습니다."

"샐타이어가 그렇게 말했나요?"

"아뇨. 공작의 비서 제임스 와일더 씨와 이야기를 좀 나누었는데, 그가 그렇게 말했습니다. 샐타이어에 대한 이야기를 이것저것 해주었거든요."

"좋습니다. 공작이 보낸 마지막 편지는 샐타이어 방에 있나요?"

"없었습니다. 아마 샐타이어가 편지를 가지고 간 것 같아요. 홈즈 선생, 이제 그만 출발해야 할 것 같습니다."

"사륜마차를 부르는 게 좋겠군요. 15분 후면 출발하게 될 겁니다. 헉스터블 박사님, 학교로 전보를 치실 거면 그곳 사람들에게 수사가 잘못된 단서를 쫓아 아직도 리버풀이나 다른 어딘가에서 진행되고 있는 것처럼 전하시는 게 좋을 듯합니다. 그러면 제가 그동안에 현장에서 조용히 수사를 진행할 수 있을 것 같군요. 제대로 된 증거를 찾을 수 있을지 모르겠지만, 왓슨과 제가 사냥개처럼 이곳저곳을 파다 보면 뭔가 손에 잡힐 수도 있을 겁니다."

그날 저녁, 우리는 헉스터블 박사의 학교에 도착했다. 이곳은 런던과 달리 공기가 매우 맑고 상쾌했다. 복도 테이블에 명함을 두고 기다리고 있었는데, 하인이 집사에게 무언가 귓속말을 하자 집사가 깜짝 놀라며 우리 쪽으로 다가왔다.

"공작님이 여기 와 계십니다. 와일더 비서와 함께 서재에 계시니 뵙도록 하시죠. 저를 따라와 주십시오."

나는 신문을 통해 유명한 정치가의 얼굴을 잘 알고 있었지만 사진과는 매우 다른 모습이었다. 그는 키가 크고 위엄 있는 모습에 옷차림도 빈틈없이 제대로 격식을 차렸다. 얼굴은 긴 편이었고 우뚝 솟아 있는 매부리코가 강한 인상을 주었다. 창백한 얼굴이 흰색 양복 위로 길게 자란 붉은 수염과 매우 대조적이었다. 공작은 위엄을 갖춘 표정으로 우리를 보았지만 그 얼굴 한편에는 어두운 기색이 가득했다. 홀더네스 공작 옆에는 매우 똑똑해 보이는 젊은 남자가 있었는데 와일더 비서인 듯했다. 몸집은 작은 편이었으며 민첩하고 거친 성격으로 보였다. 인사 후 이어진 긴 침묵을 깬 것은 비서의 날카로운 목소리였다.

"헉스터블 박사님, 오늘 아침 박사님을 뵙기 위해 학교로 왔는데 이미 런던으로 출발하셨더군요. 공작님과 상의 한 마디 없이 홈즈 선생에게 사건을 의뢰하다니 당황스럽습니다."

"경찰도 이번 사건에서 손을 뗐기 때문에 방법이 없어서요."

"공작님은 수사가 끝났다고 생각하지 않으십니다."

"하지만 경찰은 분명히……"

"헉스터블 박사님, 잘 아시겠지만 공작님은 이 사건이 세상에 알려지길 원하지 않으세요. 그래서 이번 수사에 가능한 한 적은 인원이 해결하길 바라십니다."

"그렇다면 그만두겠습니다."

박사가 얼굴을 찌푸리면서 와일더 비서에게 대꾸했다.

"홈즈 선생이야 내일 아침 런던으로 돌아가시면 그만이니까요."

"박사님, 죄송하지만 런던으로 돌아갈 계획은 없습니다."

홈즈가 상냥하게 박사의 말에 반박했다.

"이곳은 공기도 좋으니 며칠 동안 휴식을 취하고 싶군요. 어디에 머물지는 박사님이 정해 주시기 바랍니다."

헉스터블 박사는 당황해서 어쩔 줄 몰라 했다. 그러자 붉은 수염을 기른 공작이 입을 열었다. 저녁 식사를 알리는 종이 울리는 것처럼 굵고 낭랑하면서도 깊게 울려 퍼지는 목소리였다.

"헉스터블 박사, 비서의 말대로 나와 먼저 상의를 하는 편이 현명했을 거라고 생각하오. 하지만 이미 홈즈 선생이 사실을 다 알게 된 이상 선생의 도움을 거절하는 것도 예의는 아닌 듯하오. 홈즈 선생, 내 생각에는 여관보다는 홀더네스 홀에서 머무는 것이 좋을 것 같소만 괜찮으시겠소?"

"감사합니다, 공작님. 하지만 사건을 수사하려면 현장에서 가장 가까운 곳이 좋습니다."

"편한 대로 하시오. 필요한 게 있으면 망설이지 말고 와일더 비서나 나에게 직접 말하도록 하시오."

"궁금한 게 한 가지 있으니 여기서 직접 여쭤보겠습니다. 공작님은 아드님의 실종에 대해서 짐작될 만한 점이 한 가지라도 있으신가요?"

"미안하지만 전혀 없소."

"불편한 질문을 해서 죄송합니다만, 혹시 공작 부인께서 이 사건과 관련이 있다고 생각하지는 않으신가요?"

"그렇게는 생각하지 않소."

홀더네스 공작은 머뭇거리더니 난처한 표정을 지으며 대답했다.

"몸값을 노리는 유괴범의 짓일 수도 있습니다. 혹시 몸값을 요구하는 편지를 받으셨나요?"

"그런 적은 없소."

"하나만 더 여쭙겠습니다. 사건이 발생하던 날 아드님에게 편지를 보냈다고 들었습니다."

"정확히 말하자면 편지는 그 전날 쓴 것이오."

"알겠습니다. 하지만 아드님께서 그 편지를 받은 것은 사건 발생 당일이었지요?"

"그렇소."

"혹시 그 편지에 아드님의 마음이 상하거나 충격을 받을 만한 내용이 있었나요?"

"아니오. 그런 내용은 전혀 없었소."

"편지를 직접 부치셨나요?"

"공작님은 편지를 직접 부치시지 않으십니다. 서재 책상에 올려놓으면 제가 편지를 부칩니다."

공작이 대답하기 전에 와일더 비서가 갑자기 끼어들었다.

"그 편지를 부친 게 확실합니까?"

"물론입니다. 제가 직접 부쳤으니까요."

"그날 공작님이 쓰신 편지가 몇 통 정도였나요?"

"20~30통 정도 될 겁니다. 아주 양이 많았으니까요. 그런데 홈즈 선생, 사건과 편지는 상관이 없을 것 같은데요."

"전혀 없다고 할 수는 없습니다."

홈즈가 단호하게 대답했다.

"홈즈 선생, 사실 경찰에게 프랑스 남부 지방을 조사해 보라고 말해 두었소. 아내를 의심하는 것은 아니지만 아들 녀석이 고집이 세서 선생을 부추겨 프랑스로 갈 수도 있을 테니까. 헉스터블 박사, 난 이만 돌아가겠소."

홈즈는 몇 가지 더 물어보고 싶은 것이 분명했지만, 공작의 태도 때문에 포기했다는 것을 알 수 있었다. 귀족적인 성격 때문인지 공작은 가족사를 설명하는 것이 매우 불쾌한 듯했다. 홈즈가 캐물을수록 자신의 어두운 가정사가 드러날까 두려워하는 것처럼 보이기도 했다.

공작과 비서가 학교를 떠나자 홈즈는 곧바로 수사를 시작했다. 샐타이어가 쓰던 방을 샅샅이 조사했지만 밖으로 나가는 유일한 통로가 창문이라는, 이미 알려진 사실 외에 특별한 것은 더 발견할 수 없었다. 하이데거 선생의 방도 조사했지만 역시 밝혀낸 것은 없었다. 하이데거 선생은 담쟁이 넝쿨을 타고 내려갔는지 짧은 풀이 자란 잔디밭에 움푹 패여 있는 발자국만이 남아 있었다. 소년과 선생의 야반도주를 말해 주는 증거는 더 이상 없었다.

홈즈는 집을 나서더니 밤 11시가 넘어서야 집으로 왔다. 그는 이 일대를 그린 커다란 측량 지도를 한 장 들고 방으로 들어왔는데, 침대 위에 지도를 펼쳐놓고 중앙에 램프를 비추면서 담배를 피우기 시작했다. 가끔 흥미 있는 부분을 발견하면 파이프로 그곳을 가리키기도 했다.

"왓슨, 이번 사건은 정말 흥미롭다네. 일단 아주 중요한 부분이 몇 개 있지. 이 지도를 잘 보면 수사에 도움이 될 거야. 여기 까만 사각형이 보이지? 이곳이 프라이어리 스쿨이야. 여기에 핀을 꽂아두자고. 그리고 이 선이 큰길이야. 학교에서 동서로 뻗어 있고 동쪽과 서쪽 모두 1마일 이내에는 샛길이 없어. 만약 두 사람이 길을 지나갔다면 여기밖에 없지."

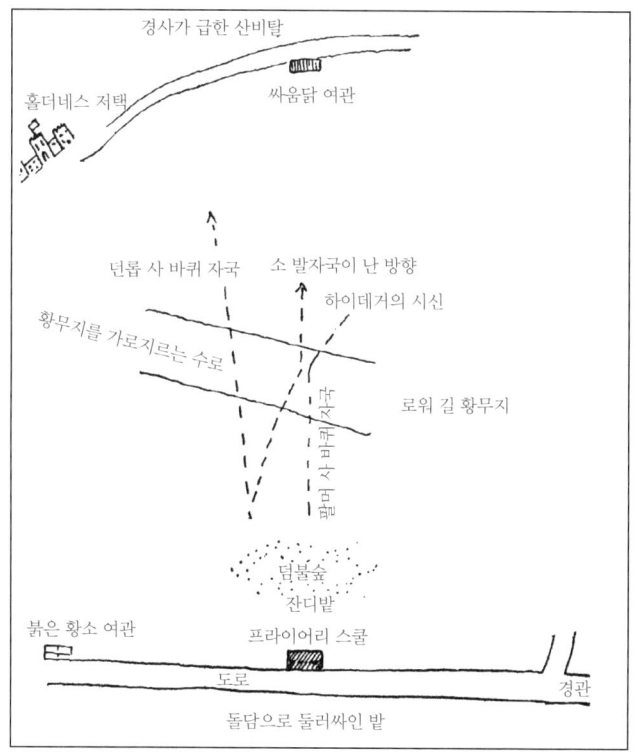

홈즈가 그린 학교 주변 지도

"오, 그렇군."

"다행히 난 이 길에 대해서 조사를 모두 끝냈다네. 동쪽으로 난 첫 번째 갈림길에서 밤 12시부터 새벽 6시까지 경관이 보초를 서고 있다고 하더군. 소년이 사라지던 날, 그는 한시도 자리를 뜬 적이 없고 소년이나 선생으로 보이는 남자가 지나간 모습은 본 적이 없다고 했네. 아주 믿을 만한 사람으로 보였으니 확실할 거야. 그러니 둘은 동쪽으로는 가지 않았다고 할 수 있지.

그렇다면 서쪽 길이 남아 있어. 서쪽에는 '붉은 황소'라고 하는 여관이 하나 있는데, 우연히도 그날 밤 여관 안주인이 아파서 맥클턴으로 의사를 부르기 위해 갔다고 해. 그런데 의사가 다른 곳에 왕진을 가서 새벽까지 자리를 비워서 여관 사람들이 밤새도록 의사가 오는지 길에서 기다렸다고 하더군. 만약 소년과 선생이 이 길을 지나갔다면 여관 사람들이 보았을 테니 역시 이쪽 길도 이용하지 않은 것이지. 그렇다면 샐타이어와 선생은 큰길을 이용해서 간 것이 아니라는 결론에 이르지."

"하지만 자전거가 있지 않은가?"

"그렇지. 그럼 추리를 계속 해보세나. 두 사람이 큰길로 가지 않았다면 북쪽이나 남쪽으로 갔을 거야. 이건 확실하지. 우선 학교 남쪽을 살펴보자고. 남쪽은 논밭이어서 바둑판처럼 땅이 나뉘어져 있고 돌담으로 막혀 있지. 그러니 자전거의 통행이 불가능하다는 건 더 말할 필요가 없으니 이쪽으로 갈 가능성 역시 포기해야겠지. 그럼 이제 학교 북쪽을 살펴보자고. 여기는 나무가 수북하게 자란 '덤불숲'이고 그 너머는 '로워 길 황무지'라는 울퉁불퉁한 넓은 황야일세. 길이는 15마일 정도 되는데 전체적으로 완만한 경사를 이루면서 점점 지대가 높아지네. 황무지가 끝나는 곳에 홀더네스 저택이 있는데, 도로를 이용하면 10마일이지만 황무지를 가로지르면 6마일 정도야. 이곳은 유난히 황량한 평원인데 사람들이 잘 다니지 않기 때문에 농가 몇을 제외하면 황무지에는 물떼새와 마노요 등의 날짐승이 전부라고 할 수 있지. 그리고는 체스터필드 도로에 이를 때까지 아무것도 없어. 보다시피 이쪽엔 교회 하나, 오두막 몇 채, 여관 하나가 있지. 그리고 언덕을 넘으면 경사가 급한 산비탈이 나온다네. 즉, 우리는 학교 북쪽을 조사해야 한다는 결론이 나오는 것이지."

"하지만 자전거는 어떻게 하고?"

"그래, 그렇지. 자전거가 있지. 자전거를 잘 타는 사람이라면 황무지 정도는 상관없네. 오솔길도 나 있고. 게다가 보름달이 떴으니 밤이어도 훤했을 거야. 잠깐, 이게 무슨 소리지?"

누군가가 갑자기 방문을 힘차게 두드리더니 이내 방문이 열리고 헉스터블 박사가 방으로 들어왔다. 박사는 손에 파란 크리켓용 모자를 들고 있었다. 모자 위에는 하얀 갈매기 장식이 있었다.

"홈즈 선생, 마침내 단서를 찾았습니다. 이 모자는 샐타이어가 쓰던 모자예요."

"어디서 발견한 건가요?"

"황무지에서 야영하던 집시들 마차에서 발견했죠. 집시들은 화요일에 출발했는데 경찰이 뒤를 추적해서 오늘 발견한 겁니다."

"집시들은 모자에 대해서 뭐라고 하던가요?"

"거짓말을 하더군요. 화요일 아침에 황무지에서 발견해 주운 거라고요. 분명히 집시들이 소년을 납치했을 겁니다. 정말 다행이지요. 경찰들이 조사하고 있으니까 곧 모든 것을 털어놓을 겁니다. 후한 사례금도 있으니까요."

박사가 말을 마치고 방을 나가자 홈즈가 말했다.

"괜찮은 소식이군. 로워 길 황무지에서 모자가 발견되었다는 건 그곳을 둘러보면 뭔가 있을 가능성이 있다는 말이니까. 집시들 체포를 제외하면 지방 경찰은 아무것도 얻지 못했군. 왓슨, 여기 황무지를 가로지르는 수로가 보이나? 황무지 일부에서는 수로가 확대되면서 늪지대가 된 지역이 있어. 홀더네스 저택과 학교 사이에 이런 늪지대가 곳곳에 있더군. 날씨가 건조해서 다른 곳에서는 흔적을 찾기 어렵겠지만, 늪지대라면 가능성이 있어. 내일 아침에 일찍 가서 이 사건의 실마리를 찾아보자고."

새벽에 눈을 떠보니 홈즈는 벌써 나갈 채비를 마치고 나를 깨우러 와 있었다. 벌써 바깥을 한 바퀴 둘러보고 온 것 같았다.

"잔디밭과 자전거 창고를 지금 살펴보고 왔다네. 덤불숲에도 다녀왔지. 옆방에 코코아를 준비해 놓았으니 서두르게나. 오늘은 바쁜 하루가 될 거야."

홈즈의 눈은 반짝였고 두 뺨에는 활기가 가득했다. 평소와는 전혀 다른 모습으로, 일감을 준비해 놓고 막 일을 시작하려는 일꾼의 표정과도 같았다. 생기가 가득한 그의 모습을 보면서 나는 그의 말대로 바쁜 하루를 보내기 위한 준비를 했다.

하지만 기대는 곧 실망이 되었다. 홈즈와 나는 양떼가 다니는 황무지를 여기저기 다녔지만, 아무런 흔적도 발견할 수 없었다. 물이끼와

적갈색 덤불로 가득한 황무지를 지나 홀더네스 저택과 황무지를 구분할 수 있는 녹지대까지 왔지만 아무것도 없었다. 홈즈는 이끼가 낀 길 위의 발자국을 하나하나 살펴보면서 천천히 걸었다. 양떼의 발자국이 매우 많았고 소 발자국도 때때로 보였다. 그러나 그 밖에는 아무것도 없었다.

"왓슨, 일단 이곳을 살펴보자고. 저쪽에도 황무지가 있고 여기에 좁은 길이 하나 있군. 앗! 이게 뭐지?"

홈즈가 가리키는 곳을 보니 좁은 길 중간쯤에 선명한 자전거 바퀴 자국이 남아 있었다.

"드디어 찾았군! 축하하네!"

나는 너무 기뻐서 소리를 지르고 말았다. 그러나 홈즈는 고개를 저으며 뭔가를 생각하고 있었다.

"자전거는 맞지만 우리가 찾는 자전거는 아니야. 자전거 타이어에는 42종류가 있다네. 모두 타이어 무늬가 달라. 덮개를 덧댄 이 타이어는 던롭 사의 타이어야. 하이데거 선생의 자전거는 팔머 사에서 만든 거라네. 에이블링 선생이 확실하다고 말해 주었지. 팔머 사의 타이어 무늬는 수직선이지. 즉, 이 자전거는 하이데거 선생의 것이 아니라네."

"그럼 샐타이어의 자전거일까?"

"그가 자전거를 타고 나갔다면 그럴 수도 있겠지. 하지만 아직까지 그러한 증거가 없다네. 바퀴 자국으로 보면 자전거 주인은 학교에서 출발한 게 확실하군."

"학교를 향해서 가는 것일 수도 있지 않은가?"

"아니야. 좀 더 깊이 팬 자국을 보게. 몸무게가 자전거 뒤쪽에 실리기 때문에 뒷바퀴가 더 깊게 패여. 이 자국을 살펴보면 뒷바퀴 자국만 남아 있어. 이건 자전거가 학교에서 출발했다는 증거지. 이 바퀴 자국을 따라가면 어떻게 된 것인지 알 수 있겠지."

우리는 바퀴 자국을 따라 계속 걸어갔다. 200야드 정도를 가자 길이 끝나는 지점에 도착했고, 황무지 땅은 습기로 질퍽해져 있었다. 이번에는 샘물이 나오는 장소가 있었는데, 이곳의 바퀴 자국은 소 발자국에 의해 거의 지워져 있었다. 길은 학교 뒤 덤불숲 속으로 이어져 있었는데, 이 숲에서 자전거가 나온 것이 틀림없었다. 홈즈는 바위 위에 앉아서 한참 동안 턱을 괸 채로 생각에 잠겨 있었다. 내가 담배를 두 개비나 피운 뒤에야 홈즈는 겨우 몸을 일으켰다.

"흔적이 남을까 봐 자전거 타이어 자국을 바꾼 게 틀림없어. 매우 교활한 놈이군. 이렇게 머리가 잘 돌아가는 놈을 상대하다니 더 재미있는걸. 자, 이제 다시 황무지를 살펴보러 가자고. 아직 조사하지 못한 곳이 많아."

우리는 다시 황무지로 돌아가 늪 가장자리를 차근차근 살폈다. 끈기 있게 조사한 덕분에 작은 소득을 얻을 수 있었다. 늪 아래편 오른쪽에 진흙으로 엉망이 된 샛길을 발견한 것이다. 홈즈는 그쪽으로 가더니 기쁨의 탄성을 지르고 말았다. 가느다란 전선 꾸러미 같은 팔머 자전거 타이어를 발견한 것이다.

"하이데거 선생의 것이 분명하군. 나의 추리가 맞았어."

홈즈는 매우 기뻐하면서 말했다.

"정말 축하하네! 잘됐군. 이제 단서를 찾은 건가?"

"아직 멀었어. 길을 자세히 살핀 보람은 충분하군. 이제 이 바퀴 흔적을 따라가 보자고."

황무지는 습기로 인해 많은 부분이 질퍽거렸고 그런 곳에서는 자전거 바퀴 자국도 놓칠 수밖에 없었다. 하지만 다시 이어진 바퀴 자국을 열심히 찾아가면서 흔적을 따라갔다.

"자전거를 탄 사람은 전속력으로 달린 게 분명하군. 바퀴 자국이 모두 비슷한 깊이로 패어 있어. 이건 자전거를 탄 사람이 앞바퀴 쪽으로 몸을 잔뜩 기울였다는 증거가 되지. 전속력으로 질주하기 위해서 자세를 그렇게 한 걸 거야. 오, 여기서는 넘어져버렸군."

바퀴 자국이 어지럽게 나 있는 그곳에서는 사람이 넘어진 흔적도 있었다. 발자국 몇 개가 있었는데, 타이어 자국은 다시 사라져 보이지 않았다.

"옆으로 넘어진 것 같군."

나는 엉켜 있는 흔적이 바닥에 넓게 난 것을 보고 말했다. 그러나 홈즈는 말없이 금작화 꽃 덤불에서 꺾인 가지 하나를 들어올렸다. 금작화의 노란색 꽃잎은 붉은 피로 얼룩져 있어서 나는 공포에 질리고 말았다. 자세히 보니 길 위와 히스 덤불 위에도 핏자국이 있었다.

"이런, 왓슨! 가만히 있게. 쓸데없는 발자국을 남겨서는 안 되네. 핏자국이 있는 걸 보니 상처를 입고 쓰러졌다가 다시 일어난 모양이야. 자전거를 계속 타고 달려갔군. 그런데 왜 소 발자국만 눈에 띄는 거지? 황소한테 받혔을 리도 없는데……. 다른 사람의 흔적은 없으니 계속 가보세나. 이번에는 핏자국을 따라가자고. 아마 멀리 가지는 못했을 것 같군."

추적은 생각 이상으로 금방 끝나고 말았다. 바퀴 자국은 진흙길 위에 곡선을 그리며 비틀비틀 이어져 있었다. 앞을 보자 반짝이는 금속성 물체가 보였는데, 물체는 금작화 덤불에 가려져 있었다. 덤불에서 그것을 끄집어내니 팔머 타이어가 달린 자전거였다. 한쪽 페달은 구부러져 있고, 앞부분은 피투성이가 되어 있어 매우 끔찍해 보였다.

덤불 저쪽에는 신발 한 켤레가 있어서 재빨리 그곳으로 가보니 자전거 주인으로 보이는 한 남자가 누워 있었다. 안경을 쓰고 턱수염을 길렀는데, 한쪽 안경알은 빠져나가고 없었다. 머리 한쪽 부분이 뭉개져 있는 것으로 보아 무언가로 머리를 세게 얻어맞고 죽은 게 분명했다. 이렇게 심한 부상을 입고도 여기까지 오다니 그의 용기와 체력은 대단했을 것이다. 신발은 신었지만 양말은 신지 않았으며, 코트 안에는 잠옷이 보였다. 이로 미루어보아 죽은 남자는 하이데거 선생이 확실했다.

홈즈는 경건한 손길로 시신을 돌려눕히고 꼼꼼하게 살펴보았다. 그리고 잠시 동안 앉아서 골똘히 생각에 잠겼는데, 그의 일그러진 눈썹으로 미루어보아 이 끔찍한 사체의 발견이 수사에 별 도움이 되지 않는 것이 분명했다.

"왓슨, 이제 뭘 해야 할지 모르겠군."

마침내 홈즈가 입을 열었다.

"내 생각으로는 황무지를 계속 살펴보는 게 가장 좋은 방법일 거야. 이미 시간이 많이 지났기 때문에 더 이상 허비할 시간이 없네. 일단 이 상황을 경찰에 알려서 불쌍한 하이데거 선생의 시신을 옮기도록 해야지."

"내가 다녀오겠네."

"난 자네 도움이 필요해. 저기 누군가가 토탄을 캐고 있으니 그에게 부탁하는 게 좋겠어. 저 사람을 이리로 데리고 오게. 저 사람한테 경찰을 부르라고 하면 되겠군."

나는 농부를 데려왔고 그는 사체를 보고 겁에 질렸다. 홈즈를 그에게 헉스터블 박사에게 전할 편지를 부탁했고, 경찰서에 가서 신고하라고 말해 주었다.

"자, 왓슨! 오늘 아침 우리는 단서를 두 가지 찾았어. 하나는 팔머 타이어 자전거야. 그 자전거 주인이 당한 일도 목격했지. 두 번째 단서는 던롭 타이어 자전거야. 이제 우리가 알고 있는 사실을 다시 한 번 생각해 보자고. 필요 없는 사실은 모두 버리고 중요한 사실만 골라내야 해.

우선 샐타이어는 자신의 뜻대로 행동한 게 분명해. 창문으로 나온 샐타이어는 혼자 또는 누구와 같이 갔을 거야. 그리고 하이데거 선생에 대해 생각해 봐야지. 소년은 방을 나올 때 옷을 완전히 차려입고 있었어. 앞으로 자기가 무슨 일을 할 것인지 잘 알고 있었다는 거지. 하지만 하이데거 선생은 양말도 신지 못할 만큼 서둘렀어."

"나도 그렇게 생각해. 그런데 왜 그랬을까?"

"선생은 자기 방 창문을 보다가 샐타이어가 빠져나가는 것을 봤겠지. 선생은 소년을 데려오려고 자전거를 타고 뒤쫓아 가다가 죽음을 당한 거야."

"그런 것 같군. 안타까운 일이야."

"자, 이제 가장 중요한 사실을 설명하지. 어린 소년을 쫓아가는 남자라면 당연히 달려가겠지. 소년 걸음이야 쉽게 따라잡지 않겠나? 그런데 왜 하이데거 선생은 자전거를 타고 갔을까? 소년은 아마 아주 빠른 것을 타고 갔을 거야. 그러니 자전거를 타고 따라갔겠지."

"그렇다면 샐타이어도 자전거를 타고 간 걸까?"

"더 생각해 보게. 학교에서 5마일 떨어진 곳에서 선생은 죽임을 당했어. 권총에 의한 죽음이 아니야. 소년은 아무것도 가지고 나가지 않았을 거야. 그런데 하이데거 선생은 흉기에 맞아 죽었어. 그렇다면 소년은 혼자가 아니었던 거야. 그리고 하이데거 선생이 소년을 따라잡기까지 5마일이나 걸렸어. 즉 소년이 매우 빨리 움직였다는 거지. 그런데 우리는 뭘 발견했나? 소 발자국 외에는 아무것도 없었어. 50야드 내에는 길도 없었어. 던롭 자전거 주인은 이 사건과 전혀 관계없는 사람일 수도 있지. 근처에 사람 발자국이라고는 전혀 없었지 않은가."

"홈즈, 그건 말이 안 되지 않은가?"

"그래, 자네 말이 맞아. 말이 안 되지."

"아무도 없는데 사람은 죽어 있어. 이건 불가능한 일이지. 그러니 내가 얘기한 내용에 뭔가 허점이 있다는 거야. 어디가 잘못된 걸까?"

"하이데거 선생이 자전거에서 혼자 떨어져 상처를 입을 가능성도 있지 않을까?"

"여긴 푹신하기까지 한 늪지대야. 게다가 머리뼈가 부서질 만큼 자전거에서 심하게 떨어질 수는 없네."

"모르겠군. 정말 모르겠어."

"저런, 이보다 더 어려운 문제도 풀었는데 이 정도로 그러면 안 되

지. 우리가 알고 있는 사실이면 충분하니까 이를 이용하면 되지. 팔머 타이어는 충분히 조사했으니 던롭 타이어를 생각하는 게 좋겠군."

우리는 바퀴 자국을 따라서 계속 앞으로 나아갔다. 그러나 히스로 뒤덮인 오르막길이 나오면서 늪지대는 끝났고, 더 이상 바퀴 자국도 없었다. 자전거 바퀴 자국은 홀더네스 저택 방향을 향해 끝이 났다. 왼쪽으로 몇 마일 앞에 공작의 집에 세워져 있는 높은 탑이 보였다. 그 앞에는 체스터필드 도로 쪽으로 낮은 회색 집 한 채가 보였다.

우리는 그 낡고 지저분한 집으로 갔다. 그 집은 여관으로, 문 위에는 싸움닭 간판이 걸려 있었다. 홈즈는 갑자기 앓는 소리를 내며 비틀거렸고, 힘들게 절룩거리면서 여관으로 들어갔다. 문간에는 햇볕에 그을린 나이든 남자가 쪼그려 앉은 채 검은 사기 파이프로 담배를 피우고 있었다.

"안녕하세요, 루빈 헤이즈 씨!"

홈즈가 자연스럽게 말을 건넸다.

"누구요? 내 이름을 어떻게 알지?"

남자는 의심스럽다는 듯이 교활한 눈빛으로 우리를 훑어보며 물었다.

"간판에 쓰여 있으니 주인 이름이 맞겠죠. 헤이즈 씨, 혹시 여관에서 마차를 빌릴 수 있을까요? 보다시피 제가 발목을 삐끗해서요."

"우리는 마차가 없소."

"땅에 발을 댈 수가 없습니다. 제발 부탁드리겠습니다."

"아픈 발은 땅에 안 대면 되겠군."

"그러면 걸을 수가 없지 않습니까."

"그럼 한쪽 다리로 깡충깡충 뛰면 되겠군."

남자는 예의라고는 전혀 없는 말투로 대꾸했지만, 홈즈는 여전히 예의 바르게 남자에게 부탁했다.

"헤이즈 씨, 너무 아파서 어쩔 수가 없습니다. 탈것이면 아무 거나 상관없으니 빌려주십시오."

"난 당신이 아픈 것과는 상관이 없는 사람이오. 알아서 하시오."

"아주 중요한 일이 있어서요. 자전거를 빌려주시면 소블린 금화를 드리겠습니다."

갑자기 남자가 관심을 보이기 시작했다.

"어딜 갈 건데 그러는 거요?"

"홀더네스 저택에 가려고 합니다."

"공작을 잘 알아요?"

남자는 진흙과 덤불이 묻어 지저분한 우리의 옷차림을 보며 말했다.

"우리를 보면 공작이 아주 반가워하실 겁니다."

홈즈가 아무렇지 않은 듯이 웃으면서 대답했다.

"왜 당신들을 반가워한다는 거요?"

"실종된 아드님 소식을 찾았거든요."

이 말을 들은 남자는 순간 움찔했다.

"뭐라고요? 도련님을 찾았다고요?"

"리버풀에 있다는 연락을 지금 막 받았습니다."

남자의 넓적한 얼굴에 안도의 빛이 스치는 것이 보였다. 그러더니 갑자기 여관 주인의 태도가 매우 부드러워졌다.

"사실 공작이 내게 좋은 분이라고는 할 수 없소. 난 예전에 공작의 마부장이었는데, 잡곡상의 거짓말을 듣고 내게는 한 마디 말도 하지 않고 나를 해고해 버렸지. 하지만 도련님이 리버풀에 있다니 다행이군. 그 소식을 전할 수 있도록 탈것을 빌려주겠소. 잠시 기다리시오."

"감사합니다, 정말 감사합니다. 그런데 혹시 식사를 할 수 있을까요? 그리고 나서 자전거를 빌려주시면 좋을 텐데요."

"미안하지만 자전거는 없소."

홈즈는 말없이 소블린 금화를 한 개 내밀었다.

"정말이오. 자전거는 없소. 하지만 홀더네스 저택까지 갈 수 있도록 말을 두 필 빌려주겠소."

"지금은 배가 몹시 고프니 일단 식사를 한 뒤 다시 이야기하도록 하죠."

우리는 바닥에 돌이 깔린 부엌으로 가서 늦은 점심을 먹었다. 아침부터 아무것도 먹지 못했기 때문에 우리는 오랫동안 식사 시간을 가졌다. 홈즈는 식사를 하면서 생각에 깊이 잠기기도 하고 창가로 가서 밖을 내다보기도 했다. 창문 밖에는 지저분한 앞마당이 있었는데, 마당 구석에 대장간에서 일하는 젊은이가 보였다. 그 반대쪽에는 마구간이 있었다. 홈즈는 그쪽을 한참 바라보더니 갑자기 벌떡 일어났다.

"이럴 수가! 드디어 알아냈어. 그랬군. 이렇게 어리석을 수가. 왓슨, 오늘 소 발자국을 본 거 기억하나?"

"물론이지. 몇 개 있었지."

"어디서 봤지?"

"황무지 전체에서 봤지 않은가. 그리고 하이데거 선생이 살해당한 장소에도 소 발자국이 있었지."

"그래, 그랬지. 그런데 황무지에서 소를 본 적이 있나?"

"한 마리도 못 봤지."

"좀 이상하지 않은가? 우리가 가는 곳마다 소 발자국이 있었는데 소는 한 번도 본 적이 없다니 말이야."

"그래! 생각해 보니 정말 이상하군."

"이제 기억을 떠올려서 아까 갔던 길을 생각해 보게. 길 위에 자국이 기억나지?"

"기억나네."

"그럼 소 발자국 모양도 기억나나? 발자국 모양이 조금씩 달랐지. 그래, 그랬어."

"발자국 모양까지는 잘 기억나지 않네만,"

"확실해. 맹세할 수도 있어. 나중에 다시 한 번 가보면 되겠군. 아아, 지금까지 난 장님이었군. 앞에 있는데도 보지 못하다니. 그래서 결론을 내릴 수 없었던 거야."

"소 발자국에 무슨 의미가 있다는 건가?"

"자네, 발 네 개를 동시에 땅에서 뗄 정도로 빨리 달리는 소를 본 적이 있나? 시골 여관 주인으로서는 생각하지 못할 눈속임이야. 마당이 조용한 걸 보니 대장간 젊은이 외에 마구간에는 아무도 없는 것 같군. 슬쩍 나가서 볼까?"

무너져가는 마구간은 전혀 돌보지 않은 듯, 털이 헝클어진 말 두 마리가 있었다. 홈즈는 그중 한 마리의 발굽을 들여다보고 기쁜 듯이 웃었다.

"편자는 오래 됐는데 얼마 전에 바꾸었군. 오래된 편자인데 못은 새 거야. 정말 대단한 사건이군. 마당 건너편에 있는 대장간으로 가 보자고."

대장간에 있는 젊은이는 우리를 본 척도 하지 않고 부지런히 자신의 일에 집중했다. 홈즈는 바닥에 흩어진 쇠붙이와 나무 부스러기를 향해 연신 날카롭게 눈알을 굴리며 살펴보았다. 그런데 바로 그때 우리 뒤에서 발소리가 들려 뒤를 돌아보니 여관 주인이 우리를 무섭게 쏘아보고 있었다. 잔인한 눈빛과 잔뜩 찡그린 눈썹, 시커먼 얼굴은 울분을 이기지 못하고 부들부들 떨고 있었다. 그가 무쇠를 박은 짧은 지팡이를 들고 한 대 칠 것 같은 기세로 다가오자 그 모습이 어찌나 무서웠든지 나는 주머니에 있는 리볼버를 손에 꼭 쥐었다.

"이 못된 염탐꾼들! 여기서 뭐하는 거요!"

남자는 화가 나서 소리를 질렀다.

"헤이즈 씨군요. 여기 우리가 보면 안 되는 거라도 있나요? 화를 낼 필요는 없는 것 같은데."

홈즈가 아무렇지 않게 대꾸하자 주인은 애써 웃음을 지으려고 했지만 그 모습이 더 흉해 보였다.

"대장간에 있는 물건이야 뻔하지. 난 내 허락 없이 내 집에서 누가 돌아다니는 것을 좋아하지 않소. 여기서 나가주시오."

"죄송합니다. 나쁜 뜻은 없었으니 이해해 주십시오. 타고 갈 말이 어떤가 살펴보았거든요. 그런데 이제는 발이 다 나아서 걸어가도 될 것 같군요."

"공작의 집은 2마일 정도면 되니까 그렇게 하시오. 왼쪽으로 가면 길이 있소."

주인은 의심스러운 눈빛으로 홈즈와 내가 여관을 완전히 나갈 때까지 눈을 떼지 않았다. 하지만 우리는 멀리 가지 않았다. 여관 주인의 시야에서 벗어나자 홈즈가 걸음을 멈췄던 것이다.

"마치 고향을 떠나는 기분이군. 정말 섭섭해. 여관에서 멀어지니 사건 현장에서도 멀어지는 기분이야. 이렇게 갈 수는 없지. 암, 그렇고말고."

"내 생각도 그렇다네. 여관 주인은 모든 것을 알고 있는 게 틀림없어. 인상도 매우 험악하지 않은가?"

"자네도 같은 생각이군. 이쪽은 마구간, 저쪽은 대장간이라니 참 재미있는 여관이야. 들키지 않도록 조심해서 다시 여관으로 가세."

회색 석회암이 흩어져 있는 언덕이 뒤로 길게 이어졌다. 우리는 길에서 나와 언덕 위로 올라갔는데, 홀더네스 저택에서 자전거를 탄 사람이 급하게 달려오는 것이 보였다.

"엎드려, 왓슨, 어서!"

홈즈는 내 어깨를 세게 눌렀다. 몸을 숙이자 자전거가 아슬아슬하게 우리를 스쳐 지나갔다. 뿌옇게 오르는 먼지 사이로 낯익은 남자의 얼굴이 보였다. 창백한 얼굴은 매우 초조해 보였는데, 입을 벌린 채 정면을 바라보고 있었다. 그는 바로 어제 만났던 제임스 와일더 비서였다.

"저런! 공작의 비서가 아닌가! 서두르게. 빨리 따라가야 해."

우리는 바위를 옮겨가면서 몸을 숨겼고, 여관 앞마당이 보이는 곳에 도착하게 되었다. 아까 본 와일더 비서의 자전거가 벽에 세워져 있었지만 여관 안에서는 사람의 기척이 전혀 느껴지지 않았다. 방 안에는 아무도 없는지 창가에도 사람의 모습은 보이지 않았다. 땅거미가 내려앉기 시작했고 홀더네스 저택 탑 뒤로 해가 저물기 시작했다. 그때 어두운 마당 한쪽에서 마차 램프의 불빛이 보였다. 말발굽 소리가 나기 시작하더니 마차는 체스터필드 도로 방향으로 빠르게 달리기 시작했다.

"왓슨, 저 마차를 어떻게 생각하지?"

"도망치는 것 같군. 저렇게 서두르는 걸 보니 말이야."

"마차 안에는 한 사람밖에 없는 것 같아. 그 사람이 와일더 비서는 아니겠지. 저기 문가에 서 있으니까."

어둠 속에서 문이 열렸고 집안에서 나오는 빛이 마당을 비추고 있었다. 빛 가운데에 비서의 검은 그림자가 있었는데, 목을 길게 빼고 어딘가를 계속 바라보고 있었다. 누군가를 기다리는 듯한 모습이었다. 드디어 길에서 발자국 소리가 들렸다. 누군가 여관 안으로 들어갔고 여관 문이 다시 닫혔다. 5분 정도 지나자 2층에 있는 방 하나에 불이 켜졌다.

"이 여관은 이상한 방법으로 손님을 맞이하는군."

"바는 반대쪽에 있는데 왜 2층으로 올라간 걸까?"

"아주 은밀한 손님인가 봐. 대체 와일더 비서가 이 시간에 저런 여관에서 뭘 하고 있는 거지? 좀 위험하더라도 가까이 가봐야겠어."

홈즈와 나는 조심스럽게 언덕에서 내려가 여관 문을 향해 다가갔다. 와일더의 자전거는 벽에 세워져 있었는데, 홈즈는 성냥불을 켜서 뒷바퀴를 조사했다. 역시 예상했던 대로 던롭 제품이었다. 자전거 위의 창문에서 불빛이 새어 나왔다.

"창문 안을 좀 들여다봐야겠어. 왓슨, 미안하지만 엎드려서 등을 좀 대주게."

내가 엎드리자 홈즈는 등 위로 올라갔다. 그러나 몇 초 지나지 않아 다시 내려왔다.

"왓슨, 고맙네. 오늘 할 일은 다 끝난 것 같군. 단서는 모두 찾은 것 같아. 학교까지는 길이 머니 서둘러야겠군."

황무지를 가로질러 프라이어리 스쿨까지 돌아가는 내내 홈즈는 아무 말도 하지 않았다. 맥클턴 역에서 홈즈는 어딘가로 전보를 치고 학교로 돌아왔다. 그날 밤, 헉스터블 박사는 하이데거 선생의 비참한 최후를 들었고 매우 슬퍼했다. 박사를 위로하던 홈즈는 얼마 후 내 방으로 들어왔다. 늦은 시간이었지만 홈즈는 막 일어난 사람처럼 생기가 넘치는 모습이었다.

"일이 잘 진행되고 있어. 내일 저녁 전까지는 사건이 해결될 거야."

다음 날 아침 11시, 홈즈와 나는 홀더네스 저택의 아름다운 정원을 구경하며 안으로 들어갔다. 우리는 하인의 안내를 받아 웅장한 엘리자베스 시대풍의 현관을 지나 공작의 서재로 들어갔다. 공작의 비서 제임스 와일더가 서재에서 우리를 기다리고 있었는데, 점잖고 품위 있는 모습은 여전했지만 경계하는 듯한 눈빛과 경련으로 실룩이는 얼굴에는 어젯밤의 극심한 공포의 흔적이 그대로 남아 있었다.

"공작님을 만나러 오신 건가요? 지금 공작님은 몸이 좀 안 좋으십니다. 헉스터블 박사가 보낸 전보를 어제 오후에 받았습니다. 아마 그 끔찍한 사건 때문에 충격을 받으신 것 같더군요."

"와일더 씨, 공작님을 지금 만나야겠습니다."
"지금 침실에서 쉬고 계십니다."
"그럼 제가 침실로 가겠습니다."
"아직 자리에 누워계십니다."
"그래도 꼭 만나야겠습니다. 안내해 주시오."
홈즈의 강한 태도에 와일더 비서는 소용없다고 생각한 듯했다.
"알겠습니다. 잠시만 기다려주세요. 공작님께 말씀드리고 오겠습니다."
약 한 시간 정도 지났을 때 홀더네스 공작이 서재로 들어왔다. 얼굴은 더욱 창백해졌고 어깨마저 구부러져서 어제 만난 사람과는 전혀 달라 보였다. 공작은 정중하게 인사를 한 뒤 책상 앞에 있는 의자에 앉았다. 붉은 수염이 책상 위로 흘러내렸다.
"홈즈 선생, 대체 무슨 일이오?"
홈즈는 공작의 의자 옆에 서 있는 와일더 비서를 뚫어지게 쳐다보며 말했다.
"공작님! 와일더 비서가 자리를 비켜주셔야 좀 더 자유롭게 말씀드릴 수 있을 것 같습니다."
와일더는 이 말을 듣고 핏기가 완전히 사라진 창백한 얼굴로 홈즈를 노려보았다.
"알았소. 와일더, 자네는 잠시 나가 있게. 홈즈 선생, 이제 말을 해 보시오."
홈즈는 와일더 비서가 나가고 서재 문이 닫히는 것을 보고서야 말을 꺼냈다.

"공작님, 제가 헉스터블 박사에게 들은 바로는 현상금을 거셨다고 하던데 사실입니까?"

"그렇소, 사실이오."

"아드님이 있는 곳을 알려주면 5천 파운드, 데리고 있는 사람을 알려주는 사람에게도 1천 파운드를 주신다고요."

"물론이오."

"아드님을 납치한 사람이나 데리고 있는 사람을 알려드리면 1천 파운드를 주신다는 말씀이신 거죠?"

"그렇소. 뭐든 알고 있다면 말해 보시오. 일을 잘 해결해 준다면 보상은 후하게 할 거요. 부족하다고 느끼지 않게 해주겠소."

공작은 초조한 목소리로 말했다. 홈즈는 손바닥을 마주 비볐는데, 돈에 연연하는 홈즈의 모습을 본 적이 없던 나는 매우 놀랐다.

"책상 위에 놓인 것이 공작님의 수표책인가요? 지금 6천 파운드짜리 수표를 끊어주시면 감사하겠습니다. 지급보증 수표로, 캐피탈 카운티스 은행, 옥스퍼드 지점입니다."

공작은 엄격한 얼굴로 꼿꼿하게 앉아서 홈즈를 무표정하게 바라보았다.

"이보시오, 지금 농담하는 거요? 난 매우 심각하오."

"그럴 리가요, 공작님. 저는 아주 진지하게 말씀드리고 있습니다."

"그럼 무슨 속셈이오?"

"보상금을 받겠다는 거지요. 저는 아드님이 어디 있는지, 누가 데리고 있는지도 알고 있으니까요."

"뭐라고요? 샐타이어는 지금 어디 있소?"

공작은 가쁜 숨을 내쉬면서 말했는데, 얼굴이 하얗게 질렸고 붉은 수염이 더욱 붉게 물들었다.

"지금 아드님은 싸움닭 여관에 있습니다. 적어도 어젯밤까지는요. 여기서 2마일 정도 떨어진 곳이죠."

공작은 등받이에 털썩 몸을 기댔다.

"범인이 누구요?"

홈즈가 대답한 범인은 내 상상을 훨씬 뛰어넘는 것이었다. 홈즈는 공작에게 빠른 걸음으로 다가가 어깨에 손을 얹고 말했다.

"바로 공작님, 당신입니다. 이제 수표를 써주시겠습니까?"

공작은 벌떡 일어나더니 두 손으로 책상을 움켜쥐었다. 그러나 귀족다운 자제력을 발휘하여 다시 자리에 앉았고, 괴로운 듯이 얼굴을 두 손에 파묻고 한참 동안 있었다.

"어느 정도나 알고 있는지 말해 주시오."

고개를 숙인 채 공작이 말했다.

"어젯밤, 공작님을 봤습니다."

"왓슨 씨 말고 또 누가 알고 있소?"

"아직 아무도 모릅니다."

공작은 떨리는 손으로 펜을 집어 수표책을 열었다.

"나는 약속은 지키는 사람이오. 지금 수표를 써드리겠소. 하지만 당신이 한 말은 전혀 반갑지 않은 소식이군. 보상금을 주겠다고 제안했을 때는 이렇게 될 거라고 상상도 못 했는데. 내가 당신과 왓슨 씨를 믿어도 되겠소?"

"무슨 말씀을 하시는 건지 잘 모르겠습니다만."

"간단히 말씀드리겠소. 이번 일에 대해 누구에게도 말하지 말아달라는 거요. 1만 2천 파운드를 주겠소."

홈즈는 웃으면서 고개를 저었다.

"공작님, 이런 문제는 돈으로 해결할 수 있는 게 아닙니다. 학교 선생 한 명이 죽었습니다. 이에 책임을 지셔야 할 겁니다."

"제임스는 그 일과 관련이 없소. 그가 사람을 잘못 고용했기 때문이오. 선생을 죽인 사람은 불량배에 불과하오."

"하지만 범죄를 계획한 사람은 그 범죄로 인해 일어난 일 모두에 도덕적인 책임을 져야 합니다."

"도덕적인 책임이라…… 당신 말이 맞소. 하지만 법적으로는 그렇지 않소. 살인 현장에 있지도 않은 사람이 살인죄를 뒤집어쓸 수는 없소. 게다가 제임스도 살인은 생각한 적도 없소. 하이데거 선생이 시체로 발견되었다는 소식을 듣고 제임스는 모든 걸 자백했소. 그는 지금 공포와 후회로 어찌할 바를 모르고 있소. 살인자와는 이미 모든 관계를 끊었고. 홈즈 선생, 내가 이렇게 부탁하겠소. 제임스를 구해 주시오. 그를 살려야만 하오."

공작은 자제심을 잃고 주먹을 휘두르면서 괴로워했다. 잠시 후 그는 이성을 되찾았는지 자리로 돌아와 앉았다.

"다른 사람에게 말하지 않고 먼저 찾아와 주어서 고맙소. 이 끔찍한 사건을 어떻게 해야 할지 이야기해 봅시다."

"공작님, 일단 모든 일을 사실대로 말씀해 주십시오. 최선을 다해 도와드리겠지만, 그러기 위해서는 자초지종을 모두 알아야 합니다. 와일더 비서가 왜 살인자가 아닌지도 충분한 설명이 필요하고요."

"제임스는 살인자가 아니오. 살인자는 이미 도망쳤소."

"공작님은 저에 대해서 잘 모르시는 게 분명하군요. 루빈 헤이즈는 어제 체스터필드에서 체포당했습니다. 정각 밤 11시였습니다. 오늘 아침 학교를 출발하기 전에 지역 경찰서장이 저에게 보낸 전보도 받았지요."

공작은 의자에 등을 기대고 앉아 존경 어린 눈빛으로 홈즈를 바라보았다.

"홈즈 선생은 정말 대단하군요. 사람의 한계를 벗어난 능력을 가진 것 같아요. 루빈 헤이즈가 잡혔다니 다행입니다. 이 일로 제임스에게 해가 가지 않아야 할 텐데."

"공작님은 비서에게 매우 깊은 애정을 갖고 있군요."

"흠, 사실 제임스는 내 친아들이오."

홈즈는 예상치 못한 말에 매우 충격을 받은 듯했다.

"제가 상상도 못 한 일이군요. 공작님, 좀 더 자세한 말씀을 부탁드리겠습니다."

"좋소. 솔직하게 다 말하지. 이 모든 사건은 제임스의 질투에서 시작되었소. 내가 혈기 넘치는 젊은이였을 때 한 여자를 사랑하게 되었소. 정말 평생 있을까 말까 하는 운명 같은 사랑이었지. 우리는 서로 사랑했고 난 그녀에게 청혼했지만 그녀는 신분 차이로 거절했소. 자신과 결혼하면 내 지위에 흠이 갈 거라고 말이오. 그녀가 살아 있기만 했다면 난 누구와도 결혼하지 않았을 거요.

그녀는 내 아이를 낳다가 죽었소. 그 아이가 바로 제임스지. 그녀에 대한 사랑 때문에 나는 그 아이를 누구보다 사랑했소. 비록 내가 아버지라는 걸 알릴 수는 없었지만, 좋은 학교에 보내고 어른이 된 후에는 곁에 두고 싶어서 비서로 채용했지. 그런데 제임스가 이 사실을 알아버린 거요. 그리고 나를 협박했소. 이 사실이 알려지면 내 결혼 생활이 불행한 이유도 사생아 때문이라고 난리가 나겠지.

그런데 제임스는 다른 누구보다 샐타이어를 질투했소. 내 후계자이고 상속자라는 이유로 말이오. 아마 홈즈 선생은 왜 굳이 그런 상황에서도 제임스를 곁에 두었냐고 물어볼 수도 있을 거요. 그 이유는 하나요. 제임스를 보면 내가 그토록 사랑했던 여자를 떠올릴 수 있었기 때문이오. 그녀의 모습이 제임스에게 고스란히 남아 있었소. 그래서 난 제임스를 곁에 둘 수밖에 없었지. 하지만 샐타이어에게 나쁜 짓을 할까 봐 두려웠소. 그래서 그를 헉스터블 박사의 학교에 입학시킨 것이오.

제임스는 한때 우리 집 하인이었던 헤이즈와 일을 꾸몄더군. 헤이즈는 질이 좋지 않은 사람인데, 이상하게 제임스는 그와 친하게 지냈소. 제임스가 샐타이어를 유괴하겠다고 결심하자 헤이즈가 이를 적극적으로 도운 거요. 내가 샐타이어에게 편지를 보냈다고 한 말 기억하오? 제임스는 그 편지를 뜯어 샐타이어에게 학교 뒤에 있는 덤불숲에서 만나자는 쪽지를 내 아내의 이름으로 보냈소.

그날 밤, 제임스는 자전거를 타고 샐타이어를 숲 속에서 만났소. 그리고 어머니가 샐타이어를 보고 싶어서 황무지에서 기다리고 있다고 말했소. 이건 제임스가 나에게 털어놓은 이야기 그대로를 말하는 거요. 그리고 그날 밤 자정에 다시 숲으로 와서 말을 탄 남자를 만나면 어머니가 있는 곳으로 데려다줄 거라고 말했소.

샐타이어는 감쪽같이 속고 말았지. 제임스가 말한 곳에 가보니 헤이즈가 조랑말을 타고 기다리고 있었소. 헤이즈는 샐타이어를 말에 태우고 도망갔지. 그런데 얼마 후, 헤이즈는 누가 자신을 따라오고 있다는 걸 알았소. 헤이즈는 쇠지팡이로 뒤따라온 선생의 머리를 쳤고 결국 선생은 죽고 말았지. 하지만 제임스는 이 사실을 어제 알았소. 헤이즈는 샐타이어를 여관으로 데리고 와 2층 방에 가두었소. 그리고 남편을 무서워하는 아내에게 아들을 돌보라고 시켰지. 그녀는 너무 착한 여자라 남편의 말에 꼼짝하지 못하지.

당신은 제임스가 왜 그런 일을 했는지 궁금할 거요. 제임스는 샐타이어를 상상하지도 못할 만큼 매우 미워하고 있었소. 제임스의 입장에서는 자기가 내 후계자가 되어 모든 것을 물려받아야 한다고 생각하지만, 법적으로 그럴 수 없다는 것에 매우 화가 나 있소. 그리고 숨겨진 동기가 또 하나 있소. 후계자 자리를 내가 마음만 먹으면 줄 수 있다고 생각하기 때문에 나와 협상을 하기로 한 거요. 제임스에게 후계자 자리를 물려준다는 유언장을 작성하면 샐타이어를 무사히 돌려보내겠다고 말하려고 했소. 그는 내가 경찰에 신고하지 못할 것이라는 사실을 잘 알고 있었소. 하지만 상황이 급변해 버렸기 때문에 결국 그렇게는 하지 못했지.

제임스의 계획이 틀어지기 시작한 건 어제 당신이 하이데거 선생의 시체를 발견한 뒤부터요. 그 소식을 듣고 제임스는 공포에 빠졌소. 어제 나는 제임스와 서재에 있었는데, 전보를 읽은 제임스는 몹시 당황해서 어쩔 줄 몰라 했소. 나는 혹시나 했던 의심에 확신이 들었고, 제임스를 추궁해서 모든 사실을 자백 받았소. 제임스는 헤이즈를 위해 3일 동안만 시간을 달라고 말했소. 늘 그랬던 것처럼 난 제임스의 부탁을 들어주었소. 그래서 어제 제임스가 헤이즈에게 도망치라고 말한 거요. 낮에는 도저히 그곳에 갈 수가 없었기 때문에 어젯밤에 가서 샐타이어를 만났소. 다친 데는 없었지만 샐타이어는 매우 놀라서 겁에 질려 있었소. 아들을 데려오고 싶었지만 다른 방법이 없었소. 경찰이 샐타이어가 있던 곳을 알게 되면 살인자도, 공범인 제임스의 신변에도 해가 될 테니까. 제임스가 피해를 받지 않으려면 헤이즈의 범죄도 모른 척해야 했던 거요. 자, 이제 난 모든 것을 말했소. 이제 당신은 어떻게 할 것인지 말해 주시오."

"공작님은 지금 매우 심각한 상황입니다. 법적인 시각으로 보면 이 사건은 매우 큰 범죄입니다. 범죄를 보고도 눈감아주었고 살인범이 도주할 수 있도록 도왔습니다. 아마 제임스는 헤이즈를 도망시키면서 적지 않은 돈을 요구했겠지요."

공작은 말없이 고개를 끄덕이기만 했다.

"그러면 문제는 더욱 심각해지죠. 게다가 어린 아들인 샐타이어에게도 못 할 짓을 하고 말았습니다. 유괴를 당한 채로 그런 여관에 사흘씩이나 있게 하다니."

"헤이즈 부인이 잘 돌보겠다고 약속했소."

"그런 사람들의 약속을 믿으십니까? 아드님이 다시 사라져버린다면 그때는 어떻게 하시겠습니까? 죄를 지은 아들 때문에 순진한 아들에게는 못 할 짓을 하신 거죠. 정말 엄청난 위험에 빠뜨린 겁니다. 절대로 납득할 수 없는 행동입니다."

홀더네스 공작이 태어난 이후 이렇게 심한 비난을 받은 적은 처음이었을 것이다. 그의 얼굴은 붉어졌지만, 양심의 가책으로 인해 아무 말도 하지 않았다.

"하지만 제가 도와드리겠습니다. 대신 한 가지 약속을 해주십시오. 집사에게 제 마음대로 명령을 내리겠습니다. 괜찮으신가요?"

공작은 아무 말 없이 벨을 눌러 집사를 불렀다.

"도련님을 찾았으니 어서 데려오게. 도련님은 지금 싸움닭 여관에 계시니 마차를 보내 데려오라고 공작님이 말씀하셨네."

홈즈는 집사에게 명령했고 집사는 매우 기뻐하며 달려 나갔다.

"이제 앞으로의 일들에 대해서는 어느 정도 안심할 수 있겠군요. 공작님, 전 경찰이 아닙니다. 그래서 정의가 실현된다면 제가 아는 사실을 모두 밝힐 의무는 없습니다. 경찰은 헤이즈를 체포했고 저는 헤이즈를 보호하는 행동은 절대로 하지 않겠습니다. 헤이즈가 어떤 말을 할지는 모르지만, 입을 다무는 것이 좋을 거라고 다짐을 받아두는 게 좋겠죠. 경찰은 헤이즈가 몸값을 받기 위해 도련님을 유괴했다고 생각할 테니까요. 경찰이 유괴의 증거를 잡지 못해도 제가 참견하지는 않겠습니다. 하지만 공작님, 이건 명심해 두시기 바랍니다. 제임스를 곁에 두시면 분명히 해가 될 겁니다. 그는 불행만 가져올 뿐입니다."

"고맙소, 홈즈 선생. 제임스는 이미 이곳을 떠나겠다고 약속했소. 그는 곧 오스트레일리아로 갈 거요."

"제임스 때문에 공작님의 결혼생활이 불행했다고 말씀하셨죠? 이제 프랑스에 계신 부인도 데려오십시오. 부인과의 사이도 원만해질 수 있도록 노력하시기 바랍니다."

"안 그래도 그럴 생각이었소. 아내에게 오늘 아침 편지를 보냈소."
"저와 제 친구가 이곳까지 온 보람이 있군요. 한 가지 더 확실히 하고 싶은 부분이 있습니다. 헤이즈는 말에 소 발자국 모양의 편자를 박아놓았던데, 그런 도구는 어디서 구한 거죠?"

공작은 몹시 놀란 표정으로 잠시 머뭇거리더니 우리를 어떤 방으로 안내했다. 그 방은 박물관처럼 꾸며져 있었는데, 유리 장식장 앞으로 우리를 데리고 갔다. 그리고는 그 안에 있는 설명서를 손가락으로 가리켰다.

거기에는 다음과 같이 쓰여 있었다.

이 편자는 홀더네스 저택을 감싸고 있는 호수에서 발굴된 것이다. 이것은 말의 발굽에 씌우는 것이지만, 편자의 뒤쪽이 소의 발굽 모양처럼 되어 있어 추적자들을 따돌릴 때 용이하다. 중세 시대 홀더네스 가문에서 전쟁 때 사용했던 물건이라고 전해지고 있다.

홈즈는 장식장을 열고 손가락 끝으로 편자를 만져보았다. 편자는 최근에 사용했는지 덜 마른 진흙이 손가락에 묻었다.
"감사합니다. 궁금증이 풀렸군요."
편자를 제자리에 놓으면서 홈즈가 말했다.
"이것이 제가 이곳에 와서 본 것 중에서 두 번째로 흥미로운 물건입니다."
"그럼 첫 번째는 뭐였소?"
공작의 질문에 홈즈는 수표를 접어서 소중하게 수첩에 끼워 넣으

며 말했다.
"저는 가난한 사람입니다."
홈즈는 미소를 지으며 수표를 넣은 수첩을 가볍게 두드리더니, 그것을 안주머니에 깊숙이 집어넣었다.

아베이 농장의 모험
The Adventure of the Abbey Grange

　　　　　　　　1897년 어느 겨울날, 지독하게 추운 밤이 지나고 새벽이 되었을 때 누군가 나를 흔들어 깨워 일어나보니 홈즈가 눈앞에 서 있었다. 그의 긴장된 얼굴을 보니 심각한 사건이 발생했다는 것을 직감으로 알 수 있었다.
　"왓슨, 어서 일어나게. 사건이 발생했어. 얘기할 시간이 없다네. 어서 나갈 준비를 하게."
　약 10분 후, 홈즈와 나는 마차를 타고 채링크로스 역을 향해 달리고 있었다. 한겨울의 해가 뜨기 시작하는 이른 시간, 우리 곁을 지나가는 노동자들의 모습이 하나둘씩 보였다. 홈즈는 코트를 걸친 채 말없이 앉아 있었고, 나 역시 아무 말도 하지 않고 있었다. 마차 안이었지만 날씨는 매우 추웠고 아침 식사도 하지 않아 속까지 허전했다.
　역에 도착해서 따뜻한 차를 한 잔 마신 뒤 우리는 켄트 행 기차를 탔다. 기차가 출발하고 잠시 뒤, 홈즈는 상의 주머니에서 수첩을 꺼내 적힌 내용을 나에게 읽어주었다.

존경하는 홈즈 선생님!

아주 중요한 사건이 발생했습니다. 선생님이 흥미를 가질 만한 사건이니 켄트 주에 있는 아베이 농장으로 서둘러 와주시기 바랍니다. 묶여 있던 부인을 풀어준 것 외에 현장은 그대로 보존하고 있지만, 유스터스 경을 그대로 두기가 곤란하니 바로 와주십시오.

— 스탠리 홉킨스

"그동안 홉킨스는 사건 때문에 나를 7번 불렀는데, 모두 내가 흥미를 가질 만한 사건이었네. 그 사건들은 모두 자네가 기록하여 발표하기도 했지. 사실 자네가 기록할 사건을 고르는 능력은 인정받을 만하지. 이야기 솜씨는 만족할 수 없는 부분이 있지만, 사건의 독특함으로 충분히 보완이 되니까. 자네는 사건을 과학적인 시각이 아닌 소설가의 시각으로 보려고 하는 경향이 있어. 그래서 교육적이라고도 할 수 있는 논증을 망치고 있다네. 자네가 감각적인 묘사로 독자를 즐겁게 할 수는 있지만, 교육적일 수는 없으니까. 게다가 내가 얼마나 신중하고 세밀하게 사건을 해결하는지에 대해서도 간과하는 것이 사실이지."

"저런, 그렇다면 자네가 직접 써보는 건 어떤가?"

나는 홈즈가 내 능력을 낮게 보는 것 같아 약간 화가 났다.

"지금은 너무 바빠서 힘들지만 언젠가는 그렇게 하겠네. 한가해지면 탐정의 능력에 초점을 맞춘 교재를 집필할 생각이라네. 참, 우리가 지금 조사하러 가는 사건에 대해 이야기를 해야겠군. 이 사건은 여러 가지 면에서 관심을 끄는 살인 사건이라네."

"자네는 유스터스 경이 죽었다고 생각하는 건가?"

"그런 것 같군. 홉킨스의 편지를 보면 상당히 흥분한 것 같아. 그는 쉽게 흥분하는 사람이 아니라네. 누군가 폭력을 쓴 게 분명하고, 홉킨스는 내가 조사할 수 있도록 시신을 남겨두었을 거야. 단순한 자살이라거나 명확한 살인 사건이라면 나를 불렀을 리도 없지. 부인을 풀어주었다는 것은 아마 사건이 일어났을 때 그녀를 방 안에 가둬두었다는 뜻이겠지. 우리는 상류사회의 사건을 다룰 걸세. 이 고급스러운 종이를 보게. 'E. B.' 모노그램과 이 문장은 아마 꽤 명문가의 것일 거야. 홉킨스는 자신의 이름값을 하는 경찰이니 흥미진진한 사건을 다루게 될 것 같군. 편지로 봤을 때 사건은 어젯밤 12시 이전에 일어난 것 같아."

"그건 어떻게 알았나? 편지에 사건 시각은 없지 않은가?"

"기차 시간표를 알아보고 시간 계산을 해봤다네. 먼저 지역 경찰이 신고를 받고 다시 런던 경찰국으로 넘어왔겠지. 그 다음 홉킨스가 불려갔을 것이고. 그리고 홉킨스는 다시 내게 연락을 했지. 이러한 과정을 거치는 데는 아마 하룻밤이 걸렸을 거야. 그러니 시간을 알 수가 있네. 오, 치즐허스트 역에 도착했군. 이제 곧 의문이 모두 풀릴 거야."

좁은 시골길을 마차로 3킬로미터를 달려 어느 저택의 정원 앞에 도착하였다. 늙은 문지기가 대문을 열어주었는데, 문지기의 얼굴에는 큰일을 겪은 흔적이 그대로 드러나 있었다. 정원에 들어서니 오래된 느릅나무 사이로 이어진 길은 낮고 넓은 저택 앞에서 끝이 났다. 팔라다오 양식에 따라 지어진 저택은 앞쪽에 작은 기둥들이 여러 개 세워져 있었다. 중앙에 있는 건물은 꽤 오래 되었는지 담쟁이덩굴로 뒤덮여 있었으나 커다란 창문이 있는 것을 보니 현대식으로 개조한 듯했고, 옆에 있는 부속 건물은 새로 지은 것 같았다. 현관이 바로 열리더니 그 안에서 젊고 활기찬 스탠리 홉킨스 경위가 나와 우리를 맞이해 주었다.

"오, 여기까지 와주셔서 감사합니다. 그런데 정말 죄송하게 되었습니다. 부인이 정신을 차리셔서 사건에 대해 전부 이야기해 주었습니다. 저도 할 일이 없을 정도로요. 홈즈 선생님, 혹시 루이셤의 강도들을 기억하시나요?"

"물론! 랜들 3인조를 말하는가?"

"네, 아버지와 두 아들로 이루어진 3인조였죠. 이 사건도 그들의 짓이 분명합니다. 놈들은 2주 전에 시드넘에서 사건을 저질렀는데, 목격자 진술까지 있다고 하더군요. 그런데 얼마 지나지 않아 이곳에서 또 범죄를 저지르다니…… 어처구니가 없습니다. 이번에는 교수형을 피하지 못할 겁니다."

"그럼 유스터스 경이 사망했다는 건가?"

"네, 집안의 부지깽이에 머리를 맞았다고 합니다."

"마부 말로는 유스터스 브래큰스톨 경이라고 하더군."

"네, 유스터스 경은 켄트 주에서 손꼽히는 부자입니다. 브래큰스톨 부인은 지금 거실에 있습니다. 정말 무시무시한 경험을 했죠. 가엾게도 그녀를 처음 봤을 때 꼭 죽은 게 아닐까 생각될 정도였으니까요. 제 생각에는 먼저 부인을 뵙고 그녀에게 직접 사건에 대해 이야기를 듣는 게 좋을 것 같습니다. 그리고 식당을 조사하시면 되겠네요."

브래큰스톨 부인은 대단히 아름다운 여성이었다. 이렇게 아름답고 우아한 외모를 가진 여성을 난 일찍이 본 적이 없었다. 사건으로 인해 조금 초췌해 보였지만, 금발과 파란 눈이 도드라지는 외모는 여전히 눈에 띄게 아름다웠다. 그러나 한쪽 눈 위는 자주색으로 무섭게 부어 있었다. 부인은 탈진해서 소파에 누워 있었고, 키가 크고 마른 하녀가 물수건으로 그녀의 상처를 찜질해 주고 있었다.

우리가 방 안으로 들어가자 부인은 경계의 눈초리로 날카롭게 응시했는데, 그 아름다운 얼굴에 단호한 의지가 나타나 있는 것으로 보아 그녀가 매우 용기 있는 여성임을 짐작할 수 있었다. 그녀는 은색과 파란색이 섞인 실내복을 입고 있었는데, 검은 세퀸(옷을 장식하는 작고 둥근 금속-옮긴이)으로 장식된 야회복이 그녀 옆의 소파에 걸쳐져 있었다.

"부인, 죄송하지만 홈즈 선생님에게 사건에 대해 다시 한 번 이야기해 주시겠습니까?"

"경위님, 무슨 일이 있었는지 이미 다 말씀드렸잖아요. 저는 너무 힘들어요. 하지만 일부러 여기까지 와주셨으니 다시 한 번 말씀드리겠습니다. 두 분, 식사는 하셨나요?"

"아직 하지 않았습니다만 부인의 이야기를 먼저 듣고 싶군요."

"사건이 해결된다면 저도 매우 기쁠 겁니다. 남편이 아직도 쓰러져 있다는 것을 믿을 수가 없어요."

부인이 몸을 떨자 실내복이 흘러내리면서 가는 상처가 있는 팔뚝이 드러났다. 팔뚝에는 생생한 빨간 반점 두 개가 확연히 나타나 있었다. 그녀는 팔뚝을 재빠르게 가렸다.

"오, 상처가 또 있군요. 이건 어떻게 난 상처인가요?"

"별 거 아닙니다. 지난밤 사건과도 전혀 관계가 없고요. 제가 이야기를 할 테니 일단 이쪽에 앉으세요. 저는 유스터스 브래큰스톨 씨의 아내입니다. 결혼한 지 이제 1년 정도 되었는데, 결혼생활이 행복하지 않았다는 것을 굳이 숨기지는 않겠습니다. 이웃들이 모두 알고 있고, 제 잘못도 없다고는 할 수 없으니까요. 저는 보수적이라고는 할 수 없는 오스트레일리아 남부에서 자유분방하게 자랐습니다. 그래서 교양 있는 숙녀인 척해야 하는 이곳의 삶이 너무 불편했습니다. 게다가 제 남편인 유스터스 경은 정말 지독한 술꾼이어서 잠깐이라도 같이 있는 게 너무 힘들 정도였어요. 활발한 성격에 감수성이 풍부한 제가 그런 남자와 함께 살아야 한다니 상상하실 수 있나요? 이런 불행한 결혼생활을 의무라고 하는 것이야말로 신성모독이라고 생각해요. 여성에게 불합리한 영국의 법(당시 영국의 법에 따르면 여성이 이혼하기 위해서는 간통 외에 강간, 동성연애, 근친상간, 수간, 신체폭행, 2년 이상의 가정 유기 등이 있어야 가능함-옮긴이)은 저주받아 마땅하죠. 하늘이 가만두지 않을 겁니다."

그녀는 갑자기 벌떡 일어났고, 이마의 멍 자국 아래 있는 눈에서는 증오가 들끓고 있었다. 옆에 있던 하녀가 그녀의 머리를 다시 쿠션에 기댔고 그녀는 분노가 슬픔으로 바뀌었는지 거세게 흐느꼈다. 잠시 후 그녀가 이야기를 계속했다.

"죄송해요. 지난밤에 일어났던 일을 계속해서 말씀드리겠습니다. 이미 파악하셨는지도 모르겠지만 하인들의 숙소는 별채 건물에 있고, 이 건물은 주거 공간으로 사용되고 있어요. 뒤쪽에 부엌이 있고 2층에는 부부 침실이 있습니다. 제 하녀 테레사는 제 방 위층에서 자고요. 그 외에는 아무도 없어서 여기서 소리를 지른다고 해도 별채 사람들은 아무도 듣지 못해요. 강도들은 이런 사실을 미리 알고 있었던 것 같아요. 그렇지 않다면 그렇게 행동하지는 않았을 거예요.

 남편은 10시 반 정도면 잠자리에 듭니다. 하인들은 이미 자기들 숙소로 돌아가고, 제 하녀는 제가 소리 지를 때까지 자기 방에서 자지 않고 있었습니다. 저는 11시가 넘도록 이 방에서 책을 읽고 있었어요. 그러다 2층으로 올라가기 전에 문단속을 했습니다. 남편이 미덥지 않았기 때문에 항상 제가 직접 했죠. 부엌, 식기실, 당구실, 응접실, 총기고, 식당까지 다 돌아보았는데, 식당 창문이 열려 있다는 것을 알았습니다. 얼굴에 바람이 스쳤거든요. 창문을 닫기 위해 커튼을 젖혔는데, 하느님 맙소사! 어깨가 떡 벌어진 중년 남자와 얼굴이 마주치고 말았습니다. 그는 막 창문으로 들어오고 있더군요. 창문은 사실 정원 출입이 가능한 문이라고도 할 수 있죠. 저는 침실 촛불을 손에 들고 있었기 때문에 주위가 잘 보였는데, 중년 남자 뒤로 다른 남자 두 명이 더 있더군요. 그들 역시 막 들어오려던 참이었습니다. 저는 뒤로 물러섰지만 중년 남자가 제 손목과 목을 잡더군요. 저는 비명을 지르려고 했지만, 그가 주먹으로 제 얼굴을 때렸고 저는 바닥으로 쓰러지고 말았습니다. 아마 몇 분 동안 정신을 잃었던 것 같아요. 눈을 떠보니 저를 식탁 의자에 묶어놓았더군요. 얼마나 세게 묶었는지 전 전혀 움직일 수 없었습니다. 손수건으로 입을 틀어막아서 소리도 지를 수 없었죠.

 그때 지독히 운이 없던 남편이 식당으로 들어왔어요. 그는 수상한 소리를 알아챘는지 손에 곤봉을 들고 있었습니다. 잠옷 셔츠와 바지를 입고 있었는데, 뒤에 오던 강도 한 명에게 재빨리 달려들었습니다. 그때 중년 남자가 허리를 숙여서 난로의 부지깽이를 들더니 남편의 머리를 아주 세게 내려치더군요. 남편은 신음도 내지 못하고 쓰러졌고 다시는 움직이지 않았습니다.

저는 그 모습을 보고 다시 정신을 잃었어요. 그러다가 정신을 차려 보니 강도들은 찬장에서 은그릇을 모조리 꺼내 쌓아놓았고, 와인도 한 병 꺼내서 자기네끼리 한 잔씩 하고 있었습니다. 중년 남자는 수염을 길렀고 다른 두 남자는 수염도 없고 젊은 것으로 보아 부자지간인 것 같았습니다. 서로 소곤소곤 이야기를 나누더군요. 그러더니 제가 잘 묶여 있는지 확인하고, 창문을 닫고 나갔습니다. 15분 정도 애쓴 뒤에야 저는 입에 물린 재갈을 풀 수 있었고 소리를 질러서 하녀가 도우러 왔어요. 다른 하인들도 곧 달려왔고 지역 경찰을 부르자 그들이 런던에 연락했다고 하더군요. 제가 아는 건 이게 전부입니다. 이제 다시 이 일을 떠올리고 싶지도 않아요."

"홈즈 선생님, 더 물어보실 게 있나요?"

홉킨스 경위가 홈즈를 바라보며 물었다.

"이 정도면 됐습니다. 브래큰스톨 부인을 더 힘들게 하고 싶지 않군요. 식당에 가기 전에 이번엔 부인의 하녀 이야기를 들어보고 싶습니다만."

"네, 저는 그놈들이 집안에 들어오기 전부터 보고 있었습니다. 제 방 침실 창가에 앉아 있었는데 세 남자가 대문 옆에 서 있었거든요. 그때는 대수롭지 않게 생각했습니다. 부인께서 비명을 지른 건 그들을 보고 한 시간 정도가 지났을 때였습니다. 저는 부인의 비명을 듣고 재빨리 달려왔고, 나머지는 부인이 말씀하신 그대로입니다. 주인님은 바닥에 쓰러져 있고 피를 많이 흘려서 방 안은 온통 피투성이였습니다. 부인은 드레스에 주인님의 피를 묻힌 채 묶여 있었으니 보통 여자 같았으면 정신 착란을 일으킬 만도 했겠지만, 브래큰스톨 가의 안주인답게 용기를 잃지 않으셨죠. 제가 말씀드릴 건 이게 전부예요. 이제 부인은 올라가서 좀 쉬셔야 할 것 같습니다."

하녀는 부인을 부축했고 어머니 같은 다정한 모습으로 침실로 데려갔다.

"저 하녀는 브래큰스톨 부인과 평생을 함께 보냈다고 하더군요. 아기 때부터 유모로 있었는데, 18개월 전에 오스트레일리아를 함께 떠나 영국으로 왔다고 합니다. 요즘은 저런 하녀를 구할 수가 없는데 부인은 운이 좋은 거죠. 홈즈 선생님, 식당은 이쪽입니다."

홈즈의 얼굴은 잠시 호기심으로 가득했지만 이내 그 관심이 사라졌다는 것을 알 수 있었다. 즉, 홈즈를 잡아둘 수 있는 이 사건의 매력이 없어진 것이다. 아직 범인을 체포하지 못했지만 흔한 악당을 잡는 것은 영국의 경찰도 충분히 할 수 있는 일이었다. 의학 지식이 깊은 의사가 불려 와서 가벼운 감기를 치료해야 한다는 것을 알게 되었을 때처럼, 홈즈의 얼굴에는 언짢아하는 기색이 역력했다. 하지만 아베이 농장의 식당 풍경은 그의 주의를 다시 끌기에 충분히 묘했다.

식당은 천장이 매우 높고 아주 큰 방이었다. 천장은 떡갈나무에 무늬를 새겨 넣었고, 벽 둘레에는 사슴 머리를 박제한 것과 고대의 무기들이 멋지게 장식되어 있었다. 입구 반대편에는 부인의 말대로 큰 창문이 달려 있었다. 오른쪽에는 세 개의 작은 창문이 있었고, 그곳을 통해 차가운 겨울 햇살이 들어오고 있었다. 왼쪽에는 크고 깊숙한 벽난로가 있었고, 그 위로 떡갈나무로 만든 선반이 묵직하게 설치되어 있었다. 그리고 벽난로 옆에는 팔걸이가 있는 의자가 있었는데 의자에는 진홍색 끈이 어지럽게 휘감겨 있었고, 양끝이 아래쪽에 단단하게 묶여 있었다. 부인을 풀어주면서 몸만 빼낸 듯했다. 하지만 이런 사실들은 나중에 알게 되었다. 우리의 시선은 호랑이 가죽으로 만든 깔개 위에 쓰러져 있는 유스터스 경의 끔찍한 모습에 집중되었다.

　유스터스 경은 40세 정도로 키가 크고 날씬한 몸매로 얼굴은 천장을 향했는데, 짧고 검은 수염 사이로 하얀 이가 빛나고 있었다. 머리 위로 쳐든 두 손에는 곤봉이 가로놓여져 있었고, 검게 그을린 잘생긴 얼굴은 일그러졌는데 마치 악마 같은 표정으로 앙심과 증오가 모두 담긴 얼굴이었다. 침입자의 소리를 들었을 때 그는 침대에 있다가 나왔는지 맵시 있는 수가 놓인 잠옷 차림에 맨발이었다. 머리에 있는 상처는 매우 심한 것이어서 그를 쓰러뜨린 힘이 얼마나 무자비한 것이었는지 알 수 있었다. 그의 옆에는 무거운 부지깽이가 구부러진 채 그대로 놓여 있었다. 홈즈는 부지깽이와 처참하기 짝이 없는 시신을 신중하게 살펴보았다.

　"오, 랜들이라는 중년 남자는 힘이 매우 센 사람이었나 보군."
　"맞습니다. 그자의 기록이 저한테도 있는데 매우 거친 놈입니다."
　"금방 잡을 수 있을까?"
　"물론이죠. 안 그래도 그는 요주의 인물이었고 최근에는 미국으로 도망쳤다는 소문도 있었습니다. 이제 여기 있다는 것이 확실해졌으니 도망갈 수는 없을 겁니다. 모든 항구에 소식을 전했고 현상금까지 걸었으니 곧 잡힐 겁니다. 부인이 그들의 인상착의를 알고 있고, 경찰이 그들을 이미 알고 있는데 이런 짓을 하다니 대담한 놈들이에요. 목격자가 입을 열면 경찰이 자신들의 신상을 파악하는 것은 시간문제라는 걸 잘 알 텐데 말이죠."

"그러게 말일세. 브래큰스톨 부인의 입도 막아놓는 게 일반적인 생각인데……."

"혹시 범인들은 그녀가 기절했다가 깨어나지 못할 줄 알았던 게 아닐까?"

내가 의견을 말했다.

"부인이 의식이 없는 것처럼 보였을 수도 있으니 그럴 수도 있지. 그런데 홉킨스, 유스터스 경은 어떤 사람이었나? 부인은 남편을 매우 싫어한 것 같은데."

"술에 취하지 않았을 때는 다정한 사람이었다고 합니다. 그러나 술에 취하면 악마가 따로 없었다더군요. 술만 입에 대면 별 짓을 다했기 때문에 여러 번 철창 신세를 질 뻔했습니다. 심지어 부인이 기르던 개에게 기름을 붓고 불을 붙인 적도 있고, 부인의 하녀인 테레사에게 식탁의 유리병을 던진 적도 있다고 하더군요. 우리끼리의 얘기지만 아마 그가 사라져서 집안 분위기가 훨씬 밝아질 게 분명합니다. 홈즈 선생님, 지금 뭘 보고 계신 건가요?"

홈즈는 경위의 말을 들으면서 무릎을 꿇고 부인을 묶었던 붉은 줄의 매듭을 자세히 살펴보고 있었다. 그는 범인들이 잡아당겨 뜯어낸 부분을 자세히 관찰하던 중 끈의 맨 끝부분의 올이 풀려 있다는 것을 발견했다.

"이 줄은 부엌의 초인종 줄이군. 잡아당길 때 초인종이 크게 울렸을 텐데."

홈즈가 중얼거렸다.

"그 소리는 아무도 듣지 못했을 겁니다. 부엌은 건물 맨 뒤쪽에 있으니까요."

"소리를 들을 사람이 없다는 것을 강도들이 미리 알고 있었을까? 누군가 들을지도 모르는데 초인종 줄을 잡아당겼다는 것은 좀 이상하군."

"그러게요. 정말 그렇습니다. 강도들은 이미 이 집과 일상생활에 대해 잘 알고 있는 게 분명해요. 이른 시각에 하인들이 잠자리에 들면 부엌 초인종이 울려도 들을 사람이 없다는 것을 알고 있었던 거죠. 아마 강도들과 내통한 하인이 있었을 겁니다. 하지만 이 집에서 일하는 여덟 명의 하인들은 모두 착한 사람들이에요."

"착하지 않다고 해도 마찬가지일세. 주인이 던진 유리병을 맞은 하녀라면 의심해 볼 수도 있겠지. 하지만 하녀는 주인마님에게 매우 헌신적인 듯하니 그녀를 배신했을 리는 없을 것 같군. 뭐 그게 중요한 건 아니니까. 일단 랜들 3인조만 잡는다면 공범을 잡는 건 간단한 일이겠지. 지금 눈앞에 벌어져 있는 것들을 보면 부인의 이야기는 모두 사실인 것 같군."

홈즈는 말을 바치고 정원을 향한 창문을 활짝 열었다.

"여기는 아무 흔적이 없군. 땅바닥이 딱딱하니 발자국도 기대할 수 없을 것 같고……. 벽난로 위에 있는 이 초에 불을 켰나 보군."

"네, 부인의 방에 있던 초인데 강도들은 이 초에 불을 밝히고 방 안으로 돌아다닌 것 같습니다."

"그렇군. 그런데 강도들은 무엇을 훔쳐갔나?"

"별로 많이 가져가지는 않았습니다. 천장의 식기 조금이에요. 뜻밖에 유스터스 경이 죽어서 당황한 놈들이 그 정도만 가져간 게 아닌가 하는 게 부인의 생각입니다. 그렇지 않았다면 집의 물건을 싹쓸이했을 텐데 말이에요."

"물론 그랬겠지. 그런데 그들이 와인을 마셨다고 하지 않았나?"

"마음을 진정시키기 위해서 그러지 않았을까요?"

"그럴 수도 있겠지. 여기 있는 이 세 개의 유리잔에 손을 댄 사람은 없겠지?"

"네, 술병도 범인들이 만지고 난 그대로입니다."

"그럼 좀 살펴보겠네. 아니 그런데 이건 뭐지?"

유리잔은 세 개가 한곳에 모여 있었는데, 모두 와인이 묻어 있고 그 중 한 개에는 와인 찌꺼기가 남아 있었다. 술병은 잔 가까이 세워져 있었는데, 3분의 2쯤 남아 있는 술병에는 아직도 젖어 있는 긴 코르크 마개가 놓여 있었다. 병 모양과 병에 내려앉은 먼지를 살펴보니 와인은 상당히 오래된 귀한 것이 분명했다.

갑자기 홈즈의 태도가 달라지면서 진지한 표정이 얼굴에 나타났다. 그의 강렬해 보이는 두 눈에는 사건에 대한 흥미가 가득했는데, 그는 코르크 마개를 들고 꼼꼼하게 살펴보았다.

"코르크 마개를 어떻게 뽑은 건가?"

홈즈의 질문에 홉킨스는 반쯤 열린 서랍을 가리켰다. 그 안에는 코르크 마개를 따는 큰 송곳과 식탁보가 있었다.

"브래큰스톨 부인이 여기 있는 이 송곳이 사용되었다고 했나?"

"아니오. 포도주 병을 딸 때 그녀는 의식이 없었습니다."

"아 그렇군. 사실을 말하자면 저 송곳은 사용되지 않았네. 이 병마개는 휴대용 송곳으로 땄어. 아마 다용도 칼에 덧붙어 있는 것으로 길이는 3.5센티미터 정도 되었을 거야. 이 송곳을 썼다면 코르크 마개를 관통해서 한 번에 땄겠지. 그자를 잡으면 소지품 중에서 다용도 칼도 찾을 수 있을 거야."

"역시 홈즈 선생님은 대단하시군요."

"하지만 여기 있는 술잔들은 어떻게 생각해야 할지 모르겠군. 브래큰스톨 부인은 세 남자가 마시는 것을 직접 봤다고 말했지?"

"네, 분명히 그렇게 말했죠."

"그렇다면 더 할 말이 없군. 하지만 유리잔은 아주 중요한 단서가 될 거야. 홉킨스 경위는 내 말에 별로 동의하는 것 같지는 않지만, 나처럼 전문적인 지식과 예리한 추리 능력을 가지고 있는 사람은 가까운 설명보다 멀리 있는 복잡한 설명이 더 매력적일 때가 있다네. 그럼 여기까지 하세. 홉킨스 경위, 솔직히 내가 도움이 될 것 같지는 않군. 이 사건은 아주 명백하니까. 혹시 랜들이 체포되거나 다른 방향으로 사건이 진전되면 말해 주게. 아마 곧 경위의 사건 해결을 축하할 수 있을 것 같군. 왓슨, 그럼 우리는 이만 돌아가도록 하세."

집으로 돌아가는 길에 홈즈의 얼굴을 보니 그가 이해되지 못한 무언가 때문에 괴로워하고 있다는 것을 알 수 있었다. 홉킨스 경위에게는 사건이 해결된 것처럼 이야기했지만, 무언가 마음에 걸리는 것이 있음이 틀림없었다. 그런 표정으로 보아 그의 머릿속은 아직도 아베 이 농장에 있다는 것을 알 수 있었다. 우리가 탄 기차가 교외의 역을 빠져나가려고 할 때, 홈즈는 갑자기 나를 잡고 기차에서 뛰어내렸다.

"왓슨, 갑자기 내려서 미안하네. 내 생각이 틀릴지도 모르지만 이대로 넘어갈 수는 없어. 진실은 이게 아니라고 내 직감이 말하고 있네. 부인의 이야기도 하녀의 진술도 완벽해. 하지만 뭔가가 이상해. 이것을 뒤집을 수 있는 것은 그 세 개의 유리잔이야. 결론을 알고 사건을 보지 않았더라면, 평소처럼 있는 사실 그대로 사건을 바라본다면 다른 결론을 얻을 수 있지 않았을까? 자, 사건을 다시 새롭게 접근해서 지어낸 이야기에 휘둘리지 않을 명확한 단서를 찾아보세. 치즐허스트 행 기차가 올 때까지 여기 벤치에 앉아 생각해 보자고. 자, 브래큰스톨 부인과 하녀의 진술이 거짓말이라는 것을 내가 반박할 테니 자네가 들어보게. 부인의 아름다움 때문에 판단을 그르쳐서는 안 되네.

그녀의 이야기에는 의심스러운 부분이 있어. 그 강도들은 보름 전에 시드넘에서 범죄를 크게 저질렀고, 놈들에 대한 이야기와 인상착의가 신문에 크게 났어. 그래서 그걸 보고 가상의 강도가 침입한 이야기를 꾸며내야겠다고 생각했을 거야. 일반적으로 보면, 일을 크게 한탕 한 강도는 한동안은 번 것을 쓰느라 다른 짓을 하지 않아. 강도들이 그렇게 빨리 다음 사건에 착수했다는 것은 아무리 생각해도 이해가 되지 않는다네. 또 그렇게 이른 시간에 남의 집에 침입했다는 것도 이해하기 힘들고. 게다가 부인이 비명을 지르지 못하게 하려고 주먹을 휘둘렀다는 것도 이상해. 상식적으로 생각해 봐도 그렇게 하면 오히려 비명을 지르기가 더 쉬웠을 거야. 게다가 수적으로도 우세해서 남자 한 명 정도는 충분히 제압할 수 있었을 텐데 굳이 살인을 했어. 그리고 값비싼 물건들이 가득한데 은그릇 몇 개만 가져갔다는 것도 이상하고. 마지막으로 그런 자들이 와인을 마시다 말고 남겼다는 것도 정말 이상하다네. 왓슨, 이러한 모든 것들이 자네는 이상하다고 생각되지 않나?"

"자네 말을 들으니 이상한 부분들이 많군. 그런데 하나씩 생각하면 다 가능성이 있는 이야기이지 않은가? 그런데 내 생각에는 부인을 의자에 묶어놓았다는 부분이 가장 수상했네."

"글쎄, 난 잘 모르겠는데…… 범인들은 그들이 도망갈 시간을 벌기 위해서는 그녀도 죽이거나 그렇게라도 묶어놓아야 했겠지. 어쨌든 부인의 이야기가 미심쩍다는 것은 내가 충분히 증명한 것 같군. 그리고 가장 결정적인 단서가 바로 유리잔이라네."

"유리잔이 왜? 어떤 부분에서 그런 생각을 한 건가?"

"자네는 아까 봤던 유리잔을 기억할 수 있겠나?"

"그럼! 아주 분명하게 기억하고 있다네."

"우리는 부인에게서 세 남자가 와인을 마셨다고 들었네. 정말 그랬을까?"

"그게 어떻다는 거지? 세 잔 모두 와인이 묻어 있지 않았나?"

"그랬지. 그런데 와인의 찌꺼기가 들어 있던 건 한 잔뿐이었네. 그걸 보고 뭐 생각나는 것 없나?"

"보통 그 찌꺼기는 마지막 잔에 있을 가능성이 높지 않은가?"

"그렇지 않다네. 병에는 부유 물질이 가득 차 있었네. 그렇기 때문에 처음 두 잔은 깨끗하고 세 번째 잔에만 찌꺼기가 남아 있다는 것은 말이 안 되네. 그럴 경우 두 가지 설명이 가능하지. 하나는 두 잔을 따른 후 병을 마구 흔들어서 세 번째 잔에 따랐을 경우 그 잔에만 찌꺼기가 들어갔다는 가정일세. 하지만 이 가정은 그럴듯하지 않아. 나는 내 판단이 옳다고 확신하는데 이건 아닐 걸세."

"그렇다면 자네 생각은 뭔가?"

"다른 하나는 두 잔만 사용했을 경우. 즉 범인은 두 개의 잔만 사용한 뒤, 세 명이 마신 것처럼 보이려고 두 잔의 남은 와인을 세 번째 잔에 따랐던 거지. 난 아마 그랬을 거라고 확신하네. 지금까지의 추리가 모두 맞는다면 이 사건은 진부한 강도 사건이 아닌, 아주 놀라운 사건으로 바뀌게 되지. 브래큰스톨 부인과 하녀가 거짓말을 했으니까. 그들은 진짜 범인을 숨기고 있는 것이지. 즉, 그들의 도움 없이 우리 힘만으로 이 사건을 해결해야 한다는 뜻이기도 하네. 오, 치즐허스트 행 열차가 오고 있군."

아베이 농장 저택에서 일하던 가정부는 우리가 다시 오는 것을 보고 깜짝 놀랐다. 홈즈는 홉킨스가 상부에 보고하기 위해 이미 저택을 떠난 것을 알고 있었기 때문에 식당으로 들어가 문을 잠가버렸다. 그리고 자신의 추리에 뼈를 세우기 위해 두 시간 동안 추가 조사에 몰두했다. 나는 그가 조사하고 있는 단계를 눈으로 뒤쫓으면서 관련된 내용들을 나름대로 생각해 보고 있었다.

불행하게 삶을 마친 유스터스 경의 시신은 이미 치워지고 없었지만, 다른 것은 아침에 본 그대로 남아 있었다. 홈즈는 갑자기 육중한 벽난로 위로 올라갔다. 그의 머리 위에는 몇 센티미터 정도 되는 붉은 끈이 남아 있었다. 한참 동안 그 끈을 쳐다보다가 더 가까이 보기 위해 벽에 설치된 나무 선반에 무릎을 올려놓았다. 이렇게 하고 손을 뻗자 끊어진 초인종 줄에서 겨우 몇 센티미터 안쪽까지 손이 닿았다. 그러나 그의 관심을 끈 것은 그 줄이 아닌 나무 선반이었다. 그러다 가 그는 만족스러운 목소리로 작게 외치더니 바닥으로 뛰어내렸다.

"왓슨, 이제 사건을 해결했네. 이건 아주 주목할 만한 가치 있는 사건이야. 내가 멍청하게 내 생애 최고의 실수를 저지를 뻔했군. 이제 몇 가지 빼고는 내 추리가 완성됐네."

"범인들은 대체 누군가?"

"단 한 명이라네. 하지만 아주 힘이 센 놈이야. 부지깽이가 휘어진 것만 봐도 충분히 알 수 있지. 키는 약 190센티미터 정도에 민첩하고 손재주도 좋다네. 머리도 매우 좋은 녀석인 것 같아. 지금까지 우리가 들었던 모든 이야기가 그의 머릿속에서 나왔으니까. 여보게 왓슨, 지금 우린 놀라운 능력을 갖춘 한 사람의 작품을 보고 있다네. 하지만 저 줄에 단서를 남기고 말았어. 저것만 없었어도 내 의심을 사지 않았을 거야."

"자네가 말하는 단서는 어디 있나?"

"저 줄을 잡아당기면 어디가 끊어질 거라고 생각하나? 철사와 연결된 부분일 거야. 그런데 왜 이 줄이 맨 위 몇 센티미터를 남겨놓고 끊어진 걸까?"

"줄이 끊어진 곳에 올이 풀려 있던 것은 아닐까?"

"맞아. 보이는 것처럼 이쪽 끈의 끝부분에 올이 풀려 있다네. 그자는 교활하게 일부러 칼로 올을 풀어놓은 거지. 그런데 다른 쪽 끝은 그렇지 않다네. 여기서는 잘 안 보이지만 벽난로 앞에서는 잘 보인다네. 올이 풀린 흔적이 없이 아주 깔끔하게 잘린 것이 보이지. 대체 무슨 일이 일어난 건지 알 수 있을 거야. 그자는 끈이 필요했네. 하지만 초인종이 울리면 사람들이 올까 봐서 그 줄을 끊을 수는 없었어. 그래서 벽난로 위로 뛰어 올라가서 칼로 줄을 끊은 거야. 손이 닿지 않아서 나무 선반에 무릎을 걸친 흔적이 먼지에 남아 있다네. 내가 팔을 뻗었을 때 7센티미터 정도 모자랐으니까 그는 나보다 그만큼 키가 크다고 할 수 있지. 잠깐, 부인이 묶여 있던 의자에 무슨 자국이 있는데 저게 뭐지?"

"핏자국일세."

"오, 그렇군. 이럴 수가! 그것만 봐도 부인이 거짓말했다는 것을 알 수 있어. 그녀 말대로 남편이 살해당할 때 그녀가 의자에 앉아 있었다면 어떻게 의자 좌석에 핏자국이 있겠나. 그녀는 남편이 죽은 후에 그 의자에 앉았던 게 분명해. 그녀의 야회복에 이와 동일한 핏자국이 남아 있겠지. 우리는 아직 진 것이 아니야. 패배로 시작했지만 승리로 끝날 걸세. 이제 부인의 하녀 테레사와 이야기를 좀 해야겠군. 하지만 방심하지 말게. 새로운 정보를 얻어야 하니까."

테레사는 상당히 흥미로운 성격의 소유자였다. 매우 엄격한 오스트레일리아 출신의 이 여성은 말이 없고 무뚝뚝했으며 의심이 많았다. 그녀의 마음을 열기까지는 꽤 시간이 걸렸지만, 홈즈가 그녀의 말을 솔직하게 받아들이자 편하게 말해 주었다. 그녀는 이야기를 나누면서 죽은 유스터스 경에 대한 증오를 전혀 숨기지 않았다.

"주인님이 저에게 유리병을 던졌던 것은 사실입니다. 아씨에게 욕

하는 것을 듣고 전 너무 화가 났거든요. 그래서 아씨에게 만약 오빠가 있다면 그렇게 하지 못할 거라고 한 마디 던졌습니다. 주인님은 화가 났는지 저에게 유리병을 던졌어요. 아마 아씨가 없었다면 저에게 몇 개라도 더 던졌겠죠. 그는 항상 아씨를 학대했지만, 자존심 때문에 아씨는 누구에게도 말하지 않았습니다. 심지어 저에게도 털어놓지 않았어요. 아침에 팔에 난 상처를 보셨겠죠? 그 상처는 주인님이 모자 핀으로 찔러서 생긴 상처일 겁니다. 그는 교활한 악마였어요. 제가 이미 죽은 사람에 대해 이렇게 말하는 것을 하느님도 용서해 주실 거예요.

아씨와 제가 주인님을 처음 만난 건 18개월 전이었는데, 그때는 정말 상냥하고 다정한 남자였습니다. 아씨는 첫 해외여행으로 런던에 왔습니다. 그전까지 아씨는 집을 떠난 적이 없었죠. 제게는 마치 18년 전처럼 아득하게 느껴지네요. 우리는 영국에 6월에 도착했고, 주인님을 7월에 만났습니다. 그리고 작년 1월에 결혼했죠. 그는 점잖은 척하면서 명예와 돈으로 아씨를 사로잡았어요. 만약 아씨가 실수를 저질렀다 해도 그에 대한 보상은 충분히 했다고 봅니다. 아씨는 지금 거실에 내려와 계십니다. 물론 두 분을 만나주실 테지만, 너무 많은 것을 질문하지는 말아주세요. 충분히 지쳐 있으니까요."

브랙큰스톨 부인은 여전히 소파에 누워 있었지만 아까보다 표정은 훨씬 밝아져 있었다. 하녀는 부인의 이마에 찜질을 했고, 부인이 입을 열었다.

"다시 오시지 않기를 바랐는데 이렇게 되고 말았군요."

"더 이상 고통을 드릴 생각은 없습니다. 저는 부인을 위해 일을 잘 처리하고 싶어요. 저를 친구로 믿고 대해 주신다면 잘했다고 생각하실 겁니다."

"제가 뭘 말씀드려야 할까요?"

"사건의 진실입니다."

"홈즈 선생, 무슨 말씀을 하시는 건가요?"

"부인, 제 소문에 대해 들으신 적이 없나요? 부인의 이야기가 거짓말이라는 것에 전 무엇이라도 걸 수 있습니다."

부인과 하녀는 깜짝 놀라서 눈을 동그랗게 뜨고 우리를 쳐다보았다.

"정말 무례하시군요. 부인이 거짓말을 하고 있다는 건가요?"

하녀 테레사가 화난 목소리로 홈즈에게 말했다.

"할 말이 없으신 건가요?"

홈즈가 자리에서 일어나며 말했다.

"네, 전 이미 모두 말했어요."

"다시 생각해 보세요. 솔직히 말하는 게 나을 텐데요."

그녀의 아름다운 얼굴에 잠시 망설이는 기색이 엿보였지만, 결심을 굳힌 듯 가면 같은 표정으로 딱딱해졌다.

"이미 말씀드렸고 더 이상 할 말은 없습니다."

"저런, 유감스럽군요."

홈즈는 모자를 들고 어깨를 으쓱하며 부인에게 말했다. 우리는 방을 나와 집 밖 정원으로 나갔다. 정원에는 연못이 있었는데 추운 날씨로 인해 꽁꽁 얼어 있었다. 백조가 다닐 수 있도록 일부 얼음을 걷어냈는데, 홈즈는 그 연못을 한동안 바라보고 있었다. 그리고 정문에 있는 늙은 문지기에게 짧은 편지를 써서 홉킨스 경위에게 전해 달라

고 부탁했다.

"이제부터는 운에 맡겨야겠지만 일부러 다시 여기까지 왔으니 홉킨스에게 약간의 도움이라도 주고 가야 할 것 같군. 모든 진실을 가르쳐줄 수는 없지만 일단 좀 더 사건에 대해 알아보자고. 지금 애들레이드-사우샘프턴 선박 사무실로 가야 해. 펠멜 거리 끝 쪽에 있는 사무실인데 오스트레일리아 남부와 영국을 오가는 다른 증기선 항로도 있지만, 일단 가능성이 높은 곳부터 찾아보는 게 좋을 것 같군."

우리는 애들레이드-사우샘프턴 선박 사무실로 가서 책임자를 찾았다. 책임자는 우리를 반갑게 맞이해 주었고 필요한 정보를 쉽게 얻을 수 있었다. 그 노선은 1895년 6월에 입항했는데 선박은 한 척뿐이었다. 선박은 매우 크고 훌륭한 <지브롤터의 반석>이라는 배였는데, 승객 명단을 보니 애들레이드에서 프레이저 양이 하녀와 함께 승선한 기록이 있었다. 그 선박은 지금 오스트레일리아를 향해 수에즈 운하 남쪽으로 가고 있을 터였고, 승무원들은 한 명만 빼면 1895년 당시와 동일한 사람들이다. 일등 항해사인 잭 크로커 씨가 얼마 전 새로운 증기선 <배스 반석>의 선장이 되었고, 이틀 뒤에는 사우샘프턴에서 출항할 예정이라는 것도 알 수 있었다. 그는 현재 시드넘에서 살고 있었는데, 몇 가지 용건이 있어 사무실에 들를 예정이기 때문에 그를 만나고 갈 수도 있었다. 그러나 홈즈는 굳이 그를 만나고 싶어 하지 않았고, 다만 그의 기록과 성격에 대해서만 몇 가지 질문했다.

크로커 선장의 기록은 감탄할 만한 것이었다. 고급 선원 중에서도 그를 따라올 수 있는 사람이 전혀 없었다. 성격에 대해 말하자면 일을 처리하는 모습은 매우 믿음직스럽지만, 배에서 내리면 불같은 성미에 매우 쉽게 흥분하며 거칠고 극단적이었다. 하지만 정직하고 성실하며 정이 깊다고 했다. 홈즈가 애들레이드-사우샘프턴 사무실에서 알고 싶었던 것은 그에 대한 정보였던 것 같았다.

런던 경찰국으로 간 홈즈는 안으로 들어가지 않고 경찰국 앞에서 잠시 생각에 잠겨 있었다. 그러다가 채링크로스 전신국으로 가서 전보를 치고 나서야 다시 베이커 가로 돌아왔다.

"왓슨, 난 차마 그럴 수가 없었네. 일단 영장이 나오면 그를 구할 길은 사라지고 말아. 난 사건을 해결하면서 범죄자를 찾아낸 것이 오히려 더 나쁜 일이었다는 것을 느낀 적이 몇 번 있어. 그래서 늘 이런 일에는 신중해야 해. 내 양심을 속이는 것보다는 영국의 법과 경찰을 속이는 것이 나으니까 말이야. 일단 좀 더 알아볼 필요가 있겠어."

저녁이 되기 전, 홉킨스 경위가 홈즈를 찾아왔는데 얼굴 표정이 별로 좋지 않았다.

"홈즈 선생님, 당신은 정말 사람이 아닌 그 이상의 능력을 갖고 계신 것이 아닌가 하는 생각이 들어요. 훔친 은그릇이 연못 바닥에 있을 줄이야……. 그 사실을 어떻게 아셨나요?"

"사실 짐작일 뿐 정확히는 몰랐네. 그곳에 있던가?"

"네, 찾아보라고 하셨으니 당연히 있을 거라고 생각했고요. 정말 깜짝 놀랐습니다."

"다행이군. 내가 도움이 되었다니."

"하지만 오히려 사건이 더 어려워지고 말았습니다. 강도가 은그릇을 훔쳤다가 연못에 그것을 버리다니 이건 말이 안 되잖아요?"

"그렇지. 정말 이상한 강도들이라고 할 수 있어. 하지만 이렇게 생

각해 보게나. 은그릇을 원하지 않는 사람, 즉 사람들의 눈을 속이기 위해 은그릇을 가져간 것처럼 꾸민 사람이라면 당연히 그것을 없애 버리고 싶지 않았을까?"

"그렇긴 하지요. 그런데 홈즈 선생님은 왜 이런 생각을 하게 된 건가요?"

"그냥 그럴 수도 있지 않을까 생각한 거지. 강도들이 창문을 통해 정원으로 나갔을 때 바로 연못이 있었어. 게다가 그 연못은 얼음도 깨져 있었고. 그보다 숨기기 좋은 곳은 없었을 것 같았네."

"오, 숨겨놓는다! 그럴듯하군요. 이른 시간이라 은그릇을 들고 길을 돌아다니면 쉽게 눈에 띄었을 테니까요. 나중에 와서 다시 찾아간다고 생각하는 것이 다른 사람들을 속이기 위해서라는 가설보다 좋은데요."

"경위는 역시 경찰다운 감각이 있군. 내 생각이 제대로 정리된 것은 아니었지만, 은그릇을 찾았다는 공로는 인정해 줬으면 좋겠군."

"물론이죠. 이는 모두 홈즈 선생님 덕분입니다. 하지만 사건은 더 미궁 속으로 빠져들고 있어서 전 매우 우울해요."

"무슨 일이 있었나?"

"사실 오늘 아침에 랜들 일당이 뉴욕에서 체포되었다는 소식이 들어왔거든요."

"오, 그렇다면 간밤에 켄트 주에서 그들이 살인을 했다는 것은 모두 거짓말이군."

"네, 완전히 틀린 거죠. 하지만 랜들 부자만 3인조 강도는 아니니까요. 처음 강도짓을 시작한 신참내기일 수도 있잖아요."

"물론 그럴 수도 있겠지."

"전 이만 돌아가겠습니다. 사건이 해결되기 전에 쉴 수는 없으니까요. 혹시 저에게 알려줄 만한 다른 단서는 없으신가요?"

"이미 알려주었네. 아까 말한 다른 사람들을 속이려고 한 눈속임 말이세."

"네? 그게 왜 문제가 되는 건가요?"

"잘 생각해 보게. 그러면 무언가 있다는 것을 알 수 있을지도 모르니까. 그럼 조심해서 가보게나. 수사가 진척되는 상황이 있으면 알려주고."

홈즈와 나는 저녁 식사를 마쳤고, 그는 파이프에 불을 붙여 담배를 피우기 시작했다. 슬리퍼를 신은 발은 벽난로에 있는 불 쪽으로 뻗어 나른한 저녁 한때를 즐기고 있었다. 그러다가 문득 시계를 본 홈즈가 말했다.

"왓슨, 이제 곧 사건의 진전이 있을 거야."

"언제쯤?"

"앞으로 몇 분이면 충분하겠군. 자네는 내가 좀 전에 홉킨스에게 냉정하게 굴었다고 생각하나?"

"겉으로는 그렇게 보이지만 자네가 무언가 생각하고 있는 게 따로 있겠지."

"오, 역시 내 친구답군. 지금 내가 알고 있는 것은 비공식적인 것인데, 그가 알게 되면 공식적인 것이 될 수밖에 없어. 나는 개인적인 판단을 결정할 수 있지만 그는 경찰이니 그렇게 할 수 없지. 그는 자신이 알게 된 모든 것을 다 밝혀야만 한다네. 만약 그렇지 않으면 배임

행위가 될 테니까. 그래서 모든 게 확실해지기 전에는 그를 괴롭히고 싶지 않아서 내가 확실한 결정을 내리기 전까지 모든 정보를 알려줄 수가 없었네."

"역시 그렇군. 그런데 결정은 언제 내릴 텐가?"

"이제 때가 된 것 같아. 감동적인 마지막 장면을 기다려보자고."

그때 계단에서 발소리가 나더니 베이커 가를 찾은 남자 중 가장 잘생기고 멋진 남자가 들어왔다. 훤칠한 키, 금색의 콧수염, 푸른 눈, 태양에 그을린 피부뿐만 아니라 탄성 있는 걸음걸이는 그가 강하면서도 활동적이라는 사실을 말해 주었다. 문을 닫은 그는 격정적인 감정을 가라앉히려는 듯 주먹을 꽉 쥐고 서 있었다.

"오셨군요, 크로커 선장. 이쪽으로 앉으세요."

크로커 선장이라 불린 잘생긴 남자는 안락의자에 앉아 매서운 눈길로 우리를 바라보았다.

"홈즈 선생, 전보를 받고 시간에 맞춰 왔습니다. 회사 사무실에 들렀다고 하던데, 어떻게 할 것인지 말씀해 보세요. 저를 체포하실 건가요? 그렇게 앉아서 저를 갖고 노는 표정으로 보지 마십시오."

"왓슨, 손님이 몹시 흥분했으니 시가를 하나 드리는 게 좋겠군. 크로커 선장, 불안해하지 마시오. 당신이 그저 범죄자일 뿐이라고 생각했다면 일부러 이곳으로 오라고 해서 담배를 같이 피우고 있진 않았을 테니까. 모든 일을 솔직하게 말하면 도와줄 수도 있지만, 그렇지 않다면 어쩔 수 없을 겁니다."

"도대체 당신은 무엇을 바라는 겁니까?"

"지난밤, 아베이 농장에서 벌어진 일들을 모두 알고 싶소. 가감 없이 모두 사실대로 말이오. 나는 조사를 통해 많은 단서들을 얻었어요. 만약 진실을 밝히지 않는다면 난 바로 경찰을 부를 겁니다. 그렇게 되면 모든 게 엄정한 법대로 처리될 거요."

크로커 선장은 잠시 생각에 잠기더니 검게 그을린 손으로 자신의 무릎을 치며 말했다.

"좋습니다. 한 번 믿어보죠. 홈즈 선생은 약속을 지키는 정직한 분일 거라고 생각하고 싶으니까요. 하지만 먼저 말해 두겠습니다. 저는 제 행동을 전혀 후회하지 않고 두려울 것도 없습니다. 만약 유스터스, 그 나쁜 놈의 목숨이 여러 개라면 저에게 모두 줘야 할 겁니다.

하지만…… 메리 프레이저 양을 생각하면…… 저는 그녀를 브래큰스톨 부인이라고 절대 부르지 않겠습니다. 그녀가 그 집에서 고통받았던 시간을 생각하면 저는 목숨이라도 바칠 수 있어요. 그녀의 얼굴에 미소를 줄 수 있다면 무엇이라도 할 수 있죠. 제가 괴로운 이유는 단 하나, 그녀입니다. 하지만 이제는 어쩔 수 없으니 모든 것을 사실대로 말씀드리죠. 이야기를 다 들으면 말씀해 주세요. 당신들 같으면 어떻게 할 수 있었는지.

홈즈 선생이 아는 것처럼 그녀는 <지브롤터의 반석> 호의 승객이었습니다. 제가 1등 항해사로 있을 때 만나게 되었는데, 첫날부터 그녀는 제 인생에 하나뿐인 사람이 되었습니다. 항해 내내 저는 그녀를 점점 더 사랑하게 되었고, 그녀가 디딘 갑판에 수도 없이 입을 맞추기도 했습니다. 하지만 그녀는 내게 자신의 마음을 보여준 적이 한 번도 없었습니다. 그녀는 나를 다른 남자들과 똑같이 무심하게 대했죠. 하지만 그녀를 원망하는 마음은 전혀 없었습니다. 그녀를 향한 나의 사랑은 지극했지만 그녀 쪽에서는 단순한 호의와 우정이었을 뿐이지요. 배에서 내리면 그녀는 자유로운 몸이었지만, 저는 영원히 그녀에게서 벗어날 수 없으리라는 것을 알았죠.

다음 항해를 하고 돌아왔을 때, 메리가 결혼했다는 소식을 들었습니다. 물론 그녀가 결혼하지 말라는 법은 없었고, 지위와 재산을 보면 그녀와 매우 잘 어울린다는 생각을 하기도 했습니다. 아름답고 우아한 그녀가 그 정도는 가질 자격이 있다고 생각했으니까요. 그래서 그녀의 행운을 제 일처럼 기뻐했습니다. 저같이 가난한 뱃사람에게 자신의 인생을 맡겼다면 불행할 수도 있으니까요. 저는 이런 마음으로 늘 그녀의 행복을 빌었습니다.

지난번 항해를 마치고 저는 승진을 하게 되었는데, 아직 새 배가 완성되지 않아서 시드넘에서 선원들과 함께 두 달 정도 대기하고 있었습니다. 그런데 어느 날, 뜻밖의 일이 일어났습니다. 시골길에서 그녀의 유모인 테레사를 만난 거죠. 그녀의 소식을 멀리서 듣긴 했지만 다시 볼 수 있으리라고는 생각하지 못했거든요. 그녀는 매우 반가워하면서 저에게 그녀와 그녀의 남편에 대한 이야기를 모두 해주었습니다. 전 그 말을 듣고 너무나 화가 나서 미칠 지경이었습니다. 그녀의 신발 끝도 따라올 수 없는 주정뱅이가 감히 그녀에게 폭력을 행사하다니요!

며칠 후 저는 그녀를 직접 만나게 되었습니다. 그리고 한 번 더 만났는데, 이후 그녀는 더 이상 저를 만나려고 하지 않았습니다. 사건이 일어나던 날, 저는 일주일 안에 출항한다는 소식을 듣고 그녀를 한 번 더 만나기로 결심했습니다. 테레사가 제 편이었기 때문에 그녀를 만나는 것은 크게 어렵지 않았어요. 테레사는 메리를 깊이 사랑했고 그 남편을 악마보다 더 증오했으니까요.

그녀는 1층의 작은 방에서 저녁마다 책을 읽곤 했습니다. 밤에 몰래 그곳에 가서 창문을 긁어 소리를 냈지만 그녀는 문을 열어주려고 하지 않았습니다. 하지만 그녀의 마음은 이미 저를 향해 있었죠. 추운 바깥에 저를 세워둘 수는 없었기 때문에 그녀는 정원 문으로 들어오라고 했습니다. 그녀는 자신의 남편이 저지른 짓들을 이야기했고, 저는 분노로 가슴이 타들어가는 것을 느꼈습니다. 저는 그녀와 창문 안쪽에 서 있었죠. 그녀를 처음 만나고 지금까지 저는 그녀의 명예를 더럽힐 어떤 행동도 하지 않았다는 것을 맹세할 수 있습니다. 그런데 그 남편이라는 놈이 식당으로 뛰어들어 그녀에게 욕을 하더군요. 남자가 여자에게 할 수 있는 최악의 욕이었습니다. 그리고 손에 들고 있던 곤봉으로 그녀의 얼굴을 세게 후려치더군요. 저는 부지깽이를 집어 들고 그와 한참 동안 싸웠습니다. 여기 팔뚝에 그에게 당한 상처도 있습니다. 저는 그놈의 머리를 내리쳤고 그는 죽어버린 거죠. 하지만 제 잘못은 아니었습니다. 당시에는 그놈과 저의 생사가 달린 싸움이었으니까요. 그리고 그놈과 그녀의 생사가 달린 싸움이기도 했죠. 그런 정신 나간 놈에게 그녀를 남겨두고 배를 탈 수는 없었습니다. 사건은 그렇게 된 겁니다. 정말 제가 잘못한 건가요? 만약 홈즈 선생이 저였다면 그 상황에서 무엇을 어떻게 할 수 있었을까요?

그가 그녀를 후려쳤을 때 그녀가 지른 비명을 듣고 테레사가 뛰어내려왔습니다. 찬장 안에는 와인이 한 병 있었는데 나는 뚜껑을 따고 와인을 한 모금 메리의 입속으로 흘려 넣어주었어요. 그녀는 충격으로 새하얗게 질려 핏기가 하나도 없었으니까요. 저도 나중에 와인을 조금 마셨죠. 테레사와 저는 이야기를 꾸며냈고, 강도가 한 일처럼 보이게 하기로 했습니다. 메리에게는 우리가 꾸며낸 이야기를 기억할 수 있게 했고요. 그 사이 저는 벽난로 선반 위로 올라가 부엌과 연결되는 초인종 줄을 잘라서 그녀를 의자에 묶어두었습니다. 강도가 벽난로 위에서 줄을 끊는 건 어색해 보일 것 같아 줄이 자연스럽게 끊어진 것처럼 보이도록 끝부분을 풀어두었죠. 그리고 강도가 훔쳐 간 것처럼 하기 위해 은그릇을 몇 개 가지고 그곳을 떠나면서 15분 후에 소리를 지르라고도 말했습니다. 은 식기는 연못에 모두 던져 넣었고 다시 시드넘으로 갔습니다. 솔직히 말씀드리면, 제 평생 그렇게 유익한 밤은 없었습니다. 제 이야기는 다 끝났습니다.”

홈즈는 그의 이야기가 끝난 후에도 말없이 담배만 피우고 있었다.

“제 생각도 역시 그렇습니다. 사실만을 말씀하셨다는 것은 잘 압니다. 곡예사나 선원이 아니라면 그렇게 줄을 끊을 수 있는 사람은 없었을 테니까요. 그래서 저는 부인과 접촉했을 가능성이 있는 선원을 찾은 겁니다. 그리고 그녀가 그를 보호해 주려고 한 것으로 보아 사랑하고 있다는 것 역시 알 수 있었습니다. 확신을 갖게 되자 당신을 찾아내는 것은 아주 간단한 일이었지요.”

“저는 경찰이 이 사건의 진실을 절대로 알아낼 수 없을 거라고 생각했습니다.”

“경찰이 뭐 그렇죠. 아마 앞으로도 그럴 테고요. 어떤 남자라도 당신과 같은 상황이었다면 할 수 있는 행동이었지만, 매우 심각한 사건이라는 것은 분명합니다. 물론 당신은 목숨을 지키기 위한 행동이었으니 정당방위가 될 수도 있을 겁니다. 그러나 그것을 판단하는 것은 영국의 배심원들이고, 어떤 판결을 내릴지는 아무도 모릅니다. 개인적으로 당신을 충분히 이해하기 때문에 앞으로 24시간 안에 사라진다면 방해할 사람은 없을 것이라고 약속드리겠습니다."

"24시간 뒤에는 모든 사실을 밝히실 건가요?"

"물론 그렇습니다."

"홈즈 선생, 지금 날 뭘로 보고 그런 말을 하는 겁니까! 제가 떠나면 그녀가 공범으로 체포될 텐데 나보고 떠나라고요? 그럴 수는 없습니다. 경찰이 날 어떻게 해도 상관없지만 그녀에게는 아무런 해가 가지 않도록 하고 싶습니다. 그럴 수 있는 방법을 찾아주세요."

선장은 화가 나서 얼굴이 벌개져서 말했다.

"지금 한 말은 당신을 떠보기 위한 것이니 진정하세요. 당신의 마음을 충분히 알겠습니다. 나에게 큰 책임이 맡겨졌으니 일을 처리해야겠군요. 홉킨스 경위에게 충분한 암시를 주긴 했는데, 그가 그것을 이해하지 못한다면 제가 할 수 있는 일은 없겠죠. 여기서 모든 일을 해결하도록 하겠습니다. 자, 크로커 선장은 피고, 저는 판사, 여기 왓슨 씨는 배심원입니다. 왓슨만큼 배심원에 어울리는 사람은 없으니까요. 배심원께서는 피고의 변론을 충분히 들으셨죠? 피고는 유죄입니까, 무죄입니까?"

"판사님, 피고는 무죄입니다."

내가 홈즈와 선장을 바라보며 대답했다.

"역시 현명한 배심원이군요. 크로커 선장, 당신은 무죄이니 돌아가시오. 다른 희생자가 없는 한 당신에게 죄를 묻는 일은 없을 겁니다.

1년 후에 그녀에게 돌아가시오. 앞으로 두 분이 행복하게 산다면 오늘 우리가 내린 판단이 옳았다고 확신할 수 있을 것 같군요."

두 번째 얼룩

The adventure of the second stain

<아베이 농장의 모험>을 마지막으로 나는 더 이상 홈즈의 능력을 보여주는 놀라운 사건들을 공식적으로 발표하지 않으려고 했다. 공개할 사건이 없다거나 비밀을 유지하는 사건이라서가 아니다. 아직도 전혀 언급하지 않은 사건들은 수없이 많다. 당연한 이야기지만 독자들이 홈즈의 사건들에 대해 흥미를 잃었기 때문도 아니다. 그 이유는 홈즈가 자신이 해결한 수많은 사건들을 책으로 발표하는 것을 탐탁지 않아 하기 때문이다.

홈즈가 탐정으로서 활동할 때는 그가 해결했던 사건들을 알리는 것이 현실적으로 도움이 되기도 했다. 하지만 요즘에는 런던을 떠나 서섹스 다운스에서 연구와 꿀벌 키우는 일에만 전념하고 있어 유명세가 싫어진 것이다.

그러한 이유로 사건을 공개하는 문제에 대해서는 내가 홈즈의 의견에 전적으로 따라야 했다. 그래서 한동안 그가 발표를 허락하지 않았던 <두 번째 얼룩>에 대한 사건을 발표할 수 있다는 것은 매우 기쁜 일이었다. 그가 맡았던 사건 중에서 가장 대표적인 사건으로 손색이 없으며, 국제적으로 가장 중요한 사건이기도 했다.

꽤 오랫동안 홈즈를 설득한 결과 드디어 발표할 수 있게는 되었지만, 이 사건을 설명하는 것은 매우 조심스러운 일이 아닐 수 없다. 이러한 까닭에 내가 이 사건을 전달하는 과정에서 다소 모호한 태도를 보이는 부분이 있더라도, 내가 말을 아끼는 데에는 그만큼 민감한 사안이라는 점을 감안하여 독자들의 넓은 이해와 아량을 바라는 바이다.

어느 화창한 가을 화요일 아침, 유럽에서 살고 있는 사람이라면 누구나 알 만한 두 사람이 홈즈와 내가 살고 있는 베이커 가의 집으로 찾아왔을 그 당시에는 1년 뒤, 아니 10년 뒤라 하더라도 이 사건에 대해 밝히지 못할 거라 생각했다. 한 사람은 매서운 눈매에 날카로운 콧날의 소유자로 엄격하고 권위에 넘치는 벨린저 경이었다. 그는 영국 수상으로 두 번째 임기를 맞고 있는 유명한 정치가였다.

다른 한 사람은 이목구비가 뚜렷하고 가무잡잡한 피부에 건장한 체격을 가졌으며, 지적으로도 매우 뛰어난 외모의 소유자로 아직 청년의 티를 완전히 벗어나지는 못한 오너러블 트렐로니 호프였다. 그는 현직 우파 의원이자 유럽 외교부 장관을 지내고 있으며, 영국에서 가장 잘 나가는 정치가이기도 했다.

벨린저 경과 호프 장관은 우리가 권한 긴 의자에 앉아 있었다. 신문으로 어질러진 의자에도 아랑곳하지 않고 앉은 그들의 불안하고 초췌한 얼굴을 보니, 얼마나 중요하고도 시급한 문제 때문에 이곳을 찾았는지 쉽게 짐작할 수 있었다. 벨린저 경은 푸른 정맥이 뚜렷하게 보이는 손으로 우산의 상아 손잡이를 움켜쥔 채 홈즈와 나를 번갈아 쳐다보았는데, 그의 표정은 매우 어두웠다. 그 옆에 앉은 호프 장관은 초조함을 달래기 위해서 콧수염을 잡아당기거나 시곗줄에 매달려 있는 도장을 만지작거리면서 말을 꺼냈다.

"홈즈 선생, 갑작스런 방문을 하게 돼서 죄송합니다. 오늘 아침 8시에 아주 중요한 편지 한 통이 없어졌습니다. 즉시 벨린저 경에게 연락을 드렸고, 홈즈 선생에게 사건을 의뢰하자는 제안을 하셨습니다."

"그렇군요. 혹시 경찰에는 알리셨습니까?"

"아니오! 알리지 않았소. 앞으로도 알리지 않을 것이고."

벨린저 경이 그의 특유의 단호한 말투로 대답했다.

"그럴 만한 이유라도 있습니까, 왜 알리지 않는 건가요, 수상님?"

"경찰에게 알리면 국민들에게 알려지게 되지 않겠소? 그래서는 절대 안 되기 때문이오. 잃어버린 편지의 내용은 유럽의 국제 관계와 밀접하게 관련되어 있소. 유럽의 평화가 그 편지에 달렸다고 해도 과언이 아니오. 편지를 훔쳐간 자들이 원하는 것이 편지의 내용을 알리기 위한 것이기도 하고."

"그렇군요. 호프 장관님, 편지가 사라진 상황에 대해서 자세히 설명해 주실 수 있으십니까? 아주 작은 것 하나도 빼놓지 마십시오."

"미안하지만 사실 별로 설명할 게 없습니다. 하지만 그렇게 해보도록 노력하지요. 편지는 외국의 어느 국왕에게 온 것이오. 너무나 중요한 편지이기 때문에 낮에는 사무실 금고에, 밤에는 화이트홀 테라스에 있는 집 침실 문서 보관함에 보관하고 있었어요. 어제 저녁에는 분명히 집에 있는 문서 보관함에 있었고, 난 그것을 내 두 눈으로 분명히 확인했습니다. 집에 돌아와 식사를 하기 전에 옷을 갈아입으면서 확인했으니까요. 그런데 오늘 아침에 편지가 없어졌어요. 문서함은 어젯밤 내내 화장대 거울 옆에 있었고, 아내와 나는 잠귀가 밝아서 누가 침실에 들어왔다면 깨지 않을 리가 없어요. 분명히 아무도 들어오지 않았는데, 어이없게도 편지가 사라지고 만 거요."

"어제 저녁 식사는 몇 시에 하셨나요?"

"정확히 7시 반이었습니다."

"그럼 침실에 들어간 시간은 언제인가요?"

"어제 저녁에 아내는 약속이 있어 극장에 갔습니다. 그래서 나는 아내가 돌아오기를 기다렸고, 우리가 침실에 들어간 시간은 11시 반 정도였을 거요."

"그렇다면 문서함 앞에는 4시간 정도 아무도 없었던 건가요?"

"꼭 그렇다고는 할 수 없어요. 우리 부부 외에 침실에 들어갈 수 있는 사람은 아무도 없습니다. 물론 아침이나 낮에는 일하는 사람들이 들어오지만 밤에는 모두 출입금지니까요. 아침과 낮에 들어오는 사람은 총 3명인데, 오랫동안 우리 집에서 일했기 때문에 모두 믿을 수 있답니다. 게다가 그들은 문서함 안에 이렇게 중요한 편지가 있다는 사실조차 몰랐을 겁니다."

"그럼 그 편지가 그곳에 있다는 사실을 알고 있던 사람이 있나요?"

"집안에 있는 사람들 중에는 아무도 없습니다."

"부인도 모르고 계셨나요?"

"물론 아내도 몰랐습니다. 오늘 아침 편지가 사라지기 전까지는 편지에 대해 어떤 이야기도 하지 않았으니까요."

벨린저 수상은 만족스럽다는 듯이 호프 장관을 바라보며 고개를 끄덕였다.

"호프 장관, 자네의 강한 책임감은 잘 알고 있었지만 정말 비밀만큼은 확실히 지키는군. 이렇게 세계적으로 중요한 사안은 부부 사이에서도 말하지 않는 것이 당연하지. 자네가 자랑스럽군."

"당연한 일인데 이렇게 칭찬해 주시니 정말 감사합니다. 오늘 아침에 편지가 없어지지만 않았더라면 아내는 그 편지에 대해 여전히 몰랐을 텐데요."

호프 장관은 벨린저 수상에게 머리를 숙이며 말했다. 이때 홈즈가 끼어들며 말했다.

"하지만 장관님, 부인이 그 편지에 대해 다른 경로나 짐작으로 알 가능성도 있지 않을까요?"

"홈즈 선생, 그렇지 않습니다. 아내는 물론 아무도 이 편지에 대해 짐작조차 할 수 없어요. 확신합니다."

"호프 장관님, 혹시 전에도 서류를 잃어버린 적이 있나요?"

"한 번도 없었습니다. 이번이 처음이오."

"영국에서 그 편지에 대해서 알고 있는 사람은 누가 있나요?"

"어제 각료 회의 때 각 부 장관들에게 알려주었습니다. 회의 내용을 외부에 알려서는 안 되기 때문에 참석자 모두에게 비밀을 엄수하라는 서약을 받았고, 수상님 역시 특별히 비밀을 지키도록 엄중히 당부하셨습니다. 그런데 몇 시간 지나지 않아 내가 그 편지를 잃어버렸으니 할 말이 없습니다."

호프 장관은 갑자기 절망감에 북받쳤는지 일그러진 표정으로 자신의 머리를 쥐어뜯었다. 감정적으로 혼란을 겪고 있는 그의 모습을 우리는 잠시 지켜보고 있었다. 그는 곧 마음을 정리했는지 처음의 침착한 표정으로 다시 돌아와 말을 이었다.

"실례했습니다. 장관들 외에 우리 부처에서도 그 편지에 대해 알고 있는 관리가 두세 명 정도 있을 겁니다. 이외에 영국에서 그 편지의 존재를 아는 사람은 더 이상 없습니다. 그것만큼은 확실해요."

"그렇다면 외국에서는요? 외국에서도 그 편지에 대해 알고 있는 사람이 없을까요?"

"외국에서 그 편지를 보거나 알고 있는 사람은 편지를 쓴 사람뿐일 거라고 믿습니다. 편지는 공식적인 경로로 전해진 것이 아니기 때문에 그 나라의 장관도 모를 겁니다."

홈즈는 장관의 말을 듣고 잠시 생각에 잠겼다가 다시 말을 꺼냈다.

"그 편지는 대체 어떤 내용인가요? 그 편지 분실이 왜 그렇게 중대한 것인지 좀 더 자세히 설명해 주실 수는 없습니까?"

수상과 장관은 눈빛을 주고받으며 의논하는 것처럼 보였다. 그러다가 수상이 눈살을 찌푸리면서 난처한 표정으로 말했다.

"그렇다면 조금 더 말씀드리도록 하겠소. 편지의 봉투는 길고 얇으며 연한 푸른색이오. 붉은 밀랍으로 봉해져 있었는데, 웅크린 사자 모양의 도장이 그 위에 찍혀 있소. 주소는 획이 굵고 커다란 필적으로……."

"물론 외적인 부분에도 흥미는 있습니다. 하지만 제 질문은 외관상의 문제가 아닙니다. 솔직히 말씀드리면 전 편지의 내용을 알고 싶습니다만."

홈즈는 조심스럽게 수상의 말에 끼어들며 예의 바르게 말했다.

"홈즈 선생, 안타깝게도 그 내용은 아주 중대한 국가 기밀이기 때문에 말씀드릴 수 없소. 그리고 그럴 필요도 없다고 생각하오. 홈즈 선생의 명성이라면 이 정도 설명만으로도 그 봉투를 찾을 수 있을 것이라고 생각하오만. 만약 봉투를 찾아주신다면 나라를 위해 큰일을 한 것이므로, 그에 상응하는 보답을 할 것이오."

"두 분이 영국에서 제일 바쁘신 분이라는 것은 잘 알고 있지만, 그에 못지않게 저도 여러 가지 일로 바쁩니다. 유감스럽게도 전 이 사건을 맡을 수 없습니다. 더 이상 얘기해도 시간 낭비일 뿐이니 이만 돌아가시는 편이 낫겠습니다."

홈즈는 얼굴에 부드러운 미소를 띠며 두 사람에게 말했다.

"매우 무례하군요. 이런 일을 당하는 건 처음이오."

수상은 노기 어린 목소리로 말했지만 다시 자리에 앉아 잠시 생각하더니 어깨를 으쓱하고 말을 이었다.

"어쩔 수 없군. 홈즈 선생의 조건을 받아들이겠소. 당신을 전적으로 신뢰해야 사건을 맡길 수 있는 일일 테니."

"저도 그렇게 생각합니다."

호프 장관이 뒤이어 말했다.

"그럼 당신과 왓슨 박사를 믿고 모든 걸 이야기하겠소. 이 편지의 내용이 외부로 나가면 영국의 큰 재앙이 될 테니 두 분은 애국심으로 비밀을 지켜주길 바라오."

"당연합니다. 비밀에 대해서는 걱정하지 마십시오."

"그 편지는 최근 우리나라의 식민지 확장 정책에 화가 한 외국의 국왕이 보낸 것이오. 하지만 국왕이 화가 나서 감정을 조절하지 못한 채 쓴 것이 분명하오. 그 나라의 장관들도 그 편지의 내용에 대해서

는 전혀 모르고 있었으니 말이오. 편지에는 외교상으로 적절하지 않은 단어와 표현이 있었고 몇몇 구절은 국가적으로 매우 민감한 내용이었소. 아마 편지의 내용이 공개되면 국민 감정을 자극할 것이고, 여론이 들고 일어나게 되면 우리나라는 일주일 안에 큰 전쟁을 시작하게 될지도 모르오."

홈즈는 종이쪽지 위에 이름을 적어 수상에게 말없이 보여주었다.

"그렇소, 이 사람이 편지를 썼소. 전쟁이 시작되면 엄청난 전쟁 비용이 들어갈 것이고, 우리 국민의 소중한 목숨도 앗아갈 거요. 그 내용을 완벽하게 지켜야 하는데 편지가 감쪽같이 없어져버렸으니 이 일을 어찌해야 할지 도무지 모르겠소."

"혹시 편지를 보낸 국왕에게도 이 사실을 알리셨나요?"

"편지 분실이 확인되자마자 전보로 바로 알렸소."

"그 국왕은 편지가 세상에 알려지기를 바라고 있습니까?"

"그렇지 않소. 그 국왕도 경솔한 자신의 행동에 대해 후회하고 있는 듯했소. 편지의 내용이 알려지면 국왕은 물론 그 나라도 큰 타격을 입을 거요."

"그럼 편지가 세간에 알려지게 되면 누가 이익을 보는 겁니까? 왜 그 편지를 훔쳐서 세상에 알리려고 하는 걸까요?"

"그건 매우 복잡한 정치적 문제이기도 하오. 유럽의 상황을 생각해보면 어렵지 않게 알 수 있는 부분이기도 하고. 유럽 각국에서는 무장한 군인들이 언제 일어날지도 모르는 전쟁을 위해 항상 준비를 하고 있소. 현재는 두 개의 군사동맹이 균형을 이루고 있어 평화롭지만, 영국은 그 어느 쪽에도 치우치지 않고 중심을 잡고 있소. 그런데 우리가 둘 중 어느 한쪽으로 가게 되면 그 균형은 깨지게 되는 거요. 영국이 한쪽 동맹과 전쟁을 하게 된다면 자연스럽게 다른 동맹은 우세해지게 될 테니 말이오. 전쟁에 합류하든 하지 않든 그것과는 관계가 없소. 내 말뜻을 알 수 있겠소?"

"물론이죠. 완벽하게 이해했습니다. 그럼 그 편지를 입수하여 발표하면 편지를 보낸 국왕의 적국들에게 이익이 되는 것이군요. 우리나라와 그쪽 국왕의 나라 사이가 안 좋아지게 될 테니 말입니다."

"바로 그렇소."

"그 편지가 적국으로 넘어간다고 가정하면, 누구에게 보낼 가능성이 가장 높을까요?"

"현재 상황이면 유럽 수상 누구라도 상관없을 거요. 아마 그 편지는 지금 가장 신속한 방법으로 그곳을 향해 가고 있을 거요."

호프 장관은 고개를 떨구며 고통스럽게 신음했다. 벨린저 수상은 장관의 어깨에 손을 얹으며 위로해 주었다.

"장관, 운이 나빴다고 생각하시오. 누구도 최선을 다한 장관을 비난할 수는 없을 거요. 홈즈 선생, 이제 우리가 알고 있는 사실을 모두 말했소. 이 일을 어떻게 해야 하겠소?"

홈즈는 무거운 얼굴로 고개를 가로저으며 말했다.

"수상님, 그 편지를 찾지 못한다면 정말 전쟁이 일어날 것이라고 생각하십니까?"

"아마 그럴 가능성이 매우 높다고 생각하오."

"그렇다면…… 전쟁 준비를 해야겠군요."

"홈즈 선생, 우리는 그런 말을 듣기 위해서 여기까지 온 게 아니오."

"현실을 똑바로 바라보셔야 합니다. 밤 11시 반부터 편지가 없어진 다음 날 아침까지 장관님과 부인이 방에 계셨으니 그 사이에 도둑맞았다고 보기는 어렵습니다. 그렇다면 편지를 도둑맞은 시간은 저녁 7시 반부터 11시 반 사이가 되겠죠. 편지를 가져간 범인은 편지가 침실에 있다는 것을 알고 있었고, 되도록 빨리 편지를 가져가고 싶었을 테니 7시 반에서 아주 가까운 시간에 사건이 일어났을 겁니다. 이렇게 중요한 편지를 훔쳐갔다면 그 편지가 아직도 범인 손에 있을까요? 벌써 필요한 사람에게 보냈을 겁니다. 그렇다면 편지가 적의 손에 들어가기 전에 되찾기는커녕 어디에 있는지를 찾는 것조차 불가능합니다. 죄송합니다만 우리가 할 수 있는 일은 아무것도 없어요."

"당신 말이 맞소. 우리도 이제 와서 어떻게 할 수 있을 것이라고는 생각하지 않소."

벨린저 수상이 의자에서 일어나면서 말했다.

"하지만 좀 더 생각해 보죠. 만약 하인들 중 한 명이 편지를 훔쳤다고 가정한다면 말입니다."

"홈즈 선생, 아까 말씀드렸지만 우리 집의 하인들은 모두 전적으로 신뢰할 수 있는 사람들입니다."

"장관님, 침실은 3층에 있고 방으로 들어가는 입구가 하나뿐인데 방으로 들어가기 위해서는 사람들의 눈에 띌 수밖에 없다고 아까 말씀하셨습니다. 그 말에 따르면 집안 사람 중 한 명이 편지를 훔친 게 분명합니다. 그렇다면 범인은 그 편지를 누구에게 가져갔을까요? 국제 스파이에게 가져갔을 확률이 매우 큽니다. 저는 국제 스파이들의 이름을 모두 잘 알고 있습니다. 그중에 이런 일을 했음직한 사람이 세 명 정도 있고요. 세 사람이 살던 곳에 그대로 있는지 확인해 보는 것으로 일을 시작하겠습니다. 만약 어제 저녁부터 자취를 감춘 사람이 있다면 그가 범인이라는 뜻이니까요."

"하지만 굳이 자취까지 감출 필요가 있을까요? 그냥 런던에 있는 자기 나라의 대사관으로 가면 간단한 일일 텐데요."

호프 장관이 어리둥절해하며 물었다.

"그렇지 않습니다. 원래 스파이들은 단독 활동을 하기 때문에 대사관과 사이가 별로 안 좋거든요."

홈즈의 말을 주의 깊게 듣던 벨린저 수상은 고개를 끄덕이며 동의했다.

"홈즈 선생, 당신 추리가 맞는 것 같소. 그 편지의 중요성을 안다면 스파이는 직접 본부에 전달하는 것이 낫다고 생각하겠지. 역시 당신의 추리력은 정말 놀랍군요. 이 사건 때문에 나와 장관이 해야 할 직무를 소홀히 할 수는 없소. 당신이 새로운 사실을 알게 되면 우리에게 바로 연락해 주겠소? 우리 역시 새로운 사실을 알게 되면 바로 알리겠소."

벨린저 수상과 호프 장관은 정중하게 인사를 한 뒤, 엄숙한 태도로 방을 나섰다. 두 정치가가 방에서 나가자 홈즈는 담배 파이프에 불을 붙이고 꽤 오랜 시간 동안 생각에 잠겨 있었다. 나는 신문을 들고 어제 저녁에 일어난 범죄를 다룬 기사를 읽고 있었다. 그런데 갑자기 홈즈가 소리를 지르면서 일어났고, 담배 파이프를 벽난로 위에 두었다.

"그래, 바로 그거야! 그것이 바로 최고의 방법이지. 상황이 긴박하게 돌아가고는 있지만 희망이 없는 것은 아니지. 누가 그 편지를 훔쳐냈는지만 알아내면 되는 거니까. 만약 돈 문제라면 그 편지는 아직 범인이 가지고 있을 수도 있고. 우리 뒤에는 영국 재무부가 있으니 편지를 사들일 수도 있겠지. 결국 우리의 세금이 되겠지만 말이야. 그리고 혹시 모르지. 외국에 팔기 전에 영국과 흥정을 해보려고 할 수도 있어. 이런 일을 할 놈들은 딱 셋이지. 오버스타인, 라 로티에르, 에드워드 루카스. 일단 한 명씩 만나봐야겠군."

"홈즈, 지금 말한 에드워드 루카스가 혹시 고돌핀 가에 살고 있나?"

나는 신문을 들여다보면서 홈즈에게 말했다.

"그렇다네. 그걸 어떻게 알았지?"

"지금 찾아간다고 해도 그를 만날 수는 없을 거야."

"그게 무슨 소린가? 왜 그런 말을 하지?"

"어제 저녁에 그가 자기 집에서 살해되었다는군."

홈즈는 깜짝 놀란 표정을 지으면서 내가 보던 신문을 가로챘다. 항상 그가 나를 놀라게 했기 때문인지 이번에 내가 그를 놀라게 했다는 사실이 매우 기뻤다. 신문기사는 다음과 같은 내용이었다.

웨스트민스터 살인 사건

어제 저녁 고돌핀 가 16번지에서 의심스러운 살인 사건이 일어났다. 사건 발생 장소는 템스 강과 웨스트민스터 사원 사이에 있는 고풍스런 18세기 양식의 비교적 인적이 드문 주택가에 있는데, 그중에서도 국회의사당의 높은 시계탑 가까이에 있는 한 집이다.

몇 년 전부터 이 작지만 고급스러운 주택에서 살고 있는 사람은 에드워드 루카스라는 사람으로, 유쾌한 성격과 최고의 아마추어 테너 가수라는 명성으로 사교계에서는 유명한 인물이다. 에드워드 루카스 씨는 34세의 독신이며, 집에는 가정부 프링글 부인과 하인 미턴 둘뿐이다. 프링글 부인은 매일 일찍 잠자리에 들며, 사건이 일어난 날 역시 제일 위층에 있는 방에서 자고 있었다. 미턴은 저녁에 해머스미스에 살고 있는 친구의 집을 방문했기 때문에 밤 10시 이후 집에서 깨어 있던 사람은 루카스 씨뿐이었다.

밤 10시부터 무슨 일이 일어났는지는 아직 밝혀지지 않았으며, 11시 45분쯤 고돌핀 가를 순찰하던 베렛 순경이 루카스 씨 댁 현관문이 열려 있는 것을 발견했다. 순경은 노크를 했지만 집 안에서는 아무런 응답이 없었고, 이를 수상하게 여긴 순경은 집으로 들어갔는데 방 안은 이미 아수라장이 되어 있었다.

방 한가운데에는 의자가 하나 넘어져 있었고, 가구는 한쪽으로 밀쳐져 있었다. 루카스 씨는 의자의 다리 하나를 쥔 채 쓰러져 있었는데, 심장 부위를 찔려 즉사한 것이라고 추정하고 있다. 범행에 사용된 칼은 반월형 인도 단검으로, 본래 벽을 장식하고 있던 동양 무기 중 하나로 보인다. 방 안의 값비싼 물건이 그대로 있는 것으로 보아 단순 절도로는 보이지 않는다. 루카스 씨는 평판이 좋았기 때문에 그의 갑작스런 죽음에 많은 친구들이 깊은 애도를 표하고 있다.

"왓슨, 자네는 이 사건을 어떻게 생각하지?"

홈즈는 신문을 읽고 한참을 생각하다 나에게 말을 걸었다.

"놀라운 우연의 일치가 아닐까? 자네가 지금 찾으려고 한 사람이 어제 죽다니!"

"우연의 일치라니! 편지를 가져갔을 가능성이 있는 스파이 한 명이, 범인이 편지를 훔치고 있던 시간에 죽음을 당했네. 단순한 우연의 일치가 아닐 거라고 생각하네. 확률을 구체적으로 말할 수는 없지만, 이 사건은 분명히 관계가 있네. 그 관계를 알아내는 것이 자네와 내가 할 일이기도 하고."

"글쎄, 지금쯤은 경찰도 모든 사실을 알고 있지 않을까?"

"그럴 것 같진 않군. 루카스의 살인 사건에 대해서만 언급하고 있을 뿐 편지의 도난 사실을 전혀 모르고 있는 게 분명하네. 사실 알려서는 안 될 일이기도 하지만. 두 사건을 모두 알고 있는 건 우리뿐이니까 그 관계를 알아낼 수 있는 것도 우리뿐이라는 걸 알아두게. 사실 난 편지를 훔쳐간 범인이 루카스가 아닐까 생각했네. 물론 단순한 짐작이 아니라 분명한 이유가 있었지. 루카스가 살고 있던 고돌핀 가는 호프 장관의 집에서 걸어서 몇 분밖에 걸리지 않는 가까운 거리에 있지. 하지만 내가 말한 다른 두 명의 국제 스파이들은 웨스트엔드에서 가장 바깥 지역에 살고 있어. 즉, 루카스는 다른 두 명보다는 호프 집안의 사람들과 관계를 맺기가 쉽다는 것이지. 우연으로 넘겨버릴 수도 있는 문제지만, 가까운 거리에 있는 두 집에서 두세 시간 사이에 이렇게 큰 사건이 일어났다는 것은 아주 중요한 단서가 될 수 있지. 왓슨, 누가 찾아온 거 같군."

허드슨 부인이 쟁반에 명함을 한 장 들고 방으로 들어왔다. 홈즈는 명함을 바라보더니 놀란 눈빛으로 나에게 명함을 건네주었다.

"허드슨 부인, 호프 부인에게 올라오시라고 말씀드려 주십시오."

방금 전에는 영국을 대표하는 정치가가 왔는데, 이제는 런던에서 가장 아름다운 여성이 찾아왔다. 우리의 누추한 방이 전에 없는 영광을 연속으로 누리게 된 것이다. 힐다 트렐로니 호프 부인은 벨민스터 공작의 막내딸로, 그 아름다움에 대해서는 흑백사진과 소문으로 들었을 뿐이었다. 하지만 실제로 보게 되니 어떤 자료도 그녀의 아름다움에는 미칠 수 없다는 것을 깨닫게 되었다. 섬세하고 우아한 자태, 아름다운 용모, 투명한 피부까지 그녀의 외모는 완벽한 조화를 이루고 있었다.

하지만 우리의 눈길을 끈 것은 그녀의 아름다운 얼굴이 아니었다. 그녀의 사랑스러운 뺨은 격렬한 감정으로 인해 창백했고 두 눈은 반짝였지만 열에 들떠 있었으며, 자신의 감정이 드러나지 않도록 앙다문 입술은 일그러져 있었다. 그녀가 방문을 열고 들어섰을 때 가장 먼저 눈에 띈 것은 그녀의 두려움이었다.

"안녕하세요, 저는 호프 부인입니다. 실례지만 제 남편이 이곳을 다녀갔나요?"

"네, 다녀가신 지 얼마 안 되었습니다만."

"그렇군요. 홈즈 선생, 제가 여기에 온 것은 남편에게 비밀로 해주시기 바랍니다. 부탁드립니다."

홈즈는 머리를 숙여 가볍게 인사한 뒤, 의자를 가리키며 부인에게 앉으라고 권했다.

"부인께서 제 입장을 난처하게 하지 않으셨으면 좋겠습니다만, 일단 의자에 앉으시고 용건을 말씀해 주십시오. 하지만 비밀을 지키겠다는 약속은 드릴 자신이 없군요."

호프 부인은 안절부절못한 모습으로 잠시 서 있더니 방을 가로질러 창문을 등지고 앉았다. 큰 키, 우아하고 여성스러운 모습은 여왕의 자태라고 해도 손색이 없었다. 그녀는 하얀 장갑을 낀 손을 깍지 낀 채 손을 쥐었다 폈다 하더니 말을 계속했다.

"홈즈 선생, 모든 것을 말씀드리겠어요. 대신 제 질문에 대해서 당신도 솔직히 말씀해 주시길 바랍니다. 남편과 저 사이에는 한 가지를 빼고는 비밀이 없어요. 그 한 가지가 바로 정치에 대한 것입니다. 남편은 저에게 정치에 대해서는 아무것도 말하지 않지만, 어제 매우 좋지 않은 일이 일어났다는 것은 알고 있어요. 어떤 편지와 관련된 일이라는 것도요. 그 일이 정치적으로 중요한 문제이기 때문에 남편은 아무 말도 하지 않고 있습니다. 하지만 저는 그 사실에 대해 꼭 알아야만 합니다. 정치가들을 제외하고 무슨 일이 일어났는지는 당신만 알고 있어요. 무슨 일이 일어났는지, 앞으로 어떻게 될 것인지 당신이 알고 있는 모든 내용을 자세하게 말씀해 주세요. 제가 그 일에 대해 알고 있는 것은 남편에게 분명히 큰 도움이 될 것입니다. 대체 잃어버린 편지는 어떤 건가요?"

"부인, 정말 죄송합니다. 전 아무 말도 할 수 없습니다. 이해해 주십시오. 장관님이 부인에게 아무것도 알려주지 않는 것이 낫다고 생각했다면 저 역시 장관님의 의견을 따라야 합니다. 저는 탐정으로서 고객의 비밀을 지키겠다고 약속하고 사건의 세부사항을 들었으니 당연한 일이기도 합니다. 제가 아니라 남편에게 직접 물어보시기 바랍니다."

부인은 괴로운 듯이 신음하며 두 손으로 얼굴을 감싸 안았다.

"이미 물어보았습니다. 하지만 아무것도 가르쳐주지 않았어요. 대답을 해줄 수 있는 사람은 홈즈 선생뿐이라고 생각했는데, 그것도 틀린 것 같네요. 그렇다면 한 가지만 가르쳐주세요. 그것도 안 될까요?"

"제가 말해도 되는 내용이라면 말씀드리겠습니다."

"이 사건 때문에 정치인으로서 남편의 앞날에 문제가 될 수도 있을까요?"

"네, 그렇습니다. 이 사건이 잘 해결되지 않는다면 매우 불행한 일이 생길지도 모릅니다."

"아! 이럴 수가! 하느님!"

부인은 마치 예상하고 있었다는 듯이 숨을 크게 들이마시면서 짧게 외쳤다.

"홈즈 선생, 그럼 한 가지만 더 물어보겠습니다. 남편은 편지를 잃어버리면 이 나라에 무서운 일이 일어날지도 모른다고 했습니다. 그것도 사실인가요?"

"장관님이 그렇게 말씀하셨다면, 그럴 수 있는 거겠죠."

"무서운 일이란 구체적으로 어떤 거죠?"

"부인, 그 질문에는 제가 대답할 수가 없군요."

"알겠습니다. 대답을 하지 않는다고 당신을 탓할 수 없다는 것을 저도 알고 있습니다. 오히려 홈즈 선생이 보기에는 남편이 알려주지 않는다고 여기까지 와서 물어보는 제가 이상하게 보일 수도 있을 거예요. 하지만 그렇게 생각하지는 말아주십시오. 전 단지 남편이 걱정하는 것이 무엇인지 알고 싶었으니까요. 다시 한 번 부탁드리겠습니다. 제가 여기 온 건 꼭 비밀로 해주세요."

호프 부인은 문을 나서다 말고 우리를 다시 돌아보았다. 부인의 얼굴은 무척 아름다웠지만 고통에 사로잡혀 일그러진 얼굴이 매우 인상적이었다. 놀란 듯한 눈을 마지막으로 그녀는 방에서 서둘러 나갔다.

방문이 닫히고 그녀가 나갔음을 확인하자 홈즈는 웃으면서 나에게 물었다.

"왓슨, 정말 아름다운 여성이지 않은가? 여자는 자네의 전문 분야이기도 하고. 대체 저 여인의 속셈은 무엇일까? 우리에게 진짜로 원하는 게 무엇인지 궁금하군."

"부인이 말했잖은가, 남편이 걱정된다고. 지금과 같은 상황이라면 걱정하지 않는 게 이상한 것 아닌가?"

"오, 왓슨. 부인의 모습을 잘 생각해 보게. 당황한 것처럼 보였지만 끈질기게 자기가 알고 싶은 것을 물어보았네. 게다가 부인은 상류 계급의 사람이야. 그런데 자기감정을 저렇게 쉽게 나타내다니 이상하지 않은가?"

"그렇지. 매우 당황한 모습이긴 했어. 이상할 정도로 말이야."

"그뿐만이 아니라네. 부인은 사건에 대해 모두 아는 것이 남편을 위한 일이라고 했어. 그게 무슨 뜻일까? 대체 어떻게 장관을 위한다는 거지? 게다가 자네도 느꼈을지 모르지만, 부인은 내가 권한 의자를 거절하고 일부러 빛을 등지고 앉았네. 아마 자신의 표정을 우리에게 숨기기 위해서 그랬겠지."

"그건 나도 알았지. 방에 의자가 여러 개 있는데도 굳이 멀리 떨어진 의자에 앉았으니까. 빛을 등지고 앉을 수 있는 유일한 의자이기도 했고."

"부인이 그런 행동을 한 이유를 정확히 알 수는 없지. 여자들이 어떤 행동을 하는 이유는 정말 알다가도 모를 정도니까. 자네, 혹시 마게이트의 여자 기억나나? 그녀 역시 빛을 등지고 앉아서 여러 모로 의심했는데, 그 이유가 코에 분을 바르지 않았기 때문이었고 그로 인해 진실이 판명되지 않았나. 확실하지 않은 일로 추리를 하는 것은 매우 어려운 일이지. 여자들은 매우 평범한 행동에도 깊은 뜻이 있을 수 있지만, 정말 이해할 수 없는 행동에 아무런 뜻이 없을 수도 있으니 말이야. 호프 장관 부인 역시 빛을 등지고 앉은 이유가 머리핀이 마음에 들지 않아서일 수도 있다는 뜻이라네. 그럼 잠깐 나는 나가보겠네. 이따 보자고."

"지금 어디를 가려는 건가?"

"고돌핀 가에서 런던 경찰청 친구들과 함께 이야기를 좀 나눠야겠지. 루카스가 이번 사건과 어떤 관계가 있는지 정확하게 알 수는 없지만, 이 사건의 가장 큰 포인트라는 것은 확실해. 정확한 사실을 알기 전에 추리를 하게 되면 걷잡을 수 없는 오류가 생길 수 있지. 별다른 일이 없다면 자네는 집에 있으면서 손님을 좀 맞아주네. 난 점심 때까지는 돌아올 수 있을 거야."

그날 이후 며칠 동안 홈즈는 말이 없는 상태를 유지했다. 그를 잘 아는 나 같은 사람에게는 말이 없는 상태였지만, 잘 모르는 사람이 보기에는 기분이 언짢은 상태라고 할 수 있었다. 그는 아무 때나 집에서 뛰쳐나갔다가 들어왔고, 줄담배를 피우다 바이올린을 켜고, 생각에 잠겼다가 아무 때나 커피와 샌드위치를 먹었다. 내가 물어보는 평범한 질문에도 제대로 대꾸하지 않는 것을 보면, 수사가 제대로 진행되지 않는 것이 분명했다. 홈즈는 사건에 대해서 아무런 이야기도

해주지 않았기 때문에 나는 신문을 통해서 정보를 얻을 수밖에 없었다. 배심원들의 심문 내용, 루카스의 하인인 존 미턴이 체포되었다가 풀려난 사실, 검시 배심원은 루카스의 죽음을 '고의적 타살'로 판결했지만 용의자도 없다는 것 등이 내가 아는 전부였다.

루카스의 죽음은 이상한 부분이 많았다. 집안에는 값진 물건이 많았지만 범인은 전혀 훔쳐가지 않았고, 루카스의 서류들을 뒤진 흔적도 전혀 없었다. 범행 동기를 전혀 알 수 없었던 사건인 것이다. 경찰은 루카스에 대해 조사한 결과, 그가 국제 정치에 깊은 관심을 가지고 있고 다른 사람 얘기하는 것을 좋아하며, 여러 외국어를 유창하게 하고 편지를 자주 썼다는 것 정도를 알아냈다. 특히 몇몇 국가의 고위급 정치가와는 직접 편지를 주고받을 정도로 가까웠으나 서랍 속에서 발견된 편지들 중 특별하다고 할 만한 것은 없었다.

사교계 활동이 활발했기 때문에 가까운 사이의 여성들은 많았으나 깊은 관계였다거나 특별한 친분을 가진 사람도 없었다. 규칙적이고 성실한 생활을 했으며, 원한을 살 만한 행동을 한 적이 없어 누구에게 왜 피살되었는지 전혀 짐작할 수 없었다. 이러한 정황으로 인해 사건이 해결될 기미는 전혀 보이지 않았다.

루카스의 하인인 미턴을 체포했던 것은 무언가 해야겠다는 경찰의 의지로밖에 보이지 않았다. 그에게 불리한 단서는 하나도 나오지 않았기 때문이다. 미턴은 그날 밤, 해머스미스에 있는 친구들을 만나러 갔고 알리바이 역시 확실했다. 그가 집을 나서서 웨스트민스터에 도착한 시간은 범행 전이었지만, 그의 진술에 따르면 걸어서 돌아왔기 때문에 밤 12시에나 도착했다는 것이다. 미턴이 집에 도착해서 루카스를 발견하고 상당히 충격을 받았다고 했다. 평소 미턴은 루카스와 사이가 좋았다고 말했다. 루카스의 면도기 같은 물품들이 미턴의 상자 속에서 발견되었으나 이는 모두 선물 받은 것이라고 말했다. 가정부 역시 미턴의 말이 사실이라고 증언했다. 미턴이 루카스의 집에서 일한 지는 약 3년 정도였다. 루카스는 외국에 나갈 때 미턴을 데리고 나가지 않았고, 루카스가 집에 없을 때는 미턴이 남아서 집을 관리했다. 루카스의 가정부는 사건 당일, 아무것도 듣지 못했다고 말했다. 누군가 찾아온 사람이 있었다면 루카스가 직접 맞이했을 것이라고 가정부는 말했다.

신문을 살펴본 결과, 사건이 일어난 지 사흘이 지난 지금도 사건이 해결될 가능성은 전혀 보이지 않았다. 홈즈는 신문에 나온 것보다 더 많은 것을 알고 있는 듯했지만 나에게는 아무런 말도 하지 않았다. 레스트레이드 경감에게 사건의 보고를 받고 있다고 말했기 때문에 진행 상황을 잘 알고 있는 것은 분명했다. 사건이 일어난 지 나흘째 되는 날 아침, 파리에서 한 통의 기다란 전보가 전송되었는데 그 내용으로만 본다면 사건은 완전히 해결된 것 같았다. <데일리 텔레그래프>에 다음과 같은 기사가 실렸다.

지난 월요일 밤, 웨스트민스터의 고돌핀 가에서 일어난 루카스 피살 사건은 파리 경찰이 새로운 사실을 발견하여 그 진상이 밝혀졌다. 루카스가 그의 방에서 칼에 찔린 채 발견되었고, 그의 하인 미턴이 용의자로 지목되었지만 확실한 알리바이가 있어서 수사는 난항을 겪고 있었다.

어제 프랑스 파리 오스테를리츠 가의 작은 주택에 살고 있는 앙리 푸

르네이라는 부인이 이상한 증세를 보인다고 하인들이 신고했다. 진찰한 결과 푸르네이 부인은 심한 정신병 증세를 보이고 있었는데, 조사에 의하면 푸르네이 부인은 지난 화요일 런던을 방문했으며, 루카스 살인 사건과 관계가 있다는 증거를 찾아냈다고 한다. 사진을 대조한 결과, 푸르네이 부인의 남편 앙리 푸르네이는 루카스와 동일인물이며, 숨진 루카스가 어떤 이유에서인지 런던과 파리에서 이중생활을 하고 있다는 것이 확인되었다.

푸르네이 부인은 크리올(흑인과 백인의 혼혈)계로, 쉽게 흥분하는 성격이며 질투심이 매우 강한 것으로 알려졌다. 런던을 떠들썩하게 한 루카스 씨 살인 사건도 푸르네이 부인의 질투심으로 인해 일어난 것으로 보인다.

월요일 밤 고돌핀 가에 있는 루카스 씨의 집을 한 여자가 지켜보고 있는 것을 목격했다는 증인이 있는데, 그 여자가 푸르네이 부인일 것으로 추정된다. 월요일 밤 푸르네이 부인의 행적은 아직 밝혀지지 않았지만 사건이 일어난 다음 날인 화요일 아침, 푸르네이 부인과 인상착의가 일치하는 여자가 채링크로스 역에서 미친 사람처럼 몹시 흥분한 모습을 보였고 그 상황을 목격한 많은 사람들이 있었다. 푸르네이 부인은 정신 이상 상태에서 루카스 씨를 죽였거나 그를 죽인 충격으로 제정신이 아닐 가능성이 높다.

현재 용의자인 푸르네이 부인의 조사를 계속하고 있지만, 그녀는 과거에 대해 횡설수설하고 있으며 의사들은 푸르네이 부인이 맑은 정신을 찾을 가능성이 없는 것으로 결론 내렸다.

홈즈가 아침 식사를 하는 동안, 나는 기사 내용을 큰 소리로 읽어주었다.

"홈즈, 이 기사에 대해서 어떻게 생각하지?"

홈즈는 식사를 마치고 일어나 방 안을 왔다 갔다 했다.

"왓슨, 자네가 궁금증을 꾹 참고 기다리고 있다는 것을 잘 아네. 사실 그동안 아무 말도 하지 않았던 것은 할 말이 없었기 때문이라네. 지금 읽어준 기사도 큰 도움은 되지 않는군."

"신문의 내용으로만 보면 루카스의 사건은 마무리가 된 것 같은데 그렇지 않은가?"

"사실 우리가 맡은 사건으로 보자면 루카스의 죽음은 아주 작은 사건에 불과해. 진짜 해야 할 일은 없어진 편지를 찾아 전쟁이 일어나는 걸 막아야 하는 거지. 여기서 주의를 기울여야 할 점이 하나 있지. 지난 사흘 동안 아무 일도 없었다는 거라네. 정부에서 한 시간 단위로 보고를 받았는데, 유럽 어디서도 전쟁이 일어날 기미가 없다는 것이지. 만약 없어진 편지가 누군가에게 전달됐다면 분명 무슨 일이 일어났을 거야. 다시 말하면 아무에게도 편지가 전달되지 않았다는 결론이지. 그렇다면 편지는 어디 있을까? 누가 가지고 있을까? 왜 그냥 갖고 있는 것일까? 이런 문제로 난 다른 생각을 할 겨를이 없을 정도라네. 편지가 없어진 날 루카스가 죽은 게 정말 우연일까? 편지는 루카스의 손에 들어갔을까? 그렇다면 그의 집안에서 왜 편지가 발견되지 않았을까? 정신이 이상한 푸르네이 부인이 가져갔을까? 파리에 있는 푸르네이 부인 집에 있을까? 프랑스 경찰 몰래 푸르네이 부인의 집을 수색할 수 없을까? 이런 생각을 계속 하고 있었지. 사실 이번 사건에서는 범죄자에게 법이 위험한 것처럼 우리에게도 법이 매우 위험해. 이 사건이 법적인 문제로 커져서는 절대 안 되기 때문이지. 우리를 도와줄 수 있는 사람은 없지만, 이 사건의 중요성은 엄청나게 크다네. 이 사건을 잘 해결한다면 내 경력에 가장 큰 영예가 될 수 있을 것이고. 아, 새로운 정보가 들어온 것 같군."

홈즈는 허드슨 부인에게 건네받은 쪽지를 보았다.

"왓슨, 레스트레이드 경감이 흥미로운 사실을 발견했다고 하네. 자네도 웨스트민스터 현장으로 같이 가자고. 어서 모자를 쓰게."

이번 사건의 범행 현장은 처음이었기 때문에 나는 다소 긴장되었다. 루카스의 집은 높고 폭이 좁은 건물로 시커멓게 때가 끼어 있었지만, 단정하면서도 매우 튼튼해 보이는 18세기에 지어진 구식 건물이었다. 불도그를 연상시키는 레스트레이드 경감이 창문 밖을 내다보고 있다가, 우리가 몸집이 큰 순경의 안내를 받아 방으로 들어가자 반갑게 맞아주었다.

우리가 안내받은 방은 사건 현장이었는데, 방 안에는 카펫에 배어 있는 핏자국 외에는 범행과 관련된 흔적이 전혀 없었다. 자그마한 사각형의 카펫은 인도 제품이었고, 카펫이 깔리지 않은 바닥은 네모난 나무판으로 만든 고풍스런 마루로 반들반들하게 잘 닦여 있었다. 벽난로 위는 무기들로 장식되어 있었는데, 그중 하나가 루카스를 죽일 때 흉기로 사용되었다. 창가에는 고급스러운 책상이 있었고 주위의 그림, 바닥 깔개, 장식품 등 모두 여성 취향에 가까운 사치스러운 것들이 대부분이었다.

"홈즈 선생, 파리에서 보낸 전보는 읽어보셨나요?"

레스트레이드 경감이 먼저 말을 꺼냈고, 홈즈는 고개를 끄덕였다.

"이번에 프랑스 경찰이 사건 해결에 크게 기여한 것 같습니다. 사건의 모든 정황이나 증인들이 정확하니까요. 푸르네이 부인은 평소 의심하고 있던 남편, 즉 루카스의 행방을 찾아내 달려왔던 거죠. 완벽한 이중생활을 하고 있던 루카스는 부인이 찾아오자 일단 집안으로 들어오게 했을 겁니다. 그녀는 남편을 비난했을 거구요. 그러다 감정이 격해져서 부인은 주위에 있는 단검을 꺼냈고, 몸싸움을 하다가 남편을 죽이게 된 거죠. 의자가 한쪽으로 모두 치워져 있던 걸로 봐서는 순간적인 화 때문에 죽인 게 아닐 수도 있지만요. 루카스는 의자의 한쪽 다리를 움켜쥐고 죽었는데, 그건 의자로 부인의 공격을 막으려고 했기 때문일 겁니다. 우리가 직접 현장에서 범죄를 목격하지는 않았지만, 사건은 분명히 해결된 것으로 보입니다."

"그럼 나를 왜 오라고 한 거요?"

홈즈가 눈을 치켜뜨면서 말했다.

"아, 그건 사건과 다른 문제라서요. 별일 아니라고 생각은 하지만 좀 이상한 부분이 있습니다. 제 생각에는 홈즈 선생이 흥미를 가질 것 같아서요. 하지만 겉으로는 사건 자체와는 아무 상관도 없어 보입니다."

"그게 뭔가요?"

"살인 사건 같은 큰 범행 뒤에는 현장을 그대로 보존하는데 주의를 기울이는 게 일반적입니다. 이번 사건도 아무것도 건드리지 않고 경관이 24시간 현장을 지켰습니다. 오늘 아침, 루카스의 사체도 처리했고 수사도 종결되어 현장을 정리하려고 했습니다. 그런데 이 카펫을 보세요. 마룻바닥에 고정되지 않고 그냥 깔려 있어서 우린 우연히 이걸 들춰보게 되었답니다. 그런데 밑에서……."

"밑에서? 그래서 뭘 발견했다는 거죠?"

홈즈의 얼굴은 아까와는 달리 기대감으로 부풀었다.

"아무리 상상력이 풍부한 홈즈 선생이라고 해도 이건 생각도 못 할 겁니다. 카펫에 묻어 있는 핏자국 보이시죠? 틀림없이 피가 많이 스며들었다고 생각되지 않습니까?"

"이 정도 양이라면 당연히 그렇겠죠."

"네, 그런데 카펫에 스며든 피가 마룻바닥에는 전혀 묻어 있지 않았습니다. 정말 놀라운 일이지 않나요?"

"마루에 핏자국이 없다고요? 그럴 리가요!"

"그렇게 말씀하실 줄 알았어요. 하지만 정말 없습니다. 보세요."

레스트레이드 경감은 카펫의 한쪽을 들어서 뒤집어보였다. 그의 말대로 놀랍게도 마룻바닥에는 핏자국이 전혀 없었다.

"카펫의 뒤쪽도 앞쪽과 마찬가지로 핏자국이 있습니다. 그런데 왜 마룻바닥에는 핏자국이 전혀 남아 있지 않은 걸까요?"

레스트레이드 경감은 유명한 탐정을 놀라게 한 것에 즐거움을 느끼고 있는지 키득거리면서 말을 계속했다.

"홈즈 선생, 제가 설명을 해드리겠습니다. 여기에 두 번째 핏자국이 나 있습니다. 물론 카펫에 난 핏자국과 일치하지는 않아요. 직접 보세요. 여깁니다."

레스트레이드 경감은 카펫의 다른 쪽을 뒤집어보였고, 그 아래 마룻바닥에는 선명하고 붉은 핏자국이 남아 있었다.

"이것을 어떻게 설명해야 할까요?"

"이렇게 된 이유를 물어보는 거요? 간단한 문제잖소. 처음에는 두 개의 핏자국이 일치했겠지만, 누군가 카펫의 방향을 돌려놓은 거죠. 사각형인 데다가 바닥에 고정되어 있지 않으니 쉽게 돌려놓을 수 있었겠지요."

"홈즈 선생, 카펫을 돌려놓았다는 것은 경찰도 이미 알고 있습니다. 당연한 일이니까요. 제가 알고 싶은 건 누가 왜 카펫을 돌려놓았느냐에 대한 겁니다."

홈즈의 얼굴은 점점 굳어지고 있었는데, 오랫동안 함께 해온 나는 그가 마음속으로 매우 흥분하고 있다는 것을 알 수 있었다.

"레스트레이드 경감, 복도에 있는 경관이 그동안 이 방을 계속 지켰다고 했나요?"

"네, 그렇습니다."

"그럼 이제부터 내가 하라는 대로 해요. 일단 저 경관을 조사해 봐야 합니다. 우리 앞에서 말고 뒤쪽에 있는 다른 방으로 가요. 당신과 일대 일로 말해야 직접 털어놓을 테니까. 어떻게 감히 외부인을 사건 현장에 들여보내고 혼자 놔두었는지 추궁해 보시오. 그런 행동을 한 적이 있느냐고 묻지 말고 그냥 기정 사실인 것처럼 말해야 해요. 누군가 이 방에 들어왔다는 사실을 이미 알고 있다, 그러니 빨리 털어놓아라, 이렇게 다그치시오. 솔직하게 고백하는 것이 용서받을 수 있는 유일한 방법이라고도 말해 주시오. 반드시 내가 말한 그대로 해야 해요. 알았죠?"

"이럴 수가! 만약 그게 사실이라면 말하지 않고는 못 견딜 겁니다.

조금만 기다려주세요."

레스트레이드는 복도로 나갔고, 곧이어 뒷방에서 그가 지르는 소리가 들렸다.

"자, 지금이야. 왓슨, 서두르게!"

홈즈는 방금 전과 달리 급하게 소리치고 있었다. 무관심을 가장하여 뒤에 감춰두었던 무서운 힘이 폭발한 것처럼 보였다. 그는 마룻바닥에서 카펫을 걷고, 눈 깜짝할 사이에 바닥에 엎드려 판자의 모서리 끝을 하나하나 잡아당기고 있었다. 그때, 판자 중 하나가 조금 움직이더니 마치 상자 뚜껑처럼 열렸다. 판자 밑에는 검은 구멍이 하나 있었고, 홈즈는 구멍 속에 손을 넣었다. 그러나 구멍이 텅 비었다는 것을 알고 분노와 실망이 가득 찬 한숨을 쉬며 재빨리 손을 꺼냈다.

"왓슨, 서두르게. 원래 상태대로 해놓아야 해. 어서!"

우리가 판자를 제자리에 끼워놓고 카펫을 똑바로 깔자, 복도에서 레스트레이드 경감의 목소리가 들렸다. 경감이 들어오자 홈즈는 하품을 하면서 나른한 모습으로 벽난로에 기대어 서 있었다. 마치 수사에는 관심도 없는 사람처럼 보였다.

"기다리게 해서 죄송합니다. 그런데 홈즈 선생은 이번 사건에 흥미가 없으신 것 같군요. 참, 경관이 모든 것을 실토했습니다. 맥퍼슨, 이리 들어오게. 이분들에게 아까 한 말을 다시 해 봐."

흥분한 듯 보이지만 반성하는 겸손한 모습을 보이는 경관이 방으로 들어와서 말을 시작했다.

"죄송합니다. 절대로 피해를 입히겠다는 생각을 한 것은 아닙니다. 어제 저녁 한 젊은 여자가 이곳을 찾아왔어요. 집을 잘못 찾아온 게 분명했습니다. 저는 하루 종일 빈 방만 지키고 있었기 때문에 매우 지루했고, 그래서 그 여자와 이런저런 이야기를 나누었습니다."

"다음에 어떤 일이 벌어졌는지 말해 봐요."

"그 여자는 이곳에서 살인 사건이 난 것을 신문에서 읽었다고 했습니다. 그래서 범행 장소를 꼭 한 번 보고 싶었다고 말했어요. 단정하고 말씨도 고왔기 때문에 잠깐 보여주는 것은 괜찮겠다고 생각했습니다. 그런데 카펫의 핏자국을 보더니 바닥에 쓰러져 죽은 사람처럼 꼼짝도 하지 않았습니다. 물을 먹여보았지만 정신을 차리지 못하더군요. 그래서 길모퉁이 돌아서 있는 아이비 플랜트로 브랜디를 사러 나갔습니다. 돌아와 보니 여자는 정신을 차린 건지 이미 돌아가고 없더군요. 부끄러워서 제 얼굴을 보지 못할 거 같아 그냥 돌아간 것이라고 생각했습니다."

"그때 카펫의 위치가 바뀐 것 같다고 생각하지 않았소?"

"그건……. 제가 돌아왔을 때 카펫이 약간 구겨진 것 같다는 생각은 들었습니다. 하지만 여자가 그 위에 쓰러져 있었으니 그럴 수 있겠다고 생각했습니다. 고정시키는 것도 없이 반들반들한 바닥에 그냥 깔려 있었으니까요. 그래서 다시 반듯하게 펴놓았습니다."

레스트레이드가 위엄 있게 말했다.

"맥퍼슨, 나를 속일 수 없다는 것을 알았겠지? 임무를 조금 게을리 해도 아무도 모를 거라 생각했겠지만, 카펫만 봐도 누군가 이 방에 들어왔다는 사실을 알 수 있었지. 없어진 게 없으니 다행이지, 그렇지 않았다면 자네는 징계를 받았을지도 모르네. 홈즈 선생, 별일 아닌데 여기까지 오시게 해서 죄송합니다. 그래도 바닥에 있는 핏자국과 카펫의 핏자국이 일치하지 않는다는 것은 흥미롭지 않았습니까?"

"확실히 흥미 있는 부분입니다. 맥퍼슨, 그 여자가 여기 온 건 한 번뿐이었소?"

"네, 한 번뿐이었습니다. 그때 타자 칠 직원을 모집한다는 광고를 보고 왔다고 했습니다. 그런데 번지수를 잘못 찾았다고 했어요. 이름은 모릅니다만 상냥하고 품위도 있어 보이는 젊은 여자였습니다."

"키는 컸소? 외모는? 미인이었소?"

"네, 아주 늘씬하고 굉장한 미인이었습니다. 정말 미인이었죠. '경관님, 잠깐만 안을 보게 해주세요.'라고 어찌나 애교 있게 말하던지. 잠깐 들여다보게 해줘도 문제없을 거라는 생각이 들었습니다."

"옷차림은 어땠는지 기억나오?"

"수수한 차림이라는 것만 기억납니다. 발까지 내려오는 긴 망토를 입고 있었고요."

"여자가 이곳을 찾아온 시간이 몇 시쯤이었소?"

"정확히는 기억나지 않지만 해가 질 무렵이긴 했습니다. 브랜디를 사서 돌아올 때 가로등이 켜지고 있었으니까요."

"잘 알았소, 고맙소. 왓슨, 우린 이제 가세나. 다른 데 중요한 볼 일이 있다네."

우리가 집을 나설 때, 레스트레이드 경감은 방 안에 남아 있었고 맥퍼슨 경관은 우리를 문 밖까지 배웅해 주었다. 홈즈는 계단에 서서 뒤를 확인하고 맥퍼슨에게 손에 있는 무언가를 보여주었다. 경관은 깜짝 놀라서 그것을 한참 보더니 작게 소리를 질렀다.

"오! 주여!"

홈즈는 조용히 하라는 듯이 입에 손가락을 갖다 대고, 상의 주머니에 다시 손을 집어넣었다. 그리고 거리로 내려가는 동안 홈즈는 크게 웃기 시작했다.

"잘 됐군, 정말 잘 됐어. 왓슨, 이제 마지막 장면의 막이 올라가고 있군. 전쟁도 일어나지 않을 것이고, 호프 장관의 정치 경력에도 오점이 생기지 않을 거야. 편지를 보낸 국왕도 자신의 경솔한 처신에 대해 반성만 하면 되고. 우리가 재치만 약간 발휘한다면 아무도 피해를 입지 않을 수 있다는 뜻이지. 무서운 결과를 가져올 수도 있었는데 이렇게 끝나다니 정말 다행이군. 그렇지 않나?"

"자네, 벌써 사건을 해결한 것인가?"

나는 홈즈의 비상한 능력에 대해 감탄하면서 그에게 물었다.

"사실 완전히 해결한 것은 아니라네. 아직 밝혀지지 않은 부분들이 좀 남아 있어. 하지만 대부분 알아냈으니까 나머지를 알아내는 것은 어려운 일이 아닐 거야. 일단 호프 장관 댁으로 가세나. 그곳으로 가면 완전히 해결할 수 있다네."

호프 장관의 집에 도착했을 때, 홈즈는 호프 부인을 만나러 왔다고 전했다. 우리가 거실로 안내되었을 때, 화가 나서 얼굴이 붉어진 호프 부인이 나타났다.

"홈즈 선생, 너무 하시는 거 아닌가요? 제가 당신을 찾아간 사실을 비밀로 해달라고 말씀드렸는데, 여기까지 찾아오시면 무슨 관계가 있다고 오해받을 수 있잖아요. 남편이 제가 나선다고 생각하지 않았으면 해서 드렸던 말씀인데요."

"부인, 다른 방법이 없었으니 이해해 주시기 바랍니다. 저는 아주 중요한 편지를 찾아달라는 부탁을 받았거든요. 그래서 말씀드리는데, 이제 그 편지를 주시는 게 어떨까요?"

부인은 벌떡 일어났고, 아름다운 얼굴에서 순식간에 핏기가 사라져 매우 창백해졌다. 잠시 휘청거리던 부인은 충격에서 벗어나기 위해 안간힘을 쓰며 겨우 기운을 차렸다. 여전히 창백한 그녀의 얼굴에는 놀라움과 분노가 드러나 있었다.

"홈즈 선생, 당신은 지금 저를 모욕하고 있어요!"

"부인, 이제 다 끝났습니다. 편지를 돌려주세요."

부인은 벨이 있는 쪽으로 성큼성큼 걸어가며 말했다.

"돌아가세요. 집사가 안내해 드릴 겁니다."

"오, 부인! 벨을 누르지 않는 게 좋을 텐데요. 벨을 누르면 소문을 내지 않고 사건을 해결하려고 한 제 노력이 헛되이 되고 맙니다. 편지를 내놓으시면 모든 일을 조용하게 처리할 수 있습니다. 제가 하라는 대로 하면 말입니다. 하지만 제 말을 따르지 않는다면 사건의 모든 진상을 공개할 수밖에 없습니다."

부인은 오만하게 서서 홈즈의 눈을 똑바로 응시했다. 마치 홈즈의 마음을 읽으려는 눈빛 같았다. 한쪽 손은 여전히 벨 위에 있었지만 정말로 누르려는 생각은 없는 듯했다.

"지금 저를 위협하시는 건가요? 여자를 위협하다니 정말 신사답지 못한 행동이군요. 대체 뭘 알고 계신다고 그렇게 말씀하시는 건가요?"

"좀 앉으시는 게 좋겠습니다. 그러다가 쓰러지기라도 하면 다칠 수도 있으니까요. 앉으셔야 제가 얘기를 꺼낼 수 있습니다."

"좋아요. 그럼 5분만 시간을 드리죠."

"1분이면 됩니다. 부인, 저는 모든 것을 알고 있어요. 부인이 루카스를 찾아간 것도, 그에게 편지를 건네준 것도요. 그리고 어제 저녁 루카스의 방으로 들어간 것도, 그리고 카펫 아래 있는 편지를 다시 가져온 것까지 모두요."

호프 부인은 창백한 얼굴로 홈즈를 한참 동안 바라보다가 다시 입을 열었다.

"홈즈 선생, 제정신이 아니신 것 같군요."

홈즈는 주머니에서 무언가를 꺼냈다. 어떤 여자의 초상화에서 얼굴만 도려낸 것이었다.

"이 사건에 필요할 것 같아서 이 사진을 가지고 다녔습니다. 루카스의 방을 지키던 경관이 루카스의 방을 찾아온 여자와 사진 속의 여자가 동일인이라고 밝혔습니다."

부인은 너무 놀랐는지 숨이 막힌 듯한 표정으로 의자에 온몸을 기댔다.

"부인이 편지를 가지고 계신 건 이미 알고 있습니다. 아직은 사건을 수습할 수 있는 기회가 있어요. 저도 부인을 곤경에 빠뜨리고 싶지는 않습니다. 편지를 찾아 장관님에게 돌려드리면 사건은 끝납니다. 제 말대로 하시는 게 좋아요. 고백할 기회는 지금밖에 없습니다."

부인은 대단한 정신력을 가지고 있었다. 홈즈가 이렇게까지 말했지만, 부인은 끝내 자신이 한 일을 고백하지 않았다.

"홈즈 선생, 다시 한 번 말씀드리지만 당신은 제정신이 아닌 것 같아요. 모두 착각이에요."

홈즈는 의자에서 일어서며 말했다.

"그렇다면 할 수 없죠. 저는 부인을 위해서 최선을 다했습니다. 모두 헛수고이기는 했지만요."

홈즈가 벨을 울리자 집사가 들어왔다.

"호프 장관님은 언제 돌아오시나요?"

홈즈가 집사에게 물었다.

"12시 45분에 집에 돌아오실 예정입니다."

"15분 정도가 남았군. 고맙소, 장관님이 오실 때까지 여기에서 기다리겠소."

집사가 방문을 닫고 나가자 호프 부인이 무너지듯이 홈즈의 발밑에 무릎을 꿇었다. 홈즈를 올려다보는 그녀의 얼굴은 온통 눈물로 젖어 있었다.

"제발 저를 용서해 주세요. 홈즈 선생, 제발 용서해 주세요."

부인은 몹시 흥분하여 홈즈에게 울면서 애원했다.

"저는 남편을 진심으로 사랑합니다. 남편의 삶에 어떤 장애도 되고 싶지 않아요. 만약 남편이 이 사실을 알게 된다면 남편의 마음에 상처를 주게 될 거예요."

홈즈는 부드럽게 부인을 일으켰다.

"부인, 마지막 순간에라도 고백을 해주셔서 다행입니다. 시간이 별로 없어요. 편지는 지금 어디에 있죠?"

부인은 책상으로 뛰어가 열쇠로 서랍을 열었다. 그리고 그 안에서 조심스럽게 푸른빛이 도는 봉투를 하나 꺼냈다.

"여기 있습니다. 처음부터 제 눈에 보이지 않았어야 했는데……."

"흠, 이걸 어떻게 돌려주어야 할지가 문제군요. 방법을 생각해 내야 하는데……. 부인, 문서 보관함은 어디에 있죠?"

"침실에 그대로 있습니다."

"다행이군요. 그럼 문서 보관함을 이쪽으로 빨리 가져오세요."

부인은 재빨리 침실에서 붉은 색으로 된 문서 보관함을 가져왔다.

"어떻게 열어야 하나요? 혹시 복제한 열쇠가 있나요? 어서 열어주세요."

호프 부인은 옷 속에서 작은 열쇠를 꺼내 문서 보관함을 열었다. 안에는 서류가 가득했고, 홈즈는 푸른 봉투를 서류 중간쯤에 넣었다. 그리고 문서함을 열쇠로 잠근 뒤 다시 침실로 갖다놓게 했다.

"이제 다 끝났습니다. 장관님이 돌아오시기까지는 약 10분 정도 남았군요. 부인을 위해 제가 노력하고 있다는 건 아시겠죠? 그 대신 부인은 사건의 전말을 모두 이야기해 주셔야 합니다."

"네, 모두 말씀드리겠습니다. 제 남편을 괴롭게 하느니 제 팔을 잘라버리는 게 나을 거예요. 런던에서 저만큼 남편을 사랑하는 여자는 없으리라고 자신하지만, 저는 이런 짓을 저지르고 말았어요. 아마 남편이 제가 한 일을 안다면 절대 용서하지 않을 겁니다. 명예를 중시하는 분이라 남의 잘못을 잊거나 용서하지 않거든요. 그러니 제발 저와 남편의 행복을 지켜주세요."

"시간이 없습니다. 사건에 대해 말씀해 주세요."

"사건은 제가 결혼하기 전에 썼던 경솔한 어떤 편지 때문에 시작되었습니다. 사랑에 빠진 한 소녀가 충동적으로 쓴 보잘것없는 편지였습니다. 하지만 남편이 본다면 오해할 만한 요소가 있었고, 저를 다시는 믿지 않을 수도 있다고 생각했습니다. 그 편지를 쓴 건 아주 오래 전이었고, 저도 그 편지에 대해서는 모두 잊고 있었거든요. 그런데 루카스에게 연락이 왔습니다. 자신이 그 편지를 가지고 있는데, 남편에게 보여주겠다고 하더군요. 저는 그러지 말라고 부탁했고, 그는 남편의 문서함에 들어 있는 푸른빛이 도는 편지를 넘겨주면 제 편지를 돌려주겠다고 했어요. 남편에게는 어떤 피해도 가지 않을 테니 걱정하지 말라고도 했습니다. 홈즈 선생이라면 제 입장을 이해해 주시리라 생각해요."

"처음부터 솔직히 남편에게 털어놓는 게 좋았을 겁니다."

"그럴 수 없었어요. 결과가 뻔히 보였는걸요. 그때 저는 두 가지를 선택할 수 있었습니다. 하나는 남편과의 사이가 끝장나는 것, 다른 하나는 남편의 편지를 훔치는 것이었죠. 편지를 훔친다는 것이 나쁜 짓이라는 것은 확실했지만, 별 일 없으리라 생각했습니다. 사랑과 신뢰라는 부부 사이를 먼저 생각한 저에게 결론은 하나였죠. 루카스의 요구를 들어주기로 하고 저는 남편 열쇠의 본을 떴습니다. 열쇠는 루카스가 제작해 주었고요. 그리고 저는 문서함을 열었고, 루카스가 원한 편지를 고돌핀 가로 가져갔습니다."

"그리고 무슨 일이 있었군요?"

"사전에 약속했던 대로 저는 현관문을 두드렸어요. 루카스가 문을 직접 열어주었고 저는 그를 따라 집 안으로 들어갔습니다. 하지만 그와 둘이 있는 것이 무서웠기 때문에 현관문을 조금 열어두었죠. 제가 안으로 들어갈 때 어떤 여자가 길에 서 있었어요. 거래는 금방 끝났죠. 저는 그에게 가져온 편지를 주었고, 루카스도 제 편지를 돌려주었습니다. 그때 문간에서 소리가 들리더니 곧이어 복도에서 발소리가 들렸습니다. 루카스는 재빠르게 카펫을 젖히고 그 밑의 비밀 장소에 편지를 넣었습니다. 그 뒤 일어난 일은 매우 끔찍했습니다. 그 여자의 미친 듯한 얼굴이 아직도 생각나요. 그 여자는 프랑스어로 이렇게 말했습니다. '내가 지금까지 이날을 기다렸지! 드디어 다른 여자와 있는 현장을 잡았다고!' 그리고 무서운 싸움이 벌어졌습니다. 루카스는 의자를 들어 올렸고 그 여자는 번쩍거리는 단도를 휘둘렀어요. 저는 그곳을 정신없이 빠져나왔고 다음 날 아침 신문을 보고 그가 죽었다는 사실을 알았습니다. 전 편지를 찾았기 때문에 행복했고, 무슨 일이 벌어질지 전혀 몰랐습니다.

 다음 날 아침, 남편은 편지가 없어진 걸 발견하고 무척 괴로워했습니다. 그런 남편을 보면서 전 가슴이 찢어지는 것 같았어요. 현재의 불행을 피하기 위해 다른 불행을 가져왔다는 것을 깨달은 거죠. 그 자리에서 제가 한 짓을 고백하고 싶었지만 그렇게 되면 제가 과거에 썼던 편지 이야기까지 해야 했습니다. 그래서 홈즈 선생을 찾아간 겁니다. 제가 어떤 일을 한 건지 정확하게 알고 싶었으니까요. 엄청난 일이 벌어졌다는 사실을 알게 되자 저는 남편의 편지를 직접 찾아야겠다고 결심했습니다. 편지는 루카스가 숨겨둔 그 장소에 있을 것이라고 확신했어요. 만약 그 여자가 나타나지 않았다면 전 숨긴 장소도 몰랐을 테지만요. 전 그 방으로 들어가기 위해 이틀 동안 집 주변을 살폈습니다. 하지만 현관문은 늘 닫혀 있었어요. 그리고 어제 저녁 마지막 시도를 해봤습니다. 제가 어떻게 했는지는 이미 알고 계시리라 생각해요.

 편지를 가지고 돌아온 이후에는 그 편지를 없애버릴까도 생각했습니다. 남편에게 돌려주기 위해서는 제 잘못을 다 털어놓아야 하니까요. 이제 어떻게 해야 하죠? 발소리가 들리는 것이 남편이 올라오고 있나 봅니다."

호프 장관은 우리가 왔다는 소식에 흥분한 얼굴로 들어왔다.

"홈즈 선생, 무슨 새로운 소식이 있습니까? 제발 그러길 바랍니다."

"사건이 해결될 것 같습니다."

홈즈의 한 마디에 호프 장관의 얼굴이 환해졌다.

"오, 정말 감사하군요. 점심 식사를 하기 위해 수상님도 함께 오셨는데, 이 이야기를 해도 되겠습니까? 수상님은 정말 강인한 분이지만, 이번 일 때문에 한숨도 못 주무신 것 같아요. 제이콥스, 수상님께 이쪽으로 오시라고 말씀드리게. 여보, 당신은 자리를 좀 피해 주겠소? 식당에서 기다리고 있으면 우리도 곧 가겠소."

곧이어 들어온 수상의 태도는 침착했지만 눈빛이 빛나는 것으로 보아 장관처럼 매우 흥분하고 있다는 것을 알 수 있었다.

"홈즈 선생, 뭔가 보고할 게 있다고 들었소만."

"지금까지는 확실하지 않습니다. 다만 제가 편지가 있을 만한 곳은 모조리 찾아보았지만 찾지 못했다는 것은, 두 분이 걱정하시던 그런 일은 일어나지 않을 거라는 겁니다."

"그것으로 안심할 수는 없소. 언제 터질지 모르는 화산이 될 테니까 말이오. 우리에게는 확실한 게 필요하오."

"그런 단서를 입수할 수도 있다고는 생각합니다만, 그래서 제가 댁으로 직접 찾아온 겁니다. 이 사건은 아무리 생각해도 집 밖으로 나가지 않았다는 생각이 들어서요."

"홈즈 선생, 대체 지금 무슨 말을 하는 거요?"

"편지가 댁에서 나간 것이라면 이미 공개되었어야 합니다."

"그럼 편지를 훔쳐내서 집안에 숨겨두었다는 것이오?"

"아닙니다. 저는 아무도 편지를 훔치지 않았을지도 모른다는 생각이 들었습니다."

"그럼 편지가 왜 문서함에서 없어졌겠소?"

"문서함에서 없어지지 않았는지도 모르지요."

"홈즈 선생, 난 농담할 기분이 아니오. 문서함에서 없어진 건 확실합니다."

"장관님, 화요일 아침 이후에 문서함을 다시 살펴보신 적이 있으십니까?"

"아니오! 없소! 없어진 게 확실했으니까 그럴 필요가 없었소."

"혹시 편지를 못 보고 넘어갈 가능성은요?"

"말도 안 됩니다. 나를 어떻게 보고……."

"사실 저는 전에도 이런 일이 일어나는 것을 본 적이 있습니다. 문서함 속에는 다른 서류들도 있지 않나요? 다른 서류와 섞여서 못 보고 넘어가신 건 아닐까요?"

"제일 위에 두었기 때문에 그럴 리가 없습니다."

"상자를 흔들면 섞일 수도 있지 않습니까?"

"날 바보로 보는 거요? 모두 꺼내서 몇 번이나 확인해 보았습니다."

이때 수상이 대화에 끼어들었다.

"호프 장관, 그러면 문서 보관함을 가져오게 하시오. 열어보면 간단히 알 수 있는 문제잖소."

호프 장관은 벨을 울려 집사 제이콥스에게 문서 보관함을 가져오게 했다.

"이건 완전히 시간 낭비에 불과하오. 홈즈 선생이 믿지 않으니 일단 다시 점검해 봅시다."

집사가 문서 보관함을 가져오자 모두들 문서 보관함 주위로 모였다.

"수고했네. 여기 두게. 열쇠는 항상 갖고 다니는 시곗줄에 달려 있소. 자, 여기 서류들이 있소. 메로우 경의 편지, 베오그라드에서 보낸 각서, 러시아와 독일 사이 곡물세 문서, 마드리드에서 온 편지, 이건 찰스 하디 경의 보고서군. 아니! 이런 말도 안 되는 일이!"

호프 장관은 푸른 봉투를 들고 몹시 당황했고, 수상은 그 봉투를 낚아챘다.

"이런 일이 있을 수가……. 안에 들어 있던 편지도 그대로군. 호프 장관. 천만다행이니 너무 놀라지 마시오."

"정말 고맙습니다! 드디어 걱정거리가 사라졌군요. 하지만 상상할 수 없는 일입니다. 이게 어떻게 말이……. 그런데 홈즈 선생, 편지가 문서 보관함에 있다고 어떻게 확신한 거요?"

"아무리 찾아봐도 어디에도 없었으니까요."

"믿을 수가 없는 일이오. 모든 일이 이렇게 간단히 해결되어 버리다니. 홈즈 선생, 당신은 정말 마법사 같소. 어서 가서 아내에게도 말해 주어야겠소."

호프 장관이 문 쪽으로 가자 수상은 수상한 눈빛으로 홈즈를 바라보았다.

"하지만 홈즈 선생, 편지가 문서 보관함에 있을 것이라는 생각을 한 데는 무언가 이유가 더 있을 것 같소만……. 이 편지가 어떻게 해서 여기 있는 건지 좀 더 자세하게 말해 보시오."

홈즈는 자신을 빤히 바라보고 있는 수상에게서 눈길을 돌리며 미소 지었다.

"죄송합니다, 저희에게도 비밀은 있으니까요."

홈즈는 소리 내어 웃으며 모자를 들고 문 쪽으로 걸어갔다.

악마의 발

The adventure of the devil's foot

홈즈와 오랫동안 가까운 사이로 지내면서 나는 기이한 경험과 인상적인 이야기들을 책으로 펴내곤 했다. 그러나 사람들한테 이름이 알려지는 것을 못마땅해 하는 홈즈의 성격으로 인해 나는 곤란한 적이 많았다. 냉소적인 성격을 가지고 있는 그에게 대중의 환호는 언제나 불쾌한 것으로 받아들여졌다. 사건이 종결되고 그 결과를 발표하는 일을 경찰에게 떠넘긴 후, 사건 해결과 전혀 관계없는 경찰에게 축하 인사가 쏟아지는 걸 조소를 머금고 바라보는 일, 그것이 바로 홈즈가 가장 즐기는 역할이었다.

최근 내가 홈즈의 활약을 출판하는 일이 다소 줄어든 것은 소재가 부족하기 때문이 아니라 홈즈의 이러한 태도 때문이었다. 그래서 지난 주 화요일, 홈즈에게서 갑자기 다음과 같은 전보가 왔을 때 나는 매우 놀랐다.

내가 다룬 사건 중에서 콘월에서 있었던 일에 대해서 써보는 건 어떻겠나? 개인적으로 그동안의 사건 중 가장 기괴하다고 생각한다네.

홈즈가 어떤 사건을 생각하다가 갑자기 그 사건을 떠올린 것인지, 아니면 종잡을 수 없는 그의 변덕스러운 성격 때문에 그 사건을 발표하고 싶었던 것인지는 알 수 없다. 하지만 그가 그만두라고 하기 전에 어서 사건 기록을 발표해야겠다는 생각을 했고, 사건의 자세한 내용이 담긴 노트를 바쁘게 찾았다.

그 사건에 대해 처음 접하게 된 것은 1897년의 어느 봄날이었다. 강철 같은 체력을 가진 홈즈도 피로가 누적되었는지 몸살로 앓아눕고 말았다. 이는 자신의 건강에 대해 전혀 신경 쓰지 않는 그의 평소 습관 때문이었을 것이다. 그해 3월, 할리 가의 무어 애거 박사(홈즈와 박사와의 만남은 그야말로 극적이다. 언젠가는 이에 대해 설명할 기회가 있을 것이다.)는 영국을 대표하는 탐정인 홈즈에게 더 이상 건강을 악화시키고 싶지 않으면 사건에서 완전히 손을 떼라는 명령을 내렸다.

홈즈는 건강에 대해서는 관심이 없었지만, 몸져눕기라도 한다면 탐정 활동을 접어야 한다고 생각했기 때문에 이 협박 아닌 협박에 못 이기는 척 공기 좋은 곳으로 요양을 가기로 결정했다. 이러한 이유로 홈즈와 나는 콘월 반도의 가장자리에 있는 폴두 만의 작은 농가에서 오붓한 휴식을 가지게 되었다.

그곳은 매우 독특한 개성을 가지고 있는 곳으로, 홈즈의 고집스런 성격과도 잘 어울리는 곳이었다. 우리가 머물게 된 농가는 하얗게 회칠을 한 곳으로, 풀이 무성한 곳 뒤에 우뚝 서 있었다. 창가에 서면 불길해 보이는 반달 모양의 마운츠 만이 한눈에 보였는데, 이곳은 옛 날부터 항해하는 선박들에게 죽음의 함정으로 불리기도 했다. 실제로 파도가 세차게 몰아치는 모래톱과 검은 절벽 가장자리에서는 수

많은 뱃사람들이 아까운 목숨을 잃었다.

　북쪽에서 부드러운 바람이 불어올 때는 더없이 평화롭고 아늑한 곳이었기 때문에 폭풍에 시달린 선박들은 휴식을 취하기 위해 이곳에 배를 대곤 했다. 하지만 휴식도 잠시, 갑자기 돌개바람이 불어오고 닻이 끌리면서 해안으로 바람이 몰아칠 때, 아수라장 같은 바다에서는 최후의 격전이 벌어지고 만다. 경험이 풍부한 선원이라면 아무리 날씨가 좋더라도 이곳을 피해 멀리 떨어진 곳에 닻을 내리는 것이 상식이었다.

　육지 쪽 역시 바다 못지않게 어두운 기운이 가득했다. 사방이 우중충한 색의 황무지였고, 드문드문 서 있는 교회 첨탑은 오래된 마을이 있는 자리를 알려주었다. 외로운 사막 같은 이곳에는 오래 전에 사라진 종족의 흔적이 남아 있었다. 이들의 유일한 문명의 기록으로 이상하게 생긴 석조 기념물이 있었고, 죽은 자들의 뼛가루를 품고 있는 다양한 크기의 언덕, 역사 이전의 사람들이 싸우던 흔적이 남아 있는 괴상한 모양의 흙더미들이 있었다.

　이곳의 신비한 분위기와 소멸된 나라들의 어두운 분위기는 홈즈의 상상력에 불을 지르기 시작했다. 그는 대부분의 시간을 황무지를 걸으면서 명상에 잠기곤 했다. 그는 당연하게도 콘월어에 흠뻑 빠지기도 했다. 고대 콘월어는 칼데아어와 비슷하고, 주로 페니키아 주석 상인들의 말에서 파생된 것으로 알려져 있다. 그는 언어학 관련 서적을 이곳에서 주문해 콘월과 관련된 연구에 몰두하기 시작했다. 그리고 갑자기 이곳에서 그동안 경험한 그 어떤 사건보다도 흥미진진하고 신비스러운 사건에 휘말리게 되었다. 사건이 바로 눈앞에서 벌어졌을 때, 휴식을 기대했던 나는 매우 실망했다. 그러나 홈즈는 무료한 생활에서 행운이라도 만난 것처럼 대놓고 좋아했다. 단순하지만 조용하고 건강한 생활은 갑자기 끝났고, 우리는 콘월은 물론 영국 서부 지역 전체를 흥분으로 몰아넣은 사건 속으로 떠밀려 들어가게 되었다.

 이 책을 보는 애독자들 가운데, 런던 일간지에 실렸던 <콘월의 공포>라는 기사를 본 사람이 있을 것이다. 신문 기사는 사실과 매우 동떨어진 것이었기 때문에 당시에는 사건의 진위를 파악하기 어려웠을 것이다. 하지만 13년이 지난 오늘에서야 이 사건의 진실을 공개할 수 있게 되었지만 그래도 개인적으로는 매우 만족스럽다.

 콘월에는 마을의 존재를 표시하는 첨탑이 곳곳에 흩어져 있다. 그 중 가장 가까운 곳에 있는 것이 트리대닉 월러스 마을이다. 약 200여 명의 주민들이 살고 있으며, 이끼로 뒤덮인 옛 교회를 중심으로 농가 주택이 모여 있었다. 이곳의 교구 목사는 라운드헤이 씨이며, 고고학에 대해서 관심이 많았기 때문에 홈즈와도 잘 알고 지내게 되었다.

 라운드헤이 목사는 적당히 살이 찐 사교적인 중년 남자로, 이 마을에 대한 전설을 많이 알고 있었다. 홈즈와 나는 목사의 초대를 받아 목사관에 차를 마시러 갔는데, 그곳에서 부유한 신사인 모티머 트리제니스 씨를 알게 되었다. 그는 큰 목사관에서 하숙인으로 살고 있었기 때문에 목사의 적은 수입은 그나마 나아지기도 했다. 독신이었던 목사는 하숙인이 들어온 것에 대해 매우 좋아했지만, 둘 사이에 이렇다 할 공통점은 한 가지도 없었다.

 가무잡잡한 얼굴을 한 트리제니스 씨는 안경을 쓴 매우 마른 남자였으며, 기형적이라고도 의심할 수 있을 만큼 등이 많이 굽어 있었다. 목사관에서 차를 마시는 시간은 매우 짧았지만, 목사가 몹시 수다스럽다는 사실과 어딘가 슬픔에 잠긴 듯한 우울한 얼굴의 트리제니스 씨는 매우 내성적이라는 사실을 알게 되었다. 특히 트리제니스 씨는 남들과 시선을 마주치지 않으려고 했으며, 항상 자신만의 생각에 빠져 있는 사람처럼 보였다.

그날은 3월 16일 화요일 아침이었다. 홈즈와 나의 아담한 거실에 시끄러운 목사와 내성적인 남자가 갑자기 들어왔다. 우리는 막 아침 식사를 마치고 이제는 일과가 되어버린 황무지 산책을 나가기 전에 담배를 한 대 피우고 있던 참이었다.

"홈즈 선생, 지난밤 정말 말도 안 되는 괴이하고 비극적인 일이 일어났습니다. 정말 어디서도 들어본 적이 없는 일이에요. 때마침 영국에서 가장 뛰어난 능력을 가지신 분이 이곳에 있다는 것은 하느님의 축복이 아닌가 싶습니다."

나는 입에 발린 말을 하는 교구 목사를 흘겨보았지만, 홈즈는 파이프를 입에서 떼고 사냥꾼들의 외침을 들은 사냥개처럼 공손하게 자세를 바꾸었다. 그가 소파에 앉으라는 손짓을 하자 흥분해 있던 두 손님은 조금 진정하며 자리에 앉았다. 트리제니스 씨는 목사에 비해 감정을 잘 절제하고 있었지만, 여원 두 손이 떨리고 눈이 반짝거리는 것을 보니 목사 못지않게 흥분하고 있다는 것을 알 수 있었다.

"제가 말씀드릴까요, 아니면 목사님께서 말씀하시겠습니까?"

트리제니스 씨가 목사를 쳐다보며 말했다.

"무슨 일인지 모르겠지만 트리제니스 씨가 그 사건을 목격한 것 같군요. 목사님도 트리제니스 씨에게 들은 것 같으니 목격한 본인이 직접 말하는 게 좋을 듯합니다."

홈즈가 둘을 바라보면서 침착하게 말했다. 목사는 옷을 대충 걸친 듯했고, 트리제니스 씨는 의복을 제대로 갖추고 있었기 때문에 홈즈의 추리에 난 몹시 놀랐다. 두 사람 역시 순간 놀라는 것을 보고 난 속으로 흐뭇함을 느끼고 있었다. 목사는 트리제니스 씨를 보더니 먼저 말을 꺼냈다.

"제가 말씀드리는 것을 듣고, 홈즈 선생이 트리제니스 씨에게 설명을 더 들을 것인지 아니면 당장 현장으로 갈 것인지 결정하는 게 좋겠습니다. 이제부터 사건에 대해 말씀드리겠습니다. 트리제니스 씨는 어제 저녁 황무지 건너편에 있는 트리대닉 저택에서 형제자매들과 함께 저녁 식사를 했습니다. 그의 형제인 오웬과 조지 그리고 누이동생인 브렌다가 있었죠. 트리제니스 씨는 10시 조금 지나서 왔는데, 형제들은 식탁에서 카드 놀이를 하고 있었고, 건강이나 컨디션은 최고 상태였다고 말했습니다.

그런데 오늘 아침, 일어나는 시간이 빠른 편인 트리제니스 씨는 아침을 먹기 전에 그쪽으로 산책을 나가고 있었습니다. 가는 길에 의사 리처드 씨를 만났다고 하더군요. 의사 말로는 트리대닉 저택에서 급한 호출이 와서 가는 길이라고 했답니다. 형제들이 그곳에 있었기 때문에 트리제니스 씨는 바로 마차에 동승했고, 저택에 도착하니 기묘한 사건이 벌어져 있었답니다. 두 형제와 누이동생은 어제 헤어질 때 보았던 것처럼 식탁에 둘러앉아 있었는데, 누이동생은 이미 죽어 있었고 두 형제는 양쪽에 앉아 정신이 나간 상태에서 노래를 부르면서 웃고 떠들고 있었답니다. 식탁 위에는 카드가 흩어져 있었고 촛불은 끝까지 다 탔다고 하더군요. 그런데 죽은 여동생과 실성한 두 형제의 얼굴에는 모두 엄청난 공포가 새겨져 있었고, 세 사람 모두의 얼굴이 똑바로 바라볼 수도 없을 만큼 일그러져 있었다고 합니다.

요리사 겸 가정부로 일하고 있는 포터 부인 외에 그 집을 다녀간 사람의 흔적은 전혀 없었답니다. 포터 부인은 밤에 깊이 잠들기 때문에 아무런 소리도 듣지 못했다고 했다더군요. 없어진 물건도, 누가 집에 손을 댄 흔적도 없기 때문에 왜 두 형제가 정신이 나가고 여동생이 죽어 있는지 이유를 아무도 모릅니다. 지금까지의 상황은 제가 말한 대로예요. 홈즈 선생이 이 사건을 도와준다면 정말 큰 도움이 될 수 있을 겁니다."

애초에 이곳에 온 이유가 휴식이었던 만큼 나는 홈즈를 설득해서 이 사건에 끼어들지 않고 넘어갈 수 있으리라 생각했다. 하지만 이미 사건에 집중한 그의 얼굴과 잔뜩 찡그린 눈썹을 보니 내 기대는 빗나갔다는 것을 알 수 있었다. 홈즈는 그동안의 평화를 무참히 깨뜨려버린 이 사건에 대해 생각하면서 말없이 앉아 있었다.

"좋습니다. 제가 이 사건을 맡겠습니다. 간단한 설명밖에 못 들었지만 정말 기이한 사건임에 틀림없습니다. 그런데 목사님은 현장을 직접 보셨나요?"

홈즈는 단호하게 결심한 듯이 입을 열더니 목사에게 질문했다.

"아직 보지 못했습니다. 트리제니스 씨가 저에게 한 이야기를 듣고 홈즈 선생에게 도움을 요청하기 위해 바로 이곳으로 달려왔지요."

"그렇군요. 여기에서 트리대닉 저택까지의 거리는 얼마나 되나요?"

"내륙으로 1.5킬로미터 정도 될 겁니다."

"그럼 걸어가도 충분한 거리군요. 하지만 그 전에 트리제니스 씨에게 물어볼 것이 몇 가지 있습니다."

트리제니스 씨는 그동안 아무 말도 하지 않고 있었지만, 감정을 한껏 드러내는 목사보다 더 흥분해 있다는 것을 나도 충분히 알 수 있었다. 잔뜩 찡그린 창백한 얼굴과 흔들리는 시선을 홈즈에게 고정하고 있었기 때문이다. 아직도 마주잡은 두 손과 핏기 없는 입술은 떨리고 있었다. 자신의 가족들에게 닥친 무서운 사건에 대해 이야기를 듣는 동안 그의 눈동자에서는 현장에서 본 공포가 담겨 있는 듯했다.

"홈즈 선생님, 어떤 질문을 하셔도 좋습니다. 끔찍한 일이었지만 사실 그대로 말씀드리겠습니다."

트리제니스 씨는 긴장한 목소리로 대답했다.

"일단 지난밤에 있었던 일을 차근차근 자세하게 말해 주시오."

"알겠습니다. 목사님 말처럼, 저는 트리대닉 저택에서 저녁을 먹었습니다. 그런데 형 조지가 식사를 마치고 휘스트 게임을 하자고 하더군요. 우리는 9시 정도에 카드를 시작했고, 제가 일어선 시간은 10시 15분이었습니다. 제가 집을 나설 때도 형제들은 즐겁게 카드를 계속하고 있었습니다."

"그럼 당신이 집으로 돌아갈 때 문단속을 한 사람은 누구죠?"

"포터 부인이 이미 잠자리에 들었기 때문에 제가 직접 문을 열고 닫았습니다. 형제들이 앉아 있던 방 창문은 이미 닫혀 있었고 커튼은 젖혀진 채였습니다. 오늘 아침에 갔을 때도 문과 창문은 어제 그대로였어요. 누군가 다녀간 흔적도 없었습니다. 하지만 형제들은 공포심에 정신이 나갔고, 여동생은 공포 때문에 의자 팔걸이 너머로 고개를 떨군 채로 죽어 있었죠. 저는 죽을 때까지 그때의 광경을 잊을 수 없을 겁니다."

"자세한 이야기를 들으니 더 이상한 사건처럼 느껴지는군요. 그러니까 트리제니스 씨는 이 사건에 대해 아는 게 없다는 거죠?"

홈즈는 여전히 눈을 반짝이며 말했다.

"홈즈 선생, 이 일은 분명히 악마의 소행입니다. 인간이 저지른 일일 수가 없어요. 무언가가 집안에 들어가서 형제들의 정신을 뺏어가 버린 겁니다. 어떻게 사람이 이런 일을 할 수가 있겠습니까!"

트리제니스 씨가 큰 소리로 외쳤다.

"사람이 한 일이 아니라면 저도 해결할 수 없겠죠. 그런 결론을 내리기 전에 과학적으로 설명할 수 있도록 전력을 다해야 합니다. 그런데 트리제니스 씨, 다른 가족들은 같은 집에서 사는데 혼자 하숙을 하시는 거 보면 가족과 사이가 별로 좋지 않았나 보군요. 혹시 특별한 이유가 있는 건가요?"

"부끄럽지만 그렇습니다. 하지만 그 문제는 모두 해결되었기에 간단히 말씀드리죠. 레드루스에 우리 집안의 주석 광산이 있었습니다. 형제들은 광산을 상당한 금액을 받고 어느 회사에 넘겼죠. 그런데 그 돈을 나누는 과정에서 문제가 좀 생겼고, 서로 사이가 나빠지고 말았습니다. 하지만 이제 다 잊고 용서하기로 했습니다. 지금은 예전의 관계로 돌아가 아주 사이좋게 지내고 있었습니다."

"트리제니스 씨, 어제 저택에서 있었던 일 중에 마음에 걸리는 일은 없었습니까? 도움이 될 만한 단서가 있는지, 아주 작은 거라도 잘 생각해 보세요."

"전혀요. 그런 건 전혀 없었습니다."

"형제와 여동생의 기분은 평소와 다른 점이 없었습니까?"

"전혀요, 평소와 같았습니다. 기분이 매우 좋아보였어요."

"그렇다면 형제들이 예민한 분이었습니까? 위험에 처해 있다거나 두려움에 불안해하지는 않았나요?"

"그런 건 전혀 없었습니다."

"제게 도움이 될 만한 이야기면 어떤 거라도 좋으니 다시 한 번 생각해 보세요."

트리제니스 씨는 잠깐 깊은 생각에 잠기는 듯하더니 다시 말을 꺼냈다.

"사실 …… 한 가지 생각나는 게 있긴 합니다. 저는 창을 등지고 앉아 있었는데, 카드 게임 파트너였던 형 조지가 창문 너머로 뭔가를 한참 동안 보더군요. 그래서 저도 몸을 돌려서 무엇이 있는지 보았습니다. 창문은 닫혀 있었지만 잔디밭 사이로 무언가가 빠르게 움직이는 걸 봤습니다. 사람인지 동물인지는 모르겠지만, 틀림없이 뭔가 움직이기는 했어요. 형에게 뭔가를 보지 않았느냐고 물어봤는데, 형도 저와 같은 대답을 했습니다. 이것이 이 사건에 대해 제가 아는 전부예요."

트리제니스 씨가 미안하다는 듯이 말을 끝냈다.

"그리고 정원을 살펴보지 않았나요?"

"아뇨, 별 거 아니라고 생각했으니까요."

"집을 나올 때 뭔가 기분 나쁜 예감이 들지는 않았습니까?"

"전혀 그렇지 않았습니다."

"그럼 오늘 아침에 어떻게 그토록 빨리 그 소식을 접할 수 있었는지 말씀해 주십시오."

"전 항상 일찍 일어나는 습관을 가지고 있습니다. 그래서 아침 식사 전에 한 시간 정도 산책을 할 여유가 생기죠. 오늘 아침도 평소와 같이 산책을 하고 있었는데, 마차를 타고 오던 의사 리처드 씨를 만난 겁니다. 리처드 씨는 포터 부인이 급히 연락을 해서 형 집으로 가고 있다고 말하더군요. 무슨 일이 생겼는지 걱정이 된 저도 리처드 씨와 함께 마차를 타고 집으로 달려갔습니다. 도착한 뒤에는 아까 말씀드린 무시무시한 광경을 보고 말았고요. 촛불은 몇 시간 전에 꺼진 듯했습니다. 그들은 그렇게 동이 틀 때까지 앉아 있었던 거예요. 리처드 씨는 브렌다가 최소한 6시간 전에는 죽었다고 했습니다. 폭력의 흔적은 전혀 없었고, 두려움이 가득한 얼굴로 의자 팔걸이에 머리를 대고 누워 있었죠. 조지와 오웬 형은 마치 원숭이처럼 이상한 소리를 내면서 알 수 없는 노래를 부르고 있었습니다. 홈즈 선생, 어떻게 이런 일이 일어날 수가 있는 거죠? 정말 눈뜨고 볼 수 없는 비참한 모습이었습니다. 리처드 씨도 얼굴이 하얗게 질린 채로 갑자기 의자에 털썩 주저앉더군요. 빈혈 증상이 일어난 것처럼 말입니다. 그래서 제가 부축까지 했습니다."

"오, 정말 묘한 사건이군요. 이 정도면 이야기는 됐습니다. 바로 현장으로 가는 게 좋겠군요. 시작부터 이렇게 기묘한 사건은 정말 처음입니다."

홈즈는 코트와 모자를 집어 들면서 흥미롭다는 듯이 집을 나섰다. 그날 아침 우리의 수사는 별다른 진전이 없었다. 그러나 그날 목격한 장면은 매우 불길했다. 비극이 발생한 저택으로 가는 길은 구불구불하고 좁은 보통 시골길이었다. 그 길을 따라 걷고 있었는데, 뒤에서 마차가 덜컹거리며 오는 소리가 들렸다. 우리가 길을 비켜주기 위해 한쪽으로 물러섰다. 그런데 마차가 우리 옆을 지나갈 때, 닫힌 창문 너머로 이빨을 드러내며 무서운 표정으로 웃는 얼굴을 보았다. 이상하게 번쩍이는 눈빛으로 이빨을 가는 모습이었는데, 매우 빠르게 지나간 터라 마치 꿈을 꾼 것 같았다.

"이럴 수가! 저희 형들이에요! 헬스톤의 정신병원으로 데려가고 있군요!"

트리제니스 씨는 얼굴이 새파랗게 질려서 큰 소리로 외쳤다. 우리는 온몸에 소름이 돋았고 덜컹거리면서 멀어져가는 마차를 바라보다 다시 정신을 차린 뒤, 비극적인 운명을 맞은 불길한 저택으로 빠르게 걸어갔다.

트리대닉 저택은 매우 크고 화려한 별장이었다. 콘월의 따뜻한 날씨로 인해 넓은 정원의 꽃들은 만개해 봄의 기운이 가득했다. 넓은 거실 창문은 정원 쪽을 향해 있었는데, 트리제니스 씨에 따르면 그곳에서 형들의 정신을 빼앗아간 악마가 나타났다는 것이다. 홈즈는 생각에 잠긴 채로 현관을 향해 천천히 걸어갔다. 그 길은 양쪽에 꽃이 피어 있는 아름다운 길이었는데, 그는 생각에 집중한 채 걷다가 물뿌리개에 걸려 넘어질 뻔했으며 그 안에 담긴 물이 엎질러져서 우리 발은 물론 정원에 난 길까지 물로 적시고 말았다.

집 안으로 들어가자 포터 부인이 친절하게 우리를 맞이해 주었다. 그녀는 어린 하녀와 함께 일하고 있었으며, 홈즈가 물어보는 질문에 자세하게 대답해 주었다.

"정말 무서운 일이 일어났지만, 저는 밤에는 아무런 소리도 듣지 못했습니다. 트리제니스 씨 형제와 브렌다 아가씨도 어제까지 모두 건강하고 유쾌한 상태였고요. 평소에도 그분들만큼 명랑한 사람은 본 적이 없을 정도였습니다. 그런데 오늘 아침, 무서운 일이 일어났습니다. 거실에 들어가서 그 광경을 보자마자 전 기절하고 말았어요. 정신이 돌아오자 환기를 시키기 위해 거실의 창문을 열었습니다. 그리고 바로 달려 나가 이웃집 소년을 리처드 씨에게 보냈어요. 이미 돌아가신 브렌다 아가씨는 2층에 있는 침실에 눕혀드렸습니다. 트리제니스 씨 형제들은 정신병원으로 보내야 해서 병원 마차를 불렀고요. 힘센 장정이 4명이나 달려들어서야 두 분을 겨우 마차에 태울 수 있었죠. 전 더 이상 이 집에 있고 싶지 않습니다. 그래서 오늘 오후에 세인트 아이브즈에 있는 집으로 가기로 했어요."

우리는 포터 부인에게 고맙다고 말하고 브렌다를 보기 위해 2층으로 올라갔다. 그녀는 중년에 가까운 나이였지만 매우 아름다운 외모를 가지고 있었다. 죽음조차도 그녀의 아름다움을 빼앗아가지는 못할 정도였다. 그러나 죽기 전 그녀를 엄습했던 공포는 아직도 그녀의 얼굴에 고스란히 남아 있었다.

그녀의 침실을 나와서 찾은 곳은 실제로 비극이 일어난 장소인 거실이었다. 난로 안에는 까맣게 탄 재가 있었고, 탁자 위에는 초가 모두 타서 4개의 촛대만 남아 있었다. 카드들은 함부로 흩어져 있었고,

의자들의 등은 벽을 향해 있었다. 그 밖의 것은 모두 전날과 다름없이 그대로였고, 홈즈는 재빠르게 방 안을 돌아다니면서 여기저기를 관찰하였다. 의자에 앉아보기도 하고 의자를 끌어 위치를 바꾸어보기도 했으며, 정원이 어느 정도까지 보이는지 살펴보기도 했다. 마룻바닥, 천장, 벽난로 모두 조사했지만 홈즈의 눈빛은 단서를 발견했을 때의 반짝임이 전혀 없었다.

"난롯불을 왜 피웠던 거죠?"

홈즈가 물었다.

"봄날 저녁이라 날이 따뜻했을 텐데…… 이 방은 항상 난로를 피웠습니까?"

"봄이라고는 해도 어젯밤에는 춥고 습기가 많아서 제가 이곳에 온 뒤에 불을 피웠습니다. 그런데 홈즈 선생, 이제 무엇을 할 건가요?"

어느 정도 진정한 트리제니스 씨가 홈즈를 바라보며 말했다.

"두 분만 괜찮으시다면 저희는 이제 귀가했으면 합니다. 이곳에 더 머문다 해도 새로운 단서가 나타날 것 같지는 않군요. 트리제니스 씨, 이번 사건에 대해 이런저런 것들을 깊이 생각해 보고 뭔가 생각나는 것이 있으면 당신과 목사님에게 바로 말씀드리겠습니다. 왓슨, 자네는 몹시 싫어하겠지만 나는 담배 중독에 빠져 수사를 좀 더 해야 할 것 같군. 자, 그럼 두 분 모두 안녕히 계십시오."

우리는 다시 오두막으로 돌아왔고, 홈즈는 깊은 생각 속에 한동안 잠겨 있었다. 그가 내뿜는 푸른 담배 연기로 인해 소파에 깊숙이 앉아 있는 홈즈의 얼굴은 잘 보이지 않았다. 그러나 이맛살을 찌푸리고 검은 눈썹을 모은 채, 먼 곳을 바라보는 듯한 텅 빈 두 눈이 어렴풋이 보였다. 드디어 홈즈는 담배 파이프를 내려놓고 자리에서 벌떡 일어났다.

"왓슨, 더 이상은 안 되겠군. 밖에 나가서 돌화살촉이라도 찾는 게 좋겠어. 이 사건의 단서를 찾는 것보다는 그쪽이 더 쉬울 테니까. 충분한 자료도 없는데 추리를 하려니 정말 힘들군. 지금은 바다 냄새, 햇빛, 인내심 같은 것들이 모두 필요해."

홈즈의 말대로 우리는 밖으로 나가서 산책을 하기 시작했다. 잠시 말이 없던 홈즈는 다시 입을 열었다.

"왓슨, 정리를 좀 해볼까? 우리가 알고 있는 사실을 분명하게 파악하고, 새로운 사실이 나타나면 제자리에 두어야 해. 일단 우리들 중 누구도 실제로 악마가 존재한다고는 생각하지 않으니 그러한 의견은 배제하자고. 그리고 과정이 어떻게 되었든 비극을 맞이한 세 명은 지금 이곳에 그대로 남아 있어. 이게 바로 변하지 않는 사실이지.

그럼 사건을 좀 더 구체적으로 정리해 보자고. 트리제니스가 한 말이 사실이라고 가정한다면, 사건은 그가 집을 나간 직후에 일어났어. 평소 잠자리에 드는 시간이 이미 지났는데도 카드가 탁자에 그대로 펼쳐져 있었으니까 그렇게 생각하는 게 맞겠지. 그들은 자세를 바꾸거나 의자를 옮기지도 않았지. 즉, 이 일은 트리제니스가 떠난 직후, 그러니까 11시가 되지 않아서 일어났을 거야.

다음으로 알아봐야 할 것은 트리제니스의 행동이야. 사실 우리가 할 수 있는 전부이기도 하지. 그것을 알아보는 것은 간단한 일이기도 하고, 그가 의심스러운 행동을 했을 것 같지는 않아. 자네가 눈치 챘을 것이라고 생각하지만, 난 트리제니스의 발자국 모양을 알아보기 위해 현관에서 일부러 물뿌리개를 찾지. 젖은 모랫길에 모두의 발자국이 선명하게 찍혔기 때문에 알아보기는 쉬웠지.

발자국으로 미루어보았을 때, 트리제니스는 어제 집을 나와서 목사관으로 재빨리 갔을 거야. 트리제니스가 가고 난 뒤 밖에 있던 어떤 사람이 그들에게 해를 끼치거나 공포에 빠뜨렸다는 건 말이 안 된다네. 만약 그런 사람이 있었다면 포터 부인도 살아남지 못했을 테고. 어떤 무서운 존재가 정원을 향한 창문으로 가서 자신을 본 사람들을 미치게 했다는 건 트리제니스의 주장일 뿐이야.

그의 형 조지가 정원에서 무언가 움직이는 걸 보았다고 했잖은가. 사실 어제는 비가 내려서 날씨도 흐렸고 어두웠다는 사실을 감안한다면 상당히 주목할 만한 증언일세. 누군가 방 안에 있던 그들을 놀라게 하려고 했다면 자신의 모습이 눈에 띄도록 얼굴을 창문에 바짝 들이댔을 거야. 그래야 안에서 잘 보였을 테니까. 하지만 창 밖에는 90센티미터 너비의 화단이 있는데 그곳에 발자국 같은 건 전혀 없었네. 즉, 침입자가 있었다고 보기도 어렵고, 이런 힘든 상황을 만들 만한 동기도 찾을 수가 없어. 그래서 이 사건은 나에게도 몹시 어렵다네. 왓슨, 자네는 이해하겠지?"

"물론 분명히 알겠네."

"약간의 자료만 더 있다면 사건은 해결할 수 있을 거야. 우리가 자료를 찾아낼 수 있을지도 모르지. 일단 지금은 다 그만두고 신석기 시대의 흔적을 찾아보는 게 좋겠군."

그리고 우리는 2시간 동안 켈트족, 화살촉, 유물 파편들에 대해 이야기를 나누었다. 그때보다 홈즈의 초연한 정신상태가 잘 드러난 적

은 없었던 것 같다. 그는 해결해야 할 불길한 사건은 안중에도 없다는 듯이 아무렇지 않게 행동했다. 하지만 그날 오후 집으로 돌아와서 우리를 기다리던 방문객을 만나면서 초연함은 깨지고 말았다. 방문객은 홈즈와 나를 다시 사건 속으로 빠지게 만들어버렸다.

우리를 찾은 방문객은 누구인지 굳이 물어볼 필요도 없는 유명 인사였다. 우람한 체격, 오두막 지붕처럼 부스스한 반백 머리카락, 깊게 주름이 패인 우락부락한 얼굴, 매서운 눈, 매부리코, 가장자리는 금빛인 턱수염이 입술 부분에서는 끊임없이 피워대는 시가의 니코틴 덕분에 탈색되었고 그 나머지는 하얗게 세어 있었다. 이런 모든 점으로 보아서 그는 런던과 아프리카에서 명성을 떨치고 있는 위대한 사자 사냥의 명수이자 세계적 탐험가인 레온 스턴데일 박사였다.

신문을 통해 그가 이 고장에 와 있다는 것을 알고 있었고, 황무지를 걸을 때 그를 본 적도 몇 번 있었다. 하지만 우리는 서로의 사생활을 존중하기 위해 일부러 아는 체를 하지는 않았다. 그는 여행 중에 시간이 조금이라도 나면 비첨 아리안스라는 방갈로에서 대부분을 보낸다고 했다. 그 이유가 혼자 있고 싶어서라는 것은 분명했다. 그는 방갈로에 머무는 동안에도 책과 지도에 파묻혀 있었으며, 최소한의 생활용품만을 가지고 완전히 고립된 생활을 즐기곤 했다. 그러한 성격을 가진 스턴데일 박사가 우리를 직접 찾아와 사건의 전모를 묻다니 놀라지 않을 수 없었다.

"시골 경찰들은 완전히 틀렸소. 하지만 경험이나 실력으로 봤을 때 당신 정도면 뭔가 납득이 갈 만한 설명을 해줄 수 있을 것 같아서 찾아왔소. 사실 나는 트리제니스 가족에 대해서 잘 알고 있소. 외가 쪽으로 먼 친척이기 때문에 오늘 아침의 일은 내게도 매우 충격적이오. 원래 나는 아프리카로 가기 위해 플리머스 항까지 갔는데, 이 소식을 듣자마자 다시 마을로 돌아왔소."

스턴데일 박사가 급하게 말을 쏟아냈다.

"그럼 박사님은 배를 놓치신 건가요?"

홈즈가 날카롭게 박사를 쳐다보며 물었다.

"그렇소, 다음 배를 탈 생각이오."

"오, 정말 대단한 사인가 보군요!"

"아까 친척이라고 말했지 않소!"

"그렇군요, 먼 친척이라고 말씀하셨죠. 그런데 짐은 배에 모두 실으셨나요?"

"일부는 실었지만 꼭 필요한 짐들은 아직 호텔에 있소."

"알겠습니다. 그런데 이 사건을 어떻게 아셨죠? 아직 플리머스 아침 신문에도 실리지 않았는데요."

"내가 호텔에 있을 때 전보를 한 통 받았소."

"누가 전보를 보냈는지 궁금하군요."

"홈즈 선생, 필요 이상으로 꼬치꼬치 캐묻는군요. 기분이 그다지 좋지 않소."

스턴데일 박사는 불쾌해하면서 말했다.

"이해해 주십시오. 제가 하는 일이 원래 이런 일이니……."

"누가 보냈는지 말하는 게 어려운 건 아니오. 전보를 보낸 사람은 라운드헤이 목사요."

스턴데일 박사는 흥분한 마음을 가라앉히려 노력하며 대답했다.

"감사합니다. 이제 박사님 질문에 대답을 하죠. 이 사건은 아직 제대로 파악하지 못했습니다. 지금 이 상태에서 결론을 말하는 것은 이르다고 생각하고요."

"혹시 당신이 의심하는 부분이 무엇인지는 말해 줄 수 있나요?"

"아니오, 대답하기 곤란합니다."

"그렇다면 괜히 찾아왔군. 시간 낭비만 하고 말다니! 난 이만 가보겠소."

스턴데일 박사는 큰 소리를 내며 매우 무례하게 오두막을 걸어 나갔다. 그러고 나서 채 5분도 안 되었을 때 홈즈는 그의 뒤를 급히 쫓았다. 저녁이 될 때까지 홈즈의 모습은 보이지 않았고, 늦은 저녁에서야 돌아온 그는 아무런 소득이 없었는지 매우 지친 모습으로 기운이 없어보였다. 그는 자신이 집을 비운 사이, 도착한 전보를 보더니 난로 속으로 던져버렸다.

"플리머스 호텔에서 온 전보군. 난 스턴데일 박사의 말이 사실인지 알아보려고 전보로 조회해 보았다네. 그는 정말 어젯밤에 그곳에 있었고, 아프리카로 떠나기 위한 짐도 일부 맡겨놓았더군. 그런데 왓슨, 이 사건 때문에 박사가 돌아왔다는 것은 좀 이상하지 않은가?"

"맞아. 박사는 이 사건에 관심이 많아 보였어."

"그래, 아직 파악하지 못한 연결고리가 어딘가에 있어. 그것만 알면 단서가 잡힐 텐데 말이야. 모든 자료를 파악한 게 아니니 힘을 내자고. 새로운 자료만 찾는다면 사건은 금방 해결될 거야."

그날 밤 홈즈가 던진 말이 그렇게 빨리 실현되리라고는 우리 둘 다 생각하지 못했다. 그리고 그 단서가 불길한 사건이 되어 수사에 진전을 가져올 것이라고도 생각하지 못했다.

다음 날 아침, 나는 창가에서 면도를 하고 있었다. 밖에서 말발굽 소리가 들려서 내다보았더니 이륜마차가 전속력으로 달려오고 있었다. 마차는 우리의 오두막 앞에서 멈추었고 마차에서 목사가 급하게 내려 단숨에 집 안으로 뛰어 들어왔다. 홈즈는 이미 옷을 갈아입은 상태였기 때문에 우리는 바로 그를 맞이했다. 목사는 너무 흥분했는지 말도 제대로 잇지 못할 정도였는데, 숨을 조금씩 고르더니 끔찍한 일을 또 겪었다고 말하는 것이 아닌가!

"홈즈 선생, 우리는 신의 저주를 받은 게 분명해요. 우리 마을에 저주가 내렸어요! 모두 악마의 손에 넘어가고 말 거예요!"

목사는 지독한 공포로 인해 흙빛으로 변한 얼굴로 흥분해서 말을 제대로 잇지 못하고 있었다. 그리고 그는 더욱 놀라운 소식을 전했다.

"어젯밤에 모티머 트리제니스 씨가 죽었어요. 그것도 그의 형제들과 마찬가지 증상을 보이면서요! 이건 정말 저주가 분명해요! 악마의 저주라고요!"

"목사님, 타고 오신 마차에 우리 둘이 탈 수 있을까요?"

홈즈는 무언가 떠오른 듯이 자리에서 벌떡 일어나며 목사에게 물었다.

"물론이죠. 탈 수 있습니다."

"왓슨, 식사는 잠시 미뤄야겠군. 목사님, 우리를 그곳으로 데려다 주시오. 현장이 흐트러지기 전에 빨리 갑시다!"

트리제니스 씨는 목사관의 방 두 개를 쓰고 있었다. 그의 분위기에 맞게 구석진 곳에 있는 방이었는데, 1층과 2층에 각각 방이 하나씩

있었다. 1층은 거실, 2층은 침실이었는데 2층에서는 넓은 잔디밭이 잘 보였다. 의사나 경찰이 오기 전이었기 때문에 우리는 현장 그대로를 볼 수 있었다. 안개 낀 3월의 아침, 우리가 그날 봤던 광경은 절대 지워지지 않을 만큼 강한 인상을 주었다.

방 안은 매우 불쾌한 공기로 가득 차 있었다. 처음 방에 들어왔던 하인이 창문을 열지 않았더라면 참고 견디기 힘들었을 정도였다. 그것은 탁자 가운데에서 연기를 내면서 타고 있는 램프 때문이기도 했다. 그 옆에는 죽은 트리제니스 씨가 의자에 등을 기댄 채 앉아 있었다. 그의 턱에는 수염이 옅게 나 있었고 안경은 이마로 올라가 있었다. 야위고 거무스름한 얼굴은 창을 향해 있었는데, 죽은 여동생 브렌다처럼 지독한 공포로 일그러져 있었다. 그는 공포 때문에 몸부림을 친 듯했고, 손가락이 구부러져 있었다. 옷은 서둘러 입은 흔적이 역력했고, 비극적인 죽음이 아침에 닥친 것임을 알 수 있었다.

홈즈는 운명의 방에 들어서자마자 즉시 긴장하며 민첩해졌다. 표정은 매우 냉담했지만 오랫동안 그를 봐온 나는 강력한 에너지를 발산하고 있다는 것을 알 수 있었다. 빛나는 눈, 차분한 표정, 재빠른 손놀림과 발놀림으로 그는 현장을 조사했다. 창문을 통해서 방을 둘러싼 잔디밭을 보다가 다시 침실로 올라왔다. 그리고 창문 밖으로 몸을 내민 채 기쁨의 탄성을 내지르기도 했다. 그러더니 다시 아래층으로 달려간 홈즈는 열린 창을 통해 바깥으로 나가 잔디밭에 몸을 던졌다가 다시 벌떡 일어나 방으로 올라왔다. 그런 그의 모습에는 마치 늑대를 좇는 사냥꾼과 같은 열정이 있었다. 방 안에서는 흔한 모양의 램프를 한참 관찰한 뒤, 확대 렌즈로 램프의 덮개를 세밀하게 조사했다. 그리고 표면에 있는 재를 긁어 봉투에 담아 책갈피에 끼워두었다. 잠시 후, 의사와 경찰이 나타나자 홈즈는 목사를 불렀고, 우리는 잔디밭으로 나왔다.

"목사님, 이번 조사는 성과가 좀 있군요. 여기에서 경찰들과 수사를 같이 하기는 어려울 것 같으니 그들에게 제 말을 전해 주세요. 침실 창문과 거실 램프에 주의를 기울여서 조사하는 게 좋을 것 같다고요. 두 가지를 제대로 조사한다면 아마 사건을 해결하는데 큰 도움이 될 거라는 말도요. 정보가 더 필요하면 저를 찾아와도 좋다는 말도 전해 주십시오. 그럼 저희는 이만 돌아가겠습니다."

어쩌면 이 지역의 경찰들은 낯선 침입자에게 화가 났을지도 모른다. 그날의 사건 이후 이틀이 지났지만, 우리는 어떤 소식도 들을 수 없었다. 이틀 동안 홈즈는 집에서 담배를 피우거나 생각에 잠겨 있었다. 물론 대부분의 시간은 황무지를 산책하면서 보냈다. 어디를 간다는 말도 없이 훌쩍 바깥으로 나가 몇 시간 뒤에 돌아오는 일도 자주 있었다. 어느 날은 트리제니스의 방에 있던 것과 같은 램프를 사와서 실험을 하기도 했다. 목사관에서 쓰는 것과 같은 기름을 채우고 그것이 다 타는데 걸리는 시간을 쟀다. 홈즈는 이렇게 여러 가지 실험을 하면서 자신의 추리를 확인하는 듯했다.

"왓슨, 이번 사건에서 공통점이 있다는 사실을 알고 있나? 사건이 일어난 날, 방에 들어간 사람들은 방의 공기에 영향을 받았어. 트리제니스가 형 집을 마지막으로 방문했을 때, 방에 들어간 의사가 쓰러져서 부축했다고 했던 말 기억나지? 포터 부인도 방에 들어가자마자 창문을 열었다고 했고. 두 번째 사건도 마찬가지야. 하인이 창문을 열어놨는데도 우리는 몹시 답답한 기분을 느꼈지 않은가. 이제야 왜 그랬는지 알겠네. 이 두 개의 사건에는 모두 독가스가 있어. 그리고 둘 다 방 안에서 연소 작용이 있었지. 하나는 난로, 하나는 램프. 난로는 날씨가 추워서 피웠다고는 해도 램프는 날이 밝은 후에 켜진 게 분명해. 직접 기름이 타는 시간을 재보았으니 확실하지. 도대체 왜 이런 일이 벌어졌을까? 분명히 세 가지 모두 관련이 있네. 불, 답답한 공기, 그리고 죽은 사람들의 두려운 표정. 그렇지 않은가?"

"그럴듯하군. 계속 해보게."

"합리적인 가설이기는 하지. 이것으로 짐작해 보건데 무언가 타면서 유독가스를 발생시켰다고 볼 수 있어. 첫 번째 사건의 경우, 이 물질은 난로에 있었을 거야. 창문이 닫혀 있었고 연기는 난로의 연통을 통해 굴뚝까지 올라갔겠지. 그래서 두 번째 사건보다 독가스의 영향을 덜 받았을 거야. 그래서 몸이 더 약하고 민감한 여자, 즉 브렌다만 죽은 거지. 두 번째 사건에는 공기가 빠져나갈 곳이 없었기 때문에 완벽한 결과를 얻었지. 독가스는 연소 작용에 의해 발생한 것이 분명했기 때문에 나는 트리제니스의 방에서 타다 남은 물질을 겨우 찾아냈지. 그것은 램프의 연기를 차단하기 위해 만든 램프 갓에 있었다네. 벗겨지기 쉬운 재가 많이 있었지. 가장자리에는 아직 다 타지 못한 갈색 가루가 묻어 있었고. 자네가 본 것처럼 난 그 가루를 절반 정도 가져왔다네."

"왜 가루를 절반만 가져온 거지?"

"나중에 경찰이 조사하러 올 테니까. 증거를 나만 독식해서는 안 되잖은가. 그래서 그들이 찾을 수 있도록 그대로 남겨두었지. 왓슨,

이제 램프에 불을 붙일 걸세. 하지만 우리같이 꼭 필요한 인재가 벌써 저세상으로 가는 것은 안타까운 일이니 창문을 열어두자고. 자네같이 민감한 남자는 창문 근처에서 실험에 동참하는 게 안전하겠군. 나는 자네 맞은편 의자에 앉겠네. 그럼 독이 있는 램프에서 같은 거리를 두고 마주보게 될 거야. 문을 조금 열어둘 테니 서로 상태를 살펴볼 수 있도록 하자고. 자, 이제 그 가루를 태우겠네. 왓슨, 앉아서 기다리게나."

불을 켠 지 얼마 지나지 않아 이상한 증세가 바로 나타났다. 나는 자리에 앉자마자 묘하고 메스꺼운 사향 냄새를 맡았는데, 첫 숨을 들이마시자 머릿속은 통제할 수 없는 상황이 되었다. 눈앞에 있는 짙은 먹구름은 막연한 공포를 느끼게 했으며, 세상의 모든 괴기스러움과 사악함이 숨어 있다가 달려드는 듯했다. 알 수 없는 형상들이 돌아다니고 영혼을 뒤흔들면서 몸의 모든 감각이 얼어붙는 것처럼 느껴졌다. 머리털이 곤두서고 눈은 튀어나올 듯했다. 크게 벌어진 입 안의 혀는 뻣뻣해 작은 소리도 지를 수 없었다. 애써 비명을 질렀지만 웅얼거리는 소리가 되어 멀리서 아득하게 들려올 뿐이었다.

이 상황을 탈출하기 위해 애쓰던 나는 맞은편에 앉아 있는 홈즈의 얼굴을 보았다. 그의 얼굴은 하얗게 질린 채로 죽은 트리제니스 씨와 브렌다처럼 공포로 일그러져 있었다. 홈즈의 얼굴을 보자마자 난 갑자기 정신이 들면서 강한 힘이 생겼다. 나는 의자에서 일어나 홈즈를 안고 바깥으로 나갔고, 그대로 정원의 잔디밭에 쓰러졌다. 지옥 같은 공포는 사라졌고 따뜻한 햇볕이 우리를 내리쬐고 있었다. 마치 아지랑이가 피어오르는 것처럼 우리에게도 평화로운 이성이 찾아왔다.

이마의 식은땀을 닦고 우리는 공포의 흔적을 떠올리면서 서로를 바라보았다.

"왓슨, 정말 미안하고 또 고맙군. 이렇게 위험한 실험에 자네까지 끌어들이는 게 아니었는데. 내 잘못이야."

홈즈는 아직도 불안한 목소리로 사과했다.

"아니야, 내가 자네를 도울 수 있다는 것이 내게 얼마나 큰 기쁨인지 몰라서 그러나?"

나는 전에는 느낀 적이 없는 홈즈의 진심 어린 말에 감격했다. 홈즈는 그 사이 평소 습관대로 반은 유머로, 반은 냉소적인 목소리로 돌아와 있었다.

"과연 그 갈색 가루는 사람을 미치게 할 만큼 강력하군. 누군가 우리를 봤다면 우리가 미쳤다고 생각했을 거야. 그렇게 빠르고 효력이 강한 독가스가 있다니 놀랍군."

홈즈는 방으로 달려가 아직도 타고 있는 램프를 들고 나오더니 덤불 속으로 던져버렸다.

"방이 완전하게 환기될 때까지 여기 있어야겠군. 왓슨, 이제 이 끔찍한 사건의 전말을 알 수 있겠지?"

"직접 경험해 보니 이보다 더 정확하게 알 수는 없을 것 같군."

"하지만 아직도 원인은 알 수 없어. 여기 벤치에 앉아서 이야기를 해보자고. 독가스가 얼마나 지독한지 아직도 목에 남아 있는 것 같이 따끔따끔하군. 아마 첫 번째 사건의 범인은 모티머 트리제니스가 분명해. 두 번째 희생자라고는 해도 첫 번째 사건의 범인인 것은 확실하지. 그들 형제간에는 불화가 있었어. 화해했다고 말은 했지만 그

싸움은 매우 격렬해서 거짓된 화해로 마무리 지었을 가능성이 높아. 트리제니스는 여우 같은 얼굴에 날카롭게 빛나는 작은 눈을 가지고 있었지. 이런 모습을 보면 그가 쉽게 용서하는 성격이 아니라는 것을 짐작할 수 있다네. 그리고 정원에 누가 있었다는 이야기 기억나지? 난 잠시 그것이 원인이 될 수도 있다고 생각했지만, 그건 그가 지어낸 이야기임에 틀림없어. 우리를 잘못된 추리로 이끌어가기 위해서지. 아마 거실을 나오면서 난로에 그 물질을 던졌을 거야. 만약 다른 사람이 들어왔다면 형제와 브렌다는 의자에서 일어났을 테니까. 게다가 이 지역의 사람들은 밤 10시에 다른 사람의 집을 방문하는 일이 없지 않은가. 이런 모든 증거가 트리제니스가 범인이라는 것을 말해 주고 있지."

"그럼 그는 양심의 가책에 못 이겨 자살한 것일까?"

"왓슨, 그의 얼굴을 떠올려보게. 그럴 사람은 아니야. 자기 가족에게 그런 짓을 저지르는 남자가 자살할 리가 없지. 또 다른 이유도 한 가지 더 있지. 다행히도 이 모든 사실에 대해 알고 있는 사람이 한 명 더 있다네. 그와 약속을 해두었으니 그의 이야기를 들을 수 있을 거야. 오, 벌써 왔군. 스턴데일 박사님을 이쪽으로 모셔와 주게. 실험을 했던 방으로 데려갈 수는 없으니까 말이야."

대문이 열리는 소리가 들리면서 위대한 탐험가 스턴데일 박사가 나타났다. 그는 조금 놀란 기색을 보이면서 우리가 앉아 있는 벤치로 왔다.

"홈즈 선생, 한 시간 전에 당신 편지를 봤소. 나를 보자고 한 이유가 뭐요?"

"와주셔서 감사합니다. 이렇게 밖에서 뵙게 되어 죄송하지만, 확인할 게 있어서 연락드렸습니다. 왓슨과 저는 '콘월의 공포'라고 이름 붙여질 사건의 마지막을 의논하고 있었습니다. 그리고 지금은 신선한 공기가 매우 절실하기도 하고요. 우리의 의논이 박사님의 개인적인 신상에도 영향을 줄 것이기 때문에 이렇게 비밀스럽게 박사님을 모시게 되었습니다."

스턴데일 박사는 시가를 입에서 떼고 홈즈를 한동안 노려보았다.

"무슨 소리를 하는지 알 수가 없군. 내 개인 신상에 영향을 준다니 그게 무슨 말이오?"

"박사님, 모티머 트리제니스 살해 사건을 말하는 겁니다."

순간 나는 무기가 필요하다는 생각이 들었다. 스턴데일 박사의 얼굴은 분노로 얼굴이 검붉게 변하면서 이마에 파란 힘줄이 튀어나올 것 같았기 때문이다. 그는 주먹을 꼭 쥔 채 당장이라도 홈즈에게 덤벼들 기세였다. 하지만 이내 태도를 바꿔 냉정한 표정을 지으려고 애쓰는 모습을 보였다. 그러나 분노를 폭발시키려던 방금 전의 모습보다 더 무서워보였다.

"홈즈 선생, 나는 야만인들 사이에서 법과 상관없이 내 맘대로 살아온 사람이오. 당신을 해칠 생각이 있었던 건 아니니 이해하시오. 사과하겠소."

"저 역시 박사님이 다치는 것을 원치 않습니다. 그래서 경찰이 아니라 박사님을 부른 겁니다."

스턴데일 박사는 아무 말도 하지 않고 가만히 앉아 있었다. 그가 경험했던 야생의 그 어떤 모험보다도 두려웠을 것이다. 홈즈의 태도는 조용했지만 거부할 수 없는 위엄이 서려 있었기에, 스턴데일 박사는 불안했는지 손을 쥐었다 폈다 했고, 한참을 망설이다가 어렵게 말을 꺼냈다.

"난 당신 말이 무슨 뜻인지 모르겠소. 나를 협박하기 위해서 거짓말을 하는 거라면 상대를 잘못 고른 거요. 제대로 말해 보시오. 대체 무슨 말을 하는 거요?"

"내가 솔직하게 이야기하면 박사님도 솔직하게 이야기하리라 생각합니다. 제가 먼저 사실대로 이야기하죠. 내가 다음에 취할 행동은 박사님이 어떻게 하느냐에 따라 달렸습니다."

"무슨 말을 하는 건지 모르겠소. 무슨 말을 하겠다는 거요?"

"모티머 트리제니스 살해에 대한 것이죠."

"뭐라고요? 어이가 없군. 당신이 탐정으로 이름을 날린 것도 다 이렇게 넘겨짚은 거였소? 증거도 없이?"

"넘겨짚다니 그럴 리가 없죠. 오히려 넘겨짚은 것은 박사님 같군요. 나는 사실을 근거로 결론을 내렸습니다. 박사님이 아프리카로 떠나기 위해 짐을 맡겨놓고 플리머스에서 돌아왔다고 했죠? 그건 이런 일을 꾸미기 위한 필요 요소들에 불과했습니다."

"나는 분명히 그곳에 있다가 이곳으로 돌아왔소."

"박사님의 이야기를 들었을 때 뭔가 어색하다고 느꼈습니다. 하지만 그냥 넘어갔죠. 박사님은 그때 내가 무엇을 알아냈는지 몹시 궁금해 했습니다. 내가 정확히 알아낸 것이 없다고 하자 박사님은 목사관으로 갔죠. 그리고 한동안 밖에서 기다리다가 결국 박사님 집으로 돌아갔습니다."

"그걸 당신이 어떻게 아는 거요?"

"박사님 뒤를 밟았으니까요."

"그럴 리가. 내 주변에는 아무도 없었소."

"저런, 제가 박사님에게 들켰을 거라고 생각하는 건 아니겠지요? 박사님은 뜬눈으로 밤을 새면서 계획을 하나 세웠을 겁니다. 이른 아침에 행동으로 옮겨야겠다고 생각했겠죠. 날이 밝자마자 박사님은 정문 옆에 있던 붉은색 자갈을 몇 개 호주머니에 넣었죠."

스턴데일 박사는 놀라움이 가득한 눈으로 홈즈를 바라보았다.

"그리고 박사님은 목사관으로 빠르게 걸었습니다. 지금 신고 있는 밑창에 줄이 패인 테니스화를 그때도 신었죠. 목사관에서 과수원을 가로질러 울타리 옆으로 간 뒤, 트리제니스의 방 창문 밑으로 갔습니다. 날은 이미 밝았지만 모두 자고 있었어요. 그래서 아까 가져온 붉은 자갈을 트리제니스의 2층 침실 창문으로 던졌습니다."

"홈즈! 네가 바로 악마구나!"

스턴데일 박사는 벌떡 일어나 소리쳤다.

"그 말은 칭찬으로 받아들이죠. 박사님이 돌을 몇 개 던지자 트리제니스가 잠에서 깨 창가로 왔죠. 박사님은 그에게 내려오라고 했고 그는 서둘러 옷을 입고 거실로 내려갔습니다. 그 사이 박사님은 창문으로 들어가 거실에서 이야기를 잠깐 나누었습니다. 다시 창문으로 나온 박사님은 앞으로 벌어질 일을 기다리면서 시가를 한 대 피웠고요. 제 얘기는 여기까지입니다. 대체 박사님은 왜 이런 행동을 한 건가요? 살인 동기가 뭔가요? 만약 나를 속이려 든다면 박사님을 바로 경찰에 넘겨버릴 겁니다."

스턴데일 박사는 홈즈의 말을 듣더니 얼굴을 양손에 파묻고 한참 동안 괴로워했다. 그리고 갑자기 상의 주머니에서 사진 한 장을 꺼내 우리 앞에 놓았다.

"바로 이 여자 때문이오."

사진 속에는 매우 아름다운 여자가 있었다. 바로 얼마 전에 죽은 브렌다였다.

"오, 브렌다 트리제니스로군요."

"그렇소. 그녀와 나는 몇 년 동안 서로 사랑하고 있었소. 콘월에서 혼자 지냈던 이유도 바로 그 때문이었지. 사랑하는 그녀 곁에 있고 싶었으니까. 나에게는 몇 년 동안 소식이 없는 아내가 있소. 이혼하고 싶지만 까다로운 영국 법률 때문에 그럴 수 없었고, 브렌다는 그런 나를 지금까지 기다려주고 있었소. 그렇게 기다린 결과가 이렇게 되고 만 거요."

스턴데일 박사는 격렬하게 흐느끼기 시작했고, 건장한 체격과 턱수염이 마구 흔들렸다. 그는 애써 진정하려 하면서 말을 이었다.

"목사님은 이 모든 사실을 다 알고 있소. 내가 신뢰하는 유일한 사람이었지. 나는 그에게 브렌다는 하느님이 내게 주신 천사라고 말하곤 했소. 그래서 그가 내게 전보를 쳤고 난 너무 놀라서 급히 돌아온 거요. 사랑하는 여자가 죽었다는데 돈이나 아프리카가 무슨 의미가 있겠소? 당신에게 없던 단서는 바로 이거요."

"계속 말씀하십시오."

스턴데일 박사는 주머니에서 작은 종이 봉지를 꺼냈다. 그 봉지에는 라틴어로 'Radix pedis diaboli' 라고 적혀 있었고, 그 밑에 독극

물임을 표시하는 빨간 표지가 붙어 있었다. 그는 그것을 우리에게 보여주었다.

"왓슨 씨, 당신은 의사라고 들었소. 이게 뭔지 아시오?"

"모릅니다. '악마의 발 뿌리'라는 이름이군요. 처음 들어보는 이름입니다."

"모르는 것도 무리는 아니지. 이것은 부다페스트에 있는 한 연구실에서 견본만 구했소. 유럽에는 표본조차 없고 약초, 독초로 분류되어 있지도 않으며 책에도 전혀 언급되어 있지 않소. 이 식물의 뿌리는 사람의 발과 염소의 발 모양을 반반씩 하고 있어서 어떤 선교사가 이런 이름을 붙인 거요. 서아프리카의 어떤 지역에서 주술사들이 이것을 이용해 고문을 하기도 하는데, 이건 그들이 비방으로 사용하는 독약이오. 지금 내 손에 있는 이 특별한 약초는 콩고의 우방기 지역에서 우연히 손에 넣은 것이오."

박사가 봉지를 열자 붉은 갈색의 코담배와 비슷한 가루가 나왔다.

"당신들도 트리제니스의 가족 관계는 모두 알고 있을 거요. 하지만 난 브렌다 때문에 그들 형제와 사이좋게 지냈소. 그런데 돈 때문에 가족들 간에 싸움이 일어나면서 모티머가 혼자 떨어져나갔지만 시간이 지나자 그들은 서로 화해하는 듯했고 그래서 나도 다른 두 형제들처럼 그도 다시 만났소. 사실 모티머는 교활하고 음흉했으며 의심스러운 점도 있었지만 내가 특별히 그와 다툴 이유는 전혀 없었소.

2주 전쯤, 그가 갑자기 나를 찾아왔소. 나는 그에게 아프리카 토산품들을 보여주면서 이 가루도 보여주었소. 특이한 성질을 가지고 있다는 것도 말해 주었소. 이 가루는 공포의 감정을 조절하는 뇌를 자극시키기 때문에 이 가루를 이용해서 의식을 행하면 그 대상이 되는 토인들은 모두 미치거나 죽을 수밖에 없다는 이야기도 해주었소. 유럽의 과학으로는 이 가루를 증명해낼 수 없다는 것도 말해 주었소. 모티머가 이 가루를 어떻게 훔쳤는지는 모르겠소. 난 방을 나간 적이 없으니 아마 내가 다른 토산품을 보여줄 때 몰래 손에 넣었던 것 같소. 그는 악마의 발에 대해 매우 관심이 많았소. 효과를 내기 위해 필요한 양이 얼만지, 시간은 몇 분이나 걸리는지 등을. 하지만 난 그저 호기심 때문이라고 생각했소.

목사님의 전보를 받을 때까지 난 그 가루에 대해 모두 잊고 있었소. 아마 트리제니스는 내가 이 소식을 듣지 못하고 아프리카를 여행할 것이라고 생각했을 거요. 난 자세한 이야기를 들을 필요도 없이 그가 이 가루를 이용했다는 것을 알 수 있었소. 그래서 난 홈즈, 당신을 찾아왔소. 하지만 당신도 전혀 짐작하지 못하더군. 나는 트리제니스가 돈 때문에 이러한 짓을 저질렀다는 것을 확신했소. 다른 가족이 모두 미치거나 죽으면 모든 재산이 자신의 것이 될 테니. 그래서 자신의 가족에게 악마의 발을 사용한 거요. 결국 그의 목표대로 두 사람은 미치고 브렌다는 죽었지. 내가 사랑하는 브렌다가······.

난 그를 용서할 수 없었소. 내 짐작이 정확하다는 것은 분명했지만, 이 시골에서 내 말을 믿어줄 사람이 있을지 확신할 수 없었소. 하지만 이대로 그를 둘 수는 없었소. 복수심이 불타올랐으니까. 아까도 이야기한 것처럼 나는 무법지대에서 오랫동안 살았소. 그래서 스스로 법을 만들고 시행하기로 결심했소. 그의 생사는 내 손에 달려 있었고, 나 역시 더 이상 삶에 미련이 없었소.

Sherlock Holmes

자, 이제 모든 것을 다 이야기했소. 나머지는 당신이 말한 대로요. 당신 말대로 밤새 뒤척이다가 아침이 되어 그를 찾아갔소. 나는 그에게 그의 죄를 말해 주고, 판사 겸 사형집행인이 되겠다고 했소. 그리고 그놈을 의자에 앉힌 후 권총으로 꼼짝 못 하게 한 후 램프에 불을 붙이고 가루를 놓았소. 창을 통해 바깥으로 나왔지만 그가 방을 떠나지 못하도록 계속 그를 권총으로 협박했소. 5분이 지나자 그는 죽었소. 죽는 모습이 얼마나 끔찍하던지. 하지만 내 마음은 조금도 바뀌지 않았소. 아무 죄도 없는 내 여자를 그렇게 죽였으니 당연한 결과라고 생각했소. 홈즈 선생, 당신도 한 여자를 사랑했다면 나 같은 행동을 했을 거요. 이제 내 목숨은 당신에게 달렸소. 당신 맘대로 하시오. 난 죽음 따위는 두렵지 않으니."

"복수가 끝나면 어떻게 할 생각이었습니까?"

홈즈는 한동안 아무 말도 하지 않다가 박사에게 물었다.

"아프리카에 가서 남은 생을 보낼 생각이었소. 그곳은 내가 할 일이 많이 있으니까."

"그럼 당신 계획대로 하면 되겠군요. 난 당신을 막을 생각은 전혀 없습니다."

스턴데일 박사는 큰 몸집을 일으켜서 예의 바르게 인사하고 걸어 나갔다. 홈즈는 파이프에 불을 붙이고 자신의 담배를 나에게 주었다.

"독 없는 연기는 기분 전환이 되는군. 왓슨, 스턴데일 박사를 풀어 준 것은 자네도 불만이 없겠지? 우리는 경찰과 별도로 조사했으니 이렇게 해도 괜찮을 거야."

"나도 자네의 결정을 존중하네. 스턴데일 박사를 비난할 수만은 없는 사건이니."

"난 사랑이라는 것을 해본 적은 없지. 하지만 내가 사랑한 여자가 그렇게 죽었다면 스턴데일 박사 같은 행동을 했을지도 몰라. 앞으로 자네나 내가 어떤 상황에 처할지 누가 알겠는가? 자네도 짐작하고 있을 거라고 생각하지만 빠진 부분들을 몇 개 설명해 주겠네. 창틀에 있던 자갈이 결정적인 단서였다네. 그 돌은 목사관 정원에 없는 돌이었으니까. 스턴데일 박사의 집 앞에서만 발견할 수 있는 돌이었지. 주위가 밝아진 후 켜진 램프, 램프 갓 위에 있던 갈색 가루가 모두 연결이 되자 사건의 전모가 환히 보였지. 이제 이 사건은 모두 잊는 게 좋겠군. 콘월 언어에 남은 켈트족 언어와 칼데아 언어를 연구하는 데만도 시간은 많이 부족할 테니까 말이야."

죽어가는 탐정
The Adventure of the Dying Detective

홈즈가 머물고 있는 하숙집의 주인 허드슨 부인은 참을성이 매우 강한 사람이었다. 2층에 사는 홈즈의 집에는 각종 수상한 사람들이 아무 때나 들락날락했고, 홈즈조차도 유난히 괴상한 행동과 불규칙적인 생활로 허드슨 부인을 힘들게 했다. 항상 지저분한 방이나 거실은 말할 것도 없고, 한밤중에도 음악을 틀거나 바이올린을 연주했다. 심지어는 방 안에서 사격연습을 해서 허드슨 부인이 소스라치게 놀라 쫓아온 적도 여러 번이었다. 가끔은 말로 표현할 수 없는 냄새가 나는 화학 실험을 해서 이웃의 불만을 사기도 했다. 심지어 사건으로 인해 협박과 폭력의 그림자가 집 주변을 감돌던 적도 많았다.

이 모든 사건의 중심에는 바로 내 친구 셜록 홈즈가 있었다. 그러나 허드슨 부인이 아무런 말을 하지 못했던 한 가지 이유는 정확한 하숙비 지불이었다. 베이커 가에서 내가 그와 함께 사는 동안 홈즈가 지불했던 하숙비는 아마 그 집을 구입하는 가격과 비슷했을 것이다. 경제 관념이 전혀 없는 그로서는 이러한 계산조차 하지 않았을 것이 분명하지만. 하지만 괴팍한 성격의 홈즈를 허드슨 부인이 참아준 것은 마음 깊은 곳에서 우러나는 존경심 때문이기도 했다. 그래서 홈즈가 아무리 이해할 수 없는 행동을 해도 허드슨 부인은 절대로 간섭하지 않았다. 또한 부인은 홈즈를 좋아했는데 그 이유는 그가 여자들에게 매우 예의 바르고 매너 있게 대했기 때문이다. 사실 홈즈는 여자를 몹시 혐오하는 성격이었지만, 몸에 밴 신사로서의 기사도 정신을 잃지 않았던 것이다. 허드슨 부인의 진심 어린 호의 덕분에 홈즈는 베이커 가에서 만족스러운 생활을 유지할 수 있었다.

그러던 중, 내가 결혼하고 약 2년 정도 지난 어느 날이었다. 허드슨 부인이 연락도 없이 갑자기 날 찾아오더니 홈즈의 생명이 위독하니 어서 와달라는 부탁을 했다.

"왓슨 박사님, 지금 홈즈 선생의 몸이 매우 좋지 않아요. 이러다가 돌아가시는 것은 아닌지 걱정이 돼서 찾아왔습니다. 사흘 전부터 몸져누워 있었는데 의사를 부르겠다고 하니까 만류하더군요. 오늘 보니 피골이 상접하고 눈까지 퀭하니 들어가 있어 너무 놀랐어요. 그래서 허락하지 않아도 의사를 부르겠다고 했더니, 그럼 왓슨 박사님을 불러달라고 하더군요. 박사님, 어서 가주세요. 이러다가 그분을 다시 못 볼지도 모르겠어요."

허드슨 부인의 말을 듣고 나는 너무 놀라서 서둘러 코트와 모자, 왕진가방을 챙겨 베이커 가로 갔다. 마차를 타고 가면서 허드슨 부인에게 자초지종을 물었다.

"대체 무슨 일이죠? 홈즈가 그렇게 아플 만큼 몸이 약한 사람이 아닌데."

"저도 잘 모르겠어요. 며칠 전 홈즈 선생은 일이 있다고 하면서 로더하이드에 다녀왔어요. 그때부터 아프기 시작했으니까 아마 거기에서 병이 걸린 것 같아요. 수요일 오후부터 갑자기 안 좋아지더니 아예 자리에서 일어나지를 못하더군요. 사흘 동안 물 한 모금도 못 마실 만큼 상태가 좋지 않아요."

"이럴 수가! 왜 의사를 안 부르셨어요? 저라도 부르시지 그랬어요."

"죄송해요. 홈즈 선생이 부르지 말라고 무섭게 말하는 바람에……. 홈즈 선생 고집은 박사님도 잘 아시잖아요. 하지 말라는 일을 할 만큼 전 강하지 않답니다. 가서 보시면 알겠지만 저러다 세상을 떠날 수도 있을 것 같아요. 별 일 없어야 할 텐데……."

허드슨 부인과 나는 곧 베이커 가에 도착했고, 2층 계단을 뛰어 올라가 홈즈의 방으로 들어갔다. 11월 한낮인데도 불구하고 안개 때문에 태양은 보이지 않았고 방은 매우 어두컴컴했다. 침대에 누워 있는 홈즈의 모습을 보니 행색이 정말 좋지 않았다. 뺨은 푹 꺼져 패어 있었고, 눈은 퀭했지만 열이 나서 번쩍거렸다. 입술은 잔뜩 말라붙어 검은 딱지가 내려앉아 있었고 손도 경련이 일어나는지 끊임없이 떨리고 있었다.

"아, 왓슨! 자네가 와주었군. 난 이제 갈 때가 된 것 같아."

홈즈의 목소리는 쉬었고 가늘게 떨리기까지 하였다.

"저런, 대체 왜 이렇게 되었는가?"

나는 그에게 가까이 다가가며 물었다.

"오지 마! 가까이 오면 안 되네!"

홈즈가 깜짝 놀라며 명령하듯이 말했다.

"왜 안 된다는 건가?"

"그럴 만한 이유가 있네. 가까이 올 거면 차라리 방에서 나가주게."

몸이 아무리 좋지 않아도 홈즈의 완고한 고집은 여전했다. 하지만 그동안 본 적이 없는 초췌한 모습에 나는 마음이 몹시 아팠다.

"홈즈, 난 자네가 걱정돼서 온 거라네."

"자네 마음은 충분히 안다네. 하지만 내가 시키는 대로 하는 게 나를 돕는 거야."

"그렇게까지 말한다면 알겠네. 시키는 대로 하지."

"고맙네. 설마 화난 건 아니겠지?"

그는 말이 계속되자 숨을 헐떡이면서 물었다.

"그럴 리가! 난 괜찮네."

쇠약한 모습으로 누워 있는 사람에게 화를 낼 수는 없었다. 지금 홈즈의 모습을 보는 사람이라면 그가 아무리 무례한 태도를 취해도 그에게 따질 수는 없을 것이다.

"왓슨, 사실 자네를 위해서 그러는 거라네. 내 마음을 알아주게."

그의 목소리는 완전히 쉬어 있었다.

"날 위해서라니? 그게 무슨 소리인가?"

"난 내 병을 안다네. 이 병은 수마트라에서는 흔한 병이야. 네덜란드인들은 이 병에 대해서 잘 알고 있다고 하더군. 물론 자세하게 밝혀진 것은 없지만, 확실한 건 치사율이 매우 높은데다가 전염성까지 강하다고 하네. 그러니 다가오지 말게."

그는 떨리는 손으로 내게 다가오지 말라는 손짓을 계속했다.

"손가락만 닿아도 옮는 병이니 나에게 절대로 손도 대지 말게. 최대한 멀리 떨어져 있는 게 좋을 거야."

"홈즈, 내가 그런 이유로 자네를 멀리할 거라고 생각하나? 전혀 모르는 사람이어도 그렇게 대하지 않아. 그런데 자네 같은 오랜 친구에게, 그것도 의사인 내가 그 말을 들을 거라고 생각하는 건가?"

나는 그에게 한 걸음 더 가까이 가면서 말했다.

"왓슨! 거기서 오지 말게! 내 말을 듣지 않을 거라면 이곳에서 당장 나가게!"

평소 홈즈의 독특한 성격을 이해하기 어려운 적도 많았지만 나는 항상 그의 의견을 존중해서 행동했다. 하지만 이번에는 그의 말을 들어줄 수가 없었다. 평소에는 그가 왕처럼 군림한다 해도 불만이 전혀 없었지만, 이번 일은 예전과는 전혀 다른 사안이었다.

"홈즈, 자넨 지금 아픈 아이와 다름없는 환자라네. 자네가 어떤 행동을 취하든 난 자네를 돌볼 걸세. 일단 자네를 진찰해 봐야겠어."

"의사한테 치료를 받아야 한다면 좀 더 믿음직스러운 의사였으면 하네."

"뭐라고? 그럼 나를 믿을 수 없다는 건가?"

"자네가 친구로서는 충분히 믿을 만한 사람이야. 하지만 의사로서는 아직 미숙하지 않은가. 특별히 경험이 많은 것도 아니고 이름을 날린 것도 아니니까. 이렇게 말하기는 미안하지만 그게 솔직한 내 마음일세."

나는 홈즈의 말을 듣고 기분이 몹시 상했다.

"홈즈, 말이 너무 심한 것 아닌가? 자네 마음도 정상이 아닌 것 같군. 정 그렇다면 런던에서 가장 유명한 의사를 부르는 게 좋겠어. 누가 진료하든 자네에게는 치료가 꼭 필요하니까. 이대로 앉아서 자네가 죽는 것을 지켜볼 수는 없네."

"자네 마음은 충분히 알아. 왓슨, 자네 타파눌리 열이나 타이완 흑사병에 대해서 들어본 적이 있나?"

홈즈는 매우 어렵게 말을 이었다.

"처음 들어보는데 그게 무슨 병인가?"

"동양에는 정말 이상한 병들이 많이 있다네. 얼마 전에 한 의사가 어떤 사건을 의뢰했는데, 난 조사 과정에서 이 병에 걸리고 말았지. 자네가 도와줄 수 있는 부분이 아니야."

"흠, 열대병에 관해서는 최고 권위자인 에인스트리 박사가 마침 런던에 있으니 그를 만나서 왕진을 부탁드리면 되겠군."

나는 빨리 박사에게 연락해야겠다는 생각에 급하게 일어나 문 쪽으로 갔다. 그런데 방금까지도 죽어가는 것 같은 쇠약한 모습을 하고 있던 홈즈가 벌떡 일어나 내 앞을 막아섰다. 난 너무 놀라서 멍하니 서 있었고, 그는 열쇠로 문을 잠그고 다시 비틀거리면서 침대로 가서 누웠다.

"왓슨, 열쇠를 억지로 뺏을 생각은 하지 않는 게 좋겠어. 자네는 내가 가라고 할 때까지 여기 있어야 해. 그 다음은 물론 자네 자유지만, 지금은 내가 기운을 차릴 때까지 자네가 옆에 있어 주었으면 좋겠네. 지금 4시니까 두 시간 정도 있다가 6시에 돌아가도록 하게."

"홈즈, 지금 자네 상태가 어떤지 알고 그러는 건가? 한시가 급하단 말일세."

"두 시간이면 충분해. 그리고 자네는 나에게서 좀 더 떨어져 있는 게 좋겠군. 참, 한 가지 더 부탁할 게 있네. 아까 자네가 말한 박사 말고 내가 말하는 사람에게 왕진을 부탁했으면 좋겠군."

"맘대로 하게. 내가 무슨 힘이 있겠나."

"정말 고맙군. 자네가 이 방에 들어온 이후 가장 마음에 드는 대답이야. 그래, 그쪽에서 책을 보고 있는 게 좋겠군. 난 힘이 하나도 없어서 말을 잇기도 너무 힘이 든다네. 조금 이따가 6시가 되면 다시 이야기하세나."

잠시 후 홈즈가 잠이 든 것 같았고, 나는 책을 읽다가 지루해져서 주위를 둘러보았다. 벽에 가득 붙어 있는 범죄자들의 험상궂은 얼굴을 하나씩 보다가 벽난로 앞에서 이것저것 살펴보았다. 선반에는 여전히 담배, 파이프, 주사기, 빈 탄약통, 휴대용 칼 등의 잡동사니들이 가득했다. 그중에서 유난히 눈에 띄는 것이 하나 있었다. 검은색과 흰색이 섞여 있는 상아 상자였는데, 좀 더 자세히 보고 싶어서 꺼내려고 손을 내밀었다.

그 순간 홈즈가 무시무시한 비명을 질렀다. 그 소리가 너무나 커서 방이 쩌렁쩌렁 울렸고 아마 밖에까지도 들렸을 것이다. 그 끔찍한 절규를 듣자 나는 온몸에 소름이 돋고 머리털이 곤두서는 것을 느꼈다. 뒤를 돌아보니 홈즈의 경련으로 일그러진 얼굴과 미친 듯 희번덕거리는 두 눈이 내 시야에 들어왔다. 나는 상아 상자를 든 채 그 자리에 얼어붙었다.

"만지지 마! 절대 만져서는 안 돼! 왓슨, 당장 그 상자를 내려놓게!"

홈즈가 자고 있다고 생각했던 나는 깜짝 놀랐지만 정신을 차리고 상자를 제자리에 내려놓자 그제야 그는 베개 위로 털썩 쓰러지며 안도의 한숨을 내쉬었다.

"왓슨, 소리를 질러서 정말 미안하네. 난 내 물건을 다른 사람이 만지는 걸 몹시 싫어하니 이해해 주게나. 자네는 의사인데 내 상태를 더 나쁘게 하는 것 같아. 앉아서 얌전하게 책이나 보는 게 어떤가? 내가 더 이상 신경 쓰지 않도록 말이야."

그의 말을 듣고 나는 기분이 더욱 상했다. 대단한 일도 아닌데 흥분하는 것도 이해할 수 없었지만, 아무리 화가 난다 해도 말을 함부로 하는 건 평소의 홈즈와는 너무 달랐다. 그는 냉소적이기는 해도 거친 말을 퍼붓는 사람은 아니었기 때문이다. 이는 모두 그가 정상적인 상태가 아니라는 것을 나타내주는 증거였다. 항상 의지와 이성이 강했던 그가 무너지는 모습을 옆에서 보는 것은 매우 가슴 아프고 쓸쓸한 일이었다. 나는 이런저런 생각을 하면서 홈즈가 말한 6시가 되기를 기다렸다. 마침내 오후 6시가 되었고, 홈즈는 흥분한 목소리로 여전히 침대에 누운 채 말을 걸었다.

"왓슨, 혹시 자네 돈을 좀 가지고 있나?"

"조금 있네."

"혹시 은화가 있나? 반 크라운짜리는 몇 개가 있지?"

"은화는 조금 있네만. 좀 살펴보고……. 반 크라운짜리는 다섯 개가 있군."

"저런, 그거밖에 안 된다니 매우 안타깝군. 왓슨, 일단 그 은화를 시계주머니에 넣어주게나. 그리고 나머지 돈은 왼쪽 바지 주머니에 넣게. 그렇게 하면 양쪽에 균형이 잡히게 될 거야."

홈즈가 무슨 말을 하는지 알 수 없었지만, 나는 그가 시키는 대로

했다. 그는 몸을 부르르 떨더니 기침 소리인지 신음인지 분간할 수 없는 소리를 냈다.

"왓슨, 거기에 있는 램프를 좀 켜주게. 불꽃은 반 정도만 올라오도록 해주고. 오, 좋군. 고맙네. 아, 커튼은 치지 말고, 저쪽에 있는 편지와 서류를 이쪽 테이블 위 내 손이 닿을 만한 곳에 가져다주게. 고맙네. 이제 벽난로 선반 위의 잡동사니도 모두 옮겨다 주게. 그래, 잘했어. 왓슨, 아까 자네가 만졌던 상아 상자는 집게로 집어서 여기 서류 옆에 갖다주게. 그쪽에 각설탕 집게가 있을 거야. 오, 왓슨, 정말 고맙네. 그럼 한 가지 부탁을 더 하겠네. 로워 버크 가 13번지로 가서 컬버튼 스미스 씨를 모셔와 주게."

나는 그 사이 의사를 데리러 가고 싶다는 생각이 모두 사라졌다. 왜냐하면 홈즈가 헛소리를 계속 했기 때문에 그를 혼자 놔두었다가는 무슨 일이 생기지나 않을까 몹시 걱정되었기 때문이다. 내가 망설이면서 방을 나가지 않자, 홈즈는 어서 가라고 재촉하기 시작했다.

"알았네, 곧 가겠네. 그런데 그런 의사 이름은 처음 들어보는군."

"그렇겠지. 그는 의사가 아니라 평범한 농장 주인이니까. 스미스 씨는 수마트라 사람으로, 지금 런던에 잠깐 와 있는 거라네. 아까 6시까지 기다리라고 한 것은 그가 매우 규칙적인 생활을 하는 사람이기 때문이야. 그는 이 병에 대한 연구에 모든 것을 쏟고 있는 사람이니, 그를 설득해서 여기에 데려올 수만 있다면 내 병은 나을 수 있을 게 분명해."

홈즈는 고통에 겨워 신음처럼 간신히 말을 이어갔다. 상태가 점점 악화되고 있다는 것을 한눈에 알 수 있을 정도였다. 얼굴이 붉어지면서 식은땀을 흘리는 모습은 매우 안타까웠지만, 늘 보이는 거만한 말투는 여전했다. 이러한 상황에서조차 이런 모습을 보이다니 과연 홈즈다웠다.

"왓슨, 그에게 가면 내 증상과 상태를 정확히 알려주게. 죽어가면서 헛소리를 하고 있다는 것도 빼놓지 말게. 그런데 왜 바다에는 굴이 별로 없는 거지? 굴은 번식률이 아주 좋다고 하던데 말이야. 내가 왜 바다와 굴 얘기를 하고 있는 건지 모르겠군. 어떻게 내 머리를 내 마음대로 할 수 없는 건지 모르겠어. 왓슨, 내가 지금 무슨 얘기를 하고 있나? 말하면서도 모르겠군."

"컬버튼 스미스 씨를 데려오라고 말했네."

"아, 그렇군. 그 사람에게 내 목숨이 달려 있어. 그 사람에게 꼭 와 달라고 부탁해 주었으면 좋겠네. 사실 난 스미스 씨와 사이가 별로 좋지 않아. 그의 조카가 끔찍한 사고로 죽었는데, 무언가 의심스러운 부분이 있었어. 그리고 난 그를 의심하고 있었는데 그가 눈치를 챘거든. 그래서 나에게 좋지 않은 감정을 가지고 있지. 그러니 자네가 그에게 나 대신 사과하고 어떻게 해서든 그를 나에게 데려와 주게, 그 사람만이 내 병을 치료할 수 있다네."

"걱정하지 말게. 억지로 마차에 태워서라도 반드시 데려오겠네."

"안 돼. 그래서는 절대로 안 되네. 자신의 의지로 오도록 설득해야만 해. 그 사람과 같이 오지 말고 자네 먼저 오도록 해. 그렇게 해야만 하네. 알았지? 자네는 내 부탁이면 항상 거절하지 않았으니까 이번에도 그렇게 해줄 거라고 믿네만. 아마 바닷속에는 굴 번식을 막는 천적이 존재할 거야. 아, 내가 또 무슨 말을 하는 거지? 왓슨, 우리는 각자 해야 할 일을 다 했어. 아, 정말 상상만 해도 끔찍한 일이군. 내 말을 더 이상 듣지 말고 어서 가서 스미스 씨를 데려오게."

늘 고상하고 지적인 모습의 홈즈가 바보처럼 헛소리를 늘어놓는 모습을 보는 것은 매우 마음 아픈 일이었다. 허드슨 부인은 바깥에서 홈즈의 목소리를 들으며 불안해하고 있었다. 밖으로 나가 마차를 부르려고 하는데, 한 남자가 다가와 말을 걸었다.

"홈즈 선생님의 건강은 어떤가요?"

자세히 보니 런던 경찰국의 모튼 경위였는데, 정복이 아닌 사복 차림을 하고 있었다.

"홈즈는 몸이 매우 좋지 않습니다. 그래서 지금 누워 있죠."

"아, 저도 그런 소문을 듣긴 했습니다만."

그는 알 수 없는 눈빛으로 나를 바라보더니 웃음기가 어린 표정을 지으며 말했다. 나는 순간 당황하면서 뭔가 이상하다는 생각이 들었다. 그때 마차가 왔고 나는 바로 홈즈가 말한 스미스 씨의 집으로 갔다.

로워 버크 가는 노팅힐과 켄싱턴 사이에 있는 마을로, 멋진 집들이 즐비한 거리였다. 스미스 씨의 집 앞에 도착해서 문을 두드리자 집사로 보이는 남자 한 명이 나왔고, 나는 그에게 명함을 주었다.

"주인님은 안에 계십니다. 잠시만 기다려주시면 명함을 전해드리겠습니다."

집사가 들어가고 잠시 후, 짜증 섞인 높고 날카로운 목소리가 들렸다.

"왓슨? 이 사람이 누군데 나를 방해하는 건가? 아니 스태플스, 내가 일하는 시간에는 누가 찾아와도 방해하지 말라고 누누이 말하지 않았나!"

곧이어 집사가 조용한 목소리로 달래듯이 설명하는 소리가 들려왔다.

"스태플스, 난 그 사람을 만날 생각이 없네. 내 연구를 방해받는 건 딱 질색이란 말일세. 지금 집에 없다고 전하게. 그냥 그렇게 말하게. 정 나를 만나야 한다면 내일 아침에 다시 오라고 해."

잘 들리지는 않았지만 집사가 또다시 무언가를 말하는 것 같았다.

"허허, 어서 가서 그대로 전하라니까. 내일 아침에 다시 오든지, 아니면 관두라고 하게. 나는 절대로 연구를 중단할 수 없으니까."

그때 홈즈의 당부가 생각나면서 그가 병 때문에 횡설수설하던 모습을 떠올랐다. 지금은 신사적으로 행동할 때가 아니었다. 집사가 미안해하며 거절의 말을 하려던 순간, 나는 그를 옆으로 밀어버리고 목소리가 들렸던 곳으로 들어갔다.

그 방에는 한 남자가 벽난로 앞에 앉아 있었다. 그는 깜짝 놀라면서 소리를 질렀다. 크고 누런 얼굴, 우둘투둘한 피부에 흐르는 개기름, 이중으로 무겁게 늘어진 턱을 가진 남자는 숱이 많은 갈색 눈썹 밑의 음침한 회색빛 눈으로 나를 무섭게 쏘아보고 있었다. 머리는 분홍빛 대머리에 자그마한 벨벳 모자가 비스듬히 얹혀 있었다. 두개골은 엄청 컸지만 사내의 체구는 놀라울 정도로 작고 약했으며, 어려서 구루병을 앓았는지 등과 어깨가 많이 뒤틀려 있었다.

"당신 누구요? 왜 남의 집에 함부로 들어오는 거지?"

"죄송합니다. 너무 급한 일이라 실례인 줄 알면서도 이렇게 들어왔습니다. 전 셜록 홈즈에 대한 일 때문에 왔습니다."

"뭐라고? 홈즈가 보냈다고?"

남자는 홈즈의 이름을 듣자 태도가 180도 변했다. 화난 표정은 순식

Sherlock Holmes

간에 자취를 감추었고 대신 얼굴에 긴장과 경계의 빛이 역력해졌다.

"네, 그렇습니다. 전 홈즈의 친구 왓슨이라고 합니다."

"혹시 홈즈에게 무슨 일이 있소? 어디가 아프오?"

"사실 그는 지금 매우 위독한 상태에 빠져 있습니다. 그래서 제가 직접 스미스 씨를 모시러 온 겁니다."

남자는 내게 의자를 권하면서 자신도 의자에 앉았다. 순간 벽난로에 있는 거울에서 그의 표정을 보았는데, 묘하게 냉소적인 미소를 짓고 있었다. 난 잘못 본 게 아닌가 하고 의아해 하면서 의자에 앉았다. 사람이 아프다는데 웃을 리는 없었으니 내가 잘못 본 것일 수도 있다. 의자에 앉은 그의 모습은 역시 걱정이 가득한 얼굴이었다.

"몹시 걱정되는군요. 홈즈 선생과 가까운 사이는 아니었지만, 그의 인격을 존경하고 있었소. 홈즈 선생이야 프로 탐정이고 저는 아마추어 의사에 불과합니다만, 홈즈 선생이 범법자들과 싸우는 동안 전 저 세균들과 싸워왔다는 공통점이 있으니까요."

남자는 테이블 위에 놓여 있는 병들을 가리키면서 뿌듯해하며 말했다.

"사실 홈즈가 스미스 씨를 만나고 싶어 합니다. 자신을 치료해 줄 수 있는 사람은 오직 한 명, 스미스 씨뿐이라고 했습니다."

"나를 만나고 싶어 한다고 했소? 왜 내가 자신을 치료해 줄 수 있다고 생각하는 건가요?"

"스미스 씨가 동양의 풍토병에 대해서 잘 안다고 했습니다."

"홈즈는 자신의 병이 왜 동양의 풍토병이라고 생각하는 거요?"

"제가 알기로 그는 최근에 중국인 선원들을 만난 적이 있습니다."

"오, 그런 일이 있었군요. 나는 그의 병이 당신이 생각하는 것만큼 심각하지는 않을 거라고 생각되오. 아픈 지는 며칠이나 되었소?"
스미스 씨는 냉소적으로 말했다.
"3일 정도 되었습니다."
"홈즈가 헛소리를 하던가요?"
"네, 가끔 하더군요. 방금 전까지도 그가 헛소리하는 것을 보고 놀랐습니다."
"그렇다면 좀 심각한 상황이군요. 연구를 중단하고 가는 것은 매우 아쉽지만 어쩔 수 없소. 그럼 갑시다."
그때 나는 홈즈가 당부한 말이 떠올랐다.
"스미스 씨, 죄송합니다. 저는 약속이 있어서 다른 곳을 들렀다 가야 하니 먼저 가주시겠습니까?"
"아, 괜찮소. 주소는 이미 알고 있으니 나 혼자 가도록 하겠소. 30분 정도면 도착할 거요."
나는 길을 좀 걷다가 홈즈의 집으로 갔다. 더 심각해지지 않았을까 몹시 걱정이 됐지만 그를 보니 안심이 되었다. 아까보다 전체적으로 훨씬 좋아보였기 때문이다. 눈빛도 더 밝아졌고 목소리에도 힘이 들어가 있으며 예전처럼 또박또박 말하고 있었다.
"오, 자네 왔군. 스미스 씨는 만났나?"
"다행히 만났지. 곧 오겠다고 했네."
"잘했군, 정말 잘했어. 내가 어떤 병에 걸린 건지 물어보던가?"
"그렇다네. 그 이유도 물어보길래 중국인들한테 옮은 것 같다고 말했네."

"역시 자네는 똑똑한 친구야. 그 사람이 오면 자네는 자리를 좀 비켜주는 게 좋겠네."

"하지만 난 자네의 병에 대한 스미스 씨의 견해를 들어보고 싶은데 말이야."

"그 사람이 솔직하게 말할 수 있도록 하기 위해서는 나 혼자 있어야 해. 하지만 자네도 필요하니 침대 머리맡 뒤쪽으로 가보게. 그래, 그쪽이야. 거기에 숨어 있게."

"홈즈, 정말 나보고 이곳에 숨으라는 건가?"

"미안하지만 그렇다네. 앗, 마차 소리가 들리는군. 어떤 소리도 내지 말고 숨어서 이야기를 듣고만 있게. 알았지? 그럼 준비를 하자고."

그러더니 홈즈는 몸에 남아 있던 모든 힘이 소진한 듯 그의 말소리는 혼수상태에 빠진 사람의 웅얼거림으로 바뀌었다.

난 재빨리 침대 뒤쪽으로 숨었고 잠시 후 계단을 올라오는 발소리와 함께 침실 문이 열렸다가 닫히는 소리가 들렸다. 그런데 기대와는 달리 한동안 방 안에는 정적이 감돌았고 단지 가쁜 숨을 힘들게 몰아쉬는 홈즈의 숨소리만 거칠게 들렸다. 방문자가 침대 옆에 서서 환자를 내려다보고 있는 모습이 눈에 선했다. 그러다가 마침내 스미스 씨의 목소리가 들렸다.

"홈즈! 홈즈!"

그가 소리치며 홈즈를 깨우려는 것 같았다.

"홈즈! 내 말 들리나?"

부스럭거리는 소리가 들리는 걸로 보서 그가 홈즈의 어깨를 거칠게 잡아 흔드는 모양이었다.

"아, 스미스 씨!"

홈즈는 힘이 하나도 없는 목소리로 말했다.

"정말로 당신이 와주었군요!"

스미스는 웃음을 터뜨렸다.

"나도 내가 이렇게 여기에 오게 될 줄은 몰랐네. 하지만 자네가 보다시피 내가 왔네. 《성경》에도 이런 말이 있지 않은가, 악을 선으로 갚으라고!"

"정말 감사합니다. 당신이 동양의 풍토병에 대해서 상당한 지식을 가지고 있다는 것을 잘 알고 있으니까요. 제발 도와주세요."

그자는 계속해서 낄낄댔다.

"그건 그렇지, 불행 중 다행으로 이 런던에서 그 사실을 알고 있는 사람은 당신뿐이지. 그런데 당신이 지금 무슨 병에 걸렸는지는 알고 있나?"

"물론! 바로 그 병에 걸렸죠."

"역시 그렇군. 증상이 어떤가?"

"증상도 똑같아요."

"저런! 하지만 그리 놀랄 일은 아니야. 당신이 똑같은 병에 걸렸다고 해도 크게 놀랄 만한 일은 아니지. 그게 사실이라면 당신한테는 정말 안 된 일이긴 하지만 말이야. 우리 가엾은 빅터는 발병한 지 4일 만에 죽었어. 감기 한 번 안 걸리던 건강했던 청년이 그렇게 갔다네. 당신 말마따나 런던 한복판에서 아시아의 오지에서 유행하는 풍토병에 걸렸다는 것은 누가 봐도 이상한 일이었지……. 그것도 하필이면 내가 꾸준히 연구해 온 그 병이었지 않은가. 아마 이런 우연의 일치는 두 번 다시없을 거야. 사실 당신이 그 사실을 눈치 챈 건 대단했어. 하지만 그렇게 여기저기 떠들고 다닐 필요까지는 없었는데 좀 심했다는 생각이 들지 않는가?"

"난 당신이 그랬다는 걸 알고 있었으니까요."

"뭐라고? 내가 그랬다는 증거라도 있나? 나에 대해 그런 소문을 퍼뜨려 놓고 이제 와서 도와달라고 하다니 이게 말이 된다고 생각해?"

그때 홈즈의 거친 숨소리가 들렸다.

"잠시만, 저쪽에 있는 물 좀 주시오."

홈즈가 숨을 헐떡거리며 힘겹게 말했다.

"어이, 친구! 당신도 갈 때가 다 된 것 같군. 그럼 가기 전에 내 말을 듣고 가는 게 좋겠어. 내가 당신에게 물을 주는 것도 다 그 때문이야. 어이쿠! 조심하게. 물이 엎질러지겠어. 그래, 내가 방금 한 말이 이해가 되나?"

"그런 건 아무렴 어때요? 지나간 일은 다 잊어버리고 나를 좀 도와주시오. 나를 치료만 해준다면 모두 잊겠소."

홈즈는 신음하면서 기운이 하나도 없는 꺼져 들어가는 목소리로 말했다.

"잊다니 뭘 잊는다는 거지?"

"방금 말한 빅터 새비지 사망 사건 말입니다. 당신이 방금 스스로 했다고 자백하듯이 말했잖소. 그 일은 모두 잊겠소."

"잊든지 말든지 그건 당신 맘대로 해. 당신이 증인이 될 일은 없겠군. 이제 관 속으로 곧 들어갈 당신이 가엾어서 어찌할까! 분명히 말하는데 내 조카가 어떻게 왜 죽었는지 안다고 해도 그건 아무런 의미가 없어. 지금 우리는 빅터 얘기를 하고 있는 게 아니잖아? 문제는 바로 당신이야."

"맞아요."

"내 집에 찾아온 당신 친구라는 사람의 말로는, 그 친구 이름이 뭐였더라? 하여튼 그 친구는 당신이 중국인 선원들을 만났다가 병이 옮았다고 하던데 사실인가?"

"그것 외에는 이 병에 걸릴 이유가 없소."

"홈즈, 당신은 자신의 두뇌가 좋다고 생각하겠지? 하지만 여기 당신보다 더 뛰어난 두뇌를 가진 사람이 있어. 자, 홈즈! 왜 이 병에 걸리게 됐는지 더 짐작되는 건 없나?"

"모르겠소. 지금 내 머릿속이 너무 혼란스럽소. 제발 날 좀 도와달라고요!"

"좋아! 그러지. 당신이 왜 이런 꼴로 죽어야만 하는지 그 이유를 알 수 있도록 도와주지. 당신이 죽는 이유도 모르고 죽는 건 나도 원치 않아."

"제발 내 고통을 좀 덜어주시오. 당신은 약이 있잖소."

"오, 많이 아픈가? 아참, 중국인들은 죽을 때가 되면 징징 짜더군. 이제 곧 경련이 일어날 거야."

"맞아요, 경련이 일어나요."

"좋아, 그렇더라도 내 말을 들을 수는 있겠지. 자! 내 말을 잘 들어보라고. 당신한테 이러한 증상이 나타날 즈음에 뭔가 이상한 일이 생기지 않았나?"

"글쎄, 그럴 만한 일은 없었소."

"잘 생각해 보게."

"너무 아파서 아무 생각도 안 나요. 제발 도와줘요!"

"그럼 내가 도와주지. 홈즈, 작은 소포를 받은 적이 있나?"

"소포?"

"무슨 상자 같은 거였을 텐데?"

"아, 정신이 오락가락해요. 나 죽겠네!"

"홈즈! 잘 듣게."

스미스는 다 죽어가는 홈즈를 잡아 흔들어댔다. 몸을 숨기고 있던 내가 할 수 있는 일이라고는 그저 꾹 참고 있는 것뿐이었다.

"내 말을 잘 듣게. 내 말이 들리지? 상자, 상아로 만든 상자 기억나나? 아마 목요일에 도착했을 텐데. 그 상자를 받고 당신은 뚜껑을 열었지. 기억하나?"

"아, 그 상자……. 내가 열었소. 그 안에는 뾰족한 용수철이 들어 있었소. 누가 그런 장난을……."

"맞아! 그것 때문에 당신이 지금 이 모양 이 꼴이 되었으니 장난은 아니겠지. 당신이 이렇게 어리석을 줄이야! 너는 보기 좋게 당한 거야. 그러니까 누가 나를 방해하라고 했냐고! 나를 건들지만 않았어도 당신을 이렇게 만들지는 않았을 텐데 말이야."

"아! 기억나오."

홈즈는 숨을 몰아쉬었다.

"용수철! 맞아, 피가 났소. 저기 테이블 위에 그 상자가 있소."

"오, 그렇군. 여기 있군. 이걸 가져가면 마지막 남은 증거물이 사라져버리겠군. 홈즈, 당신은 지금 내 손에 죽어가고 있다는 걸 알고 있나? 당신이 빅터의 운명을 알아버렸기 때문에 당신도 같은 운명으로 갈 수밖에 없게 된 거지. 이제 곧 당신은 빅터를 만나러 가겠군. 그때까지 나는 여기 앉아서 당신의 마지막을 지켜볼 거야."

홈즈는 죽어가는 목소리로 중얼거렸다.

"뭐라고?"

스미스가 홈즈에게 물었다.

"램프를 키워달라고? 아, 날이 저물고 있구먼. 그래! 당신의 마지막을 잘 볼 수 있게 불을 키워주지."

방을 가로지르는 스미스의 발자국 소리가 들리더니 이내 방 안이 환해졌다.

"홈즈, 내게 더 부탁할 건 없나?"

"담배와 성냥."

나는 놀라움과 기쁨이 교차하며 하마터면 함성을 지를 뻔했다. 평소보다는 좀 낮은 목소리였지만 적어도 방금 전까지 다 죽어가던 환자의 목소리는 아니었다. 한동안 침묵이 흘렀다. 보이지는 않았지만 스미스도 너무 놀란 나머지 말문이 막힌 채 홈즈를 내려다보고 있는 모습이 눈에 선했다.

"아니! 이게 어찌된 일이야?"

스미스는 잔뜩 긴장한 목소리로 물었다.

"내 연기가 꽤 그럴듯했나 보군. 방금 당신이 준 물 말고는 사흘 동안 아무것도 먹지 않았지. 그런데 담배는 정말 참기 어려웠어. 아, 여기 담배가 있군."

성냥을 긋는 소리가 들리고 담배 냄새가 났다.

"오, 담배 맛이 역시 최고야. 어! 친구가 오는 모양이군."
복도에서 발자국 소리가 나더니 방문이 열리고 아까 바깥에서 만난 모튼 경위의 목소리가 들렸다.
"모튼 경위, 일이 다 잘 해결되었소. 이 사람을 데려가시오."
홈즈가 말했다. 모튼 경위는 매서운 목소리로 피의자에 대한 경고의 말을 잊지 않았다.
"당신을 빅터 새비지 살해 혐의로 체포한다. 그리고 셜록 홈즈 선생의 살인미수 혐의를 추가해도 좋을 거야."
홈즈가 낄낄거리며 말했다.
"모튼 경위, 스미스 씨는 환자인 내 부탁을 받고 친절하게 등불을 키워서 내 대신 신호를 보내주었소. 아참, 그자의 외투 오른쪽 주머니에 들어 있는 작은 상자를 압수하는 게 좋을 거요. 그 상자는 조심스럽게 다루는 게 좋아요. 아, 거기 내려놓아요. 재판에서 중요한 증거물이 될 테니까."
갑자기 용의자가 재빠르게 달아나다가 모튼 경위와 몸싸움이 벌어지는 소리가 들렸다. 비명이 터져 나오고 수갑 부딪치는 소리가 났다.
"그래봤자 당신만 다쳐!"
계속해서 모튼 경위가 말했다.
"움직이지 말고 가만히 있으라니까!"
모튼 경위의 목소리가 들리더니 곧 수갑을 채우는 소리가 났다.
"이런, 비겁하게 함정을 파고 날 불러들이다니. 홈즈, 내가 아니라 네가 법정에 서게 될 거다. 날 모함하려 들었으니 반드시 죄를 받게 될 거야. 나도 너에 대해 할 말이 아주 많다고!"

그때 홈즈가 내 쪽을 향해 말하는 소리가 들렸다.
"저런, 내 친구를 잠시 잊고 있었군. 왓슨, 어서 나오게. 자네가 거기 있다는 걸 깜빡 하고 있었지 뭔가. 정말 미안하군. 모든 경위, 부탁한 마차는 밖에 세워두었겠죠? 나도 곧 갈 테니 먼저 가시오."

"정말 배가 고프군."
홈즈는 외출 준비를 하는 중간중간에 와인 한 잔과 몇 개의 비스킷으로 허기를 채웠다.
"왓슨, 난 생활이 평소에도 불규칙해서 3일 정도 굶는 건 별 일 아니었다네. 가장 어려웠던 것은 허드슨 부인이 전혀 의심하지 않게 아프다는 것을 보여주는 것이었지. 그래야 부인이 자네를 찾아갈 것이고, 자네 역시 스미스를 찾아가 애원을 할 테니까. 왓슨, 설마 기분 나쁜 건 아니겠지? 미안하지만 자네가 연기를 잘 못하는 건 사실이지 않은가. 만약 내가 꾀병이라는 것을 알았거나 일반적인 부탁이었다면 스미스를 찾아가 애걸하지는 못했을 거야. 그렇게 해야 스미스가 이곳을 의심하지 않고 찾아왔을 테니 어쩔 수 없었네."
"난 괜찮네. 그런데 어떻게 그렇게 다 죽어가는 얼굴을 할 수 있었지? 정말 놀랍군."
"사흘이나 굶었으니 당연한 일이지. 그리고 약간의 분장도 했고 말이야. 이번 일을 계기로 꾀병에 대해 논문을 하나 써보는 건 어떨까 하는 생각이 드는군. 아까처럼 난데없이 동전이나 굴 이야기를 하니 정말 헛소리같이 느껴졌거든."
"그런데 왜 나를 가까이 오지 못하게 한 건가? 병에 걸린 것도 아니

었으면서."

"저런, 의사 선생님이 그런 질문을 하다니! 자네가 만약 내 체온이나 맥박을 잰다면 이상이 없다는 것을 바로 알아챘을 거야. 그래서 멀리 떨어져 있으라고 한 거라네. 철저히 자네를 속여야 무사히 스미스를 데려올 테니까. 자네가 만졌던 상아 상자는 매우 위험한 거였다네. 뚜껑을 열면 날카로운 용수철이 튀어나왔을 거야. 그런 방식으로 조카를 살해했겠지. 조카를 죽인 것은 상속받을 유산이 꽤 많았기 때문이라네. 난 평소에도 우편물을 많이 받는데, 소포 같은 것은 뭐가 들었는지 모르기 때문에 항상 주의를 하면서 확인하거든. 왓슨, 이리 와서 내 외출 준비를 좀 도와주지 않겠나? 경찰서에 갔다가 3일치의 영양 공급을 하러 심슨 식당에 갈 건데 같이 가세. 오랜만에 맛있는 것을 먹고 싶군."

초판 1쇄 발행 | 2012년 06월 05일
초판 6쇄 발행 | 2021년 02월 28일

지은이 | 아서 코난 도일
옮긴이 | 조주연

발행인 | 김선희 · 대 표 | 김종대
펴낸곳 | 도서출판 매월당
책임편집 | 박옥훈 · 디자인 | 윤정선 · 마케터 | 양진철 · 김용준

등록번호 | 388-2006-000018호
등록일 | 2005년 4월 7일
주소 | 경기도 부천시 소사구 중동로 71번길 39, 109동 1601호
(송내동, 뉴서울아파트)
전화 | 032-666-1130 · 팩스 | 032-215-1130

ISBN 978-89-91702-88-2 (03840)

· 잘못된 책은 바꿔드립니다.
· 책값은 뒤표지에 있습니다.